U0914293

北回归线

[美国]亨利·米勒 著
袁洪庚 译

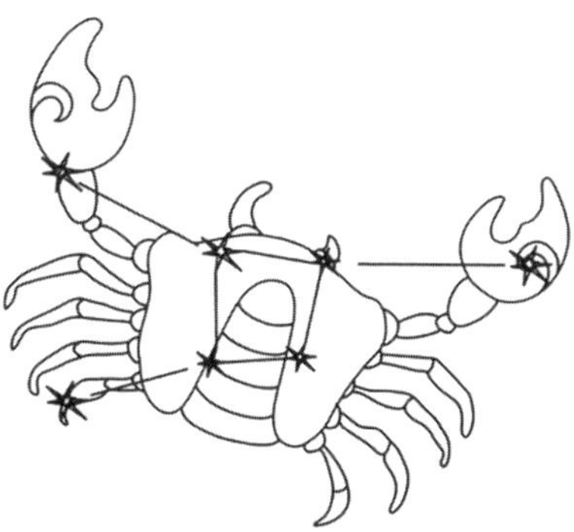

译林出版社

图书在版编目（CIP）数据

北回归线／（美）米勒（Miller, H.）著；袁洪庚译．—南京：译林出版社，2013.4（2022.11重印）
（亨利·米勒作品）
书名原文：Tropic of Cancer
ISBN 978-7-5447-3217-8

Ⅰ.①北… Ⅱ.①米… ②袁… Ⅲ.①长篇小说－美国－现代 Ⅳ.①I712.45

中国版本图书馆 CIP 数据核字（2012）第 203277 号

Tropic of Cancer by Henry Miller
Copyright © 1934 by Henry Miller
This edition arranged with Agence Hoffman through Big Apple Agency, Inc., Labuan, Malaysia
Simplified Chinese edition copyright © 2013 by Yilin Press, Ltd
All rights reserved.

著作权合同登记号 图字：10-2012-133 号

北回归线 ［美国］亨利·米勒／著 袁洪庚／译

责任编辑 田 智
特约编辑 竺文治
责任印制 颜 亮

原文出版 Harper Perennial
出版发行 译林出版社
地 址 南京市湖南路 1 号 A 楼
邮 箱 yilin@yilin.com
网 址 www.yilin.com
市场热线 025-86633278
排 版 南京展望文化发展有限公司
印 刷 江苏苏中印刷有限公司
开 本 880 毫米 × 1230 毫米 1/32
印 张 9
插 页 2
版 次 2013 年 4 月第 1 版
印 次 2022 年 11 月第 19 次印刷
书 号 ISBN 978-7-5447-3217-8
定 价 58.00 元

版权所有·侵权必究

译林版图书若有印装错误可向出版社调换。质量热线：025-83658316

难得的是当一辈子“流氓”

冯唐

亨利·米勒是我了解的文化人物中,元气最足的。

从古到今,有力气的人不少,比如早些的写《人间喜剧》的巴尔扎克,晚些的写《追忆似水年华》的普鲁斯特,中国的写一百七十万字《上海的早晨》的周而复和写两百万字《故乡面和花朵》的刘震云。这些人突出的特点是体力好,屁大股沉,坐得住,打字快,没有肩周炎困扰,椎间盘不突出。他们的作用和写实绘画、照相机、录像机、录音机差不多,记录时代的环境和人心,有史料价值。

从古到今,偶尔也有元气的人,他们的元气可能比亨利·米勒更充沛,但是由于各种不同的原因,留下的痕迹太少,我无法全面了解。比如孔丘,抛开各种注解对《论语》做纯文本阅读,感觉应该是个俗气扑鼻、倔强不屈的可爱老头,一定是个爱唠叨的。但是,当时没有纸笔,如果让孔丘直抒胸臆,大熊猫一定是没有竹子吃,长跑运动员一定是没有鳖精喝了。耶稣对做事的热情大过对论述的热情,不写血书,只让自己的血在钉子进入自己肉体的过程中流干净。佛祖可能在文字身上吃过比在女人身上还大的亏,感觉文字妖孽浓重,贬低其作用:如果真理是明月，文字还不如指向明月的手指，剁掉也罢。晚些的某些科学家，想来也是元气充沛的人，比如爱因斯坦，热爱妇女，写的散文清澈明丽。可能是受到的数学训练太强悍，成为某种束缚，他最终没能放松些，多写些。

亨利·米勒是思想家。亨利·米勒的小说没有故事，没有情节，没有成形的人物，没有开始，没有结束，没有主题，没有悬念，有的是浓得化不开的思想和长满翅膀和手臂的想象。真正的思想者，不讲姿势，没有这些故事、悬念、人物像血肉骨骼一般的支撑，元气彪悍，赫然成形。既然不依俗理，没有系统，亨利·米勒的书可以从任何一页读起，任何一页都是杂花生树，群英乱飞，好像“陌上花开，君可徐徐归”。在一些支持者眼里，亨利·米勒的每一页小说，甚至每十个句子，都能成为一部《追忆似水年华》重量的小说的主题。外国酒店的床头柜里有放一本《圣经》的习惯，旅途奔波一天的人，冲个热水澡，读两三页，可以意定神闲。亨利·米勒的支持者说，那本《圣经》可以被任何一本亨利·米勒的代表作替代，起到的作用没有任何变化。别的思想家，是在大量阅读的基础上，站在巨人们的肩膀上，添加真正属于自己的一层砖瓦，然后号称构建了自己的体系。亨利·米勒不需要外力。一颗小石子，落在别人的心境池塘里，智识多的，涟漪大些，想法多些，否则就小些，少些。亨利·米勒自己扔给自己一颗石子，然后火山爆发了，暴风雨来了，火灾了，地震了。古希腊的著名混子们辩论哲学和法学，南北朝的名士们斗机锋，都有说死的例子，如果那些场景记录下来，可能和亨利·米勒约略相似吧。

亨利·米勒是文学大师。崇拜者说，美国文学始于亨利·米勒，终于亨利·米勒。他一旦开始唠叨，千瓶香槟酒同时开启，元气横扫千军。亨利·米勒是唯一让我感觉像是个运动员的小说家，他没头没尾的小说读到最后一页，感觉就像听到他气喘吁吁地说：“标枪扔干净了，铁饼也扔干净了,铅球也扔干净了。我喝口水,马上就回来。”

我记得第一次阅读亨利·米勒的文字,天下着雨,我倒了杯茶,亨利·米勒就已经坐在我对面了,他的文字在瞬间和我没有间隔。我忽然知道了他文字里所有的大智慧和小心思,这对于我毫无困难。他的魂魄,透过文字,在瞬间穿越千年时间和万里空间,在他绝不知晓的北京市朝阳区的一个小屋子里,纠缠我的魂魄,让我心如刀绞,然后胸中肿胀。第一次阅读这样的文字对我的重要性无与伦比,他的文字像是一碗豆汁儿和刀削面一样有实在的温度和味道,摆在我面前,伸手可及。这第一次阅读,甚至比我的初恋更重要,比我第一次抓住我的小弟弟反复拷问让他喷涌而出更重要,比我第一次在慌乱中进入女人身体看着她的眼睛、身体失去理智控制更重要。几年以后,我进了医学院,坐在解剖台前,被福尔马林浸泡得如皮球般僵硬的人类大脑摆在我面前,伸手可及。管理实验室的老大爷说,这些尸体标本都是解放初期留下来的,现在收集不容易了,还有几个是饿死的,标本非常干净。我第一次阅读亨利·米勒比我第一次解剖大脑标本,对我更重要。我渴望具备他的超能力,在我死后千年,透过我的文字,我的魂魄纠缠一个同样黑瘦的无名少年,让他心如刀绞,胸中肿胀。那时,我开始修炼我的文字,摊开四百字一页的稿纸,淡绿色,北京市电车公司印刷厂出品,钢笔在纸上移动,我看见炼丹炉里炉火通红,仙丹一样的文字珠圆玉润,这些文字长生不老。我黑瘦地坐在桌子面前,骨多肉少好像一把柴火,柴火上是炉火通红的炼丹炉。我的文字几乎和我没有关系,在瞬间,我是某种介质,就像古时候的巫师,所谓上天,透过这些介质传递某种声音。我的文字有它自己的意志,它反过来决定我的动作和思想。当文字如仙丹一样出炉时,我筋疲力尽,我感到敬畏,我心怀感激,我感到一种力量远远大过我的身体、大过我自己。当文字如垃圾一样倾泻,我筋疲力尽,我感觉身体如同灰烬,我的生命就是垃圾。

亨利·米勒一辈子,思考,写作,嫖妓。他的元气,按照诺曼·米勒的阐释,是由天才和欲望构成的,或许这二者本来就是同一事物的两面。我听人点评某个在北京混了小五十年的老诗人,其中有一句话糙理不糙:"流氓,每个有出息的人小时候都或长或短地当过,难得的是当一辈子流氓。"这个评论员说这番话的时候,充满敬仰地看着老诗人。老诗人喝得正高兴,他二十出头的女朋友怀着他的孩子坐在他的身边,老诗人偶尔拍拍他女人的身体,深情呼唤:"我的小圆屁股呦。"亨利·米勒讲起过圣弗朗西斯,说他在思考圣徒的特性。阿那依斯·宁问为什么,他对阿那依斯·宁说:"因为我觉得我是地球上最后一个圣徒。"

痴人说梦:亨利·米勒及其代表作《北回归线》

袁洪庚

在梦中,人尽可以任凭幻想这匹野马随意四处驰骋,而痴人之梦益发不顾廉耻,荒诞离奇。从某种意义上讲,《北回归线》便是现代美国文学界痴人、怪人、狂人亨利·米勒的白日梦。

《北回归线》及亨利·米勒的其他作品曾在英美等国长期受禁,无法刊行,因而只得由诗人埃兹拉·庞德帮助,先在巴黎付梓(1934),直至20世纪60年代初才由"丛林"(Grove)等出版公司在美国出版。嗣后,属于英国科林斯出版集团的格拉夫顿出版社也在英国出版了米勒的著作。然而,出于迫不及待地希冀品尝"禁果"的人类天性,早在20世纪30年代此书出版肇始,米勒便不乏大批读者乃至崇拜者。据史料记载,第二次世界大战中,美军攻入纳粹占领下的巴黎后就开始在各图书馆寻觅"臭名昭著"的《北回归线》和《南回归线》。

米勒及其作品多年来在美国文学界历经褒贬不一、大起大落的磨难。米勒甚至是“世界文学史上曾经出现过的少数最有争议的作家之一”①,同时也是近年来,出版的一些美国文学作品选集必定收入的一位作家。尽管米勒有庞大的读者群(1961 年获准在美国发行后,《北回归线》第一版很快即告售罄),一些正统文学评论家们仍将他的作品视为“不宜付梓”②的,因为它们“像一股汹涌澎湃、无法遏止的溪流,从狂想到肮脏,从肮脏到色情”③。《北回归线》是米勒的代表作,该书在英语国家出版后,使更多的读者得以窥见它的全貌并做出较公允的判断。近年来,米勒的影响与日俱增。

英美文坛上的一些著名人物高度赞扬米勒,认为他是美国文学史上颇具独创性的作家,他的《北回归线》具有启示录般的重大意义。诺曼·梅勒说:“《北回归线》无疑是米勒最优秀的作品,同海明威的《太阳照常升起》一样,此书致力于文体与文学意识的革新。这是我们这个世纪十或二十部最伟大的小说之一……你只消读上二十页便知道一个文学奇迹正在出现,以前从未有人这样写过,以后也不会有人以这种文体写得这么好。”④英国作家劳伦斯·达雷尔宣称:“我认为《北回归线》可以同《白鲸》相提并论。”⑤美国诗人卡尔·夏皮罗非常推崇米勒,认为应该让他的作品集替代美国每一家旅馆房间里摆放的《圣经》,并称他为“仍在世的最伟大的作者”、“仍在世的(精神上)最最高大的人”⑥。

---

① 施咸荣,《美国最有争议的作家——〈北回归线〉的作者亨利·米勒》,《美国研究参考资料》,1991 年第 1 期,第 17 页。

② David D. Galloway, *The Absurd Hero in American Fiction*, University of Texas Press, 1974, p. ix.

③ James Vinson (ed.), *Novelists and Prose Writers*, Macmillan Press Ltd., 1979, p. 842.

④ 引自 *Tropic of Cancer*, Grove Press, Inc.,1961 年版封底题记。

⑤ 同上。

⑥ Karl Shapiro, “The Greatest Living Author” (Preface to *Tropic of Cancer*), in Henry Miller, *Tropic of Cancer*, New York: Grove Press, Inc., 1961.

他认定米勒与尼采、D. H. 劳伦斯一样，同属振聋发聩、挑战传统的思想家。

二十世纪五六十年代，米勒的主要作品均已问世，他的声誉达到顶点。“米勒随心所欲地使用语言，选择题材，对成千上万作家产生了深刻影响，他们因文学创作不再受到审查而获益。”[①]这时，美国及欧洲文学界才真正认可这位已渐入老境的作家。

米勒1891年生于纽约市一个德裔美国人家庭，曾在纽约市立学院就读，但两个月后便辍学。校园生活枯燥乏味，各种校规校纪令人难以忍受，相比之下倒是社会这所大学更使他觉得如鱼得水，其乐无穷。他的阅历相当丰富，曾当过工人、职员、校对员、教师、编辑、人事部门经理等，饱尝生活之艰辛。

在写作之余他还喜欢绘画，是颇有造诣的业余画家，曾在英美两国举办过个人水粉画展。同海明威、司各特·菲茨杰拉德、格特鲁德·斯泰因等人一样，米勒亦是二三十年代美国旅欧作家之一，1930至1939年间旅居法国巴黎等地。回国后他定居加利福尼亚州，直至1980年去世。

米勒著有七部小说、两部剧本及许多书评、游记、回忆录、书信集和论文集。两部“回归线小说”当属他最著名的作品，而1949至1960年间出版的“殉色三部曲”、《黑色的春天》(1936)和《在克利希度过的平静日子》(1956)亦是研究其生平的重要资料。《马洛西的大石像》与《空调噩梦》是两部游记，文笔生动、流畅，也很受评论家重视。

米勒自幼聪颖过人，手不释卷，在三十三岁辞去工作专事文学创作之前，就已读过西方和东方许多文学家、哲学家的代表作，诸如陀思妥耶夫斯基、斯特林堡、尼采、兰波、罗摩克里希那、老子、诺斯特拉达莫斯

① James Vinson (ed.), *Novelists and Prose Writers*, Macmillan Press Ltd., 1979, p. 842.

等。他还潜心研究过佛教禅宗、荷兰后期印象派画家凡·高的绘画、日本画家葛饰北斋的浮世绘、古犹太苦修教派的教义、神秘学、星相学这样一些常人觉得稀奇古怪的学问。在英语作家中他并不推崇公认的古典大家，却醉心于卢梭、康拉德、爱默生、D. H. 劳伦斯等富于叛逆、创新精神的欧美作家，他自己也继承并高扬这种精神。

无论在写作风格还是在思想倾向上，米勒均有独到之处，既不同于以往任何一位英美作家，也比他身后的众多模仿者更具特色。他是美国文坛上“前无古人，后无来者”的一位怪杰。他和同时代的另一位美国作家、现代派小说鼻祖格特鲁德·斯泰因是二十世纪二三十年代美国旅欧作家中最具个性的人物，而且两人有许多共同之处。他们都曾被误解，其才能和地位多年后才得到承认，都是与现存社会伦理、价值观格格不入的虚无主义者、无政府主义者。

在欧美各国获得“轰动效应”的《北回归线》究竟是怎样一本书呢？

《北回归线》是米勒的第一部自传体小说，也是他出版的第一本书。此书以回忆录的形式写就，米勒在书中追忆他同几位作家、艺术家朋友在巴黎度过的一段日子，旨在通过诸如工作、交谈、宴饮、嫖妓等超现实主义和自然主义的夸张、变形生活细节的描写揭示人性，探究青年人如何在特定环境中将自己造就为艺术家这一传统西方文学母题。

从艺术形式上看，米勒的“回归线小说”同18世纪英国小说家劳伦斯·斯特恩的《项狄传》以及乔伊斯的《尤利西斯》一样，创造了一种新的小说形式。他用揶揄、夸张的笔触即兴描写自己在某一时期的全部经历，不论是美还是丑，同时掺进大段怪诞、冷峻、出人意料的议论。《北回归线》没有连贯的或贯彻始终的情节，也不标明章节（分为十五个部分），作者想到哪里便写到哪里，似乎对他的素材从不做选择和梳理。小说一开始，作者提到自己住在博尔盖塞别墅，他的朋友鲍里斯发现身上生了虱子，作者便“剃光他的腋毛”。接着，作者评论道：“住在这么漂亮的地方，居然还会生虱子？不过没有关系。我俩，我和鲍里斯，也许永远不会彼此这样了解，若不是仰仗那些虱子。”此后，他又根据鲍里斯对天气的预测联想到“时光之癌症正在吞噬我们”，点明书名的另一层含义。① 一事一议、触景生情，这是米勒在《北回归线》及其他几部作品中的习惯写法，有时兴之所至的大段议论反倒比漫不经心、娓娓道来的种种逸闻趣事占去更多篇幅。作者的想象力异常丰富，往往由一件日常小事引出许多跳跃式的、不合逻辑的、匪夷所思的联想。

> 沿着香榭丽舍大街往前走，我不断想到自己真正极佳的健康状况。老实说，我说的“健康”是指乐观，不可救药的乐观！我的一只脚仍滞留在19世纪，跟多数美国人一样，我也有点儿迟钝。卡尔却觉得这种乐观情绪令人厌恶。他说：“我只要说起吃饭，你便马上容光焕发！”这是实话。只要想到一顿饭，另一顿饭，我就会活跃起来。一顿饭！那意味着吃下去可以踏踏实实继续干几个钟头，或许还能叫我勃起一回呢。我并不否认我健康，结结实实，牲口般的健康。在我与未来之间形成障碍的唯一东西就是一顿饭，另一顿饭。

米勒想到自己“极佳的健康状况”，又将它等同于乐观。19世纪是西方社会蒸蒸日上、西方文明锐不可当的时代，因此人们洋溢着乐观情绪。“一只脚仍滞留在19世纪”即暗示他同前人一样乐观。接着米勒又想到卡尔的

① 英文书名为*Tropic of Cancer*。Cancer是一个星座名，也有“肿瘤”的意思，暗示现代工业社会弊端重重，已是穷途末路。小说另一处提到：“世界是一个毒瘤，正在一口口地吞噬自己……”

话，随即将“乐观”与“一顿饭”，一顿几乎万能的饭等量齐观。

米勒的无逻辑性或非理性还表现在他喜欢把彼此间毫无联系的事物杂乱无章地任意罗列在一起。这类罗列在其作品中俯拾皆是。

> 塔尼亚也是一个狂热的人，她喜欢撒尿的声音、自由大街的咖啡馆、孚日广场、蒙帕纳斯林荫大道上颜色鲜艳的领带、昏昏暗暗的浴室、波尔图葡萄酒、阿卜杜拉香烟、感人的慢节奏奏鸣曲、扩音机、同朋友相聚时谈起的一些趣闻逸事。

米勒的另一文体特点是连篇累牍、不厌其烦地写幻觉和梦幻，于是现实与幻觉、现实与梦境、现实与虚构往往不留痕迹地浑然一体，使读者产生非理性的直观感、直觉感。

看到几个裸体女人在未铺地毯的地板上翻滚，米勒由她们“光滑、结实”的光屁股联想到“台球”、“麻风病人的脑袋”以后，“突然看到眼前一个鲜艳、光亮的台球上出现一道黑黝黝、毛茸茸的缝，支撑这个台球的两条腿就像一把剪刀。瞧一眼这个黑黝黝、未缝合的伤口，我的脑袋上便也裂开一道深深的缝。所有以前费力地或心不在焉地分门别类、贴标签、引证、归档、密封并且打上印戳的印象和记忆乱纷纷地喷泻而出，像一群蚂蚁从人行道上的一个蚁穴中涌出。这时地球静止，时间停滞……我听到一阵放荡的歇斯底里的大笑……笑声使那个台球鲜艳、光滑的表面现出皱褶”。

无情节导引的漫谈，介于意识与潜意识之间的梦呓、幻觉，无拘无束甚至有时是病态或疯狂的自由联想及语词的任意排列组合……这类“痴人说梦”式的文字游戏令读者不禁怀疑此书能否纳入传统意义上的“小说”范畴。批评界对米勒的贬抑基于多方面的原因，既有言之成理的批判，也存在很深的误解。其中最主要的误解源于他对两性关系的随意态度和赤裸裸的、近乎病态的性描写。的确,性,这个令人讳莫如深的话题在米勒笔下竟如一股一泻千里的流水,无处不到。书中以米勒本人、范诺登、卡尔及菲尔莫尔等人为轴心的一切人与事均直接或间接地与性活动有关。其实,性描写只是手段,米勒与为写性而写性的色情文学作家不同。他无意挑逗读者的情欲,这正是西方司法部门辨别一部文学作品是否“淫秽”的依据。20 世纪 60 年代末,米勒、D. H. 劳伦斯及其他一些作家的著作均依据该评判标准在美国得以解禁。

米勒对人类性行为的渲染是消极的,但他的本意是抨击虚伪的西方基督教文明,撕去它罩在文明社会中人类性关系上的伪装,欲借助性经历将自己造就为才华横溢的艺术家。

第二次世界大战后,美国文坛上的许多思潮和流派中均有米勒的影子,譬如“垮掉的一代”、荒诞派戏剧、非虚构小说、黑色幽默、个性化诗歌……米勒的创作观影响过一代又一代美国作家。围绕私人琐事的超现实主义新闻体“自动写作”、“自白”与“剖析”相结合的写作技法、人生若梦的虚无主义思想倾向以及肆无忌惮地发泄颓丧情绪的自我表现使不少美国作家为之心醉。他算不上主流作家,他的激进观点也并不新颖,但他的独特文体风格却在杰克·凯鲁亚克、约瑟夫·海勒、诺曼·梅勒、托马斯·品钦、约翰·巴思等当代小说大家的代表作中留下鲜明的印记。爱默生认为:“这些小说将渐渐让位于日记或自传。”后来问世的《北回归线》中的众多互文式文本使人们不得不认同这一预言。米勒曾称自己为“文化暴徒”,作为一种文化现象的痴人、怪人、狂人,米勒的意义主要体现在社会和文化领域,其文学先锋的色彩正在逐渐褪去。毕竟,先锋不会是永恒的。

2012 年 7 月 12 日修订

目 录

这些小说将渐渐让位于日记或自传，那些富于感染力的书籍，只要一个人懂得如何从他称之为亲身经历的东西中去选择，懂得如何真实地记录事实。

——拉尔夫·沃尔多·爱默生

第一章[①]

如今我住在博尔盖塞别墅。这里找不到一点儿灰尘，也没有一件东西摆得位置不对。除了我们，这里没有别人，我们死了。

昨晚鲍里斯发现身上生了虱子，于是我只好剃光他的腋毛，可他还是浑身发痒。住在这么漂亮的地方，居然还会生虱子？不过没有关系。我俩，我和鲍里斯，也许永远不会彼此这样了解，若不是仰仗那些虱子。

鲍里斯刚刚总结过他的看法。他是一个天气预报专家。他说，天气会持续坏下去，会有更多的灾难，更多的死人，更多的绝望。无论哪儿都没有一点儿要发生变化的迹象。时光之癌症正在吞噬我们，我们的英雄或者已经自杀，或者正在自杀。如此说来，这个英雄不是时间，却是永恒。我们必须步调一致、前仆后继地朝死亡的牢狱奔去。没法逃脱。天气也不会变化。

---

① 原著分为十五个部分，但是没有明确标示章节。译文由译者加上章节标题。——译者注，下同。

这是我来到巴黎后的第二个秋天。由于某种自己至今也没能弄明白的原因，我被人送到这儿。

我没有钱，没有人接济，没有希望，不过我是活着的人当中最快活的。一年前，半年前，我还以为自己是艺术家。现在我已不再这么想啦。与文学有关的一切都已与我无涉，谢天谢地，再也没有什么书要写啦。

那么这一本呢？这一本不算是书，它是对人格的污蔑、诽谤、中伤。就“书”的一般意义来讲，这不是一本书。不，这是无休止的亵渎，是啐在艺术脸上的一口唾沫，是朝上帝、人类、命运、时间、爱情、美等一切事物的裤裆里踹上的一脚。我将为你歌唱，纵使走调我也要唱。我要在你哀号时歌唱，我要在你肮脏的尸体上跳舞……

若要歌唱你必须先张开嘴，你必须有一对肺叶和一点儿乐理知识。有没有手风琴或吉他倒无所谓，要紧的是有*想要*歌唱的愿望。那么，这儿便是一首歌，我正在歌唱。

我是唱给你的，塔尼亚。我倒是希望自己能唱得更好一些、更加悦耳一些，不过那样一来你也许永远不会愿意再听我歌唱。你曾听过别人唱，他们都提不起你的兴趣来，他们不是唱得太好就是还不够好。

这一天是十月二十几号，我已不再理会究竟是哪一天。你会说那是我去年十一月十四号做的一场梦吗？有几次间隔，不过都是在两场梦之间，现在我已全然不记得这几次间隔中发生的事情。我身边的世界在分崩离析，同时在这儿或那儿留下一块块时间。世界是一个毒瘤，正在一口口地吞噬自己……我在想，当无边的寂静笼罩万物，笼罩各个角落时，音乐最终会胜利的。当万物又回到未被时间孕育出来之前的状态时，世界又一次呈现出那种混沌未开的局面，而现实正是为混沌而写的。你，塔尼亚，就是我的混沌。这便是我歌唱的缘由。快要死掉的不仅仅是我，是整个世界，它要蜕去时间这层皮。我还活着，在你的子宫里踢腾，这就是书写下来的现实。

我在打瞌睡。爱情生理学。休眠中的鲸鱼的阴茎足足有六英尺长。蝙蝠有一根无拘无束的阴茎。有些动物的阴茎里有一根骨头，就是说，一根骨头在……古尔蒙[①]说："幸亏人身上的骨质结构已经消失。"幸亏？是的，幸亏，想想人类甩着一根有骨头的阴茎走来走去成何体统？袋鼠有两根阴茎，一根平时用，另一根仅在节假日里用。我继续打瞌睡，一个女人写信来，问我替自己的书想好书名没有。书名，当然想好了：《可爱的女同性恋者》。

你的充满逸事趣闻的生活！这是博罗夫斯基的话。我每个星期三同博罗夫斯基一道吃午饭，他的太太做东。她是一头已挤不出奶的奶牛，正在学英语，最喜欢用的词是"淫秽"。你马上便会明白博罗夫斯基是多么难对付了。不过，等一等……

博罗夫斯基身着一套灯心绒西装，会拉手风琴。这副行头真是妙极啦，尤其是当你考虑到他是一个蛮不错的艺术家的时候。他开玩笑说他是波兰人，不过当然不是。这位博罗夫斯基是犹太人，他父亲是一个集邮家。其实几乎整个蒙帕纳斯都住着犹太人，或半犹太人，半犹太人则更糟糕，其中包括卡尔和保拉、克朗斯塔特和鲍里斯、塔尼亚和西尔维斯特、莫尔多夫和露西尔。除了菲尔莫尔，他们全是。亨利·乔丹·奥斯瓦尔德居然也是犹太人。刘易斯·尼科尔斯是犹太人，甚至范诺登和彻里也是犹太人。弗朗西丝·布莱克是个犹太人，或说是个犹太女人。泰特斯又是一个犹太人。由此看来，犹太人简直多得不得了。这本书正是为我的朋友卡尔写的，他父亲是犹太人。明白这一点很重要。

---

① 雷·德·古尔蒙(1858—1915)：法国小说家、诗人、批评家。

这些人中最可爱的犹太人是塔尼亚,为了她,我也愿意成为一个犹太人。为什么不呢?我已经在像犹太人那样讲话了,而且我长得就像犹太人。再说,还有谁会比一个犹太人更恨犹太人呢?

昏昏暗暗的时辰。木蓝,水平如镜,树木在闪光、在融化。铁轨在饶勒斯站消失在隧道里,两侧涂漆的长长的履带车像过山车般下坠。这儿不是巴黎,不是康尼岛①,这是欧洲和中美洲所有城市朦朦胧胧的混杂。下方的调车场里,铁轨黑糊糊的,犹如蜘蛛网一样。这不是由工程师定做的,不过设计上有大起大落的变化,像极地上荒凉的冰缝,照相机却照出深浅不同的黑色。

食物是我最喜爱的东西之一,可是在这座漂亮的博尔盖塞别墅里几乎看不到食物,有时这毫无疑问是很可怕的。我曾三番五次央求鲍里斯买些面包当早饭,可他总是忘记。看来他是出去吃早饭的,回来时剔着牙缝,山羊胡子上还沾着鸡蛋渣。他去饭馆里吃饭纯粹是体谅我,说让我在一边看着他大吃大喝很难受。

我喜欢范诺登,不过我不同意他对自己的看法。譬如,我不同意他认为自己是哲学家或思想家这种看法。他是一个被女人迷得神魂颠倒的人,就是这样。他永远不会成为一个作家。西尔维斯特也永远成不了作家,尽管他的大名在五万支烛光的照耀下闪闪发光。目前,周围我所尊敬的作家只有卡尔和鲍里斯。他们着了魔,心灵深处燃烧着炽热的火焰。他们疯了,不能分辨音调,他们是受难者。

莫尔多夫倒是没有发疯,不过他也在以自己的古怪方式受罪。莫尔多夫语无伦次,他没有血管、心脏或肾。他是一只便携式箱子,里面有无数抽屉,每个抽屉上都贴着标签,上面的字是用白墨水、棕色墨水、

① 位于纽约布鲁克林区南端,是美国最早的大型游乐城。

红墨水、蓝墨水写的，还有朱红、橘黄、淡紫、赭、杏黄、蓝绿、缟玛瑙色、安茹葡萄酒色、青鱼色、日冕色、铜绿色、奶酪色……

我把打字机搬进隔壁一间屋里，这样写作时便可从镜子中看见自己。

塔尼亚同艾琳一样，盼望收到厚厚的信。还有另一位塔尼亚，这位塔尼亚像一颗饱满的种子，把花粉传播到各处，抑或我们也可以说，这有点儿像托尔斯泰和马棚里掘出胎儿的那出戏[①]。塔尼亚也是一个狂热的人，她喜欢撒尿的声音、自由大街的咖啡馆、孚日广场、蒙帕纳斯林荫大道上颜色鲜艳的领带、昏昏暗暗的浴室、波尔图葡萄酒、阿卜杜拉香烟、感人的慢节奏奏鸣曲、扩音机、同朋友相聚时谈起的一些趣闻逸事。她的乳房是焦黄色的，她系着沉重的吊袜带，总爱问别人"几点钟啦"，喜欢吃肚里填进栗子的金黄色松鸡。她的手指像塔夫绸般光滑，蒸汽似的昏暗光线变成冬青色。她患有肢端肥大症、癌症和谵妄症，她的面纱热乎乎的。扑克牌筹码，血红色地毯，软绵绵的大腿。"我爱他！"塔尼亚这样说，好让人人都听见。鲍里斯喝威士忌喝得浑身发烧时，塔尼亚便会说："坐在这儿！啊，鲍里斯……俄国……我该怎么办？我都快叫它撑破了！"

夜里，我一看到鲍里斯的山羊胡子垂在枕头上便要歇斯底里。啊，塔尼亚，你那热乎乎的窟窿眼儿如今在哪儿呢？那副又宽又厚的吊袜带，那两条柔软而又丰腴的大腿又在哪儿？我的胯下有一根六英寸长的骨头。塔尼亚，我要抚平你那充满精液的眼儿里的每一条皱纹。我要先叫你肚子疼、子宫翻个儿，再把你送到你的西尔维斯特那儿去。你

---

① 此处大概是指《圣经》中耶稣降生。据《路加福音》，圣母马利亚生下耶稣后用布包好放在马棚里。此外，亦有耶稣出生在马棚里之说。《圣经》中这类故事常常成为奇迹剧的题材。

的西尔维斯特！嘿，他懂得怎样生火，我却明白如何叫女人欲火中烧。塔尼亚，我把灼热如闪电的东西射进你的身体，我要叫你的卵巢发热。这会儿你的西尔维斯特有点吃醋啦？他觉得不大舒服，是吧？他感觉到我的那玩意儿留下的东西啦。我把你那儿撑大，我把那儿的皱纹抚平。跟我干过以后，你尽可同公马、公牛、公羊、公鸭子或是圣伯纳犬干。你可以把癞蛤蟆、蝙蝠和蜥蜴塞进你的屁眼儿。只要愿意，你可以利用屁眼儿表演一串和音急速弹奏，或是将一把齐特拉琴拴在肚脐那儿。塔尼亚，我在干你，你就得这样叫我干下去。若是你不喜欢叫我当着众人的面干，我就在暗中干。我要从你那儿拔下几根毛来，再把它们当作胡子粘在鲍里斯的下巴上。我要狠狠咬你的阴蒂，再吐出两块儿一法郎硬币那么大的肉……

蔚蓝色天空中鹅毛般的云丝被吹散，干枯的树木无限延伸，黑糊糊的树枝像一个患有梦游症的人，打着各种手势。这些阴沉的、鬼怪般的树木枝干苍白得像雪茄烟灰。这是一种超然的、全然欧洲式的静寂，百叶窗放下，店铺的门闩上。这里或那里偶尔可见一盏红灯，表明有人在幽会。那情景粗暴甚至可怕，除了树木投下星星点点的影子之外，一片洁净。从橘园经过使我想起另一个巴黎，那便是毛姆、高更的巴黎，乔治·摩尔①的巴黎。我想起那个可怖的西班牙人②，他那时正以杂技演员的步子从一种作风跳跃到另一种作风，使全世界大吃一惊。我想起斯宾格勒③与他那些可怕的宣言，并且不由得吃惊。风格，广义上的风

① 乔治·摩尔(1852—1933)：爱尔兰小说家、批评家，著有《巴黎，巴黎》等作品。

② 此处大约是指西班牙独裁者弗朗西斯科·佛朗哥(1892—1975)，他在 1939 至 1975 年间统治西班牙，以狡诈多变著称。

③ 奥斯瓦尔德·斯宾格勒(1880—1936)：德国哲学家，在其著作《西方的没落》中预言西方文明即将衰落。

格，是否全完蛋了？我说我脑子里尽是这些念头，不过这也不是实话。只是到后来，当我走到塞纳河对岸，当我把辉煌的灯光甩到身后时，我才允许自己胡思乱想这些事儿。眼下我什么也不想，只是觉得自己这个活生生的人被河水映出的奇迹弄得很伤心，因为这河水映出一个已被遗忘的世界。沿河两岸，树木佝偻着身子，在这面没有光泽的镜子上投下倩影。起风时这些树便发出一阵沙沙声，河水翻腾着流过时它们也会流下几滴眼泪。这河水使我默默无言，我找不到一个可以倾诉心曲的人，哪怕是一点点也好……

艾琳的毛病在于她只有一只手提包，却没有窟窿眼儿。她总想把厚厚的信件塞进包里，信上都是大量闻所未闻的事情。现在她名叫劳娜，因而也有了一个眼儿，我了解这一点是因为她给我们送来一些下面的毛发。劳娜，这头疯狂的驴子在风中乱闻乱嗅，以此取乐。在每一座山坡上，她都要扮演妓女的角色，有时还在电话亭和卫生间里。她为金·卡罗尔买来一张床和一只刮胡子时用的杯子，上面刻着他的姓名首字母。她躺在托特纳姆广场大道上，撩起衣裙用手指抚弄自己那个地方，还用蜡烛，用罗马蜡烛和门把手捣鼓。全国找不到一个男人的那玩意儿大到能令她满意的程度……一个也没有。男人的那玩意儿一进入她身体便会蜷起来，她需要胀大的那玩意儿、自动爆炸的纸火箭和滚烫的蜡油、木焦油。若是由着她，她会割断你的命根子，叫它永远留在她身体里。一百万个劳娜才有一个这样的眼儿！这是实验室里的眼儿，没有一种石蕊试纸能显出它的颜色。这个劳娜还是一个骗子。她从未替卡罗尔买过床，她拿一个威士忌酒瓶砸他的脑袋。她满嘴脏话和承诺。可怜的卡罗尔，他的那东西只能在她体内蜷缩起来，然后就死掉。只要她吸一口气，他那玩意儿就会掉出来，像一只死泥鳅那样。

大沓厚厚的、闻所未闻的信件。一只没有带子的手提包。一个没有钥匙的锁孔。她有一张德国人的嘴、一对法国人的耳朵和一个俄国人的屁股，而眼儿却是世界通用的。当国旗挥动时，它便一直红到喉咙那儿。你从于勒-费里林荫道进去，从维莱特门出来。你把你的小羊尾放进粪车里，自然是两个轮子的红色粪车。在乌尔克和马恩河的汇合处，水顺着河堤流去，在桥下静静流淌，仿佛一面镜子。劳娜如今躺在那儿，河道里满是玻璃碎片。含羞草在哭泣，窗户上有一个潮湿的、雾状的屁。劳娜是一百万女人中的佼佼者，她身上最突出的是窟窿眼儿和一个玻璃屁股，你可以坐在里面读中世纪史。

莫尔多夫给人最初的印象是像某人的一幅漫画，甲状腺似的眼睛，米其林①式的嘴唇，说话声音像豌豆汤。他在背心里掖了一个小梨，不论你怎么看他都是那副尊容。他随身携带着有坠子的鼻烟盒，象牙柄的，还有棋子、扇子、教堂地图。他发酵的时间太长，现在已变得毫无形状，成为失去维生素的酵母，没有橡皮底座的花瓶。

他家族中的女人们在 9 世纪曾两次改换祖先，在文艺复兴期间又换过一次。他在一次次战乱中、在众多的黄肚皮和白肚皮下留存下来。在以色列人出埃及前很久，一个鞑靼人便朝他的血液里啐过唾沫。

他的窘迫也就是一个侏儒的困惑。透过松球状的眼睛，他看到自己的侧影投射在一幅无法计量的幕布上。他的声音使自己陶醉，因为它尖细得如同针头一般。他听到一声大吼，对于别人那只是尖细的叫唤。

他的头脑是一个圆形剧场，场上的演员一人扮演好几个角色。莫尔多夫，多才多艺而且不出错，一个个依次扮演着他的角色，小丑、耍把戏的、杂技演员、牧师、登徒子、江湖骗子。这个圆形剧场太小。他在剧场里安放炸药，观众都被麻醉。他便命令它停止转动。

---

① 指米其林轮胎。米其林集团是全球轮胎科技的领导者，19 世纪建立于法国。

我徒劳地企图接近莫尔多夫，这就像企图接近上帝一样，因为莫尔多夫就是上帝。他从来没有扮演过别的角色。我只是记录下来……

我以前就对他有一些看法，现在我放弃了，而另一些看法现在正在修正中。我把他按在地上，结果发现手中不是蟑螂而是一只蜻蜓。他以粗鄙冒犯我，然而他的脆弱又叫我为之倾倒。他滔滔不绝，直到把自个儿憋得透不过气来，随后又像约旦河一样沉默无语。

每当我看着他小跑着走上前来迎接我，伸出一对小爪子，眼睛里流着泪，我便觉得自己在同……不，不能用这种方式描述这件事情。

“像在一股湍急水流上跳跃的鸡蛋。”①

他只有一根手杖，是一根普通的手杖。他的衣袋里装着一张张纸，都是治疗厌世的处方。他的病现在已痊愈，替他洗脚的那个德国小姑娘因此悲痛欲绝。这正如一个无足轻重的小人物背着他的古吉拉特语字典到处走。“人人都不可避免”，这话无疑就是说“绝对必要”。博罗夫斯基会觉得这一切不可理喻。一星期内，他每天都要换一根手杖，还有一根是复活节专用的。

我们彼此间有这么多共同点，看别人便犹如在一面裂了缝儿的镜子里看自己。

我一直在翻阅我的手稿，每一页上都是潦草涂改过的痕迹。全是文学！我有点儿害怕。这多么像莫尔多夫。唯一不同的是，我是一个非犹太人的异教徒，而异教徒受苦受难的方式是不同的。据西尔维斯特说，他们虽有痛苦，但却不会患神经病，而一个从未患过神经病的人不懂什么是痛苦。

我清楚地回忆起我是如何享受痛苦。那正像带着一头小熊仔上床

① 原文是法文，可能由法国诗人、小说家、艺术家让·谷克多(1889—1963，全名 Jean Maurice Eugène Clément Cocteau)的一行诗繁衍而来。

睡觉，有时它会用爪子挠你，那时你才真正知道害怕。平时你不会怕，你可以放掉它，或者把它的头砍掉。

有些人无法抵御钻进野兽笼子里、同野兽在一起厮混的欲望，他们连手枪、鞭子都不带便钻进去，正是恐惧使他们变得无所畏惧……对于一个犹太人，全世界便是一个野兽横行的笼子。笼门锁上，他在笼子里，没有手枪、鞭子，但他勇气十足，甚至嗅不到笼子角落里的兽粪味。围观者在拍手，可是他听不见。他认为这出戏是在笼子里面演的，这个笼子便是整个世界。门锁上，他独自一人无助地站在那儿，发现狮子听不懂他的话。没有一头狮子听说过斯宾诺莎①。斯宾诺莎？它们干吗不咬他？“给我们肉吃！”它们吼道，他却站在那儿吓呆了，脑子全乱了，他的世界观也变成一个荡到空中再也够不到的秋千。狮子举起爪子扇一下，他的世界便被打得粉碎。

同样，狮子们也失望了。它们期待的是血，是骨头，是软骨，是筋。它们嚼了又嚼，然而词汇是无味的树胶，树胶是无法消化的。你可以朝树胶上撒糖、助消化药、百里香草汁和甘草汁，待树胶被树胶收集者裹起来后便好消化了。这些树胶收集者是沿着一个业已下沉的大陆的山脊来的，他们带来一种代数语言。在亚利桑那沙漠中他们遇到北方的蒙古人，这些人的皮肤像茄子一般光滑。这是地球呈陀螺仪状倾斜后不久发生的事情，当时墨西哥湾同日本湾分道扬镳。在地球的中心，他们找到了石灰岩，于是他们将自己的语言绣在地球的肠子上。他们吃伙伴的内脏，森林围住他们，围住他们的骨头、脑壳和饰有花边的石灰岩。他们的语言消失了。人们有时在这儿或那儿仍能找到一个兽群遗骸，一个绘着各种人物的头盖骨。

---

① 贝内迪特·斯宾诺莎（1632—1677）：荷兰哲学家。

这一切与你有什么关系，莫尔多夫？你口中的话杂乱无章。说吧，莫尔多夫，我正等着你说呢。咱俩握手时，谁也不知道我们的汗水交汇成一条河。每当想词儿时，你总是半张着嘴，唾液在你腮帮子里流淌。我一跃便跳越过半个亚洲，我要到那儿去捡你的手杖，尽管这是一根普普通通的手杖。在你身体一侧戳一个洞，我便可以搜集到足够塞满大英博物馆的东西。我们站五分钟便可吞没很多个世纪。你是一张滤网，我的模糊想法便是通过它过滤并且变成词语的。词语后面是一片混乱，每个词是一条、是一杠，只是一条杠不够，永远无法制成网眼。

我不在家时，窗帘垂下，看起来像在来苏水里浸过的奥地利蒂罗尔州出产的桌布。屋里光芒四射，我迷迷糊糊地坐在床上，思考人类诞生前是什么样子。突然，钟声响起。这是一种稀奇古怪、绝非人世的曲调，我仿佛被带到中亚的大草原上。有些曲子缕缕不绝、余音绕梁，有些则倾泻而出、缠绵悱恻。如今一切又都归于寂静，只有最后一个音符仍在飘荡，这只是一面微弱的高音锣，响过一声以后便像一个火苗那样熄灭，它几乎无法划破这静谧的夜。

我曾跟自己订立过一个无言的契约：写过的东西绝不再改动一行。我对完善自己的思想或行动并无兴趣。我把陀思妥耶夫斯基的完美与屠格涅夫的完美等量齐观。（还有什么会比《永久的丈夫》[①]更完美？）于是，在同一介质中，我们有两类完美。然而凡·高在信中还提到一种超出这两类完美的完美，这便是个人战胜艺术。

现在只有一件事使我极感兴趣，那就是记录下书中遗漏的一切。就我所知，还没有人利用空气中的各种元素来给我们的生活指示方向，提供动机。似乎只有杀手从生活中提取一些令人满足的方案，而他们也正投入进去。这个时代呼唤暴力，可我们只能得到失效的炸药。革

---

① 陀思妥耶夫斯基的一部中篇小说。

命不是尚在萌芽中便被扼杀就是成功得太快。激情很快便丧失殆尽，人们便转而求助于思想，这已是常规。提出的建议没有一项能维持二十四小时以上。在一代人的空间里，我们要生活一百万次。在对昆虫学、深海生物或细胞活动的研究中，我们学到更多……

电话铃声打断我的思绪，我永远无法把这件事情想清楚。有人来租这所公寓了……

看来我在博尔盖塞别墅的生活就要结束。好吧，我就收拾起这些手稿走路好啦。别处也会发生一些事情，事情总在发生。不论我走到哪里，那儿总有戏看。人就像虱子一样，它们钻到你皮肤下面，躲藏在那儿。于是你挠了又挠，直到挠出血来，可还是无法永远摆脱虱子的骚扰。在我所到之处，人们都在把自个儿的生活弄得一团糟，人人都有难言的隐痛。厄运、无聊、忧伤和自杀，这些都是从娘胎里带出来的。四周的气氛中弥漫着灾难、挫折和徒劳无功。搔吧，搔吧，直到一块好皮肤不剩。这结果令我兴奋不已，我不但不灰心丧气，反而很开心。我高声呼唤更多、更大的灾难和更惨重的失败，我要叫全世界乱成一团，我要叫每个人都把自己挠死。

我甚至没有时间记下这些支离破碎的笔记，我被迫过着节奏快而又忙乱的生活。来过电话后，一位先生和他太太到了。他们谈话时，我上楼去躺下。我躺着，盘算下一步该怎么办。当然不能回到那个妖怪的床上去，整夜翻来覆去用大脚指头弹面包屑。这个令人作呕的小杂种！若是还有比当妖怪更糟糕的事情，那便是当一个守财奴。他是一个胆小如鼠、战战兢兢的小混蛋，总是生活在恐惧中，怕有朝一日破产，或许是3月18日，准确日子却是5月25日。他喝咖啡不放牛奶或糖，吃面包不涂黄油，吃肉不喝汤，要不就干脆不吃肉。他不是不要这个，便是不要那个，这个肮脏的小财迷。哪一天你打开抽屉瞧瞧，便会发现他藏在匣子里的钱，足足有两千多法郎，还有一些没有兑现过的支票。即使如此，我本来也不会很在乎，若不是我的贝雷帽里总是被他倒进咖啡渣子，地板上堆满垃圾，更不用说那冰冷的润肤膏、油腻腻的毛巾和总是堵塞的下水道啦。我告诉你，这个小杂种身上总散发出一股臭味，除非刚刚喷过古龙香水。他的耳朵脏，眼睛脏，屁股也脏。他有双重关节，有哮喘病，有虱子，是一个卑微而又病态十足的家伙。只要他曾给我端来过一顿像样的早饭，我也会原谅他的全部缺点！这个家伙在一只脏兮兮的钱匣子里藏着两千法郎，却拒绝穿件干净衬衣，舍不得在面包上涂点儿黄油。这样一个家伙不只是妖怪，不只是守财奴，他简直就是一个白痴。

不过有关这个妖怪的想法都是题外话。我竖着一只耳朵倾听楼下的动静，来人是一位和妻子一道来看房子的雷恩先生，他们正在谈论要把它租下来呢。谢天谢地，他们还只是说说而已。雷恩太太爱笑，这表明马上会出麻烦的。这会儿是雷恩先生在说话，他的声音沙哑、刺耳、深沉，犹如一把又重又钝的刀剑砍进肉、骨头和软骨里。

鲍里斯叫我下楼，以便介绍我同他们认识。他搓着双手，像个开当铺的。他们正在谈论雷恩先生写的一个故事，是关于一匹跛马的故事。

“我还以为雷恩先生是位画家呢。”

鲍里斯眨了一下眼睛说：“当然是。不过到了冬天他便写作，他写得不错……好极了。”

我想引发雷恩先生讲话，讲点什么，讲什么都行。如果有必要，也可以讲讲那匹跛马。可雷恩先生几乎一言不发。每一回试图讲一讲动笔写作的那段枯燥日子时，他的话便变得艰涩难懂。他常常要花去几个月工夫才在纸上写下一个字。（而冬天只有三个月！）这几个月和冬天那几个月里他在思考什么？天理良心，我真看不出这家伙是作家，可是雷恩太太说，他一坐下灵感便纷至沓来。

话题在变换，很难了解雷恩先生在想什么，因为他不说话。雷恩太太却说："他边想边干。"在雷恩太太口中，雷恩先生样样都很好。"他边想边干"——非常可爱，可爱极了，博罗夫斯基准会这么说。不过他也实在非常痛苦，尤其是，这位思想家不过只是一匹跛马。

鲍里斯给我钱，叫我去买烈性酒。去买酒的路上我便已经醉了，我知道自己一回到屋里便会如何表现。沿着那条街走来时酒劲儿便发作了，我早拟好一篇漂亮的演说词，它像雷恩太太的傻笑，就要滔滔不绝地涌出口来。照我看，她也已有几分醉意，她一喝醉便会留神听别人讲话。刚刚从酒店里出来，我便听见汩汩的撒尿声。一切都在发狂，在四处乱溅，我要雷恩太太听着……

鲍里斯又在搓手，雷恩太太仍在结结巴巴地飞溅着唾沫星子说话。我把一个酒瓶夹在两腿间，把开瓶塞的钻子钻进去，雷恩太太大张着嘴期待着。酒从我两腿间溅出来，阳光从八角窗外溅进屋里来。我的血也在血管中沸腾，将要从我身体里一涌而出的上千种发疯的玩意儿现在全混杂在一起。我把自己想起的每一件事讲给他们听，这些事情原先都藏在我心灵深处，雷恩太太的狂笑使我全吐露出来。两腿间夹着酒瓶，阳光由窗外洒进来，这会儿我又重新体验到刚来巴黎时挨过的那段寒酸日子里感受到的快活心境。当时我茫然不知所措，一贫如洗，像在宴会上徘徊的一个鬼魂那样在街上逛来逛去。每件往事突然又全部浮现在眼前：不能使用的卫生间，那位擦亮我鞋子的王子，辉煌影院（我曾在那儿躺在老板的大衣上睡过觉），窗子上的格栅，叫人窒息的感觉，肥大的蟑螂，偶尔一顿的大吃大喝，即将消失在暮色苍茫中的罗斯·坎那克和那不勒斯。我常常饿着肚子在大街上东跑西颠，有时也去拜访素不相识的人，譬如德洛姆夫人。至于是怎样到德洛姆夫人家去的，我再也想不起来了。可我去了，还设法走进她家门。我穿着灯心绒裤子和猎装，裤子门襟上一颗扣子都不扣便从管家和系着一条小白围裙的女佣身边闯进屋子里去。直至今日，我仍能感觉到那个房间里金碧辉煌的气氛，德洛姆夫人身着男人气的衣服坐在一尊宝座上，鱼缸里养着金鱼，还摆放着古代的世界地图和装订精美的书籍。我仍能感觉到她沉重的手搭在我的肩膀上，她那股同性恋的气氛叫我有点害怕。更舒适的享受是在圣拉扎尔车站往肚里灌浓汁肉汤，妓女们都站在门口，每张桌子上都摆着塞尔查矿泉水瓶，一股很浓的精液在裤裆里泛滥。五点到七点之间，最好的消遣莫过于置身于这一大群人中，紧跟一条大腿或一个美丽的酥胸往前走，脑子里乱哄哄的，一个个念头接踵而至。这是那时一种稀奇古怪的满足，那时没有约会，没人请吃饭，没有计划，没有钱。那真是黄金般的日子，我连一个朋友也没有。每天早上，我拖着疲惫的脚步去美国捷运公司，每天早上都从办事员那儿得到那个不可避免的答复。于是我像臭虫一样东跑西颠，时不时地捡几个香烟屁股，有时偷偷地捡，有时又觍着脸当着别人的面捡。有时我坐在长椅上勒紧裤腰带忍着饥饿的折磨，有时穿过杜伊勒里花园，瞧着那粗笨的塑像勃起一回。或是夜间沿着塞纳河漫步，这儿逛逛，那儿逛逛，为它的美姿发狂。两岸的树木，水中破碎的倒影，桥上该死的灯泡照耀下湍急的水流，女人们睡在门廊里，睡在报纸上，睡在雨里。到处都有散发着一股霉味的大教堂门廊，到处都有乞丐、虱子和充斥圣维德斯舞会的丑八怪女人。小巷里的手推车像酒桶一样堆放在一起，市场上弥漫着草莓气味，老教堂四周都种着菜。蓝色的弧光在闪烁。贫民区堆满垃圾，很滑。脚穿缎子舞鞋的女人们痛饮一夜后在这些污物和害虫上跌跌撞撞地走过去。还有圣绪尔比斯广场，宁静而又空旷，每天夜里临近午夜时分便有一个拎一把散架的雨伞、戴古怪面纱的女人到那儿去。每天夜里她都撑着伞睡在一条长椅上，伞骨已掉下来，她的衣服已变成绿色的。她的手指又细又瘦，身上散发出一种霉烂的味道。到了早晨，我自己便要坐在那儿,在阳光下安安静静睡一觉,一面还诅咒那些该死的鸽子,它们到处觅面包渣吃。圣绪尔比斯啊！那硕大的钟楼、贴在门上的花花绿绿的广告,还有楼内点燃的蜡烛。这便是阿纳托尔·法朗士[①]如此热爱过的圣绪尔比斯。在这儿,神坛上传来嗡嗡的祈祷声,喷泉中水花四溅,鸽子咕咕叫,面包屑一眨眼工夫便不见了,我饥肠辘辘的肚子里却发出单调的隆隆响声。我在这儿一天又一天地坐下去,想热尔梅娜和她在巴士底广场附近住过的那条脏兮兮的小街。神坛后面仍不断传来嗡嗡的祈祷声,公共汽车呼啸着从身边驶过。太阳晒化柏油,柏油又介入到我和热尔梅娜、柏油本身和大钟楼里的整个巴黎之间。

仅仅一年前,我和莫娜每夜都沿着波拿巴大街散步,那是在我们告别博罗夫斯基之后。当时圣绪尔比斯广场对我并不意味着什么,巴黎的景物对我都不意味着什么。我说话说累了,看人脸孔看烦了,逛大教堂、广场和动物园等地方也逛腻了。在红色的卧室里找本书看吧,藤椅坐着不舒服。我厌倦了整天坐着,厌倦了红色壁纸,厌倦了看着这么多人没完没了地胡扯。这间卧室和箱子总开着,莫娜的衣服杂乱无章地四处丢。我的套鞋和手杖都放在红卧室里,还有从未动过的笔记本和冷落在一旁的手稿。巴黎！巴黎意味着塞莱特咖啡馆、大教堂、多姆大饭店、跳蚤市场、美国捷运公司。巴黎！巴黎意味着博罗夫斯基的手杖、博罗夫斯基的帽子、博罗夫斯基的树胶水彩画、博罗夫斯基的史前鱼和史前笑话。1928 年在巴黎,我仍记忆犹新的只有一夜,那就是乘船启程去美国前的那一夜。那是一个少有的夜晚,博罗夫斯基有点儿醉了,他还有点儿讨厌我,因为我跟那儿的每一个婊子跳舞。不过我们早晨就要走了！我就是这样对我搂住的每一个娘儿们说的。*早晨就走！*我就这样对那个有一双玛瑙色眼睛的金发女郎说。到了卫生间里,我

① 阿纳托尔·法朗士(1844—1924):法国作家,1921 年获诺贝尔文学奖。

站在小便器前，下面勃起得很厉害，它显得既轻又重，像一颗插上翅膀的铅弹。我就这样站在那儿，这时两个娘儿们溜进来了，是美国女人。我双手握着那玩意儿，友好地同她们打招呼。她们朝我挤挤眼便走过去。我正在走廊里系上裤扣，便看到其中一个娘儿们在等她的朋友从厕所里出来。音乐仍在奏响，也许莫娜会出来找我，或是博罗夫斯基拄着金柄手杖走过来，可眼下我在这女人的怀抱里，她搂着我，我便不在乎谁会来，会发生什么事情。我俩慢慢蠕动着钻进一个小房间里，我让她双手扶墙、弯腰撅起屁股。我试着把那东西从后面插进去，可是不成功，于是我们又坐下试了一回，可还是不成功，无论怎样试都不成功。她自始至终握着我的那东西，活像握着一件救命的宝贝。可是没有用，我们太兴奋、太急切了。音乐仍在奏响，还在奏乐，于是我俩又搂抱着从小屋里匆匆出来回到走廊。在厕所里跳舞似的折腾时，我把精液全射在她的漂亮礼服上，为此她很生气。我摇摇晃晃回到桌旁，博罗夫斯基脸上红扑扑的，莫娜则责难般地望着我。博罗夫斯基说："咱们明天都去布鲁塞尔。"大家都同意。回到旅馆后，我吐得到处都是，床上、脸盆里、衣物上、套鞋和手杖上，从未动过的笔记本和冷落在一旁的手稿上也有吐出的东西。

几个月后，仍是在同一家旅馆的同一个房间里，我们望着窗外院子里的景物。自行车都放在那儿。楼上，阁楼底下有间小屋子。亚历克，一位活泼的小伙子，整天放留声机，还扯着嗓门反复唱些美妙的歌儿。我说"我们"，可我这是提前讲述此事。莫娜一直不在家，今天我就要去圣拉扎尔车站接她呢。临近傍晚，我把脸塞进两根栅栏之间站着等莫娜，可是没见着她。我又看一遍电报，仍然没能看出什么蹊跷，于是我回到拉丁区，照样大吃一顿。过了一会儿，从多姆大饭店前游逛而过时我突然看到一张苍白、臃肿的面孔和一对急不可耐的眼睛，还有一直令我心驰神往的天鹅绒衣裳，因为在柔软的天鹅绒底下总有她温暖的乳房、大理石般洁白的大腿和冰凉而又结实的肌肉。她从面孔的海洋中起身拥抱我，充满柔情地拥抱我，一千只眼睛、鼻子、手指、腿、酒瓶、窗子、钱包和茶托都怒视着我们，而我俩拥抱在一起，忘怀周围的一切。我在她身边坐下，她便说开了，滔滔不绝地说，这是歇斯底里、性变态和麻风病的狂热征兆。我连一个字也没听见，因为她很美，我爱她，现在我很快活，还愿意去死。

我们沿着城堡街漫步，寻找尤金。我们走过那座铁路桥，从前我常常在这儿看火车驶出。不知她他妈的究竟在哪儿，心里也就很不好受。过桥时一切都是软绵绵的，令人心醉神迷。烟雾从我们两腿间袅袅上升，铁轨嘎嘎作响，信号在我们血液中闪烁，我感觉到她的身子紧紧贴着我的，全成为我的，于是我站住，双手抚摸那温暖的天鹅绒。我们周围的一切都在碎裂，碎裂，天鹅绒下的温暖肉体在渴求我……

我俩又回到原先那间屋子里。多亏尤金，我们又弄到五十法郎。我看看院子里，那部留声机已经不唱啦，箱子开着，莫娜的东西像往常一样丢得到处都是。她和衣躺在床上。一次、两次、三次、四次……我以为她就要发疯了……躺在床上，盖着毯子，再摸摸她的身体多么好啊！可是还能摸多久呢？这一回能持续下去吗？我已有一种预感，这不会延续多久。

她狂热地跟我说话，仿佛我们没有明天。“别说啦，莫娜！看着我……别说啦！”最后她睡着了，我从她身下抽出胳膊。我闭上眼，她就躺在我身边……到早上当然还在……我是在 2 月从码头启程的，那天正在下一场叫人睁不开眼睛的暴风雪。我最后一次看到她时，她在窗口同我挥手道别。当时街对面角落里站着一个男人，他的帽子拉下来遮住眼睛，下颚紧贴在西服翻领上。这个望着我的男人是一个胎儿，一个嘴里叼着雪茄的胎儿。莫娜在窗口同我挥手道别，脸色苍白而浮肿，披头散发。忽而我们又置身于一间阴沉沉的卧室里，我俩有节奏地喘着气，她的两腿间渗出液体，身上散发出一种温暖的、猫身上的气味，她的秀发含在我嘴里。我闭着眼，我们嘴对嘴呼出一口口热气。我俩身子紧贴在一起，距美国有三千英里之遥，可我再也不去想这件事儿了。同她在这儿睡在床上，让她对着我喘气儿、秀发含在我嘴里。我认为这是一种奇迹。天亮以前，不会发生什么事情……

我从酣睡中醒来望着她，这时一缕微弱的光线透进来，我望着她美丽的蓬乱头发，觉得有样东西顺着她的脖子爬下来。我凑近看看她，她的头发在微微抖动。我扯开床单，看到更多臭虫，它们在枕头上排列成一大片。

拂晓，我们匆忙收拾东西溜出旅馆，这时街上的咖啡馆还没有开门。我们步行，边走边挠痒。天亮了，天边出现一片奶白色的晨曦，一朵朵橙红色的彩云飘过天际，恰似蜗牛出壳。巴黎啊，巴黎，所有的故事都发生在这儿。残垣断壁，小便池中悦耳的哗哗流水声，男人们在酒吧里用舌头舔自己的小胡子。窗子推上去时铿锵作响，街上的水沟里流水潺潺。还有用鲜红的巨大字母拼出的 Amer Picon①。呈之字形。咱们走哪条路？为什么要走？往哪儿走？去干什么？

莫娜饿了，而且她的衣服很单薄。除了晚礼服、香水、俗气的耳环、手镯和脱毛剂，她什么都没有。我们在梅园大道上一家弹子房中坐下要一杯热咖啡。卫生间坏了。我们得坐一阵才能去另一家旅馆，这时我们互相替对方摘出头发里的臭虫。莫娜紧张不安，发脾气。非要洗澡，非要这样，非要那样。非要、非要……

"你还剩下多少钱？"

钱！我全忘掉了。

美国饭店。那儿有部电梯。我们在大白天便上床睡觉。待我们起

① 亚玛·匹康必打士酒，一种带苦味的法国开胃酒。

身,天色已黑,这时要做的头一件事便是凑足往美国发一份电报的钱。电报就打给那个嘴里叼着长长的名牌雪茄的胎儿。我们还要去拉斯帕伊林荫道找那个西班牙女人,做顿热饭是她的拿手好戏。天一亮便会发生什么事。至少我们可以一起上床。不再有臭虫。雨季已开始。床单干净极了……

第二章

在博尔盖塞别墅，一种新生活展现在我面前。才十点钟，我们已吃过早饭，还出去散过步。如今我们这儿来了一位埃尔莎。鲍里斯告诫我："这几天走路要轻一点。"

这天一开始便景色宜人，明媚的天空，清新的微风，刚刚粉刷过的房屋。去邮局的路上，我和鲍里斯讨论那本书，书名是《最后一本书》，它将以不署名的方式写出。

新的一天在开始。今早我们站在迪弗雷纳①的一幅闪烁着光辉的油画前时，我便感觉到这一点。画上是 13 世纪的一种早餐式聚会，没有酒；一个面容姣好、丰满紧实的裸体，充满活力，像手指甲一样呈粉红色，一棱棱波浪状的肌肉闪闪发亮。总的说来，这幅画是二流的，有些方面还是初级的。这是一个欢快的人体，在朝露下湿漉漉的。这是静止的生命，不过这儿还没有什么东西是静止的、死去的。画中的桌子被食物压得吱吱响，食物太重，桌子快散架了。这是一顿 13 世纪的饭，绘

① 查尔斯·迪弗雷纳(1876—1938)：法国画家。

画人已经清楚记住在丛林中写生时画下的所有动物，一大群瞪羚和斑马在啃棕榈树的复叶。

现在我们同埃尔莎待在一起。今早我们还在床上时，她便为我们演奏。*这几天走路要轻一点*……太好了！埃尔莎是女佣，我是客人，而鲍里斯是大人物。一场新戏要开演了，我写下这些话时不禁大笑起来。鲍里斯这个山猫知道会出什么事，他对各种事情的嗅觉也很敏锐。*要轻一点*……

鲍里斯如坐针毡，从现在起他老婆随时有可能露面。他老婆足足有一百八十磅重，他却是个小个儿，你明白这是一种怎样的局面。晚上在回家的路上他对我解释过，这局面又可悲又可笑，我禁不住不时停下来嘲笑他一番。"你为什么这样笑？"他柔声问道，然后又继续以凄凉的歇斯底里口吻叙述下去，活像一个可怜虫。他突然意识到无论穿上多少件常礼服，自己永远也不会成为一个男子汉，于是他想逃走，想换一个新名字。鲍里斯哀声道："这头母牛可以占有一切，只要她肯放过我。"可是首先得把公寓租出去，订好契约，安排好各种琐事，这会儿他的常礼服说不定会派上用场呢。她的块头儿，这才是真正叫他发愁的！假如回去时我们发现她突然站在门口，他准会昏过去，他对老婆就是这么诚惶诚恐。

所以我们只得暂时放过埃尔莎，在这儿她只是做早饭，引导来看房子的客人。

埃尔莎的德国血统和那些悲凉的歌曲已使我心旌摇动。今早从楼梯上下来，鼻孔里仍留有咖啡的余香，我便低声哼"……这曾经是多么美好"。这首歌是专为早饭唱的。没过多久，楼上那个英国青年奏起了巴赫的曲子。据埃尔莎说，"他需要一个女人"。埃尔莎也需要点儿什么，我能觉察到这一点。我对鲍里斯什么都没有讲，今早他正刷牙时埃尔莎向我介绍了很多柏林的情况。那些从屁股后面看起来十分迷人的娘儿们，待她们转过身来，哇，有梅毒！

我觉得埃尔莎总在如饥似渴地望着我，犹如看着早饭桌上剩下的食物。今天下午，我们在工作室里背对背写东西，她给远在意大利的情人写信。我的打字机出了毛病。鲍里斯已出发去察看一个便宜的房间，公寓一旦租出他就要搬过去。除了同埃尔莎调情，我简直无法应对。她想这样，可我还是为她感到有点遗憾。她给情人的信只写了一行，是我俯身去搂抱她时斜睨到的。不过，我控制不住自个儿了。那该死的德国音乐，忧郁而又伤感，打动了我。后来就是她那明亮的小眼睛，炽热，充满悲哀。

事情完了，我让她给我弹一首曲子。埃尔莎是位音乐家，尽管她弹的曲子听起来像是在狠砸一口破锅，像人的脑壳在一起磕磕碰碰。她一边弹琴一边哭泣，我并不责怪她。她说，到处都会遇到这种事情，到处都有个男人，事后她就得离开，然后便是堕胎，找个新工作，此后又是另一个男人。谁都根本不管她，只是利用她。说完这些话她便为我弹一首舒曼的曲子。舒曼，这个爱哭鼻子、多愁善感的德国王八蛋！不知怎么搞的，我很为埃尔莎难过，可又认为这事与我根本无关。像她这样一个会弹琴的婊子早该懂得这种事情，不让碰巧遇到的每一个家伙把她轻易骗到手。舒曼的曲子使我神不守舍，埃尔莎仍在抽噎，而我早已想到别的事情上去。我在想塔尼亚，想她怎样弹奏慢板。我在想许多许多早已逝去、早已遗忘的往事，想起在绿点[①]度过的那个夏日下午。当时德国人正大举进犯比利时，我们损失的钱还不很多，也就不大介意德国蹂躏一个中立国。那时我们仍很天真烂漫，乐意听诗人们朗诵诗，在昏暗中坐在桌子周围大肆谈论亡灵。那一回，整个下午和晚上四周都回荡着德国音乐，附近都是德国人，甚至比德国本土的德国人还多。

---

① 位于美国纽约布鲁克林区北端。

我们是听着舒曼和胡戈·沃尔夫的乐曲、吃着泡菜和土豆汤团、喝着烈性甜酒成长起来的。临近傍晚，我们围坐在一张大桌子旁，放下窗帘。有一个傻乎乎的小妞儿在大谈耶稣基督。我们在桌下相互牵着手，坐在我旁边的女人把两根手指伸进我的裤裆。后来我们躺在地板上，就在钢琴后面。有人在唱一支凄凉的歌，空气令人窒息，女人口中有一股酒气。钢琴踏板在僵硬、机械地上下移动，这是一种疯狂的、徒劳无功的运动，就像花二十七年时间堆积起来的一堆大粪，不过却是准时完工的。我把她拽到我身上，音乐仍在往我耳朵里灌。屋里一片漆黑，烈性甜酒洒在地毯上，把地毯弄得黏糊糊的。突然黎明仿佛就要来临，天上像是有水在冰上流动，而上升的雾气又使冰呈青色。冰河沉入一片翠绿色之中，小羚羊、大羚羊、金石斑鱼和海象在天边徘徊游荡，紫石鱼纵身一跃，跳出北极圈……

埃尔莎坐在我腿上，她的眼睛像两个小小的肚脐眼儿。我看见她的大嘴巴湿漉漉、光闪闪的，便亲她的嘴。于是她又哼起"这曾经是多么美好……"。啊，埃尔莎，你还不知道这对我意味着什么，你的来自萨金根的小号手①。德国歌咏团、施瓦本厅、体育协会……向左转，向右转……然后用绳子的一端抽打屁股。

唉，这些德国人！他们像一部公共汽车似的把你们全载走，使你们消化不良。一夜之间一个人不可能遍访陈尸所、疗养院、动物园、十二宫、哲学之困境、认识论的洞穴、弗洛伊德和司太克②的奥秘……骑在旋转木马上，一个人哪儿也去不了；但是同德国人在一起，你便可以一夜

---

① 奥地利指挥家、作曲家古斯塔夫·马勒（1860—1911）曾为冯·歇弗尔的诗《萨金根的号手》谱曲，这个旋律又称为"沃纳尔小号曲"。

② 威廉·司太克（1868—1940）：奥地利心理学家，弗洛伊德的早期追随者之一。

之间从织女星来到洛佩·德·维加①面前,而离去时仍同帕西法尔②一样愚蠢。

我说过,这天一开始便景色宜人。直到这天早上我才重新感觉到巴黎这个实体的存在。我已经有好几个星期没有觉察到这一点,也许是因为我已打好那本书的腹稿吧。我就带着这本书到处走,像一个怀孕的大肚子女人在街上穿来穿去。警察领着我过马路,女人们站起来给我让座,再也没有人粗暴地推搡我。我怀孕了,我滑稽可笑地蹒跚而行,大肚子上压着全世界的重量。

就在今天早晨去邮局的路上,我们最后一次将这本书夸赞了一番。我们,我和鲍里斯,开创了一种新生宇宙文学观。《最后一本书》将成为一本新《圣经》,所有有话要讲的人都可以在这儿讲,无须署名。我们要详尽地描写我们所处的时代,在我们身后,至少在一代人的时间内不会出现另一本书。到目前为止我们一直在黑暗中发掘,单凭直觉引导我们。现在我们要找到一个容器,倾倒掘出的致命液体。我们要一颗炸弹,一旦掷出去便会炸掉整个世界。我们要在书中尽情地写,以便给未来的作家提供情节、戏剧、诗歌、神话、各种科学。世界将在未来一千年里依靠我们的书生存,它洋洋洒洒、无所不包,其思想差点儿叫我们自己也茫然不知所措。

世界,我们的世界,一百多年来一直濒临死亡。过去一百多年来还没有一个人发狂到在世界的屁眼儿里放一颗炸弹把它炸掉的地步。这世界在腐烂,在逐渐死去。不过它还需要决定性的一击,需要被炸成碎片。我们没有一个人不受其影响,然而所有的大陆、大陆间的海洋和空

---

① 洛佩·德·维加(1562—1635):西班牙剧作家、诗人,巴洛克文学的代表人物。织女星亦名为"维加"。

② 德国作曲家瓦格纳(1813—1883)同名歌剧中的愚蠢山村少年。

中的小鸟都藏在我们心中。我们要在书中记录这个世界的演变，它已经死了，但仍未被埋葬。我们在时间表面游泳，其他所有的人都已经淹死，快淹死，终究要被淹死。这本书将是一部巨著，将会出现大洋似的广阔地域供人来往、漫游、唱歌、跳舞、攀登、洗澡、翻跟斗、发牢骚、强奸、杀人。这是一座大教堂，一座真正的大教堂，在建造它的过程中每一个失去自己身份的人都可以出力。会有人为死者做弥撒、祷告、忏悔、唱赞美诗，以一种要人命的漫不经心的态度抱怨一会儿，闲扯一会儿；会有圆花窗、滴水嘴、侍僧和护柩者。你可以把马牵进教堂，在走廊上狂奔。你可以把脑袋往墙上撞，它不会倒塌。你可以任意造一种语言去祈祷，也可以在教堂外面蜷起身子睡觉。这座教堂至少能支撑一千年，而且不会有复制品，因为建造者和建造方法都已死掉。我们要印制明信片，组织旅游，我们要在它周围修筑一座城，建立一个自由公社。我们不需要天才，天才都死了。我们需要强壮的劳力，需要乐意放弃灵魂、生长出肉体的精灵……

这一天正在以理想的速度逝去。我待在塔尼亚房间的阳台上，楼下起居室里正在演戏。这位戏剧家生病了。而且，从上面望下去，他的头皮显得比往常更粗糙，他的头发是稻草做的，他的思想是一堆乱草。他老婆也是一个稻草人儿，不过还有点儿潮湿。连整座房子都是用稻草盖的。我站在阳台上等鲍里斯来，早饭已解决，那是我最后的一个难题。我把一切都简化了，假如再出现新的难题我便把它们同脏衣服一道装进背包里好了。我要扔掉所有的钱。我要钱有什么用？我是一部写作机器，拧上最后一颗螺钉机器便运转。我与机器之间并无间隙，我就是机器……

他们还没有告诉我这出新戏讲的是什么，不过我可以感觉到。他们企图摆脱我，可我就是到这儿来吃饭的，只是比他们预期的早到一会儿。我已告诉他们该坐在哪儿、该干什么。我有礼貌地问他们自己是否打搅他们。可我的真正意思是，你们会不会打搅我？他们也知道我的意思。没有，你们这伙快活的蟑螂，你们并没有打搅我，你们是在滋养我。不错，我看到你们紧挨着坐在一块儿，不过我知道你们之间有一道鸿沟。你们之间的距离同两颗行星之间的距离差不多，而我是你们之间的空旷地带。假如我抽身走开，你们便失去可以遨游的空间啦。

塔尼亚充满敌意，这一点我可以感觉到。她生我的气，怨我光想别的，唯独不想她。根据我的激动程度，她便知道自己的价值已降为零。她知道我今晚来此处的目的并不是要让她受精，她知道某种东西正在我心中萌发，这东西会毁掉她。她领悟得很慢，不过仍在领悟……

西尔维斯特显得更加踌躇满志，他今晚要在饭桌旁拥抱她。现在他在看我的手稿，准备激发我的自尊，使之与她的自尊相对抗。

今晚的聚会稀奇古怪，现在正是准备阶段。我听见玻璃酒杯叮当响，酒拿出来了。一杯杯酒会被喝掉，生病的西尔维斯特也会痊愈。

聚会计划是昨夜才在克朗斯塔特家里制订的，其宗旨是叫女人们吃点苦头，幕后的气氛应该更恐怖，有更多的暴力、灾祸、磨难、悲哀和痛苦。

我们这样的人来到巴黎不是偶然事件。巴黎只是一个人工舞台，一个可以使观察者看一眼戏剧冲突各阶段的旋转舞台。这些戏都不是在巴黎开场的，它们在别处上演。巴黎只是一件助产器械，它把活着的胎儿从子宫中夹出来放进保育器。巴黎是人工引产婴儿的摇篮，在这个摇篮里来回晃悠时每个人又回到故土，又梦见柏林、纽约、芝加哥、维也纳、明斯克。维也纳再也不会比巴黎更维也纳化。每一件东西都被人顶礼膜拜，摇篮献出一批婴儿，另一批新生婴儿又取代他们的位置。你可在这些墙上看到说明，左拉、巴尔扎克、但丁、斯特林堡以及每一位曾声名显赫的人当时都住在这儿。每个人都曾在这儿住过一阵，不过却没有人在这儿死去……

他们在楼下说话，他们的话都是富有象征意义的。他们在谈话中用到“斗争”这个词，生病的戏剧家西尔维斯特在说：“我正在看《宣言》。”塔尼亚问：“谁的？”哈，塔尼亚，我听得很清楚，我正在楼上写到你，而你也料到了。说下去，这样我就可以记下你的话。坐到餐桌边，我就不能再做笔记了……突然塔尼亚说：“这个地方没有一个很像样的厅。”这话又是什么意思？

他们在张贴一些画儿，这也是为了打动我。你瞧，他们希望说，我们在这儿很自在，在这儿过夫妻生活，我们在使这个家更具吸引力。为了你的缘故，我们还要为这些画儿争论几句。塔尼亚又说：“眼睛竟会这样迷惑一个人！”唉，塔尼亚，你要说些什么？继续下去，把这出闹剧演下去。我来这儿是为了吃你们允诺过的这顿饭的，我非常非常喜欢这出喜剧。这一回是西尔维斯特先开口，他试图讲解博罗夫斯基的一幅水粉画。“到这儿来。看见了吗？一个人在弹吉他，另一个人的腿上坐着一个女孩子。”是的，西尔维斯特，是这么回事。博罗夫斯基和他的吉他！他腿上的姑娘！只是一个人永远也拿不准坐在他腿上的是什么人，也说不上是否真有一个人在弹吉他……

不用等很久莫尔多夫便会手脚并用地飞快爬进来，鲍里斯也会嘻嘻笑着走进来。吃饭时我们有锦鸡、安茹葡萄酒和又粗又短的雪茄。还有克朗斯塔特，他听到最近的新闻后便一会儿严肃，一会儿轻松，每五分钟情绪变化一次。过后他便又安稳下来，重新沉溺于梦幻之中。也许这时他会写出一首诗来，一首没有舌头的大金钟似的诗。

该休息个把钟头啦。又来了一个看房子的客人。楼上那个要命的英国人在练习弹巴赫的曲子。现在有人来看房子，必须马上冲上楼去，叫那位钢琴家停一会儿。

埃尔莎在给蔬菜水果商打电话，管子工在马桶上装新坐垫。门铃一响，鲍里斯便失去平衡，在忙乱中弄掉了眼镜。他趴在地上找，常礼服在地上拖着。这有点儿像大基诺剧院[1]里演出的一出戏，那位快饿死的诗人来给屠宰商的女儿上课，每一次电话铃响起诗人就会流一回口水。马拉美[2]的名字听上去像“牛腰肉”，维克多·雨果这个名字的发音同“小牛肝”一样。埃尔莎在为鲍里斯预订一顿精美的午饭：“一份带汤的猪排。”闻声我仿佛看到放在大理石上的一大堆粉红色冷火腿，底下垫着白色肥肉的美味火腿。我饿得要命，尽管我们几分钟之前才吃过早饭——我不得不免去午饭。多亏博罗夫斯基，我只在星期三吃午饭。埃尔莎仍在打电话，她忘记订购一块咸肉。“对了，一小块咸肉，别太肥。”她说……得啦！放些小牛胰脏，放些牛睾丸和蛤！做菜时放一些油炸肝泥香肠进去，我可以一顿吞下洛佩·德·维加的一千五百出戏。

来看房子的是位漂亮女人。当然，是美国人。背对着她，我站在窗口看一只麻雀啄食一摊刚拉的屎，很惊奇麻雀竟这么容易养活。下着一点雨，不过雨点很大。以前我常常以为一旦鸟儿的翅膀湿了，它就无法再飞。我觉得奇怪，这些阔女人怎么来巴黎找到了一流的工作室。准是一点点才能和一只鼓鼓的钱包帮了她们。天若下雨，她们便有机会炫耀她们的雨衣。吃的东西不算什么，有时她们忙着四处游荡，没时间吃午饭，只是在和平咖啡馆或里兹酒吧吃点儿三明治，一块薄脆饼。“只为名门闺秀服务”——皮维·德·夏凡纳[3]从前的画室门口就这样写着。那天我碰巧从那儿经过，有钱的美国娘子肩上挎着颜料盒。一点点才能和一只鼓鼓的钱包。

---

① 巴黎的一所剧院，以演出情节刺激的戏闻名。

② 斯特凡·马拉美(1842—1898)：法国诗人、散文家。

③ 皮埃尔·皮维·德·夏凡纳(1824—1898)：法国壁画家。

麻雀着魔似的从一块鹅卵石跳上另一块鹅卵石。如果停下仔细观察一番,你便会发现它们的确是在做很费力的事情。到处都丢着食物,我是指水沟里。那位漂亮美国女人在打听哪儿有卫生间。卫生间!让我带你去,你这蔑视金钱的瞪羚!你说卫生间?到这儿来,小姐。别忘了编号的是留给残疾军人的。

鲍里斯在搓手,他在讲解这笔租房交易中的最后几条事项。几只狗在院子里叫,吠声像狼嚎一样。楼上,梅尔渥内斯太太在挪动家具。她整天无事可做,很无聊。如果发现哪儿有一点点灰尘,她便会把整个房子打扫一遍。桌上摆着一串绿葡萄和一瓶甜酒,十度的优质酒。鲍里斯道:"好的。我可以为你做一个脸盆架。请到这儿来。对了,这是卫生间。当然,楼上还有一个。对,每月一千法郎。你说你不怎么喜欢于特里约[①]?不,这儿才是。只是需要一个新脸盆,就是这儿……"

女人马上就要走,这一回鲍里斯压根儿没有介绍我。这个婊子养的!每回一个有钱的婊子到来,他就会忘记介绍我。过几分钟我就可以再坐下来打字。不知怎么搞的,今天我不大想工作,我的干劲在一点点地消失。她会在一个小时后回来,夺走我屁股底下的椅子。一个人居然不知道他半小时后会坐在哪儿。在这种情况下他怎么能写作呢?如果这个有钱的王八蛋租下这个地方,我就连睡觉的地方都没啦。处在这么一种困境中便很难确定哪一种情形更糟:是没地方睡觉好些,还是没地方工作好些。一个人在哪里都能睡觉,可他一定得有一个工作的地方。即使你写的不是一部杰作,但写一部拙劣的小说也得有把椅子坐,有安静的环境呀。这些有钱的女人从来没想过这个。无论何时她们想把自己柔软的屁股放低一些,总有一把现成的椅子摆在那儿……

---

① 莫里斯·于特里约(1883—1955):法国画家,擅长描绘城市风光。

昨夜我们出门去，留下西尔维斯特和他的上帝一起坐在炉边。西尔维斯特穿着睡衣，莫尔多夫唇间叼着雪茄。西尔维斯特在剥橘子，他把橘子皮放在沙发巾上。莫尔多夫凑近他，问是否能再念一遍那部才华横溢的模仿滑稽作品《天堂之门》。我和鲍里斯打算走开，我们太快活了，同这儿的病房气氛不大谐调。塔尼亚跟我们一道走，她快活，因为她就要离开这儿。鲍里斯快活是因为莫尔多夫身上的上帝死了。我快活是因为我们还要演出另一幕戏。

莫尔多夫的声音很恭敬，"西尔维斯特，在你睡觉之前，我能同你待在一起吗？"过去六天以来，他一直同西尔维斯特待在一起，买药，为塔尼亚跑腿，安慰、宽慰他们，守卫大门谨防鲍里斯及其无赖等不怀好意的人闯入。他像一个发现自己的偶像在夜间被肢解的野人。他坐在这个偶像脚下，带着面包树上的果实和油，咕哝着语无伦次的祷告词。他的嗓音油腔滑调，他的四肢早已麻痹。

他对塔尼亚说话的口气仿佛她是一位违背誓言的女牧师。"你一定要自尊自重，西尔维斯特就是你的上帝。"西尔维斯特在楼上受罪(他有点儿哮喘)，而这对男女牧师却在大吃大喝。莫尔多夫说："你这是在玷污自己。"汤从他嘴上滴下来，他有本事一边吃饭一边蒙受痛苦。他一面挥手赶开苍蝇一类的东西，一面伸出肥胖的小爪子去抚摸塔尼亚的秀发。"我快要爱上你了，你像我的范妮。"

在其他方面，今天也是莫尔多夫的好日子。美国来信了，莫每门功课都是优秀，默里在学骑自行车，留声机也已修好。你从他脸上的表情可以看出，信里除了报告成绩和学自行车的事还有别的。你可以坚信这一点，因为今天下午他为他的范妮买了价值三百二十五法郎的珠宝，还给她写了一封有二十页厚的信。侍者替他拿来一张又一张纸，替他灌墨水、端咖啡、送雪茄，他出汗时便替他扇扇子，帮他拂去桌上的面包渣，雪茄一熄灭便再替他点燃，为他买来邮票，尽心尽意地侍候他，围着他团团转，朝他顶礼膜拜……差点儿弄断了他的脊梁骨。雪茄烟头很粗，比"花冠"牌雪茄粗大。也许莫尔多夫在日记中提到这一点，这是为了范妮的缘故。手镯和耳环的价钱很合算，钱花在范妮身上总比浪费在热尔梅娜和奥黛特这类小婊子身上好些。他对塔尼亚就是这样说的，他给她看他的箱子，里面塞满给范妮、莫和默里的礼物。

"我的范妮是世界上最聪明的女人，我一直在挖空心思找她的缺点，可就是找不到。

"她十分完美。让我告诉你范妮能干什么，她打起桥牌来就像一个高明的职业牌手，她还对犹太复国主义运动感兴趣。比如说，给她一顶旧帽子，看她拿它怎么办。她在这儿折一折，在那儿加条带子，这就变成一件很美的东西了！你知道什么是最大的幸福吗？就是在莫和默里睡着以后，坐在范妮身边听收音机。她那么安详地坐着，看着她，我的全部奋斗和伤心失意都得到抵偿。她听得十分明白清楚。我一想起你们那散发着臭味的蒙帕纳斯，再想到我同范妮吃完一顿大餐后在里奇湾消磨的一个夜晚，我就可以告诉你这两个去处根本没法比。一些简单的东西，比如食物、孩子、柔和的灯光，范妮坐在那儿，有点累，不过快活、满足、富裕……我们就这样一声不响地坐上好几个小时，那才叫幸福呢。

"今天她来了一封信，并不是那种枯燥的流水账。她给我写的全是心里话，用的词儿连我的小默里都能看懂。她对一切都很敏感，我的范妮。她说孩子们必须继续受教育，不过这项花费叫她发愁。送小默里上学要花一千美元，莫当然能得到一笔助学金。可是小默里这个天才，默里，我们拿他怎么办？我给范妮写信，叫她别发愁。送默里去上学吧，我说。那一千元呢？今年我挣的钱会比哪一年都多。我要送小默里上学，因为那孩子是个天才。"

我真希望范妮开箱子时我在场。“你瞧，范妮，这是我在布达佩斯从一个老犹太人那里买的……这是保加利亚人穿的，纯毛的……这东西原先属于某一位公爵。不，不必缠起来，就放在阳光下……我们去看戏时我要你穿这个，范妮……穿它的时候配上我给你的那把梳子……这个，范妮，是塔尼亚替我挑的……她跟你有点儿像呢……”

此刻范妮坐在靠背椅上，像石印油画上的人儿一样，莫在一边，小默里那天才在另一边。她的粗腿有点儿短，够不着地板。她的眼睛呈一种黯淡的高锰酸盐色，乳房像成熟的红色包心菜，身子往前一倾便微微颤动一下。可是，可悲的是她已不再水灵，坐在那儿活像一个废弃的蓄电池。她的脸歪了，需要一点儿活力，需要突如其来的刺激使它复原。莫尔多夫正像一只肥蛤蟆似的在她面前跳来跳去，他的肉在颤抖。他滑倒后，打个滚儿再重新趴在地上都很费劲，于是范妮便用她的粗脚趾轻轻踢他。他的眼珠更凸出了。“再踢我一脚，范妮，这样很舒服。”这一回她狠狠踢他一脚，这一脚给他的大肚子上留下一个永久的坑。他的脸紧贴着地毯，垂下来的软肉在毯子的绒毛上颤动。他快活些了，四处乱蹦乱跳，从一件家具旁跃到另一件家具旁。“范妮，你真是太棒了！”这时他坐在范妮的肩膀上，从她耳朵上咬下一小块肉儿来，只是耳垂上的一点点，那儿是不会感觉到痛的，可她仍同死了一般，仍是一个没有电的蓄电池，毫无热情。于是他又扑在她腿上，趴在那儿，牙疼似的发抖。他现在已十分激动，而且无法控制自己。他的肚皮像一块漆皮那样发光，眼眶里出现一对花哨的背心纽扣。“扒开我的眼睛，范妮，我要更清楚地看着你！”范妮把他抱到床上，往他眼睛里滴一点热蜡。她在他肚脐四周摆上戒指，又在他屁眼儿里塞进一支体温计。她把他安置好，他便又颤抖起来。突然他缩小了，缩得完全看不见。她到处找他，在她肠子里找，到处找。有个东西在使她发痒，可她就是说不上哪儿痒。床上到处都是蛤蟆和花哨的背心纽扣。“范妮，你在哪儿？”有个东西令她发痒,可就是说不上来哪儿痒。纽扣从床上掉落。蛤蟆在爬墙,痒,痒。“范妮,把我眼睛里的蜡弄出来!我要看见你!”范妮只是哈哈大笑,笑得全身抖动不止。她身体里的东西在使她发痒,发痒。如果找不到这件东西她就会笑死。“范妮,箱子里装满了漂亮的东西。范妮,听见我的话吗?”范妮在哈哈大笑,像一条肥胖的蛆一样笑。她笑得肚皮都鼓起来,大腿发青。“啊,老天!莫里斯!有个东西令我发痒……我忍不住啦!”

第三章

星期日！临近中午时分，我离开博尔盖塞别墅，当时鲍里斯正准备坐下吃饭。我离开是出于自觉，因为鲍里斯看到我空着肚子坐在工作室里的确会过意不去。我不明白他为什么不请我同他一道吃午饭，他说请不起，可那不过是借口。反正我是出于自觉，假如他当着我的面独自享用会不好受，那么，同我分享他也许会更加难受。我无权探究他的隐秘。

来到克朗斯塔特家，他们也正在吃饭，一道菰米[①]炖小鸡。我假装已吃过饭，可我真想劈手夺过那娃娃手中的鸡。我想这不只是故作羞怯，而是一种反常心理。他们两次问我愿不愿同他们一起吃。不！不！我连饭后的那杯咖啡也不愿喝。我很自觉，很自觉！出门时我恋恋不舍地瞥了一眼那娃娃盘子里的鸡骨头，上面还有肉呢。

我漫无目的地四处闲逛。到现在为止天气不错，布西街上挤满慢腾腾走路的行人，酒吧大门敞开，路边摆着自行车。所有的肉市、菜市

---

① 一种多年水生禾草类植物。

上都很热闹，人人胳膊上挎着裹在报纸里的蔬菜。这是一个美妙的天主教星期日，至少早晨是这样。

正午时分，我饿着肚子站在所有这些弥漫着食物香味的小巷交会处。对面是路易斯安娜旅馆。那是一座阴森的旧旅馆，在从前的美好日子里，布西街的坏小子们都知道这儿。旅馆，还有吃的，我却像一个坐卧不宁的麻风病人一样走来走去。星期天早晨街上有股狂热劲儿，除了纽约的曼哈顿东区或查塔姆广场，别处看不到这种情形。艾尚德街在沸腾，这些街东扭西拐，每个拐弯处都聚着闹哄哄的一群人。一长列一长列拎着菜的人胃口大开，饥肠辘辘，他们四处窜来窜去。什么都没有，只有食物，食物，食物。简直叫人发狂。

我路过弗斯滕伯格广场。在正午时分，它又是另一番面貌。不久前的一个晚上我打这儿经过时，广场上空无一人，凄凄惨惨，森森然吓人。广场中央有四棵尚未开花的黑树，这是一种有智慧的树，从铺路石中汲取养分，像T. S. 艾略特的诗。老天爷在上，如果玛丽·洛朗森[①]愿把她的女同性恋者带到光天化日之下，这儿便是她们亲热的好地方。这儿全是搞同性恋的女人。不育，杂种，冷冰冰的，像鲍里斯的心。

圣日耳曼教堂旁边的小花园里有几尊拆下来的奇形怪状的雕像，这几个怪物凶相毕露地随时准备扑上来。坐在长椅上的是另外一些怪物——老人、白痴、跛子和癫痫病人，他们在那儿安安静静地打盹，等着开饭铃响。在马路对面的扎克艺术馆里，一个低能儿画了一幅宇宙的画儿——画在平面上。一个画家的宇宙！尽是一些零零碎碎的玩意儿，一些小古董。在画的左下角竟然画着一只铁锚和一只吃饭前摇动的就餐铃！敬礼！敬礼！啊，宇宙！

---

① 玛丽·洛朗森(1883—1956)：法国画家、版画复制家，以女性主义立场著称，本人却并非同性恋者。

下午三点左右，我仍在游荡，肚子饿得咕咕叫。又下雨，圣母院在雨中朦胧如一座坟墓。滴水嘴从建筑物正面顶上远远伸出，它们悬在那儿，像一个偏执狂心中的固执见解。一个留黄色连鬓胡子的老人走近我，他手里拿着一个叫贾沃斯基的人写的一本胡说八道的书。他朝我走过来，头向后昂着，雨水打在他的脸上，金沙色的胡子变成稀泥。书店橱窗里挂着劳尔·杜飞[1]的几幅画，画上尽是大腿间插着玫瑰树枝的女仆。还有论及胡安·米罗[2]哲学的专论。听仔细了，是哲学！

同一个橱窗里还有：《一个切成碎片的人》！第一章：家人眼中的此人。第二章：情妇眼中的此人。第三章——还没有第三章。得明天再来看第三、第四章，因为橱窗装饰人每天翻一页书。《一个切成碎片的人》……你简直无法想象我是多么气恼，自己竟没有想出一个类似的书名！这个写“情妇眼中的此人……眼中的此人……此人……”的家伙在哪儿？这家伙在哪儿？他是谁？我真想紧紧拥抱他，我非常非常希望自己有本事想出这样的书名，而不是《疯狂的公鸡》和我发明的其他蠢话。唉，操他妈的，即使我有那样的本事，我也同样会祝贺他的。

我希望他的漂亮书名使他走运。这是给你的另一片肉，给你下一本书的。抽空给我打个电话，我就住在博尔盖塞别墅。我们全死了，正在死去或快要死去。我们需要好书名。我们需要肉，一片片的肉——牛腰肉、上等牛排、牛肾、牛睾丸和牛胰脏。有朝一日，站在纽约第四十二大街和百老汇的某一角落里时，我会回忆起这个书名，我会写下脑子里想起的一切，鱼子酱、雨点、车轴润滑油、细面条、腊肠，一片又一片腊肠。把每件往事都记下来之后，我突然回家把孩子切成碎片。我不会告诉任何人为什么要这样做。亲爱的先生，如果你把它切成碎片，你便

---

① 劳尔·杜飞（1877—1953）：法国野兽派画家。

② 胡安·米罗（1893—1983）：西班牙画家、雕塑家。

可以免费享用。

人岂能空着肚子四处瞎逛一整天，而且还时不时地能勃起一回？这是“灵魂剖析家”们能轻而易举解释清楚的秘密之一。在一个星期日下午，百叶窗都放下来，无产阶级以一种麻木、呆滞的方式占领了街道。有几条大路纵向延伸出去，只会使人联想到一只长下疳的大公鸡。恰恰是这些大路有力地吸引着人们，例如圣德尼街或圣殿郊区，正如从前纽约联合广场或是曼哈顿的包厘街前段，人们被引诱到简易博物馆来看橱窗内陈列的蜡制的、被梅毒和其他性病侵蚀的人体各个器官。巴黎像一个各处都患病的巨大有机体向外延伸，这些美丽的大道相比之下不那么令人厌恶，因为它们体内的脓水已被挤出。

在靠近竞技广场不远的北城区，我驻足好几分钟尽情欣赏这片地方的脏乱景色。同人们在低矮的、与巴黎古老的干道平行的人行道里看到的许多广场一样，这个广场是长方形的。广场中央有一些又破又旧的建筑，衰败不堪，一座歪倒在另一座顶上，形成像一团肠子似的一堆东西。地面不平，铺地的石板上尽是脏东西，很滑，真像一堆混杂着炉渣和垃圾的屎尿。太阳很快就要落山，天空中的色彩也消失了，紫色变成血干了的颜色，青贝色变成深褐色，黯淡的灰色变成鸽粪的颜色。到处都有一个歪七扭八的怪物站在窗子上，像猫头鹰一样挤眼睛。脸色苍白、骨瘦如柴的孩子们发出刺耳的尖叫声，患佝偻病的小顽童头上往往有医生用钳子夹过的印痕。墙里渗出一股恶臭味，那是发霉的床垫味。欧洲——中世纪怪诞、恐怖的欧洲：B-mol 调的交响曲。正对面是竞技影院，给尊贵的观众展示这个大都市的种种景观。

离开这里时，我又重新忆起那天看过的一本书。“这座城是一个屠宰场，尸体同屠夫混杂在一起，又被盗贼剥得精光，一层层躺在街上。狼从郊区悄悄溜进来吃它们，黑死病和其他瘟疫跟它们为伍，英国人也大踏步赶来。与此同时，死亡之舞在所有墓地的坟堆之间旋转……”这书讲的是“愚蠢的查理”①时代的巴黎轶事！一本可爱的书！读后使人精神振奋、胃口大开，我至今仍为它着迷。我对文艺复兴时期的倡导人和先驱者所知不多，却对名不见经传的美貌女面包师潘佩内尔夫人和让·克拉波特总管这两个平民至今记忆犹新，一有空便想起他们。我也不能忘记《流浪的犹太人》②中邪恶的天才罗丹。他无法无天，胡作非为，“直到某一天被有八分之一黑人血统的塞西莉激怒、智取”。坐在圣殿广场，冥想让·卡博什③手下的人屠宰老弱马匹的恶行，我悲哀地长思“愚蠢的查理”的凄惨命运。他是一个智力不健全的人，在圣保罗旅馆大厅里转来转去，穿着最脏最臭的破衣服，溃疡和害虫侵蚀着他的健康。别人丢给他一根骨头，他便像一条癞皮狗那样去啃。我在狮子街寻找从前豢养野兽的围栏里的石头，他过去曾在这儿喂宠物，这是除去同“出身低贱的伙伴”奥黛特·德·尚迪韦尔④打牌以外的唯一消遣。这可怜的傻子。

我头一回遇见热尔梅娜也是在一个星期日的下午，同今天差不多。那天，我正沿着博马舍林荫道散步，身上装着老婆从美国匆忙寄来的一百多法郎，很阔气。时令已有点春天的意思了，一个有毒有害的春天似乎就要从街上的下水道里溢出。我每天夜里都回到这儿来，因为这儿有几条患麻风病的街道吸引着我。待白天的光亮渐渐消失，妓女们各就各位，它们才暴露出邪恶的光辉。尤其令我印象深刻的是巴斯德-瓦格纳街，它位于像一条熟睡的蜥蜴似的藏在林荫大道后面的阿梅洛特

---

① “愚蠢的查理”是法国国王查理六世（1368—1422）的绰号，在1380至1422年间统治法国。他患间歇性癫痫病，经常精神失常，沦为傀儡，不发病时倒也不失为一位贤明君主。

② 法国作家欧仁·苏（1804—1857）的长篇小说，罗丹是作品中的人物。

③ 巴黎商人，曾于1413年领导巴黎手工业者、小商人举行起义，冲进王宫，杀死数位高官。

④ 奥黛特·德·尚迪韦尔（1390—1425）：查理的情妇。

街角上。在这个瓶颈里总聚集着一群秃鹰[1],她们哇哇叫着扑动肮脏的翅膀,伸出锋利的爪子把你拽进一个门里。她们全是一伙快活而又贪婪的魔鬼,完事之后甚至不给你系上裤子的时间。她们领你来到背街的一个小房间里,通常是没有窗子的房间,撩起裙子坐在床边上,很快查看你一番,朝你的那玩意儿吐口唾沫便替你把它塞进去了。你还在洗身子,另一个婊子已经扯着她的猎物站在门口等着了,她冷淡地望着你最后草草洗几下了事。

热尔梅娜却与众不同,这从她的外貌上可看不出来,没有什么外在特征可以把她跟另外那伙每天下午和傍晚聚集在大象咖啡厅的妓女区别开来。我刚才说过,这是春季的一天,我老婆积攒起来汇给我的那几个法郎在口袋里叮当乱响。我有一种模模糊糊的预感,那就是到达巴士底广场之前我准会被一只秃鹰拖去。沿着林荫大道漫步时,我早就注意到热尔梅娜在朝我这边蹭,一副到处游荡看热闹的婊子派头。她的鞋跟趿拉着,她戴着便宜的首饰,脸色发青,涂上胭脂反倒更显出妓女特有的青白色皮肤。同她谈妥生意并不难,我们坐在那家也叫"大象"的小香烟店里很快便谈好了。几分钟后我们便在阿梅洛特街上花五法郎租下一个房间。窗帘拉上,床罩也掀到一边去。这位热尔梅娜并不急于尽快完事儿,她蹲在坐浴盆上擦肥皂,一面愉快地跟我东拉西扯,说她喜欢我的灯笼短裤。她认为它棒极了!从前是的,不过屁股坐的地方已经被我穿破了,幸亏有外衣遮住屁股。她起来擦干身子,同时仍跟我愉快地说着话。突然,她扔下毛巾,朝我随随便便走过来。她开始热切地抚弄自己那里,用两只手摸它,爱抚它,拍它。我至今仍难以忘怀她滔滔不绝说话的热情和把玫瑰花丛似的下体送到我鼻子底下的那个动作。她谈到它时那种口气仿佛叫你觉得那玩意儿是她花大价钱

---

① 此处将妓女比作秃鹰。

买来的，是一件身外之物。这件东西的价值随着时间的推移在不断增加，现在她在这个世界上最宝贵的东西便莫过于它啦。她的话赋予它一种奇妙的芬芳气味，它已不仅是私处的器官，还是一个宝贝儿，一个极有魔力的宝贝儿，一个上帝赋予的礼物，而且不会因为她每天都用它换几个钱而丧失一丁点儿魔力。她倒在床上，大叉着双腿，用两只手捂着它又抚弄一番，同时一直用粗哑的声音咕哝着，说它好、漂亮，是一件宝贝儿，一件小宝贝儿。不过她那个小眼儿的确不错！那个星期日下午，空气中弥漫着春天的有毒气味，一切都很圆满。走出旅馆，我在室外刺眼的光线下重新细细打量她一番，清清楚楚地看清她是怎样的一个婊子——金牙，帽子上插的天竺葵，踩塌下去的鞋跟，等等，等等。更有甚者，她从我这儿骗到一顿饭吃，抽我的烟，坐我的出租车。可是这一切一点也没有使我气恼。老实讲，是我鼓励她这样干的。我十分喜欢她，于是吃完饭后我俩回到旅馆又开了一炮，这一回是“为了爱情”。她那大而多毛的玩意儿又一次鲜花似的开放，迸发出魔力。在我眼里它获得了独立的生命。这儿是热尔梅娜，那儿是她毛茸茸的玫瑰花丛，我既爱热尔梅娜同它一分为二，也爱她俩合二为一。

我刚才说过，热尔梅娜与众不同。后来，了解我的实际境况以后，她便宽宏大度地待我，花很多钱请我喝酒，让我赊账，帮我典当东西，把我介绍给她的朋友，还提供其他诸如此类的帮助。她还为没能借给我钱道歉，这我完全能理解，因为后来她把她的鸨母指给我看了。我每天夜里沿着博马舍林荫道来到那家小香烟店，妓女们都聚集在这儿。我等她回来，让她把宝贵的时间匀给我几分钟。

后来，当我提笔写克洛德时，我心里想的不是克洛德而是热尔梅娜……“同她厮混过的所有男人，现在只有你了。船驶过去，桅杆和船身都过去，人生全部见鬼的激流都从你身上流过，从她身上流过，从紧跟着你的所有家伙身上流过。鲜花、小鸟和阳光都涌进来，它们的芬芳香气会呛死你，毁灭你。”这是为热尔梅娜写的。克洛德则是另一码事，尽管我也十分崇拜她，有一阵子我还自以为爱她呢。克洛德有灵魂，有良心，行为也高尚，最后这一点在一个婊子身上倒也不是什么优点。克洛德总叫人认为她有几分悲哀，她显然是无意中给人留下这种印象的。你不过只是命运选派来毁灭她的那水流中的一股。我说过，她是无意的，因为她是全世界最不可能有意识地在别人心目中造成这样一种印象的女人。她腼腆，敏感，所以不会那么做。克洛德在本质上完全是一位法国好姑娘，教养与智力均处于中等程度。生活捉弄了她，她身上有种气质，这种气质不够强健，无法应付日常生活的刺激。路易·菲利普①的那一番可怕的话正是说她的：“某一夜来临，一切都会完结。许多血盆大口朝我们逼来，我们再也无力直立，我们的肌肉从身上耷拉下来，仿佛已被嚼烂。”从另一方面看，热尔梅娜是一个天生的婊子，她对自己扮演的角色十二万分满意，实际上还很喜欢这活儿呢。除了有时肚子饿得绞痛、鞋子破了这类不足挂齿的区区小事之外，没有什么会使她感到不愉快。无聊！这便是令她最难受的事情。毫无疑问，她有过嫖客如云的日子，但也仅此而已。大部分时间里她喜欢这种生活，或者表现出喜欢的样子。这当然还是有区别的，譬如跟谁出去，同谁回来。不过最要紧的是男人。一个男人！这就是她梦寐以求的。一个两腿之间有件东西的男人，那个东西要能使她欢悦，叫她喜得身子乱扭一气，让她用双手捂住自己多毛的部位，摩擦它，带着一种喜悦、炫耀、自豪之情。她体验到两人已合为一体，体验到人生的乐趣。只有在双手捂住的部位那儿她才能体验到人生。

热尔梅娜是一个彻头彻尾的婊子，连她的好心肠也是婊子式的。她的婊子心肠并没有多好，而是一副懒散、麻木不仁、软弱的心肠。这

① 查尔斯·路易·菲利普(1874—1909)：法国作家。

颗心偶尔也会动情，它本身毫无见解，是一颗又大又软弱、只能被人打动片刻的婊子心肠。无论热尔梅娜为自个儿闯荡出的世界是多么卑微，多么狭小，她在其中却如鱼得水，而这本身便是一件叫人精神振奋的事情。我俩混熟之后，她的伙伴们便揶揄我，说我爱上了热尔梅娜（这是一种她们几乎无法理解的情形）。我就说："说得对！说得对！我爱上她了，而且对她忠贞不渝！"当然啦，这是谎话，我不能设想爱热尔梅娜犹如不能设想爱上一只蜘蛛一样。即使我不变心，也不是对热尔梅娜不变心，而是对她两腿间那个毛茸茸的东西不变心。不论何时看到另一个女人，我会马上想起热尔梅娜，想起她留在我脑海里的那片火红的、似乎会永生的小丛林。坐在那间小香烟店的露天座位上看她做生意使我很开心，我注意到她用对付过我的同样手段对付别人，她做同样的鬼脸，玩同样的把戏。"她在干她的活儿！"这就是我的想法，我以赞许的态度看她交易。后来同克洛德厮混在一起后，我看到她夜复一夜地坐在她习惯的位置上，圆圆的丰满小屁股搁在沙发厚绒布垫上。这时我对她的反感油然而生，我认为一个婊子无权像贵妇一样坐在那儿，扭扭捏捏地等人来找她，同时还一直不紧不慢地嚼巧克力。而热尔梅娜却是一个主动拉客的妓女，她才不会等着你上门，出来一把揪住你。我还清楚地记得她袜子上的洞和破烂的鞋子，记得她怎样站在酒吧里，带着盲目的大胆挑战态度将一杯烈酒灌下肚，然后大踏步走出门去。一个卖力的妓女！也许闻她口中的那股酒气并非一件美差，她口中的气味由淡咖啡、白兰地和开胃酒混合而成。她还不时猛灌茴香酒和别的酒，都是她用来暖身、提神和壮胆的，可是它们的热力穿透她的身体，一直热到两腿之间那块女人身上该发热的地方。热力随即在此形成固定循环，使一个男人重新建立信心。她叉开腿躺着呻吟时的样子倒不错，即使是为随便哪个男人呻吟，也是感情的恰当流露。干那事的时候，她不会心不在焉地盯着天花板瞧，或是数墙纸上有几只臭虫，她把全部心思都用在那件事上,她专门讲述男人趴在女人身上时爱听的事儿。而克洛德呢,唉,克洛德干那事儿总有一点扭扭捏捏,同你上床钻进被窝之后也是这样。她的这股扭捏劲儿叫人生气。谁想要一个扭扭捏捏的婊子呢?克洛德蹲坐浴盆时居然会要你扭过头去。全错了!男人欲火中烧时想看一些东西,想看一切,甚至想看女人怎样撒尿。明白一个女人有脑子是一件很好的事情,不过一个尸体般冷冰冰的婊子口中文绉绉的话儿是最不适宜在床上说的。热尔梅娜的思路对头。她无知,淫荡,全心全意地投身于本职工作。她是一个地地道道的婊子,这也正是她的优点。

第四章

复活节到来了,像一只冻兔子似的,不过床上还挺暖和。今天又是一个晴天,曙光中香榭丽舍大街一带上空的云彩像一间挤满黑眼睛美女的露天闺房。树影婆娑,一片青翠,看起来湿润光洁,好像露水未退。从卢浮宫到明星广场真像一段钢琴曲。我已有五天不曾碰打字机,没有看过一眼书,脑子里什么也不想,只是想去美国捷运公司。今早九点我就到了那儿,那会儿正开门呢。一点钟我又去了一次,仍没有消息。到四点半,我走出旅馆,拿定主意在它关门之前再去看一次。刚刚拐过这条街,我便同瓦尔特·帕克擦肩而过,他没有认出我,我也同他无话可说,因此我并没有叫住他。后来我在杜伊勒里花园歇脚,他的身影又浮现在我的脑海。他的腰有一点儿弯,人有些忧郁,脸上挂着安详而又含蓄的笑容。我抬头望望光线柔和的明媚天空,它蒙着一层极淡的色彩。今天并没有大片乌云出现,天空像一件古老瓷器般露出微笑。这时,我纳闷儿,纳闷儿这个翻译出四大卷《艺术史》的人用衰弱无力的目光审视这个欢乐世界时会做何感想。

沿着香榭丽舍大街往前走,我脑子里的主意像汗水一样冒出来。

我真该有钱雇得起一个秘书，这样我散步时便可向她口授，我最精彩的灵感总是在我不坐在打字机前时出现。

沿着香榭丽舍大街往前走，我不断想到自己真正极佳的健康状况。老实说，我说的“健康”是指乐观，不可救药的乐观！我的一只脚仍滞留在19世纪，跟多数美国人一样，我也有点儿迟钝。卡尔却觉得这种乐观情绪令人厌恶。他说：“我只要说起吃饭，你便马上容光焕发！”这是实话。只要想到一顿饭，*另一顿饭*，我就会活跃起来。一顿饭！那意味着吃下去可以踏踏实实继续干几个钟头，或许还能叫我勃起一回呢。我并不否认我健康，结结实实，牲口般的健康。在我与未来之间形成障碍的唯一东西就是一顿饭，*另一顿饭*。

至于卡尔，那些天他不大对劲儿，沮丧，神经紧张。他说他病了，我相信，不过并不为此不安。

我*无法*令自己不安。老实说，他这副样子令我哈哈大笑，结果当然得罪了他。每一件事情都使他难受：我的笑声，我的饥饿，我的固执，我的漫不经心，*一切的一切*。今天他想自杀，因为他无法再忍受欧洲这个令人讨厌的鬼地方；明天他又说要去亚利桑那。“那儿的人们敢于直直地望着你的眼睛。”

“那就快去！”我说，“干这个、干那个都行，你这个狗东西。只是别呼出闷闷不乐的气息遮住我健康的眼睛！”

可事情就是这样！在欧洲人们习惯于无所事事。你整天不抬屁股，坐在那里埋怨这个埋怨那个。你受到感染，你变得腐败。

卡尔在骨子里是一个势利小人，一个有贵族派头的讨厌鬼，他完全生活在一个精神分裂的世界中。“我恨巴黎！”他抱怨道，“这些蠢货整天只知道打牌……瞧瞧他们！还有写作！把词儿堆砌在一起又有什么用？我写出一本书来又能说明什么？我们要书究竟有什么用？书已经太多啦……”

天哪，早在许多许多年前，我已走遍这个地方。我已度过少乐寡欢的青年时代，我才不会再为逝去的过去或尚未来临的未来操心呢。我很健康，不可救药地健康。没有遗憾，没有懊悔；没有过去，没有将来。对于我，眼下的时光就已足够。一天又一天过去。今天！今天真美！

卡尔每星期有一天不干活，这天他比往常更沮丧。他声称自己蔑视食物，而休息这天他的唯一消遣方式似乎就是叫一大桌饭菜。也许，他这样做是为了我，我不知道，也没有问过。假如他要在自己的恶行劣迹中添上殉难这一项，由他去吧。我看这样也很好。上个星期二，他先挥霍所有的钱大吃一顿，又带我去多姆大饭店，那是我休息时最不愿意去的地方。人们在这儿不仅变得顺从，也变得怠惰。

马洛站在多姆饭店酒吧里，喝得酩酊大醉。按他的说法，五天来他一直在“豪饮”。这就是指连续醉酒，一个个酒吧挨着全喝遍，不分昼夜不停地喝，直到最后睡倒在那家美国医院里为止。马洛那张干瘦、憔悴的脸上一点儿肌肉也没有，只剩一个骷髅，上面有两个深深的眼窝，里面嵌着一对死蛤蜊。他脊背上沾满锯末，那是因为他刚才在厕所里睡了一会儿。他的外衣衣袋里装着下期书评的清样，看来在带着清样上印刷所的路上他被人骗去喝了一场。他自己提起此事时却好像这是几个月前发生的事，他掏出清样摊在柜台上，那上面沾满咖啡和已晾干的唾液。他想念一首他自己用希腊文作的诗，可是看不明白清样。于是他又打算用法语发表演说，却被那个经理打断。马洛被激怒了，他的抱负之一就是讲一口连小孩子都能听懂的法语。他精通古法语，也曾把超现实主义作家的作品漂亮地翻译过来，可是却说不出一句很简单的话，比如“你这个讨厌的家伙，滚出去”。没有人能听懂马洛的法语，连妓女也听不懂。而且，他喝醉酒后说的英语也真够难懂的。他像一个已养成习惯的老结巴那样飞溅着唾沫星子胡说八道，语无伦次。“你付钱！”这是他唯一能说清楚的一句话。

即使马洛已经喝得晕乎乎的，一种微妙的自我保护本能在必要时也总会提醒他。如果他脑子里对谁付酒钱还有一丝一毫的疑惑，他准会装糊涂，通常的伎俩是假装突然看不见东西了。如今卡尔已经熟谙他的全套把戏，马洛突然用双手猛拍太阳穴装醉之时，卡尔便朝他屁股上踢一脚道："得啦，你这蠢货！你不用跟我玩这一手！"

我不清楚这是不是一种巧妙的报复，不管怎么说，马洛狠狠回敬了卡尔一下。他诡秘地凑近我们，用沙哑的嘎嘎声向我们复述在每家酒馆里轮番喝酒时听来的小道消息。卡尔惊愕地抬起头，吓得脸色苍白。马洛又讲一遍，做些改动，卡尔每听一遍便变得更加颓丧。"这不可能！"最后，他憋出这一句。马洛用嘶哑的声音说："是的，是这样的，你要丢掉工作了……这是我亲耳听说的。"卡尔绝望地看着我，小声耳语道："这个狗杂种该不会是在骗我吧？"接着他又大声道："现在我该怎么办？我再也找不到工作啦，这份工作是我花了足足一年才弄到的哇。"

显然，这话正是马洛一直等着听的，他最终还是找到一个境况不如他的人。"人总会遇到艰难的时候啊！"他哑着嗓子道，瘦脑袋上闪耀着冷冷的电火花。

从多姆饭店出来，马洛一边打嗝一边告诉我们，他必须回旧金山去。卡尔一筹莫展的境况像是真的打动了他，他提议，在他不在这儿期间由我和卡尔接管那份书评。他说："我信得过你，卡尔。"说完酒劲儿突然发作了，这一回是真的，他差一点栽进沟里去。我们把他拽到埃德加-基内林荫道上的一个酒吧里坐下，这一回他真的头疼得什么都看不见了。像一头不会说话的畜生挨了狠狠的一锤子，他尖声呻吟，身子晃来晃去。我们往他喉咙里灌下几杯菲奈特-布兰卡①，把他放倒在大椅子上，用围巾捂上他的眼睛。他躺着呻吟了一会儿，不久我们便听到了

① 一种意大利出产的苦味利口酒。

他的鼾声。

卡尔问:"咱们拿他的建议怎么办? 接受吗? 他说回来以后给我一千法郎,我知道他不会给。可是怎么办呢?"他瞧瞧四仰八叉躺在长椅上的马洛,取下盖在他眼睛上的围巾,随后又盖上。突然他咧着嘴恶作剧地笑了。他打手势叫我凑过去,"听着,乔,咱们应承下来。咱们把这份见鬼的书评接过来,狠狠地坑他一把。"

"你这是什么意思呢?"

"哼,咱们把所有的投稿人都甩开,把咱们自己的货色弄上去,就是这样!"

"好啊,什么样的货色呢?"

"随便。他是不会有什么办法的。咱们要狠狠地坑他一把,好好出一期,过后这份杂志也就完蛋了。你有兴趣吗,乔?"

我们乐不可支地咧嘴笑着把马洛扶起来,把他拽到卡尔的房间里。灯开了,我们看到床上有一个女人在等卡尔。"我把她全忘了。"卡尔说。我们把那女人打发走,把马洛扔到床上。才过了约莫一分钟,便有人敲门,是范诺登。他惊慌不安,他的那副假牙丢了,他认为是丢在黑人舞厅里的。凑合着,我们四个上床睡了。马洛身上散发出一股熏鱼似的气味。

早上马洛和范诺登去寻找那副假牙。马洛又哭又闹,还以为那是自己的假牙呢。

第五章

这是我在那个戏剧家那儿吃到的最后一顿饭。他们刚刚租下一架新钢琴,一架卧式钢琴。我遇到西尔维斯特,他刚从鲜花店里出来,抱着一株橡皮树。他问我肯不肯替他抱着,因为他还要去买雪茄。我早已一家家蹭遍饭,都是事先精心筹划好的。那些丈夫和妻子们都对我反感起来。抱着橡皮树走着,我想起几个月前的那个晚上,当时我头一回想到这个主意。我坐在法兰西学院附近的一把长椅上,玩弄着我的结婚戒指。我一度想把这枚戒指典当给多姆饭店的一个伙计。他只出六个法郎,我很恼火,可还是顾肚子要紧。同莫娜分别以后,戒指一直戴在我的小指上,它已完全成为我身体的一部分,我从未想过要把它卖掉。这是一枚镶橘花的白金戒指,以前值一个半美元,或许更多。我们一起生活了三年,却还没有买结婚戒指。后来,有一天我去码头接莫娜,凑巧路过少女巷的一家珠宝店,橱窗里摆满结婚戒指。我赶到码头,却不见莫娜,等到最后一名乘客从跳板上下来莫娜仍没有露面。最后我要求看旅客名单,那上面没有她的名字。于是我把戒指戴在自己的小指上,一直戴到现在。有一回,我把它忘在一家公共浴室里,不过还是找了回来，只是掉了一枚橘花瓣。话说回来，我低头坐在长椅上正玩弄戒指，突然有人拍拍我的背。结果，长话短说，我弄到一顿饭吃，还有几法郎。这时我心里才豁然一亮，只要一个人有勇气去要，谁也不会拒绝请他吃一顿饭。于是我马上来到一家咖啡馆里，写了十来封信。“您能否允许我每周陪您共进一次晚餐？请您顺告星期几最合适。”这个办法灵光极了。他们不仅给我吃饱，而且吃的是大餐。我每夜都喝得醉醺醺地回去。这些一周款待我一回的好心肠的人们对我简直关怀备至，但是他们并不关心我怎样打发两顿饭之间的日子。有时几个考虑周到的人也会给我几支香烟或一点零花钱。明白一周只会见到我一次之后，他们显然都松了一口气；听到我说“这也不再需要啦”，他们简直如释重负。他们从不问我为什么不再上门，只是祝贺我一番，仅此而已。通常的原因是，我找到了一位更加好客的主人，可以冒险辞去几个不好对付的主人的招待，他们自己当然从未想到其中的奥妙。后来，我便有一个稳定而且靠得住的日程安排——一个固定的日程。我预先便知道每逢星期二吃这样的饭，每逢星期五吃那样的饭。我知道克朗斯塔特会请我喝香槟、吃自家做的苹果馅饼；卡尔则会邀我出去吃，每次换一家饭馆、点名贵葡萄酒，吃完饭还会请我去看戏或是去梅德拉诺马戏团。我的主人们爱互相探听别人的消息，他们问我最喜欢哪家饭馆，哪个厨子做的菜好，等等。我觉得我最喜欢克朗斯塔特的后腿肉，也许这是因为他每次都把饭菜涂到墙上的缘故。明白自己欠他这么一大笔人情使我良心不安，因为我并不打算报答他，他也并不指望我会报答他。不，使我大惑不解的是那些余数，他算账一直要算清最后一个生丁①。若想把账全部付清，我必须找开一个苏②才行。克朗斯塔特的老

① 旧时法国货币中的辅币，一百生丁等于一法郎。

② 旧时法国货币中的辅币，一苏等于五生丁。

婆是一个高明的厨子，根本不理会他妈的那些尾数，把它从复写的账上替我抹去了。这是事实。可是如果我上门时不带上新复写纸，她便很沮丧。为此我第二天只得带着他家的小姑娘上卢森堡，跟她一起玩上两三个小时。这是一项叫我发疯的任务，因为她只会讲匈牙利语和法语。总的来说，我的主人们都是一群怪人……

在塔尼亚家里，我从阳台上望着下面那桌酒席。莫尔多夫也在场，坐在他的偶像身边。他把脚伸到炉边烤，水汪汪的眼睛里流露出一副古怪的感恩戴德的表情。塔尼亚在播放一支慢节奏的曲子，曲子说得很明白：别再提爱的话儿了！我又来到喷泉处，看乌龟们撒出绿色奶状尿液来。西尔维斯特刚从百老汇回来，心里充满万般柔情。我整夜躺在林荫道边，与此同时整个地球被洒上热乎乎的乌龟尿，而性欲勃发、阴茎竖起的公马蹄不沾地，疯了似的狂奔。我整夜都嗅到那间小黑房子里的紫丁香味，她正在那儿取下插在头上的花儿，那是她去迎接西尔维斯特时我给她买的。她说西尔维斯特带着一颗充满爱意之心回来，这时丁香花还在她头上插着，在她嘴里含着，在她腋下塞着。那间屋里充满爱意，还有乌龟尿、温暖的紫丁香和狂奔的马。到早晨，窗子上尽是脏牙痕和污垢；通向林荫路的小门也锁上了。人们去工作，百叶窗盔甲似的发出格格响声。喷泉对面的书店里有乍得湖的故事，还有沉默而艳丽的橙黄色蜥蜴。我给她的信都是酒醉后写的，结尾十分突兀，全是用木炭涂出的疯话。我在一张张长椅上一点点写就，周围到处是爆竹、小垫子、百果冰淇淋。他们现在准是在一起看这些信呢，西尔维斯特某一天会恭维我几句。他会弹弹烟灰说："老实讲，你写得很好。看来你是一位超现实主义者，对吗？"他的声音干巴巴的，又尖又细，牙齿上沾满类似头皮屑那样的东西。他把 solar plexus 读成 solo，把 gaga 读作 g。

我站在阳台上，身边摆放着橡皮树，楼下回荡着那支慢板。琴键是黑的，白的，然后是一组黑的，白的，然后又是一组白的，黑的。你想知道能否为我弹一曲什么。好的，就用你的大拇指弹点儿什么吧。就弹那首慢板吧，那是你唯一会弹的烂曲子。弹吧，弹完就剁掉你的大拇指好啦。

慢板！我不明白她为什么要没完没了地弹慢板。她觉得原先的钢琴还不够好，于是又租来一架卧式钢琴，却只是为了弹慢板！看着她的大拇指按在琴键上和身边那株傻里傻气的橡皮树，我觉得自己活像北欧神话中的那个狂人，他曾脱下衣服赤身裸体坐在冬天的树杈上，往冰冷的海水里掷核桃。这个乐章中有一种叫人恼怒的东西，一种莫名的悲哀，仿佛它已书写在熔岩中，呈铅和牛奶的混合色。西尔维斯特的脑袋偏向一侧，活像一个拍卖商。他说："弹弹另一个乐章，就是那段你今天练习过的。"有一件抽烟服、一支好雪茄和一个会弹钢琴的老婆真是太棒啦，使人无比轻松自在。你在两个节目之间出去抽支烟，呼吸一下新鲜空气。是的，她的手指非常柔软，不是一般的柔软。她也做蜡染活儿。想吸一根保加利亚香烟试试吗？喂，鸡胸，我喜欢的另一乐章叫什么？叫谐谑曲！太棒了，谐谑曲！沃尔德马·冯·施温辛祖格伯爵在说话。冷静的头皮屑色的眼睛。口臭。俗气的袜子。请帮忙往豌豆汤里加点儿面包块。我们星期五晚上常喝豌豆汤。来点儿红酒好吗？红酒是吃肉时喝的。他的声音干巴巴的，倒也利索。来支雪茄？是的，我喜欢我的工作，不过不大重视它。我的下一个剧本将要探讨宇宙的多元观念，得用旋转灯具和镁光。奥尼尔已经死了。亲爱的，我看你应当更频繁地把脚从钢琴踏板上抬起来。对了，这一段很好听……非常好听。你说呢？是的，剧中人物把麦克风藏在裤子里来回走动。剧情发生在亚洲，因为这种气氛更有益。来一点安茄葡萄酒怎么样？这是我们特意为你买的呢……

吃饭时他自始至终这样喋喋不休地胡扯，这番话使人切实感到他已经掏出割过包皮的那玩意儿朝我们身上撒尿。塔尼亚听得厌烦死了。自从满怀柔情蜜意地回来之后，他一直不停地自言自语。塔尼亚告诉我，他边脱裤子边唠叨，一泡热乎乎的尿便源源不断地撒出来，像有人刺穿了他的膀胱。想到塔尼亚同这个膀胱破了的家伙一起爬上床，我就来气儿。想想看，一个又穷又憔悴的狗杂种，袖子里塞着几部下作的百老汇剧本，居然朝我心爱的女人身上撒尿，居然叫红酒，要旋转灯具，要在豌豆汤里放油炸面包块。他脸皮真厚！再想想看，他居然躺在我替他侍弄好的炉火边，什么都不干，只是撒尿！老天，你这家伙，你该跪在地上好好谢我才是。难道你没有看见你屋里现在有女人？难道你看不出她已心生厌意？你竟然还沙哑着嗓子告诉我："好啦。我告诉你……有两种方法看待……"去你妈的两种看待事物的方法！去你妈的多元世界和你的亚洲人的音响效果！别把你他妈的红酒或安茹葡萄酒递给我……把她让给我……她是属于我的！你坐到喷泉边上好了，让我来嗅紫丁香！弄出你眼睛里的头皮屑……把那曲见鬼的慢板裹在一条法兰绒裤子里！还有别的小乐章……你那衰弱的膀胱造出来的所有小乐章。你那么自信、那么有心计地朝我微笑。我把你奉承得忘乎所以，知道吗？就在此时此刻，我听你说蠢话时她正在抚摸我呢，只是你没有看见罢啦。你以为我乐意经受磨难，你说那是我该扮演的角色。好吧。问问她！她会告诉你我是怎样经受磨难的。"你是一个癌病人、狂人。"那天，她在电话上这么说。她现在得到这个癌病人和狂人啦，不用多久，你也会在身上找到疥癣的。她的血管快爆炸啦，我告诉你，你的话一点意思也没有。无论你像撒尿那样唠唠叨叨地说多少也堵不住漏洞。雷恩先生是怎么说的？言语即意味着孤独。昨晚我在桌布上给你留了几个字，可你却用胳膊盖住了。

他把她用栅栏围起来，好像她是圣人身上的一块又脏又臭的骨头。若是他有胆量说一声"占有她"，也许会发生一个奇迹。就是这样。占有她！我发誓一切都会圆满解决的，何况我或许还不想要她呢。不知他想到这一层没有？或许我会暂时占有她一会儿，过后再把她还给他，她会变得更好。可是把她用栅栏围起来总不是办法，你无法把一个人据为己有，没有人再这样干了……你这可怜、干瘪的杂种，你以为我配不上她，以为我会玷污她，亵渎她，可你不懂得，一个被玷污过的女人是多么妙不可言，换一个男人会让一个女人变得更加光彩照人！你以为有一颗充满柔情蜜意的心便足矣。也许对某一个女人是这样的，可你连心都没有……你什么都不是，只是一个硕大的空膀胱。你在磨利牙齿，扯着嗓门大叫大嚷。你像条看家狗一样跟在她屁股后面跑，到处撒尿。她不把你当作一条看家狗……却把你看成一位诗人。她说，你曾经是一位诗人。现在你又是什么？勇气，西尔维斯特，勇气！把那个麦克风从裤裆里拿出来，放下后腿，别再四处撒尿。我说，拿出勇气来，她已经从你身边逃开。告诉你，她早已被玷污了，所以你还是把栅栏拆掉为好。彬彬有礼地问我咖啡的味儿是否比石灰酸好点儿也没有用，我不会被你吓跑的。把老鼠药放进咖啡里好了，再来点玻璃粉。尿一泡热气腾腾的尿，再扔几颗豆蔻进去……

几个星期以来我一直过着一种群体生活，不得不同其他人一道过日子，主要是几个疯疯癫癫的俄国人，一个醉醺醺的荷兰人和一个叫奥尔加的大块头保加利亚女人。俄国人则主要是指尤金和阿纳托利。

奥尔加几天前才刚刚出院，她在医院里割去身上的几根管子，掉了一点儿赘肉，不过看上去并不像是受过多大的罪，体重仍同一部有驼峰似曲线的火车头差不多。她大汗淋漓，口中奇臭，仍旧戴着刨花状的切尔克斯假发。她的下巴上生着两个大疣子，疣子上长出一撮毛来，于是她干脆留起小胡子。

从医院回家后的第二天，奥尔加便重操做鞋的旧业。早晨六点便在长凳上开工，每天做好两双鞋。尤金总是在抱怨，说奥尔加是负担，实际上却是奥尔加用她每天做的两双鞋养活尤金和他老婆。奥尔加若是不干活便没有吃的，于是人人都争先恐后，及时把奥尔加拖上床去，都争着给她足够的食物，让她维持下去……

每顿饭都以喝汤开始，不论是葱头汤、西红柿汤、菜汤还是别的什么汤，这类汤全是一个味道，总像是洗碟子的抹布扔在里面煮过，有点儿酸味、霉味，上面漂着渣子。每顿饭后我便看到尤金把它藏进柜子里，它就在那儿继续霉变，直到下顿饭再端出来。奶油也藏在柜子里，存放三天以后，那味道就像一具尸首上的大脚趾。

煎变质的奶油时散发出的气味并不很开胃，更何况做饭的房间里根本没有通风设备。我一打开门就觉得恶心，可是尤金一听到我来便总要打开百叶窗，扯开像鱼网一样纠结在一起遮阳光的床单。可怜的尤金！他四下瞧瞧屋里几件粗笨的家具、肮脏的床单和盛着脏水的洗脸盆，然后说："我是一个奴隶！"他每天都这么说，还不止一遍，要说十来遍，说完便从墙上摘下吉他唱起歌来。

变质的奶油味……这也使我产生许多联想。一想起这变质的奶油，我就感觉自己正站在一个小小的老式院子里，这是一个气味很难闻、很凄凉的院子。稀奇古怪的人物透过百叶窗上的缝隙偷偷地窥视我……其中有围着披巾的老妇人，小矮人，生着一张老鼠脸、弯腰佝背的犹太皮条客，轻佻的小妞和留胡子的傻瓜。他们蹒跚地走进院子汲水，刷洗污水桶。一天，尤金问我肯不肯替他倒污水，我就提着桶走到那个角落。地上有一个孔，周围乱扔着一些脏纸。那口小水井也被排泄物弄得很脏，在英语里排泄物即是屎尿。我将桶一斜，一摊摊又脏又臭、叫人意料不到的东西便噗噗溅出来。待我回去，汤已盛好，吃饭时我始终想着我的牙刷。牙刷旧了，上面的鬃毛常常会嵌入牙缝。

坐下吃饭时我总是拣靠窗的座位，我怕坐在桌子另一端，那儿离床太近。那张床叫人心里发怵，一扭过头去我便可以看到灰色床单上的血污。我尽量不看那边，而去看窗外院子里的人刷洗污水桶。

每逢吃饭，总要有音乐助兴才算圆满。大家都取过奶酪后，尤金便跳起来摘下挂在床上方的吉他。曲子总是那一支，他说他能弹十五六支曲子，可是我听到的从来没有超过三支。他最喜欢弹的是《迷人的爱情诗》，这支曲子充满苦恼和悲哀的情调。

下午我们去电影院，那儿凉快、黑暗。尤金坐在乐池里的钢琴前，我坐在前排的一张长椅上。影院里空无一人，尤金仍旧唱得十分卖力，似乎欧洲所有的帝王都在听他演唱。花园门打开，湿树叶的气味飘进来，潇潇雨声同尤金悲凉凄苦的歌声交织在一起。午夜过后，来看热闹的人身上发出的汗臭味儿和难闻的口臭味儿弥漫大厅，我便回去找一张长椅睡觉。影院出口处的灯光在烟气中摇曳，在石棉幕布下方一角上投下一缕微光。我每夜在这只人工眼的逼视下闭眼……

戴着一只假眼站在院子里，仅有半个世界是清晰可见的。石头是湿的，上面长满青苔，石头缝里有黑色的蛤蟆。通往地下室的入口由一扇大门挡着，阶梯很滑，上面尽是蝙蝠屎，很脏。门膨胀了，眼看就要倒下。门的合叶也快脱落，然而门上却赫然用彩笔写着几个堂皇的字："切记随手关门。"为什么要关门？我搞不明白。我又瞧瞧那几个字，它们不见了，在原来的地方嵌着一块彩色玻璃。我取下假眼，朝上面啐一口唾沫，用手帕擦拭一番。一个女人坐在一个高台上，这个台子比一张巨大的雕木写字台还高。女人脖子上盘绕着一条蛇。整个房间里摆满书籍，稀奇古怪的鱼在彩球状鱼缸里遨游，墙上挂着几幅地图和图表，有大瘟疫前的巴黎地图，古代世界地图，克诺索斯①和迦太基②地图，迦太基被攻占前后的地图。我在房间一角看到一张铁架床，床上躺着一

① 古希腊时代克里特一城市。

② 非洲北部一古国，公元前146年亡于罗马人之手。

具尸体。那女人无精打采地站起来,从床上搬下尸体,心不在焉地把它从窗口扔出去。她回到大雕木写字台旁,从鱼缸里抓出一条金鱼吞下肚去。接着房间慢慢旋转起来,几块大陆一一滑进大海。那女人尚在,不过她的躯体也变成一大块土地。我把头探出窗外,埃菲尔铁塔正在往外喷香槟酒,它完全由数字建成,黑色花边遮盖着它。阴沟汩汩地急速流淌。到处都是屋顶,铺得很整齐、很令人讨厌的屋顶,除此之外一无所有。

我被人从这个世界上驱赶出来,像枪膛里的子弹一样呼啸而出。浓雾已散去,地球上布满冰冻的油污。我可以感觉到这个城市在跳动,如同从一具还有热气的尸体上取下的心脏一样颤动。我住的那家旅馆的窗子在溃烂,散发出化学药品燃烧时浓郁辛辣的臭气。瞧瞧塞纳河,我看到河里的烂泥和颓败景象;街灯射出半死不活的亮光,男男女女差一点窒息而死;河上的桥躲在房屋的阴影里。这些都是爱情的屠宰场。一个男人肚子上挂着一架手风琴靠墙站着,他的双手齐腕处被砍断,然而手风琴像一袋蛇似的在两截断肢间扭来扭去。宇宙已经缩小,只有一个街区那么长。没有星星,没有树木,没有河流。生活在这儿的人全是死人,他们替别人建造梦中坐的椅子。这条街的中心有一个轮子,轮子中央装着一部绞架,早已死去的人狂热地试图登上绞架,可是轮子在飞速旋转……

需要有某种东西帮助我恢复常态,昨天晚上我找到它了。是帕皮尼①。我不在乎他是沙文主义者,是小小的虔诚教徒,或是近视眼的书呆子。作为一个失败者,他绝妙无比……

看看他在仅仅十八岁时读过的书吧!他不仅读过荷马、但丁、歌

① 乔瓦尼·帕皮尼(1881—1956):意大利记者、文学批评家、诗人。

德，读过亚里士多德、柏拉图、爱比克泰德[①]，读过拉伯雷、塞万提斯、斯威夫特，读过瓦尔特·惠特曼、埃德加·爱伦·坡、波德莱尔、维永、卡尔杜齐[②]、曼佐尼[③]、洛佩·德·维加，还读过尼采、叔本华、康德、黑格尔、达尔文、斯宾塞、赫胥黎。他不仅读过这些人的著述，还读过夹在这些大人物之间的所有小人物的作品。这是他在第十八页写到的。然而，到第二百三十二页他便松口吐露了真情。他承认："我什么都不懂，只知道那些书名。我编过参考书目，我写过评论文章，我也曾诋毁、中伤过别人……我可以演说五分钟或五天，之后我就无话可讲，我被挤干了。"

接着他又写道："每个人都想看看我，每个人都想同我谈话。人们不断打扰我，也互相打扰，打听我正在做什么。我怎么样？完全康复了吗？还在乡间散步吗？在工作？书已写完？不久就开始写下一部？

"一个瘦猴似的德国人想叫我翻译他的书，一个狂热的俄国姑娘要我写一本自传，一位美国太太想知道有关我的最新情况，还有一位美国绅士要派他的马车来接我去吃饭。你知道的，也就是无拘无束地谈谈心。又有一位我十年前的老同学、老室友要我把我写的都念给他听，写得有多快就念多快。有一位相识的画家朋友希望我摆好姿势让他画像，按小时付钱。有一位记者想要我现在的住址。又有一个相识，是一位神秘主义者，想了解我灵魂的状况。另一位更实际些，他想了解我的存款状况。我的俱乐部主席问我肯不肯为孩子们做一次讲演。一位笃信宗教的女士希望我一有空就到她家喝茶，她想听听我对耶稣基督的看法，还有，我认为那种新绘画颜料怎样……

---

① 爱比克泰德（55？—135？）：古罗马斯多葛派哲学家。

② 乔·卡尔杜齐（1835—1907）：意大利诗人、文艺批评家。

③ 亚历山大·弗朗西斯科·托马索·曼佐尼（1785—1873）：意大利诗人、作家。

"老天爷！我都变成什么人了？你们这些人有什么权利把我的生活搅得一团糟？偷走我的时间，窥探我的心灵，汲取我的思想，叫我给你们做伴、做知己、做问讯处？你们把我当成什么人了？难道我是一个靠逗人开心领取薪俸的人，每天晚上都得在你们的蠢鼻子底下演一出聪明机智的闹剧？难道我是你们花钱买来雇来的奴仆，要在你们这些无所事事的懒汉面前爬行，将我所做所知的一切献给你们？难道我是妓院里的婊子，一听到头一个穿着考究、前来嫖妓的男人到来便要赶忙撩起裙子，脱下衬衣？

"我是一个矢志要做一番英雄业绩，使这个世界在自己眼里变得更加易于接受的男子汉。假如在软弱、松懈、不得已的一刹那间我发了脾气，也就是一些在言语表达中冷却下来的狂怒情感，一个捆扎在幻想之中充满激情的梦。好吧，听不听得进去都由你们……只是别打扰我！

"我是一个自由的人，我需要自由。我需要独自一个人待着，需要独自仔细想想我的耻辱和失意，需要阳光和街上的铺路石，但是不需要人陪伴，不需要同人交谈，只是独自待着，由自己心中的乐曲陪伴。你们要从我这儿得到什么？每当我有话要说之时，我便把它印出来。每当我要给予什么，我便把它拿出来。你们无休止的好奇心令我恶心！你们的奉承话使我蒙受耻辱！你们的茶快把我毒死了！我谁的账也不欠。我只对上帝负责，只要他存在！"

据我看，帕皮尼谈到独处的需要时忽略了一个细微之处。假如你穷困潦倒，独自一个人待着并非难事。艺术家总是孤独的，如果他是艺术家的话。对了，艺术家需要的正是孤独。

我称自己为艺术家，但愿自己是一位艺术家吧。这天下午我美美地睡了一会儿，这一觉在我的脊椎之间垫进天鹅绒，产生足够我想三天的想法。我精力十分充沛，却无处消耗。我决定去散步，走到街上却又改变主意，要去看电影。可是我还差几个苏，不能看电影。那么还是去散步，走到每一家影院前我都要停下看看海报，再看看价目表。进这些下流场所真是够便宜的，可我还差几个苏。若不是天色已晚，我倒可以回去卖掉一个空酒瓶。

来到阿梅利街，我早已忘记想要看电影的事。这条街是我最喜欢的街道之一，也是市政当局有幸忘记铺设的街道之一。大块大块的鹅卵石从街道这一侧堆到另一侧，只有一街区的长度和宽度。标致旅馆就在这条街上。这儿还有一座小教堂，活像是专为共和国总统和他一家人建造的。偶尔见到一座朴素的小教堂倒也不错，巴黎到处都是金碧辉煌的大教堂。

亚历山大三世大桥。大桥附近有一大块被风吹净的空地，干枯的树木机械地伫立在铁门内，残废军人院的阴暗气氛由屋里飘逸而出，弥漫到广场四周黑暗的街道上。这是充满诗意的陈尸所。他们现在已将这位伟大的武士、欧洲最后一位伟人送到想送的地方去了。他在花岗岩床上熟睡。不必担心他在坟墓中翻身。门已闩好，棺材盖已关严。睡吧，拿破仑！他们需要的并非你的思想，而只是你的尸体呀！

塞纳河仍在泛滥，混浊的河面被灯光分割成一条条的。我不明白看到这条黑色的湍急水流时会激起何种情感，不过一种欣喜若狂的心情总是使我不能自持，坚定了我永远不离开这片土地的深切愿望。我还记得那天早上去美国捷运公司的路上经过这儿，那天我早就估计到不会有我的邮件，没有支票，也没有电报，什么都没有。一辆从拉斐特艺术馆来的马车辘辘驶过大桥，雨已停了，太阳透过肥皂沫般的云朵，在发出光泽的屋顶瓦片上投下一道寒冷的红光。我回忆起那个车夫如何探出身来眺望帕西路那边的河面。这是多么健康、质朴、赞许的一瞥！他仿佛在对自己说："啊，春天快来了！"谁都知道，每当春天来到巴黎，最卑微的生灵也一定会觉得自己正待在天堂里。还不只如此，他是以一种亲切的目光仔细观察这番景致的，这是他的巴黎。一个人不一定非得有钱,也不一定非得是巴黎市民,他同样会对巴黎产生这种感情。巴黎充斥着穷人。照我看,他们是一伙有史以来最傲慢、最肮脏的乞丐,然而他们摆出一副悠然自得的架势,正是这种派头把巴黎人同其他所有大城市的市民区分开。

想到纽约,我的感情便全然不同。在纽约,即使一个有钱人也会觉得自己无足轻重。纽约是冷酷、灿烂、邪恶的。建筑物高耸入云,人们的活动都带一点狂乱意味。行动越狂乱,精神也越颓丧。这是一场持续的骚动,本来也可以在试管内酝酿的。谁也不知道这究竟是怎么一回事,谁也无法引导人们发泄精力的方向。它壮观,怪诞,令人困惑不解,是一股巨大的反作用力,不过却是完全杂乱无章的。

一想到我生于斯长于斯的城市,一想到惠特曼歌颂过的曼哈顿,我心中便产生一种盲目的狂怒心情。纽约!那些白色的监狱,挤满蛆的人行道,排队等候发救济食品的人们,修筑得像宫殿一般的下流去处,那儿充斥着犹太人、麻风病人、杀人犯,而游手好闲的人最多。到处是千篇一律的面孔、街道、大腿、房屋、摩天大楼、饮食、海报、工作、罪行、爱情……整个城市建筑在一个空空如也的坑上,没有意义,完全没有意义。还有第四十二大街!人们称它为世界之巅。那么世界之渊又在哪儿呢?你可以甩着双手走路,他们会把煤渣放进你的帽子里。不管是穷是富,他们全都昂着头往前走,仰望这些美丽的白色监狱时差点儿扭断自己的脖子。他们像发疯的鹅似的往前走,探照灯将星星点点的狂喜撒在他们空虚的脸上。

第六章

爱默生说:“生活也包括人一整天内的所思所想。”如果是这样,那么我的生活就只是一截大肠。我不仅整天想着食物,晚上做梦也梦到吃的。

可是我并不希望回到美国,去受双份罪,去做单调无味的事情。不,我宁肯在欧洲做一个穷人。大家都知道,我真够穷酸的,只剩下做人所必需的东西啦。上个星期,我还以为生活问题就要解决,以为就要靠自己养活自己啦。我凑巧碰到另一个俄国人,名叫谢尔盖,住在叙雷讷,那儿住着一小群流亡者和潦倒的艺术家。俄国革命前,谢尔盖是沙皇禁卫军中的一名上尉。他穿着袜子量身高足有六英尺三,喝起伏特加来像牛饮水一样。他父亲是战舰“波将金号”上的海军将领之类的要人。

我同谢尔盖相遇的情形有些古怪。那天临近中午时我还在“疯狂的牧羊女”歌舞场一带嗅来嗅去,想找点儿东西吃,也就是在那条一头装着铁门的窄小巷子后面。我正在舞台入口处闲荡,希冀同某位女演员不期而遇,这时一辆敞篷卡车在人行道上停住。司机正是谢尔盖,看到我两手插在兜里站着，他便问我愿不愿意帮他卸下车上的铁桶。听说我是美国人而且生活无着，他差一点高兴得哭起来，看来他一直在到处寻找一个英语教师。我帮他把装杀虫剂的桶子滚进去，尽情欣赏在舞台两侧跑来跑去的女演员。这件事在我心中留下怪诞的印象——空旷的房子，女演员像填装着锯末的洋娃娃在舞台两边横冲直撞，一桶桶杀虫剂，战舰“波将金号”——最难忘的是谢尔盖的温文尔雅。他是一个大块头，却十分温柔；是一个地道的男子汉，却又生了一副女人的柔肠。

在附近的“艺术家咖啡馆”里，他马上提议为我安排住宿，说他要在走廊地板上铺一张床垫。至于上课的酬劳，他说每天让我免费吃一顿饭，一顿丰盛的俄国大餐，如果由于什么原因没有吃上这顿饭他就给我五法郎。我觉得这主意很妙，妙极了。唯一的问题是，我每天如何从叙雷讷赶到美国捷运公司去。

谢尔盖执意马上开始，他给我车费，叫我晚上到叙雷讷来。我带着背包在吃晚饭前赶到了，目的是给谢尔盖上一课。已经有些客人到场了，看来他们一贯是在一起吃饭的，大伙儿凑钱。

饭桌旁一共是我们八个，还有三条狗。狗先吃，它们吃的是燕麦片，然后我们才开始。我们也吃燕麦片，是作为一种提胃口的佐餐食品。谢尔盖眨巴着眼睛说：“在我们国家里这是喂狗的，在这里却是给绅士吃的。这样合适吗？”吃过燕麦片便上蘑菇汤和蔬菜，过后是咸肉蛋卷、水果、红葡萄酒、伏特加、咖啡和香烟。俄国餐还不错。每个人说话时嘴里都塞得满满的。饭快吃完时，谢尔盖的老婆一屁股坐在沙发上嚼起夹心糖来。这个很懒的亚美尼亚婆娘把肥胖的手指伸进盒子里去摸一块，咬下一点点看里面是否有果汁，然后就把它扔到地板上喂狗。

吃完饭客人们便匆忙告辞。他们仓皇逃走，仿佛怕瘟疫降临。最后只剩下谢尔盖、我和狗,他老婆已经在长沙发上睡着了。他满不在乎地走来走去,替狗收集残汤剩饭。他用英语说:“狗很喜欢(吃这些东西)。(拿它们)喂狗好得很。那条小狗它有虫子……它还太小。”他弯腰仔细察看狗两只爪子之间的地毯上爬的一些白虫子,试图用英语描述这些虫子,但是他的词汇不够用。最后他查了查词典,欣喜地抬头望着我道:“哈,是绦虫!”我的反应显然不那么明显。谢尔盖有些迷惑不解,于是便跪在地上,双手撑地更仔细地察看它们,还捉起一条放在桌上的水果旁。“嗬,它不太大,”他用蹩脚的英语嘟哝道,“下一课你教我各种虫子(的词汇),行吗?你是个好老师,我跟你学了不少东西呢……”

躺在走廊里的床垫上,杀虫剂的气味叫我喘不过气来,这种刺鼻的辣味似乎已钻进我身上每一个毛孔。刚才吃过的东西又在口中散发出气味——廉价燕麦片、蘑菇、咸肉和煎苹果。我又看到躺在水果旁的那条小绦虫和谢尔盖向我解释狗出了什么毛病时摆在桌布上的各式各样的虫子。我看到“疯狂的牧羊女”歌舞场的空乐池,每一条裂缝里都藏着蟑螂、虱子和臭虫。我看到人们发疯似的挠自己的身子,不停地挠,直到挠出血来。我看到这些虫子像一支红色蚂蚁大军,在布景上到处爬,吞下它们看见的一切。我看到合唱队的姑娘扔掉薄纱外衣,光着身子跑过走道。我还看到正厅后排的观众也脱掉衣服互相搔痒,活像一群猴子。

我试图让自己心平气和。不管怎么说,这毕竟是我找到的一个家,每天有一顿现成饭吃,而且谢尔盖无疑是一个热心人。可是我无法入睡,这简直如同在陈尸所里睡觉一样。床垫已被散发出香气的液体浸透,已成为虱子、臭虫、蟑螂和绦虫的陈尸所。我忍受不了。我不愿忍受!毕竟我还是一个人,不是一只虱子。

早晨,我等谢尔盖装车,叫他把我带到巴黎去,却不忍心告诉他我就要走了。我把背包留下，还有他给我的几件东西。到佩雷尔广场时我跳下来，在这儿溜掉并没有什么特殊原因。任何事情都没有特殊原因。我是自由的，这才是最要紧的……

像小鸟一样，我轻松地由一条街飞奔到另一条街，仿佛刚从牢里放出来。我用全新的目光看世界，万物都引起我极大的兴趣，甚至包括鸡毛蒜皮的小事。在布尔索尼尔街，我停在一家体育用品商店的橱窗前，里面有一些照片展示“史前及史后”人类的标本。全是法国佬，有些人光着身子，只戴一副夹鼻眼镜，留一缕胡子。真不明白这些怪鸟怎么会爱上双杠和哑铃。一个法国佬应该有一个微微腆起的大肚子，像夏吕斯男爵[①]那样。他应该蓄胡须，戴夹鼻眼镜，不过不应该光着身子让人拍照。他应该穿一双闪闪发光的漆皮靴，短便衣口袋上应该插一条白手帕，露出一英寸的四分之三。如果有条件，他还应该在上衣翻领上系一条红绶带，穿过纽扣眼儿，上床睡觉时还要换睡衣。

傍晚我走近克利希广场，从那个装着一条假腿的小婊子面前经过，她日复一日站在戈蒙宫对面。看起来她还不到十八岁，可我想她已有固定的客人。午夜过后她用黑假腿一动不动地站在那儿，身后是一条小胡同，里面像一座地狱一样灯火通明。如今我心情轻松地从她身边经过，不知怎么搞的，她使我联想起一只拴在桩上的鹅，一只肝上患病的鹅，这样世人才得以享用鹅肝馅饼。带着那条木腿去跟人睡觉一定很古怪，人们会联想到各种各样的事儿，木刺啦等等。得啦，各人对自己的口味就行！

沿着圣母街往前走，我碰到佩克奥弗，另一个在报社工作的穷鬼。他抱怨说每夜只能睡三四个钟头，因为早上八点就得起身到一家牙医

① 法国作家马塞尔·普鲁斯特（1871—1922）的意识流小说《追忆似水年华》中的一个人物。

诊所干活。他干这个活并不是为了钱,他解释道,这只是为了替自己买一副假牙。他说:“困得直打瞌睡时看清样可不容易,可我老婆还以为这差事像吃饭一样容易呢。她说,我若丢了工作咱们该咋办呀?”可是佩克奥弗对这个工作根本不感兴趣,这个工作甚至不允许他花钱。他只好存起香烟蒂,把它们填进烟斗里再抽一回。他的外套是用别针别在一起的。他有口臭,手上总出汗,可是一夜只能睡三个钟头。“不该这样对待一个人,”他说,“还有我的那位老板,若是我丢掉一个分号他便会把我骂得尿裤子。”说起他老婆,他又补充道:“我的那个女人,我告诉你,她他妈的一点儿都不知道感激我!”

分手时我设法从他那儿骗到一个半法郎,我想再榨出五十生丁,可是办不到。不过我弄到手的已足够喝一杯咖啡,吃几块新月形面包。圣拉扎尔车站附近有一家供应降价食品的酒吧。

恰巧,我在盥洗室里找到一张音乐会的票,于是便像一只轻松愉快的鸟一样奔夏沃音乐厅去了。引座员脸色难看极了,因为我竟没有给他一点小费。每次从我身边经过,他都要征询似的看看我,希望我会突然想起小费的事儿。

我已很久没有同穿着考究的人物坐在一起,心里不免有几分忐忑不安。我仍闻得到那股甲醛味。或许谢尔盖也往这儿送货,不过谢天谢地,这儿没有人挠痒。有一股淡淡的香水味儿……非常淡。音乐会尚未开始众人脸上便显出百无聊赖的神情,这音乐会真是一种礼貌的自我折磨。指挥短短的指挥棒敲响后大家紧张地全神贯注一阵,随即便是寂静,一种单调沉闷,被管弦乐队奏出的沉着、不间断的轻微乐声反衬出的寂静。我的头脑出乎意料地清醒,好像脑壳里镶着一千面镜子。我的神经绷得紧紧的,十分激动,音符像玻璃球在一百万股水流上跳跃。以前我从不曾饿着肚子去听音乐会,没有一种声响能逃过我的耳朵,甚至最细小的别针落地的声音我也听得见。好像我没有穿衣服,身上的每一个毛孔都是一扇窗户,所有的窗户都敞开着,光亮穿透我的内脏。我可以感觉到这光线就蜷曲在我肋骨的穹隆下,我的肋骨垂在一个空空如也的肚子上,响声使它颤抖。我不知道这种情形持续多久,我早已失去时间和地点的概念。仿佛经过很久很久以后出现了一阵半自觉的状态,与之相抵的是一种平静感。我感到身体内有一个大湖泊,一个发出彩虹色光辉的湖泊,冷峻得像果冻。这个湖泊上突然形成一个个巨大的螺旋,成群候鸟出现了,腿细长,羽毛漂亮,它们一群群地从清凉静谧的湖面上腾空飞起,从我的锁骨下飞过,消逝在一片白茫茫的空间里。然后,缓慢,异常缓慢地,这些窗子关上了,我的器官也回到原来的位置上,犹如一位戴白帽子的老妇在我身体内漫游。突然,剧院里的灯全亮了,我发现白色包厢里的那个男人原来竟是一个头上顶着花盆似的东西的女人,起初我还以为那是一位土耳其军官呢。

一阵骚动,所有想咳嗽的人都尽情咳嗽开了。传来脚在地板上蹭蹬发出的声响,竖起椅子的声响,人们漫无目标四处游逛发出的没完没了的嘈杂声,还有人们展开节目单时发出的窸窸窣窣声。他们装模作样地看看便又丢开,把它胡乱塞在座位底下。最小的事变亦值得谢天谢地,因为它会分散人们的注意力,使他们不再扪心自问在想什么。若是知道自己什么都不曾想过,他们准会发疯。在刺眼的灯光照射下,他们呆呆地互相望着,而且他们逼视对方的目光里有一种奇怪的紧张感。一听到指挥轻轻敲台子预备再开始,他们便回到原先的自我强迫状态之中,他们不由自主地挠痒,或是突然回忆起一个摆着围巾或帽子的橱窗。他们仍十分清楚地记得那个橱窗里的所有细节,却想不起这个橱窗到底在哪儿,这使他们大伤脑筋,极度清醒而又不安。于是他们打起双倍的精神听音乐,因为他们十分清醒,无论乐曲多么美妙也不能忘怀那个橱窗和挂在那儿的围巾或是帽子。

这种聚精会神的气氛感染了会场,连乐队似乎也受到激励,变得格外精力充沛。第二个节目像最好的压轴戏似的结束了，十分迅捷，音乐戛然而止。灯亮时，有些人像胡萝卜一样瘫在座位上，下巴抽搐着。假如你对着他们的耳朵大喊“勃拉姆斯①，贝多芬，门捷列夫，黑塞哥维那②”，他们会不假思索地回答：4，967，289。

演奏德彪西③的曲子时，场内的气氛已完全毒化。这时我在想，女人性交时究竟有何感觉，会不会对欢悦更敏感一些，等等。我在想象一件东西穿透我两腿间那个地方的情形，不过只有一点隐隐约约的痛感。我企图集中注意力，但是音乐太难把握，我只能想着一只花瓶慢慢翻转过去，音符散入空中的情形。最后我只注意到开灯关灯，我便问自己灯是如何开关的。我旁边的人在呼呼大睡，他像一个掮客，大肚子，蜡黄的小胡子。我就喜欢他这样，我尤其喜欢他的大肚子和所有吃出这样一个大肚子的食物。为什么他不该呼呼大睡？若想听，无论何时他都可以搞到买一张票的钱。我注意到那些衣着较好的人睡得更踏实一些，这些有钱人问心无愧。若是一个穷汉打瞌睡，哪怕只是几秒钟，他也会觉得很丢脸，他会认为自己是对那位作曲家犯罪。

演奏那支西班牙曲子时整个音乐厅都轰动起来，大家都笔直地坐起来，他们是被鼓声惊醒的。我以为鼓点一旦敲响便会一直响下去，我期望看到人们从包厢里跳下来，或是把帽子扔掉。这支曲子蕴含一种英雄气概，拉威尔④，他本可以使我们彻底发疯的，只要他想这么做。不过，这不是拉威尔的曲子。突然一切都静寂下来，仿佛拉威尔在开玩笑，突然想起自己还穿着一件剪破的衣服，便及时抑制住自己。依愚

① 约翰奈斯·勃拉姆斯（1833—1897）：德国古典作曲家。

② 黑塞哥维那，简称波黑，以前为组成南斯拉夫的六个加盟共和国之一，首都为萨拉热窝，现已独立。

③ 克劳德·德彪西（1862—1918）：法国作曲家。

④ 莫里斯·拉威尔（1875—1937）：法国作曲家。

见，这酿成了大错。艺术即意味着有始有终，假如你以鼓点声开始，就要用爆炸声或 TNT 炸药告终。为了形式拉威尔牺牲了一些东西，为的是人们睡觉前必须消化掉的一棵菜。

我的思绪发散开来，约束不住。既然鼓声已停，音乐便也离我远去。无论何处，人们生来就是指挥别人的。出口的灯光下坐着一位郁郁寡欢的维特①，他双肘支撑着身子，目光呆滞。门口站着一个西班牙人，裹着一件大斗篷，手里拿着一顶阔边帽，那副架势像是正在摆姿势让罗丹塑“巴尔扎克”似的。他的脖子以上部分很像水牛比尔②。我对面的顶层楼座前排坐着一个女人，她两腿叉得很开，脖子向后拗去，错位了，看上去像是得了破伤风。还有那个戴红帽子的女人，她正趴在栏杆上打盹儿呢。她若是来一回脑出血就太妙了！设想她流出一桶血，全倒在楼下那些浆洗得硬硬的衬衫上。设想这些微不足道的小人物衬衫上沾着血迹走出音乐厅回家的情景！

睡觉是基调。没有人再听音乐，无法再思考，再倾听，也无法去梦想，即使音乐本身也成为一场梦。一个戴白手套的女人把一只天鹅放在膝上。传说勒达③怀孕后生下一对双胞胎。人人都在生出某种东西，除了上面那排座位上那个搞同性恋的女人之外。她高昂着头，大张着嘴，注意力十分集中。这曲交响乐像镭一样放射出一阵阵火花，使她激动不已。朱庇特④在穿透她的耳朵。来自加利福尼亚的片言只字，长着

---

① 德国作家约翰·沃尔夫冈·歌德(1749—1832)的书信体小说《少年维特的烦恼》中的同名主人公，一个坠入情网后郁郁寡欢的青年。

② 威廉·弗雷德里克·“水牛比尔”·科迪(1846—1917)：南北战争军人、驿马快递骑士、农场主、野牛猎手和马戏表演者，美国西部开拓时期最具传奇色彩的人物之一。

③ 希腊神话中埃托利亚王特斯提奥斯的女儿，廷达瑞奥斯的妻子。宙斯醉心于她的容貌，趁她在河中沐浴时，化作天鹅与她相会。

④ 朱庇特即宙斯，希腊神话中的众神之王，奥林匹斯山的统治者。

大鳍的鲸鱼,桑给巴尔[1],城堡。瓜达尔基维尔河[2]沿岸上千座闪闪发光的清真寺。冰山深处的时光全是淡紫色的。蒙尼大街上立着两根拴马的白柱子。滴水嘴……宣传贾沃斯基谬论的男人……河边的灯光……

① 桑给巴尔岛是坦桑尼亚的一部分,位于印度洋西部。

② 位于西班牙南部。

第七章

我在美国时有几位印度朋友,有的好,有的坏,有的不好也不坏。环境常将我置于一个有幸为他们效劳的位置上,我帮他们找工作,给他们提供住宿,若有必要还给他们饭吃。我承认,他们都非常感恩戴德,实际上他们总这样光顾我倒使我的日子很难过。他们当中有两位圣人,如果我知道圣人是怎样的话。尤其是古普特,有一天早晨人们发现他的喉咙被人割开一个大豁口。那是在格林威治村的一所小房子里,人们有一天早上看见他一丝不挂地躺在床上,身边放着他的长笛,喉咙被人割开一道深痕。时至今日,人们还没有搞清楚他究竟是被人谋杀还是自杀,不过这也无关紧要啦……

我回想起在纳南塔蒂的住所里经历的一连串往事。我在想,这一切是多么奇怪,我竟然把纳南塔蒂全忘了,直到那天我躺在塞尔街一家寒碜的旅馆里才又重新想起他来。我睡在铁床上,想到自己变成一个毫无用处、毫无价值的人,一个无足轻重的人,这时眼前蓦地闪现出这几个字:**无足轻重的人**!我们在纽约就是这样称呼他的:无足轻重的人,无足轻重先生。

我现在睡在那套豪华房间的地板上，纳南塔蒂在纽约期间就吹嘘过这里。他在扮演一个乐善好施者的角色，给我两条令人浑身发痒的毯子，原先是盖在马身上的。我就蜷缩在里面，躺在落满尘土的地板上。假如我蠢到待在屋里不出门的田地，一天中的每一个小时都有零活可干。早晨他粗暴地唤醒我，叫我替他预备午饭吃的蔬菜：葱头、大蒜、豆子等等。他的朋友凯皮告诫我不要吃这些东西，说它们不好。好坏又有什么关系？吃的！这才是最要紧的。为了一点点吃的，我十分乐意用一把破扫帚清扫他的地毯，替他洗衣服，一等他吃完饭就捡起掉在地上的残渣吃下去。自从我到来以后，他已变得绝对讲究干净，现在一切都要掸去灰尘，椅子一定得按规定摆好，大钟一定得按时敲响，卫生间也一定得好好冲洗……真没有见过比他更古怪的印度人，而且他还小气得要命！待摆脱他的控制以后我要好好嘲笑他一番。可我现在是囚犯，是一个没有社会地位的贱民，一个不可接触的人……

若是到了晚上我还没有赶回来盖上马盖的毯子睡觉，当我一回来他便会说："嗬，原来你还没有死啊？我还以为你已经死掉了呢。"他明知我身无分文，可还是每天都告诉我他刚刚在附近找到了廉价出租的房间。我说："可是你知道，我还租不起一个房间呢。"这时他便像中国佬那样眨眨眼，不经意地说："哦，对了，我忘了你没有钱。我总是忘事儿，安德里[①]……不过等电报来了……等莫娜小姐给你寄来钱，那时你就跟我去找个房间，好吗？"话音未落，他便又竭力劝我愿住多久就住多久："六个月……七个月，安德里……你在这儿对我帮助很大。"

纳南塔蒂是一个我在美国时从未为之效劳过的印度人。他自称是有钱的商人，一个珠宝商，在巴黎拉斐特大街有一套豪华房子，在孟买

① 原文是 Endree，此处可能是纳南塔蒂的口音问题，把 Henry 念成 Endree。

有一座别墅,在大吉岭[①]又有一所带游廊的平房。我一眼便看出他是一个笨蛋,不过笨蛋有时却具有聚起一大笔财富的天赋。我当时不知道他曾在纽约给旅馆老板留下两颗大珍珠抵账。我觉得好笑的是,这个小个儿曾一度在纽约那家旅馆大厅里摇来晃去,他拄着乌木手杖,将侍者挥来斥去,为客人订午饭,使唤茶房去买戏票,按天租用出租车……这时他衣袋里却一文钱都没有。他只有脖子上挂的那一串大珍珠,把这些珠子一个个卖掉换钱用。我还觉得好笑的是,他常傻气十足地拍拍我的背,感谢我对那伙印度人不错。“他们都是很聪明的人,安德里……非常聪明!”他还告诉我某位好心的神会报答我的善举。现在回想起来,我才明白为什么有一回我建议向纳南塔蒂借五美元,这些聪明的印度人都嗤嗤地笑。

我现在纳闷的是,这位好心的某某神将如何报答我的善举。我不过只是这个又肥又矮的家伙的奴仆,时刻得听从他的吩咐。他这儿需要我,这是他当面告诉我的。一走到便盆旁他便嚷道:“安德里,请给我拿一壶水来,我要擦一把。”这位纳南塔蒂从不愿用手纸,想必这是同他的宗教信仰相抵触的吧。他不用手纸,却要一壶水和一块破布。他还挺娇嫩,这个又肥又矮的家伙。有时我正在喝一杯他扔进一片玫瑰花瓣的淡茶,他来了,冲着我的脸迸出一个响屁。他从来不会说“对不起”!他的古吉拉特语词典上想必没有这句话。

我来到纳南塔蒂的公寓这天他正在做沐浴仪式,也就是说,他正站在一只脏水钵前,努力把一只弯曲的胳膊伸到颈后。钵边摆着一只铜制高脚杯,那是他用来换水的。他要我在沐浴仪式期间别出声,于是我便按他的吩咐一声不响地坐着,看他歌唱、祈祷,不时朝水钵里吐水。这就是他在纽约时谈到的那套豪华房间了!拉斐特大街!我觉得这就

① 大吉岭是印度靠近喜马拉雅山麓的一个小镇,位于西孟加拉,以产茶闻名。

是纽约的一条主要街道。我只想到住在这条街上的百万富翁和珠宝商人。当你在大洋另一边时，拉斐特大街听起来蛮不错。同样，当你在大洋这一边时，纽约的第五大道也不赖。人们简直想象不出这些漂亮街道上的垃圾有多么吓人，可是不管怎么说我终于来到这儿，坐在拉斐特大街上的这套豪华公寓里，而这个疯疯癫癫、胳膊弯曲的家伙正在举行清洗自己的仪式。我坐的那把椅子是破的，床已散架，墙纸破烂不堪，床下一只打开的箱子里塞满脏衣服。从我坐的地方一眼便可看到下面那个穷酸的院子，拉斐特大街的贵族就是坐在那儿抽陶土烟斗的。纳南塔蒂唱赞美诗时，我不禁想象他在大吉岭的那所带游廊的房子是什么样子。他的诵唱和祷告没完没了。

纳南塔蒂对我解释说，他必须按照这种规定的方式沐浴，这是他所信仰的宗教要求的。不过星期日他便在一只锡澡盆里洗澡，他说神灵看到会眨眼睛的。穿好衣服后他便走到碗橱前，跪在摆在第三层的一个小神像前，一遍遍背诵那些别人听不懂的祷告词。他说，如果你每天都这样祷告便不会出什么事情，那位不知名的好心神灵绝不会忘记一个听话的仆人。接着他让我看那条扭曲的胳膊，是在一次出租车事故中撞的，那天他无疑忽略了这套完整的又唱又跳的仪式。他的胳膊活像一只破损的指南针，早已不再是一条胳膊，却变成加上一条胫骨的指关节。自从这条胳膊修好后，他的胳肢窝里就长出一对肿胀的腺体，又肥又小，同狗的睾丸一模一样。在为自己的痛苦而哀叹的同时他突然想起医生曾推荐过一个较为宽松的食谱，于是马上恳求我坐下来拟一份有大量鱼肉的菜单。“还有，牡蛎怎么样，安德里？可以用它做小菜。”可是这一切不过只是叫我嘴馋而已，他根本就不打算给自己买牡蛎、肉、鱼，至少我在这儿期间他不会买。眼下我们得靠吃小扁豆和米饭摄取营养，还有存在顶楼上的各种干货，连上星期买来的奶油他也不肯浪费。他炼奶油时散发出的气味叫人受不了，从前他一炼奶油我就得先逃出去，现在已经可以坚持下来。若是我受不了，把吃到肚里的东西都吐出来，他才高兴哩，那样他可以把我吐出的东西和干面包、发霉的奶酪以及他自己用不新鲜的牛奶加发臭的奶油做的小油饼干一起储存在碗柜里。

看来过去五年来他屁事都没干过，一分钱的买卖也没做成，他的生意全完蛋了。他同我谈起印度洋里的珍珠——可以指望凭它过一辈子的大珍珠。他说阿拉伯人把这生意毁了，同时每天都向那个某某神祷告，这使他仍抱有一线希望。他跟这位神交情不错，明白如何哄骗他，如何从他那儿骗几个钱用。这全然是一种商业交往。作为对每天橱柜前那番恭维话的酬劳，他得到一份豆子和大蒜，更不用说腋窝里那对肿胀的睾丸。他坚信最终一切都会变得圆满，那些珠子有朝一日会卖出去，也许再过五年，也许再过二十年，等布玛鲁姆神乐意的时候。“等买卖再度兴隆了，安德里，你替我写信就会得到百分之十的利润。不过安德里，你得先写封信看看我们是不是能从印度贷款。等对方答复得六个月，也许七个月……印度的船开得太慢。”这家伙一点儿时间概念都没有，有时我问他睡得好不好，他便说：“哦，好，安德里，睡得好极了……有时候我三天睡了九十二个钟头呢。”

早上他通常很虚弱，什么事都做不了。他的胳膊！那可怜的、歪七扭八的、丁字形的胳膊！有时，看到他把它扭着伸到颈后，我便纳闷怎样把它再放回原处。若不是他腆着一个大肚子，他便会令我忆起梅德拉诺马戏团里的一个柔术演员，只需要再摔断一条腿就行。每当他见我扫地毯，见到我扬起一大团灰尘，他就像一个小矮人一样咯咯叫开了。“好！干得好极了，安德里。现在我就要捡起那些难扫的东西啦。”这话是说我漏掉了一点儿灰尘，这是他挖苦人的礼貌方式。

下午,总会有几个从珍珠市场上来的老朋友到家里拜访他,全是温文尔雅、满口甜言蜜语的狗东西,都有着一对母鹿般含情脉脉的眼睛。他们围坐在桌旁喝花茶,嘴里发出很响的嘶嘶声。这时纳南塔蒂像一个自负的小官吏一样上蹿下跳,或是指着地板上的一点点灰尘用油滑的腔调对我说:"请你把它捡起来好吗,安德里?"客人们一到,他便故作殷勤地走到橱柜那儿取出干面包片,那还是他一星期前烤的,吃起来有一股强烈的腐烂木头味。哪怕一点儿面包屑也不能扔掉。如果面包变得太酸,他便拿下楼去给那个看门人,据他自己说这人对他一直很好。也是据他自己说的,这个看门人得到不新鲜的面包很高兴,要用它做面包布丁。

有一天我的朋友阿纳托利来看我,纳南塔蒂很高兴,一定要挽留阿纳托利喝茶,一定要他尝尝干巴巴的小油饼和不新鲜的面包。他说:"你一定要天天来教我俄语。很好的语言,俄语……我想学会说俄语。那话是怎么说的,安德里?波什特[①]?请你替我把它写下来,安德里……"我仍然要在打字机上把它打出来,这样他可以观察我的手法。他在收到撞坏他胳膊的人付的赔偿费后买来这部打字机,因为医生推荐说这是一种很好的锻炼。不过没多久他就对打字机腻味了,因为这是一部英国造的打字机。

他听说阿纳托利会弹曼陀林,便说:"太好了!你一定天天来,教我玩这种乐器。等生意好一点儿,我也要买一把曼陀林。这对我的胳膊是有好处的。"第二天,他从看门人那儿借来一部留声机。"请你教我跳舞,安德里。我的肚子太大啦。"我倒希望他有朝一日买一块上等牛排,这样我就可以对他说:"请你替我咬一口,无足轻重先生。我的牙不大好!"

---

① 原文是俄文,意为"红甜菜汤"。

我刚才说过，自从我到来以后，纳南塔蒂就变得格外挑剔。他说："昨天你犯了三个错误，安德里。第一，你忘了关上卫生间的门，里面嗡嗡响了一夜；第二，你让厨房窗子开着，结果今早窗子被打破了；第三，你忘了把奶瓶放出去！睡觉前一定要想着把奶瓶放出去，早上一定要记着把面包端进来。"

他的朋友凯皮每天来看看有没有来自印度的客人，他等纳南塔蒂一出门便匆忙奔向食品橱，吞下藏在一只玻璃罐里的一条条面包。他坚持说面包已经不新鲜了，不过仍像老鼠一样很快把它吞下去。凯皮是一个小偷，是寄生在人身上的虱子，他让自己牢牢地吸附在哪怕是最穷的同胞的皮肤上。根据凯皮的观点，这些同胞全是大富豪。为一支马尼拉雪茄和买一杯酒的钱他愿意舔随便哪一个印度人的屁股。记住，印度人的屁股，英国人的可不行。他有巴黎每一家妓院的地址，还有价目表，甚至从花十法郎便能嫖一回的下等妓院中他也能得到一笔小小的佣金。他还知道到达你想去的地方的最近路线。他先问你愿不愿坐出租车去；如果你不愿意，他就提议坐公共汽车；如果觉得车费太贵就坐电车或地铁去。他或许会主动提出步行送你去，节省一两个法郎，因为他很清楚途中一定会路过一家烟铺，你只好给他买一支雪茄。

从某种意义上讲，凯皮是一个有意思的人，除了每夜同女人睡一觉之外，他根本没有别的野心。他挣的钱少得可怜，却把每一文都掷在舞厅里。他在孟买有一个妻子和八个孩子，不过这并不妨碍他向又蠢又没有心眼、上了他的当的女仆求婚。他在孔多塞街有一间小房子，每月房租六十法郎。墙壁是他自己裱糊的，为此他很自豪。他的钢笔里灌的是紫罗兰色的墨水，因为这种颜色比较持久。他自个儿擦皮鞋、熨裤子、洗衣服。为了一支雪茄，你若称其为"方头雪茄"也行，他乐意领着你走遍整个巴黎。你若驻足看一件衬衣或是一颗衬衫领扣，他便马上来精神了。"别在这儿买，"他会说，"他们要价太高。我带你去一个便宜些的铺子。”你还来不及想，他便把你匆匆拉到另一个橱窗前，还是同样的领带、衬衣和衬衫领扣。也许还是原先那间铺子，只是你看不出来。一听到你打算买点儿什么，凯皮便活跃起来，他问你许多问题，把你拽到许多铺子里去，最后你会不可避免地口渴，只好请他喝一杯。接着你会惊奇地发现自己又置身于一家烟店里，也许仍是原先那家！凯皮油腔滑调地低声说：“请你行行好，给我买支雪茄吧！”不论你打算做什么，哪怕只是走到前面拐弯处，凯皮都要帮你省劲儿。他要指给你最近的路，东西最便宜的铺子，菜给得最多的饭馆，因为不管你打算干什么都非经过一家烟店不可。爆发一场革命也好，工厂停工也好，实行检疫隔离也好，舞曲一奏响凯皮一定会出现在“红磨坊”、“奥林匹亚”或“红天使”舞厅里。

那天他带来一本书让我看，书中讲的是一位神职人员和一家印度报社的编辑之间一场广为人知的官司。似乎是编辑公开指责该神职人员生活堕落，进而指控他有性病。凯皮说准是梅毒，纳南塔蒂却断言是淋病。在纳南塔蒂口中，一切都得稍微添油加醋一番。究竟那是什么病，谁也无从得知。纳南塔蒂开心地说：“安德里，请你说说书上讲些什么。我没法儿看，我的胳膊痛。”接着，为了给我鼓劲儿他又说：“这是一本讲睡女人的好书，安德里。凯皮是专门为你拿来的。他什么都不想，专想姑娘的事儿。他睡过那么多姑娘，正像克利须那①一样。我们不大相信这件事儿，安德里……”

过了一会儿，他带我上顶楼去，这儿塞满从印度运来的锡罐和破烂，裹在粗麻布和厚纸里。他说：“我把姑娘们带到这儿来。”接着又闷闷不乐地补充道：“我干女人不太拿手，安德里。现在我已不再干她们

① 即黑天，印度教诸神中最受崇拜的一位神祇，是毗湿奴神的第八个化身，诸神之首，世界之主。

了,只是搂着她们说说那些话,现在我只愿意说那些话儿。"没有必要再听他说下去,因为我知道他又要讲起他的胳膊。我看到他躺着,撞断的胳膊在床边荡来荡去。叫我吃惊的是,他又补充一句:"我干女人没有多大本事,安德里。我从来就不是一把好手。我兄弟才叫棒呢!每天三次,天天如此!凯皮也不错,同克利须那一样。"

现在他的思想都集中在"那件事情"上。来到楼下的小房间里,他跪在敞开的食品橱前向我讲述一度有钱的情景,那时他老婆孩子都在这儿。每逢假日他便带老婆到万国宫租一个房间过夜,每间房子的式样都大相径庭,他老婆很喜欢那儿。"那是一个嫖的好地方,安德里。我知道所有的房间……"

我们厕身的小房间墙上贴满照片,家族中每一分支都有照片,俨然就是印度的缩影。这个家系图上的大部分成员看起来犹如枯萎的树叶,女人们都显得弱不禁风,目光里有一种战战兢兢、担惊受怕的神情;而男人们却显得机警、聪明,一副受过教育的黑猩猩派头。他们全在这儿,大约有九十人。照片上还有白色阉公牛和牛粪饼,他们枯瘦的腿和老式眼镜;偶尔人们还在照片背景上看到一片干燥的土地,一截就要倒塌的墙,一尊胳膊弯曲的神像,那是一种人形的蜈蚣。这幅人物群像有一种十分怪诞,非常不谐调的气氛,看到它的人不可避免地会想起从喜马拉雅山脉一直延伸到锡兰①山巅的一大片寺庙。这是一大批建筑物,美得叫人惊叹不已,同时它们却又显得很可怕。那是丑恶的恐怖,因为正是它的富饶似乎使印度的沃土丧失肥力,种种阴谋萌生,最终变得动荡不安。瞧瞧寺庙前熙熙攘攘的芸芸众生,一个人便会受到这些英俊的黑皮肤人群的极大感染。这些人在过去三千年或更长的时间里通过性交将自己的家谱神秘地同别的民族融合在一起。这些羸弱的男女目

① 印度以南一岛国,现已更名为斯里兰卡。

光炯炯有神，从照片里放射出来。他们像那些英武有力的塑像投下的消瘦影子，这些石塑、壁画上的人物遍布整个印度，以便让在这儿相互融合的各个种族的英雄神话传说永远长存，留在同胞心中。我看到的只是这石雕广阔梦境的一个片断，这些行将倒塌的呆板大厦上装饰着宝石，凝聚着人类的精液。这令人眼花缭乱的种种奇思遐想叫我全然沉溺于其中，也使源于不同人种的五亿人民表现出他们最微妙的渴求。

纳南塔蒂现在唠叨起那个生孩子时死去的妹妹，种种无以名状、乱七八糟的怪念头一起涌上我的心头。她也在墙上的照片上，一个十二三岁、又瘦又羞怯的小姑娘，拉着一个糊涂老头的胳膊。十岁时她就嫁给这个老色鬼，在此之前这老家伙已经埋葬掉五个老婆。她生过七个孩子，自己死去时却只剩下一个孩子还活着。把她嫁给这老丑八怪为的是保住家里的珍珠，据纳南塔蒂说，她快死去时对医生低声说："我已厌倦了这他妈的……我不愿再跟人睡下去，大夫。"纳南塔蒂对我讲述这段往事时神情严肃，用那只枯萎的手搔搔头。他说："安德里，跟人睡觉是一桩很糟糕的事情。我要教给你一个词，它可以叫你永远吉祥如意。你一定要天天念，一遍遍地念，一定要念上一百万遍。这是天下最好的一个词，安德里……现在就念呀……OOMAHARUMOOMA！"

"OOMARABOO……"

"不对，安德里……是这样的……OOMAHARUMOOMA！"

"OOMAMABOOMBA……"

"不对，安德里……是这样的……"

……花了一个月时间，纳南塔蒂才偷偷赶到我前头，但他每星期要记住比一个词更多的东西还是有困难的。因为光线不好，书的印刷很拙劣，封面破烂不堪，书页破损，翻书的手指很笨拙，跳狐步舞的跳蚤，埋伏在床上的虱子，他舌头上的泡沫，时常带的几分醉意，喉咙里的肿块，酒壶里的酒，发痒的手掌，呼哧呼哧呼吸时的痛苦，疲惫得坠入雾中的脑瓜，良心的抽搐，盛怒，肛门里喷出的气体，胃中的火，发痒的屁股，顶楼上的老鼠，以及耳朵里的喧嚣和尘土。

若非命运之神干预，估计我永远也摆脱不了纳南塔蒂的摆布。碰巧，一天夜里凯皮问我愿不愿带他的一个顾客去附近一家妓院。这个年轻人刚从印度来，手头比较拮据。他是圣雄甘地手下的人，是“食盐纠纷”[①]期间向海边历史性进军的队伍中的一员。他曾发誓不近酒色，不过我看他是甘地的一位非常好色的信徒，而且显然很久没有碰过女人啦。我能做的只是把他领到拉费里埃大街为止，他活像一条伸出舌头的狗，而且简直就是一个自负、虚荣的小鬼！他穿一身灯心绒西装，戴顶贝雷帽，拎着一根手杖，打一条丝质宽领带。他还买来两支钢笔、一部小照相机和一些花哨的内衣。他花的钱是孟买商人们捐赠的，他们要送他去英国传播甘地的教义。

一走进汉密尔顿小姐的妓院，他就激动得无法自持。看到身边围着一群赤裸裸的女人，他便惊恐万状地望着我。我说：“挑一个，你可以随便挑。”他慌得茫然不知所措，竟不敢看她们一眼。他的脸涨得通红，小声道：“你替我挑好了。”于是我不慌不忙地审视她们一番，挑出一个身段很丰满的年轻小妞，看来她的身体不错。我们在接待室里坐下，等饮料送来，鸨儿问我为什么不也找个姑娘。这个年轻的印度人便附和道：“对了，你也挑一个。我不想独自跟她待在一起。”于是鸨儿又把姑娘们全领进来，我给自个儿也挑了一个姑娘，个头挺高、挺瘦，有一双悲戚戚的眼睛。此后众人都走了，把我们四人留在接待室里。过一会儿，那位青年甘地俯过身来耳语几句。我说：“行啊，你若是喜欢她，就带她

---

① 1930 年 3 月 12 日，印度民族运动领袖甘地发起第二次不合作运动。他带领群众向丹迪进军，抗议英国人强加食盐税，史称“食盐进军”。

去吧。”于是我很为难，相当不好意思地对两个姑娘解释说我和印度人想调换女伴。我马上看出是我们失礼啦，可我的年轻朋友此刻已经激动、发情了，什么也顾不得，只好上楼去，干完那件事拉倒。

我们来到两间紧挨着的屋子里，中间有一扇门相通。我估计，我的伙伴打算在满足了迫切的、急不可耐的欲望以后还要再跟我把姑娘换回去。姑娘们刚刚离开屋子去做准备，我便听到他在敲门。他问：“请问卫生间在哪儿？”我没有想到事情的严重性，便劝他在坐浴盆里方便。姑娘们手里拿着毛巾回来，我听到印度人在隔壁房间里格格傻笑。

正在穿裤子，我猛然听到隔壁传来一阵骚动。那位姑娘在高声叫骂，骂印度人是猪猡，是一头肮脏的猪猡。我弄不明白他究竟干了什么好事，居然令这个姑娘发这么大的脾气。我一只脚伸在裤腿里，全神贯注倾听。他试图用英语向她解释，嗓门越提越高，最后尖声大叫起来。

我又听到一扇门砰地摔上，接着鸨儿猛冲进我的房间，脸红得像甜菜，两只胳膊疯狂地乱比画。她尖声叫道：“你应该害臊，居然把这样的人带到我这儿来！他是野人……他是一头猪……他是……”这时我的伙伴就站在她身后，恰好在门口，脸上一副极其狼狈的表情。我问他：“你都干了些什么？”

“他都干了些什么？”鸨儿嚷道，“我带你去看……随我来呀！”她抓住我的胳膊，把我拽到隔壁屋里。“看呀！看呀！”她高声叫着，指给我看那个坐浴盆。

“走，咱们走。”印度小伙子说。

“等一下，你不能就这样轻轻松松一走了之。”

鸨儿站在坐浴盆旁，气得唾沫星子乱飞。两个姑娘也站在那儿，手里捏着毛巾。我们五人都站着看那只坐浴盆，只见那盆水中漂着两截极粗的大便。鸨儿俯下身在盆口盖上一块毛巾。她哭喊道：“可怕！真可怕！我从未见过这种事情！一头猪！一头肮脏的猪！”

印度人以责备的目光望着我道："你早该告诉我的！我不知道它冲不下去。我问你该去哪儿，是你告诉我用这个的。"他都快哭啦。

后来鸨儿把我拉到一边，现在她已经理智一点儿了。不论怎样，这只是一场误会。兴许两位先生愿意下楼再喝一杯，为了两个姑娘，她俩都给吓坏了，她们没有经历过这类事情。假如两位好先生愿意酬劳那个女仆一下……那个，那一摊东西，那摊脏东西女仆收拾起来可不是什么愉快的事儿。她耸耸肩头，挤挤眼睛。这是一桩可悲的事情，不过也是一次意外事故。先生们在这儿稍等一下，女仆马上就端酒来。先生们来点儿香槟好吗？

"我想离开这儿。"印度人有气无力地说。

鸨儿说："别太难过。事情已经过去了。有时会出差错的，下一回你就会问卫生间在哪儿了。"她继续谈到卫生间，似乎每层楼有一间，还有一间浴室。

她又说："我有很多英国客人，都是绅士。这位先生是印度人？印度人是很可爱的民族，那么聪明，那么漂亮。"

待我们出来走到街上，这位可爱的青年绅士差一点哭出声来。他很懊悔买了一套灯心绒衣服、一根手杖和两支钢笔，他讲起发过的八个誓，不饮酒之类的八戒。向丹迪海岸跋涉途中，他们连一碟冰淇淋都不准吃。他还给我讲纺车的故事，讲圣雄甘地手下的一小批不合作主义者如何效法他们宗师的献身精神。他自豪地回忆怎样在甘地身边步行，同甘地谈话，于是我产生一种幻觉，仿佛自己正同耶稣十二门徒中的一位待在一起。

以后几天我们经常见面，他要安排同新闻记者会面，还要给在巴黎的印度人演讲。看到这些没有脊梁骨的恶魔互相使唤倒也有趣，同样有趣的是看到他们每当涉及具体事务之时便束手无策的样子。这些小气而又卑鄙的对手们互相猜忌、滥施阴谋。无论在哪儿，只要有十个印度人待在一起,就准会出现一个包含各种团体和宗派的小印度,充满种族、语言、宗教和政治上的对立。在甘地的感召下他们尚能暂时奇迹般地抱成一团,一旦甘地去世便会出现分裂,重新患上内部纷争和混乱这种印度人的痼疾。

这位印度青年自然是乐观的,他到过美国,并且受到美国人廉价理想主义的不良影响。他受到蛊惑,被无处不在的浴缸、卖小摆设的五分一角商店、熙熙攘攘的人群、高效率、机械化、高工资、免费图书馆等蛊惑。他的理想是把印度美国化,他根本不赞同甘地的倒退狂热。像一个"基督教青年会"会员,他只是要前进。听他讲述美国观感后,我看得出来,指望甘地实现那个必将彻底击败命运安排的奇迹是十分荒谬的。印度的敌手不是英国,而是美国。印度的敌手是时代精神,是时钟上一只无法拨回的指针。没有什么东西能帮助消除这种毒死整个世界的病毒,美国即意味着毁灭的厄运,她会把全世界拖入无底深渊。

这个印度人认为美国人是一个非常容易上当受骗的民族,他讲起那些曾资助过他、容易轻信的人:教友派教徒、唯一神教派教徒、通神论者、新思想者、安息日会员,等等。这个机灵的年轻人懂得如何见风使舵,他会在适当的时机让泪水涌出眼眶。他懂得如何募集捐款、如何哀求牧师的太太、如何向母亲和女儿同时调情。乍看起来,你把他当作一位圣人。他也的确是现代的新潮圣人,一位受过玷污的圣人,他能一口气讲一大串关于爱情、友爱、浴缸、卫生设备和效率之类的事。

他在巴黎逗留的最后一夜都奉献给"那件事情"。白天他的日程完全排满:出席会议、拟电文、会晤、让报纸记者拍照、情意缠绵的道别、向组织里的中坚分子提出忠告,等等,等等。到了吃晚饭时,他决定把烦恼暂且抛在一边。他要来香槟酒佐餐,朝侍者噼噼啪啪捻手指,总之他的举止正符合其身份:一个粗莽的小乡巴佬。好玩的地方已去得够多,他便提议由我带他去一个原始一点儿的场所。他愿意去一个非常便宜的地方，一次叫两三个姑娘。于是我带他沿着夏佩尔林荫大道走，一路上不停地告诫他小心钱包。在奥贝维利埃附近，我们闯进一家下等妓院，身边立即围上一群姑娘。没过几分钟他就同一个光屁股姑娘跳起舞来，这是一个大块头金发女郎，肥得下巴上尽是皱褶。有十来次我看到镶满整个房间的镜子里映照出她的屁股，印度人黑瘦的手指执拗地搂着她。桌上摆满啤酒杯，钢琴在喘息。没有主顾的姑娘们都静静地坐在皮椅子上，像一窝黑猩猩一样默默地搔痒。这儿似乎有一种被压抑的混乱气氛，一种被压制下去的暴力行为，仿佛期待中的爆炸需要某种十分细微的细节安排，某种细微而又全然无准备、完全不可预见的东西。这种迷迷糊糊的幻想状态既允许人置身于一个事件之中又让他保持冷漠，在这种状态中，那尚未可知的小小细节开始模糊而又执着地凝聚，形成怪异的晶体，像窗子上结的霜。那些霜状的晶体显得那么怪诞，那么彻底无拘无束，那么奇形怪状，然而它们的命运却要由最最严酷的自然法则操纵。我心中产生的感情亦是一样，它也要服从一些不可抗拒的规律。我的整个生命要服从环境的支配，这是它以前不曾经历过的。可以称为我身体躯壳的东西好像在变小、压缩。平常干瘪的肌体也在蜷缩，其表皮只能感觉到神经末梢的调节。

我的实质越真实，越实在，近在咫尺，看得见摸得着，把我从中挤出来的现实也就变得越微妙，越不可捉摸。我变得金属一般坚强，而我眼前的景物却以同样的程度变得越来越虚浮。紧张状态达到无以复加的程度，再加上一丁点儿外力，哪怕是极小的一点点，也会粉碎一切。在极短的一刹那间，我体验到那种超然的明晰，据说只有癫痫病人才具有这种洞察力。我已完全丧失时间和空间幻觉，与此同时世界沿着一条没有轴的子午线在上演它的戏。在这转瞬即逝的永恒中我觉得一切都有道理，都是完全顺理成章的。我还体验到将这一团乱七八糟的东西都抛在后面的内心中的激烈思想斗争。我感到罪恶在这里蠢蠢欲动，将在明天大吵大闹地出现。我感受到如在杵臼中被捣碎的苦痛，感受到掩面痛哭的悲哀。在时间的子午线上毫无正义可言，只有创造真实和戏剧幻觉的行动诗篇。无论何时何地，人们一旦同无限的宇宙相遇，那种使乔答摩[1]和耶稣显得像神的大慈大悲精神就荡然无存。可怖的事情并非人类从这堆粪中创造出玫瑰花，而是他们出于这样或那样的原因居然想要得到玫瑰花。人类出于这样或那样的原因在寻找奇迹，为了达到目的他们不惜从血泊中跋涉而过。他们用各种主义使自己败坏，只要一生中有一秒钟可以闭上眼睛回避令人厌恶的现实，他们乐意让自己萎缩为一个影子。丢脸、耻辱、穷困、战争、犯罪、无聊，一切都可以忍受，因为他们坚信一夜之间会发生某种事情，会出现一个使生活变得可以忍受的奇迹。与此同时，人体内有一只仪表在运转，没有人能伸手进去让它停止。有人在大嚼生命之面包，狂饮生命之酒，与此同时有位肮脏的、肥蟑螂一样的牧师躲在地下室里大吃大喝。地面上的街灯下有一个鬼影似的主人咂咂嘴唇，血淡如水。在无止尽的折磨和苦难中没有奇迹出现，甚至连一星半点的慰藉都没有。只有思想，苍白无力、必须靠屠杀养肥自己的思想，像胆汁一样产生的思想，像猪的肚子被刀豁开后露出的内脏一样的思想。

于是我想到，假如这个人类永远朝思暮想的奇迹原来什么也不是，只是这位甘地的忠实弟子在坐浴盆里拉的两截粗粗的大便，那将是怎样的一个奇迹啊。假如在宴会桌已摆好，吃饭的铃声已响起的最后一刹那，在事先并没有告知大家的情况下，一只大银盘突然被端上来。连瞎子也可以看到上面不偏不倚、不歪不斜地摆着两截粗粗的大便，我认为这才是最让人惊叹不已的奇迹，比人们盼望的任何奇迹更加刺激。大家都不会预料到，所以说这是叫人惊叹不已的。它又比最最荒诞的

① 释迦牟尼的俗姓。

奇思异想更叫人惊叹不已，因为虽然人人都可能猜到这种可能性，却没有一个人猜中，而且今后也不见得会有人猜中。

不知怎么搞的，意识到没有一件事情会有成功的指望反倒对我产生有益的影响。多少个星期、多少个月、多少年来，实际上是一辈子，我一直在盼望发生什么事情，某些改变我的生活的外来事件。现在，猛然受到启发，意识到一切皆没有指望，我觉得如释重负，觉得肩上一个沉重负担已卸下。黎明时分，我同这个年轻的印度人分手，事先向他讨了能租一间房的几个法郎。朝蒙帕纳斯走去，我打定主意让自己随波逐流，对命运不做丝毫抵抗，不管它是凶是吉。迄今为止，在我身上发生的一切尚不足以毁灭我。除了我的梦幻，它现在倒也还不曾毁掉什么。我未受损害，这个世界也未受损害。明天也许会爆发一场革命，出现一场瘟疫，发生一场地震；明天也许不会剩下一个可以寻求同情、帮助和信任的人。我认为这场大灾难已经显露出迹象，我再也不会像此时此刻这样真的一人独处。我打定主意不再坚持什么，也不再指望什么。从今以后，我要像牲口一样生活，像一只猛兽，一个流浪汉，一个强盗。假如宣战，我命中注定要上前线，我会抓起刺刀去杀戮，一直戳到刀柄处。如果那天的命令是强奸女人，那么我就会不遗余力地去强奸。就在此刻，就在新的一天到来的这宁静黎明之际，这个世界不是充满着罪恶和悲伤吗？人类天性中可曾有哪一种成分被历史无休止的进程所改变？发生根本的、重大的改变？实情是，人类被他称之为自己天性中较好的那一部分叛卖。在精神生活的极限上，人类再次发现自己像野人一样赤裸着身子。可以说，当人类找到上帝时他们自己已被剔去所有的肉，成为一个骨架。为了重新长上肉，他必须再活一遭。“上帝”这个词必须变成肉，这是灵魂的渴求。不论眼睛看到多么碎的面包屑，我都要猛扑上去把它吞下。若是活着便是至高无上的事情，我就活着，哪怕为此一定要成为一个吃人生番也罢。直到现在，我一直在设法保住我这宝贵的臭皮囊,保住包裹骨头的那几块肉。这种生活该完结了,我已忍耐到极限,我的脊背已贴到墙上,无法再后退。就历史的演变而言我已死去,倘若还存有希望我只好再赶回来。我已找到上帝,但上帝也无济于事。我只是在精神上死去,肉体上仍活着,而在道德上我又是自由的。我已告别的世界是一个动物园,黎明正在一个新世界里降临。那是一个弱肉强食的世界,精瘦的灵魂挥舞着锋利的爪子在其中漫游。如果我是一只鬣狗,我准是一只瘦弱、饥饿的鬣狗。我这就出发,去喂肥自己。

第八章

我在一点半钟去找范诺登，这是先前约好的。他曾预先告诉过我，如果不开门就是说他在同某人睡觉，也许是他那个格鲁吉亚女人。

他还是露面了，刚刚大吃大喝过一顿，不过像往常一样显得疲惫不堪。他一起床就诅咒自己，诅咒工作，诅咒人生。他一起床便百无聊赖，心烦意乱，想到自己昨夜没能死去便懊恼不已。

我在窗旁坐下尽力劝慰他一番，这是一件很乏味的事情，必须哄得他真的起床。早晨，凌晨一点到下午五点都是他所说的“早晨”；依我看，他常利用早晨的时光沉湎于幻想之中。多半是重温往昔的旧梦，回忆他的“婊子们”。他努力去回想她们是如何离开他的，在一些关键时刻同他说过什么，他是在哪儿干她们的，尽是诸如此类的琐事。他躺在床上咧着嘴笑，诅咒谩骂，同时以那种奇怪的、令人生厌的方式用手指比画，似乎表明他对此类事情已深恶痛绝，不屑用语言表达。床头挂着一只灌洗器，这是他用来应付“紧急情况”的，是为“处女们”预备的。他总像一头警犬一样追逐她们，同某一位这些神话中的动物睡过后，他仍称她为处女，而且几乎从不提她的姓名。“我的处女”，他总是这么说，如同说“我的格鲁吉亚婊子”一样。走进卫生间之前他说:“如果我的格鲁吉亚婊子来了,叫她等我,就说这是我说的。听着,你若愿意要就要她好啦,我已经厌烦她了。”

他斜眼看看天气如何,深深叹口气。若是下雨,他便说:“他妈的这鬼天气,叫人难受。”若是阳光明媚,他便说:“他妈的这鬼太阳,叫人睁不开眼。”正要刮胡子时,他猛然想起没有干净毛巾。“这个他妈的鬼旅馆,他们太吝啬,连每天给一块干净毛巾都舍不得!”不论他干什么,到哪儿去,事情总是不对头,不是来到一个他妈的国家便是找到一个他妈的工作,或者就是某一个他妈的烂婊子无视他的存在。

他漱漱口说:“我的牙齿全坏了,这都是因为他们这儿给人吃他妈的鬼面包。”他大张开嘴,扯开下唇叫我看。“看见了吗?昨天我拔了六颗牙。要不了多久我就得重装一副假牙,这就是为生计奔波的结果。我到处游荡的时候全部牙齿都好好的,眼睛也很明亮。现在再看看我!我还能干婊子倒真不简单。老天,我想找个有钱的婊子,像卡尔那个小滑头找的一样。他给你看过那个婊子给他写的信吗?你知道她是谁?他不肯告诉我她的名字,这个狗东西,他怕我把她从他身边夺走。”他又漱漱口,盯着空出的牙洞察看了很久。“你比我走运,”他忧伤地说,“至少还有朋友。而我,除了那个用他的阔婊子逗我发疯的小东西以外,我身边一个人也没有。”

他说:“听着,你认识一个叫诺尔玛的婊子吗?她整天在多姆大饭店附近闲荡,我看是一个搞同性恋的。我昨天把她带到这儿来,在她屁股上搔痒。她什么都不让我干。我把她弄到床上……甚至把她的内裤褪下来……后来我厌恶了。老天,我再也不愿那样勉强什么人,那不值得。她们要么干,要么别干,浪费工夫跟她们搏斗是愚蠢的。你正跟一个小婊子拼命搏斗的时候,也许外面露天咖啡座里有十来个婊子恨不得马上跟你睡呢。这是真的,她们全是为了被放倒才到这儿来的。她们认为在这儿干有罪……可怜的大波妹！有些从美国西部来的教师是货真价实的处女……我说的全是真的！她们整天这儿坐会儿那儿坐会儿，就惦着这事，你根本不用怎么挑逗她们，她们正巴不得呢。那天我上了一个结过婚的女人，她说她已有六个月没跟人睡过了。你能想象得到吗？老天，她十分上劲儿！我还以为她要把那玩意儿从我身上吸下来呢，她还一直哼哼唧唧的。'你感觉怎样？怎样？'她不住地这样问，疯了似的。你知道这个婊子想干什么？她想搬到这儿来住。你想想！她问我爱不爱她，可我连她的名字都不知道，我从来不知道她们的名字……也不想知道。这些结过婚的婊子！老天，你若见到我带到这儿来的所有结过婚的婊子，你就再也不会想入非非了。这些结过婚的婊子比处女更糟。根本不等你动手，她们自个儿替你把那玩意儿掏出来，过后她们还要谈论爱情，真叫人恶心。告诉你，我真的恨起娘儿们的窟窿眼儿来了！"

他又瞧了一眼窗外，外面正在下濛濛细雨，五天来一直这样下着。

"乔，你去多姆大饭店吗？"我叫他乔，因为他叫我乔。卡尔同我们在一起时也是乔。每个人都是乔，这样简便些，还可以愉快地提醒你别把自己太当一回事儿。言归正传，乔不想去多姆大饭店，他在那儿欠的钱太多了。他想去库波勒饭店，想先在那儿溜达一会儿。

"正在下雨呢，乔。"

"我知道。去他妈的！我得运动运动，得把肚子里的脏东西冲洗出去。"听他这么说，我产生一种印象：全世界都包孕在他肚子里，在里面腐烂。

穿衣戴帽时他又陷入一种半昏睡状态。他站着，一只胳膊穿过外衣袖子里，帽子斜扣在后脑勺上。他开始大声说梦话：里维埃拉避寒地[1]，太阳，在偷懒中虚掷了一辈子光阴。他说："我对生活的全部要求不外乎几本书、几场梦和几个女人。"他沉思着喃喃自语，同时带着最最温柔、最最阴险的微笑望着我。他问我："喜欢我的笑容吗？"接着又厌恶地说："老天，我若能找到一个可以这样朝着她笑的阔婊子该有多好！"

他显出极其疲倦的样子说："现在，只有一个阔婊子能救我。一个人总是追逐新婊子便会厌烦的，这会变得机械起来。你瞧，问题在于我无法恋爱。我是一个十足的利己主义者，女人只是帮我做梦的，仅此而已。这是一种罪孽，同酗酒、抽大烟一样。我每天都得换一个新女人，否则就不自在。我想得太多，有时也觉得自己很好笑。我那么快就把它拔出来，这其实真的没有意义。我干那件事完全是机械的。有时我根本不在想女人，可是突然注意到一个女人在看我。好，得了，这一套又重新开始。还来不及想自己在干什么，我就把她带到屋里。我甚至不记得对这些女人们说过什么。我把她们带到屋里，在她们屁股上拍一巴掌，还不知道这究竟是怎么回事就干完啦。真像是一场梦……你明白我的意思吗？"

他不大想要那些法国姑娘，不能忍受她们。他说："她们不是想赚你的钱就是想叫你娶她们，她们骨子里全是婊子。我宁愿跟一个处女周旋。处女们会给你一点点幻想，开始还挣扎几下。"其实全一样，我们瞥一眼那个露天咖啡座，所看到的妓女个个都是范诺登曾经睡过的。他站在酒吧门口把她们一一指给我看，他细致地描述她们，谈到她们的优缺点。他说："她们全都不够性感。"接着他便用双手比画，心里又想起漂亮、有趣、急不可耐地要干事儿的处女。

这一番遐想刚刚进行一半，他猛然打住不再说下去。他兴奋地一

---

① 地中海沿岸区域，避寒游憩胜地。

把抓住我的胳膊，指给我看一个鲸鱼般的大块头女人，她正打算要坐到一把椅子上去。他咕噜道："这是我的丹麦婊子呀。看见她的屁股没有？丹麦式的。这娘儿们是多么喜欢干那件事儿呀！她简直是在乞求我。到这儿来……现在看看她，从这边看！看看那个屁股，好吗？硕大无比。告诉你，她趴到我身上时，我双手去搂还搂不过来呢，她的屁股把全世界都遮住了。她让我觉得自己像一只爬进她身体里的小爬虫。我不明白为什么会迷上她，我猜是因为她的屁股。它是那么不谐调，上面又有那么多皱褶！你无法忘掉这样一个屁股，这是实实在在的……实实在在的事实。其他女人或许会叫你厌烦，或许会给你一瞬间的幻觉，可是这个娘儿们，她的屁股！天啊，你不会忘记她的……那就好像上床睡觉时身上压着一座纪念碑。"

这个丹麦婊子似乎叫他兴奋起来，那股懒散劲儿一扫而光，眼睛都快要从脑袋里弹出来。当然，一件事情使他联想起另一件。他想从这家鬼旅馆里搬出去，因为这儿的吵闹声叫他心烦。他还想写一本书，这样脑子里就有事情可琢磨啦。然而那份见鬼的工作在碍事儿。"这份他妈的烂工作叫你浑身没劲儿！我不想写蒙帕纳斯……我想写我的生活，我的思想。我想把肚子里的脏东西弄出来……听着，把那边那个娘儿们弄来！很久以前我跟她睡过，她曾在中央菜市场附近住，是一个很有意思的淫妇。她躺在床边上，拉起裙子。那样试过吗？倒也不赖。她也不催我，只是躺着玩她的帽子，我却从容不迫地在她身上使劲儿。等我达到高潮，她好像不耐烦了。'完事了吗？'好像这根本无所谓。当然啦，是无所谓。这一点我他妈的清楚极了……只是她那种冷血动物的样子……我还真有点儿喜欢……那样子很迷人，知道吗？爬起来去擦身时她唱起歌来，走出旅馆时还在唱，连'再见'都不说一声。她挥舞着帽子、哼着歌儿走掉。这就是对你胃口的婊子！干起来倒还不错，我想我喜爱她还要胜过我的处女呢。可是跟一个对此根本无动于衷的女人睡觉是一件邪恶的事情,直叫你的血发热……”沉思了一会儿他问:“若是她有点儿感情,你能想象到她会怎样?”

他又说:“听着,我要你明天下午跟我一道去俱乐部……那儿有一场舞会。”

“明天不行,乔。我答应要帮卡尔帮到底……”

他又用双手比画道:“听我说,别管那个讨厌的家伙!我要你帮我一把。是这么回事:我搞到一个婊子……她应允在我不上班的晚上来跟我过夜。可我还没有完全掌握住她。她有一个母亲,你知道……算是一个画家之类的货色。每一回见面,她都要唠叨个没完。我想,实情是当妈的吃醋了。若是我先跟这个妈妈打一炮,她就不会介意啦。你明白这类事情……总之,我想你也许会乐意要这个妈的……她还不错……若是没有看见她女儿,我自己也会考虑要她的。女儿年轻漂亮,一副水灵样儿。你明白我的意思了?她身上有一股纯洁的气息……”

“听着,乔,你最好还是去找别人……”

“唉,别这样!我知道你对此怎么看,我只是请你帮我一个小忙。我不知道怎样才能甩掉那个老鸡婆。我想先喝醉酒,然后甩开她,可我认为那年轻的会不高兴的。她俩都是缠缠绵绵的女人,从明尼苏达还是什么地方来的。好了,明天过来叫醒我,行吗?否则我会睡过头的。还有,我要你帮我找一间房子。你知道,没有人肯帮我。给我在离这儿不远的一条僻静的街上找一个房间,我只有待在这儿……这儿让我赊账。你得答应帮我做这件事,我会时常给你买一顿饭吃的。无论如何你都要来,跟那些蠢婊子说话急得我要发疯。我要跟你谈谈哈夫洛克·霭理士①。老天,我已把那本书找出来三个星期了,结果一次也没读过。人待在这儿就跟烂掉差不多。你信不信?我从来还没有去过卢

---

① 哈夫洛克·霭理士(1859—1939):英国心理学家、医生,著有《性心理学》等。

浮宫,也没有到过法兰西喜剧院。这些地方值得去吗?不过我看这也能多多少少叫人别胡思乱想。你整天干什么来着?不觉得无聊?为了跟女人睡觉你要干点儿什么?听我说……到这儿来。先别走掉……我很孤独呢。你知道吗?这种状况再持续一年我就会发疯的,我一定要离开这个操蛋国家,我在这儿无事可做。我明白,现在待在美国也令人不快活,反正都一样……可是人待在这儿会疯掉的……那些下贱的屎蛋整天坐着吹嘘他们的作品,所有这些人都他妈的一文臭钱不值。他们都是潦倒失意的人,这才是他们来这儿的原因。听着,乔,你想过家吗?你是一个有意思的家伙……你好像还挺喜欢这儿。你在这儿发现什么啦?但愿你能告诉我,我真心希望能不再想自己的事情。我心里乱极了……好像那儿有一个结……我知道我快要把你烦死了,可我一定得找个人聊一聊。我不能同楼上那些家伙聊……你知道那些狗杂种都是什么货色……都是写署名文章的人。卡尔,那个小滑头,他自私透顶。我是一个利己主义者,可我并不自私,这是有区别的。我想我是一个神经病患者,我无法不想自己,这并不是我认为自己重要……只是因为我无法去想别的事情,就是这样。如果能爱上一个女人或许会好一些,可是我找不到一个对我感兴趣的女人。我心里乱糟糟的。你看出来了,是吗?你说说我该怎么办?如果处于我的位置你怎么办?听着,我不想再强留你了,可你明早得叫醒我。一点半。怎么样?你若替我擦皮鞋,我还会多给你一点儿。还有,若有一件干净的替换衬衣,也把它带来。行吗?见鬼,那件活儿都快把我的卵蛋磨掉啦,却连一件干净衬衣都挣不来。在这儿他们对待我们像对待一群黑鬼一样。唉,算了,见鬼!我要去散步……把肚子里的脏东西冲出来。别忘了,明天!"

同这个叫伊雷娜的阔婊子的通信持续了六个多月。最近我天天都向卡尔汇报,好让这场恋爱开始。在伊雷娜那方面,这件事可以无限期发展下去。最近几天来双方都写了雪片似的大批信件,我们寄出的最后一封信几乎有四十页厚,是用三种语言写的。这最后一封信是一个大杂烩,其中有旧小说的结尾,有报纸星期日增刊上摘抄下来的片言只字,有根据写给劳娜和塔尼亚的旧信重新编排过的内容,还有从拉伯雷和佩特罗尼乌斯①作品中胡乱音译过来的片断。总之,我们把自己累坏了。最后,伊雷娜决定同这个通信人谈谈。她终于写了一封信,通知卡尔去她的旅馆里碰头。卡尔吓得屁滚尿流。给一个陌生女人写信是一码事,去拜访她、同她做爱却完全是另一码事。到赴约前最后一分钟,他仍吓得发抖,我不由得想自己恐怕不得不替他去。我们在伊雷娜住的旅馆前下了出租车,卡尔抖得很厉害,我只好先扶着他沿这条街溜达一会儿。他已经喝下两杯茴香酒,一点儿作用也没有。一看到旅馆他便快垮了。这是一个富丽堂皇的地方,有一个既宽阔又空旷的大厅,英国女人可以在里面呆坐几个钟头。为了提防卡尔溜掉,服务员打电话通报他到来时我一直站在他身边。伊雷娜在家,正在等他。他跨进电梯时又绝望地瞥了我最后一眼,当你用绳索勒住狗的脖子时它做出的正是这种无言哀求。穿过旋转门出来,我想到范诺登……

我回旅馆去等电话,卡尔只有一个小时,他答应去上班前告诉我结果如何。我又翻看一遍我们写给她的那些信的复写件,我试图想象这究竟是怎么回事,可就是想不出。她的信写得比我们好得多,显然信是真诚的。现在他们扭在一起了,不知道卡尔还尿不尿裤子。

电话铃响了。他的声音有些古怪,有点儿尖,既像是被吓坏了,又像是很开心。他让我代他去办公室。“给那个狗杂种怎么说都行!告诉他我快死了……”

---

① 盖厄斯·佩特罗尼乌斯·阿尔比特(约27—66):古罗马朝臣,据说是讽刺小说《萨蒂利孔》的作者。

"喂,卡尔……能告诉我……"

"你好!你是亨利·米勒吗?"是个女人的声音,是伊雷娜,她在问候我呢。她的声音在电话里非常悦耳……悦耳。一刹那间我变得茫然不知所措,不知道该对她说什么。我想说:"喂,伊雷娜,我认为你很美……我认为你美极啦。"我想跟她说一件真实的事情,不管听起来这有多么傻,因为听到她的声音之后,我知道现在一切都已经改观。可是不等我定神卡尔又接过听筒,扯着古怪的尖细嗓子说:"她喜欢你,乔。我把你的事全告诉她了……"

在办公室里,我只得为范诺登读要校对的稿子。待到休息时间,他把我拉到一边,脸色阴沉沉的,很难看。

"这么说这个小滑头快死了,是吗?喂,这里面有什么名堂?"

"我想他是去看他那个阔婊子了。"我平静地说。

"什么!你是说他去找过她?"他显得很激动,"哼,她住在哪里?叫什么名字?"我假装一无所知,他又说:"我说,你是个不错的人。你为什么不早点儿告诉我这件风流韵事?"

为了安慰他,我最后答应从卡尔那儿打听到细节后就全部告诉他,我自己在见到卡尔之前也急不可耐呢。

第二天中午时分,我去敲他的房门。他已起床,在抹肥皂刮胡子。他表情平静,看不出什么,甚至看不出他会不会对我说实话。阳光从敞开的窗外倾泻进来,小鸟在吱吱叫。却不知怎么搞的,屋子比往常更加显得光秃秃的,更穷酸。地板上溅满肥皂泡沫,架子上挂着那两条从来不曾换过的脏毛巾。不知怎么搞的,卡尔一点儿变化都没有,真叫我大惑不解。今天早上整个世界都该发生变化,不论变好变坏总得变,剧烈地变。可是卡尔却站在那儿往脸上抹肥皂,全然不动声色。

"坐下……坐在床上。"他说,"你会知道一切的……不过先等等……等一会儿。”他又开始抹肥皂，接着又磨剃刀。他还提到水……又没有热水了。

“喂，卡尔，我现在很焦急。你如果想折磨我，可以过一会儿再动手。现在告诉我，只告诉我一件事……结果是好是坏？”

他在镜子前扭身，手里拿着刷子，朝我古怪地笑笑。“等一等！我要把一切都告诉你……”

“这就是说你失败了。”

他终于开口了，字斟句酌地。“不，既没有失败，也没有成功……对了。你在办公室替我安排好了吗？你是怎样对他们讲的？”

我看出试图从他口中套出话来是不可能的，待他收拾好自然会告诉我，在此之前却不会。我又躺下，一言不发。他继续刮脸。

突然，他没头没脑地开口了。起初有点儿杂乱无章，后来越来越明晰，雄辩，坚决。把事情都说出来得费一番周折，不过他似乎打算要把一切都讲清楚，仿佛正在把压在良心上的一个重负卸下。他甚至又令我想起上电梯前他曾那样瞥我一眼，他反反复复提起这一点，像是要表明一切都包含在这最后一秒钟里，像是要表明如果他有力量改变局面，他就绝不会跨出电梯。

卡尔上门时，伊雷娜穿着晨衣，梳妆台上摆着一只盛着一瓶香槟的冰桶。屋里很暗，她的声音很悦耳。卡尔给我描绘屋里的全部细节，香槟酒，侍者是怎样把它打开的，酒发出的声响，她走上前来迎接他时那件罩衫如何沙沙响。他告诉我一切，唯独不谈我最想知道的。

他去找她时大约是八点，到了八点半，一想到工作他便局促不安。“我给你打电话时大约是九点，是不是？”

“是，差不多。”

“我当时很紧张，你瞧……”

“我明白。往下讲……”

我不知该不该相信他的话，尤其是在我们编造那些信件之后。我甚至不知道是否听明白了他的话，因为他讲的内容完全荒诞不经。不过，若是知道他就是这类人，他的话倒也像是真的。接着，我又想起他在电话里的声音，那又恐惧又开心的古怪调子。现在他为什么不更开心一些呢？他自始至终都在笑，活像一只红润、吸饱鲜血的小臭虫。他又问我一遍："我给你打电话时是九点钟，是不是？"我厌烦地点点头："是的，是九点。"现在他肯定当时是九点钟，因为他回忆起曾掏出表来看过。再次看表时已是十点钟，当时她正躺在长沙发上，两手捧着自己的奶子。他就这样一点儿一点儿讲给我听。到十一点，他们拿定主意，他们要逃走，逃到婆罗洲[①]去。去他妈的那个丈夫吧！她从来没有爱过他，若不是他年纪大了，缺乏激情，她根本就不会写第一封信。"后来她又对我说：'不过，亲爱的，你怎么会知道以后你不会对我产生厌倦之意呢？'"

听到这儿我大笑起来。我觉得这话很荒谬，忍不住要笑。

"你怎么回答？"

"你指望我说什么？我说，哪一个男人会厌烦你呢？"

接着他向我描绘后来发生的事情：他怎样俯身亲吻她的乳房，怎样在热烈吻过它们以后又把它们塞进胸衣里去，总之就是塞进那玩意儿里去，不管她们叫它什么。过后，他们又喝了一回香槟。

午夜前后，侍者送来啤酒和三明治，是鱼子酱三明治。据他讲，在此期间他一直急着想要去撒尿。他曾勃起过一回，不过又软了下去。他一直感到膀胱快要胀破了，可他是一个狡猾的小滑头，认为眼下的场面须要谨慎从事。

---

① 世界第三大岛，分属印度尼西亚、马来西亚和文莱。印度尼西亚人称其为加里曼丹。

到一点半，她提议租一辆车去逛布瓦公园，卡尔心中却只想着一件事：如何撒一泡尿。他说："我爱你……我崇拜你。你说去哪儿我都跟你去，伊斯坦布尔、新加坡、檀香山，只是现在我一定得走……太迟了。"

卡尔就在这间肮脏的小房间里向我讲述这一切。太阳照进来，小鸟疯了似的吱吱叫。可我仍旧不知道她是不是漂亮，他也仍不知道她是否漂亮。这个白痴，他连自己都不了解。他宁愿认为她不漂亮，那屋里太昏暗，还喝了香槟，他的神经又疲惫不堪。

"可你应该了解一些她的情况，假如这不全是你他妈的编造出来的。"

他说："等一下，等一下……让我想想！不，她并不漂亮，现在我敢肯定这一点。她前额有一缕白头发……我想起来啦。这还不算很糟。你瞧，我还差点儿忘了。她的胳膊，胳膊很细……细而且干瘦。"卡尔开始走来走去，可忽然又站住。"若是她年轻十岁，我或许不会考虑那一缕白发……甚至也不注意她的细胳膊。可是你瞧，她太老啦。这样的女人每过一年都会老一大截，明年她就不是老一岁，而是老十岁，再过一年就老二十岁。我却会显得越来越年轻，至少在五年之内……"

"可这件事儿是怎么拉倒的？"我打断他又问。

"这事儿根本没、没完，我答应星期二五点左右去见她。你明白，这很糟！她脸上的皱纹在白天会显得更难看。我估计她是想叫我星期二干她，大白天干那事儿。没有人会跟这样一个婊子在大白天干，尤其是在那样一家旅馆里。我宁愿在不上班的晚上干……可是星期二晚上要上班。还不只这些，我当时还答应要给她写封信的。现在怎么给她写信呢？我没有什么好说的……狗屎，只要她年轻十岁。你认为我该跟她去吗？去婆罗洲，或别的什么她想带我去的地方？我不会射击，我怕枪和所有那类玩意儿。再说，她会要求我没日没夜地干她……除了打猎就是干那事儿，别的什么也不做……可我办不到！"

“也许事情还不至于像你想的那么糟，她会给你买领带之类的东西……”

“也许你愿意跟我们一道去？嗯？我把你的情况都告诉她啦……”

“你有没有说我很穷？有没有说我需要各种东西？”

“我什么都说啦。见鬼，只要她年轻几岁一切都好了。她说她快四十啦，这就是说五十或六十了。这跟干你自个儿的妈差不多……不能这样干……这样不行。”

“可她准还有一些迷人之处……你说你亲吻过她的乳房。”

“吻她的乳房。这有什么？再说，光线暗。我告诉过你。”

卡尔正在穿裤子，一颗纽扣掉了。“你瞧，这见鬼的衣服全烂了。我已经穿了七年……不过没有掏钱。以前是套不错的衣服，现在却发臭啦。那个婊子还要给我几套衣服哩，那是我最想要的。可我不喜欢叫一个女人替我付钱，这种事我一辈子也没有干过。那是你的主意。我情愿一个人过日子。狗屁。这是一个不错的房间吧？有什么毛病？比她的房间瞧着要好得多，是吗？我不喜欢她住的豪华旅馆，我与那样的旅馆格格不入，我对她说了。她说她不在乎住哪儿……说只要我要她来，她就来跟我住在一起。你想象得出她带着大箱子、帽盒子和所有那些她随身带来带去的废物搬到这儿来的情景吗？她的东西太多，太多衣服、瓶子和其他东西。她的房间像一个诊所，她的手指头划破一点儿便不得了。她要找人来按摩，头发要烫过，不能吃这个，不能吃那个。我说，乔，只要年轻一点点，她就很理想。一个年轻女人的毛病都是可以谅解的，一个年轻女人也不需要有脑子，她没有脑子倒更好。可是一个老婊子即使聪明，即使是普天下最最可爱的女人，也没有多大价值。一个小娘儿们是一项投资，而一个老娘儿们却是注定要蚀本的。老娘儿们唯一能做的事就是为你买东西，可那也不会叫她们胳膊上长出肉来，让她们两条大腿中间流出水来。伊雷娜不错，说实话，我认为你会喜欢她的。你跟别人不同,你不一定非干她,你尽可以喜欢她。也许你不会喜欢她那些衣服、瓶子之类的玩意儿,可你会宽容她的。她不会使你厌烦,这一点我可以告诉你。我觉得她还是挺有意思的,不过她干瘪啦。她的乳房还行。可她的胳膊!我告诉过她,某一天我要把你带去见她。我谈过你的许多情况……我不知道该对她说什么。也许你会喜欢她的,尤其是当她穿上衣服以后。我不知道……"

"喂,你说她有钱?我会喜欢她的!我不在乎她多大岁数,只要不是丑八怪……"

"她绝不是丑八怪!你在说些什么呀?告诉你,她很有魅力,谈吐文雅,长得也漂亮……只是胳膊……"

"好吧。如果是这样,如果你不想做的话,我就去干她好啦。把这个告诉她,不过讲得和缓些。跟这样一个女人打交道一定得慢慢来。你把我带去,听任事态发展。你狠狠地夸奖我,装出吃醋的样子……去他妈的。也许咱俩会一道上她的……我们到处走走,一起吃饭……我们开车、打猎、穿好衣服。她若想去婆罗洲,让她带上我们。我也不会开枪,不过这没关系,反正她也不在乎,她只是想让男人干她,仅此而已。你一直在谈论她的胳膊,可你不必一直盯着她的胳膊看,对吗?瞧瞧这床罩!瞧瞧这镜子!这能叫生活吗?你愿意充高雅充下去,一辈子像一只虱子那样过日子吗?你连旅馆住宿费都掏不起……还是有工作的人呢。生活不应该是这样的。哪怕她七十岁了,我也不在乎,那也比现在这样强……"

"好啦,乔。你替我去干她……这样一切问题都解决了。也许我偶尔也干她一回……晚上不上班的时候。我已有四天没有拉过屎啦,身上好像粘着一种东西,像葡萄一样……"

"那就是说,你生痔疮了。"

"我的头发也在脱落……还得去看看牙医。我觉得自己正在散架。

我对她说过你是怎样一个好人……你会给我帮忙的,对吗?你不那么敏感,是不是?我们若去婆罗洲,我就不会再生痔疮啦,也许会生别的病……更糟糕的病……也许是发热……或是霍乱。哼,这样生一场大病死掉也比在一张报纸上浪费生命、屁眼上长疮、裤子上的扣子全脱落好些。我盼望发财,哪怕只是一星期也好,然后再带着一种要命的病住进医院。病房里摆满鲜花,护士们跑来跑去,还有人打电报来。你若有钱他们便会好好照顾你,用棉球给你擦身,替你梳头。哼,这些我全懂。也许我运气好,不会死掉,也许我会跛腿一辈子……也许我会瘫痪,只好坐在轮椅里,可是,这样一来我也会得到别人的照料……即使我再也没有钱了。你若是病人,一个真正的病人,他们就不会让你饿死,你会有一张干净的床睡……他们会每天给你换毛巾。像现在这样,谁也不管你,尤其是你还有一份工作。他们认为,一个人只要有份工作就该是幸福的。你情愿怎样?一辈子当跛子,或是有一份工作……或是娶一个阔娘儿们?你情愿娶一个阔婊子,我看出来啦。你只想着吃的。可是想一想,你娶了她,结果那玩意儿再也挺不起来啦。有时会出现这种情况的。那么,你怎么办?你只好听任她摆布,只好像一只小卷毛狗那样从她手上舔食吃。你喜欢那样,是吗?也许你不想这些事情?我什么都想。我想要选中的一套套衣服和想去的地方。可我还想着另一件事,这是一件重要的事情。如果你再也不能勃起,那些花里胡哨的领带和漂亮的衣服又有什么用呢?你甚至不能背叛她,她会一直跟着你。不,最好的办法是先娶她再马上生一场病,只是梅毒还不行,比如说霍乱,或是黄热病。这样,若是真的出现奇迹,你保住了一条命,你便会终生成为一个跛子。你也就不必再为还要干她烦恼不安,也不必再为房租发愁。或许她会给你买一辆带橡胶轮胎的好轮椅,上面还有各种操纵杆之类的玩意儿。你也许还能用手,我是指还能用手写作,要不就雇人写。对了,这是一个作家的最佳选择。一个人能指望他的手脚干什么呢？他不需要用手用脚来写作，他需要安全……安宁……庇护。遗憾的是，所有坐在轮椅里转来转去的英雄都不是作家。假如你能保证上战场只会叫人炸掉你的双腿……假如你能敲定这一点，我就会说，明天就叫我们开战吧。我对勋章根本不感兴趣，让他们留着好了。我想要的只是一辆好轮椅和一天三顿饭，然后我就给他们写本书看，这些臭东西们。”

第二天，一点半钟我去找范诺登。这天他不上班，确切地说，今夜他轮休。他给卡尔留下话，要我今天来帮他搬家。

我发现他情绪异常低落，他告诉我自己一夜未曾合眼。他在想事儿，有一件事情困惑着他。没过多久我就搞清楚了，他一直在迫不及待地等我到来，以便探听卡尔的秘密。

“那个家伙，”他开口了，指的是卡尔，“那个家伙简直是一个艺术家，他详细描述了每一个细节。他对我讲得那么细，我便知道这全是他胡编的……可我就是摆脱不了这个萦绕在心头的故事。你知道我心里在想什么。”

他话题一转，问我卡尔是否将经过原原本本都告诉过我。他丝毫没有怀疑卡尔对我是一个说法，对他是另一个说法，似乎认为卡尔编造这个故事是专门为了折磨他。他并不理会这全是捏造的，却说这是卡尔留在他脑子里的“意象”，这意象使他烦恼。即使整个故事是假的，这些意象也是真的。再说这件事情中的确有一个阔娘儿们，卡尔也的确去拜访过她，这是无可辩驳的事实，至于到底真的发生过什么事情倒是次要的。他想当然地认为卡尔干脆利落地上了这个女人。他认为卡尔描述的情节或许是真的，这使他几乎发疯。

他说：“这个家伙告诉我，他跟那个女人睡过六七次。他就是这么一个爱吹牛的家伙。我知道这里面有不少假话，所以也不在乎。可他又告诉我那女人雇车带他去布瓦公园，他拿那女人丈夫的皮大衣当毯子用，这就太过分了。我估计他给你讲过司机恭恭敬敬等候他们的事儿……对了，他有没有告诉你发动机一直在突突地响？老天，他编得真像回事儿啊。只有他才想得出这样一个细节……这是一个使一件事情显得在心理上真实的小细节……听过之后你永远不会忘怀。他把谎编得那么圆，那么自然……我真奇怪，他是事先想好的，还是临时灵机一动现编出来的？他是一个高明的小骗子，你简直无法从他身边走开……他给你写信，那就像一夜间就粗制滥造出来的一只花盆。我弄不明白一个人怎么能写出这样的信来……我不明白他写信时的心理状态……这也是一种手淫……你说呢？”

不等我开口发表意见，或是嘲笑他，范诺登又继续他的独白。

“我估计他把一切都告诉你啦……他有没有告诉你怎样站在洒满月光的阳台上亲吻她？这话重复一遍显得很无聊，可这家伙一描述起来……我简直可以看见这个小东西抱着那个女人站在那里。他正在给她写另一封信，是从法国作家那儿偷来的有关屋顶之类的马屁废话。我早就发现，这家伙的话没有一句不是从别人那里学来的。你得找到一点线索，比如，看看他最近在读谁的作品……这不容易，因为他总是鬼鬼祟祟的。我说，若是我不知道你跟他一同去过那儿，我根本就不相信存在这样一个女人。他这样一个家伙完全可以自己给自己写信，不过他挺走运……他那么他妈的小巧玲珑，那么娇嫩，仪表又是那么浪漫，不断有女人上他的当……她们有点儿崇拜他……我猜她们是可怜他。有些婊子喜欢收到花盆似的信件……那会使她们觉得自己身价不凡……可是据卡尔说这是一个聪明女人。你应该知道的……你看过她的信嘛。你认为这样一个女人会看上他哪一点？我明白她上那些信的当啦……可是你认为她看到他本人之后又会怎样想呢？

“不过，我告诉你，这些都算不了什么。我要讲讲他是怎么对我说的，你知道他是多么擅长添油加醋……嗯，他是把这个当作吊胃口的小菜告诉我的。阳台上的那一幕之后，在此之后，据他讲，他俩进屋去，他解开她的睡衣。你笑什么？他骗我了？”

“没有，没有！你说的同他讲的一模一样。说下去……”

“接着，”说到这儿，范诺登自个儿也笑起来，“接着，听仔细啦。他告诉我，她如何抬起腿坐在椅子上……一丝不挂……他就坐在地板上抬头望着她，对她说她是多么漂亮……他对你说过她长得像马蒂斯[1]笔下的一个人物吗？等一等……我要回忆一下他确切说过什么。他说了一句关于‘欧德里斯克’[2]的俏皮话……‘欧德里斯克’到底是什么东西？他是用法语说的，所以不容易记住这他妈的话……不过这话倒很好听，正像他说的那种话。也许，她还以为这话是他发明的呢……我估计她准以为他是一个诗人一类的人物呢。不过，这都没有什么……我容许他发挥想象力。可是后来发生的那件事情使我听过后要发疯。我一夜翻来覆去睡不着，脑子里不断闪出他描绘的那些情景，简直无法忘怀。我觉得那是如此真实，若是没有这回事我就要勒死这个狗杂种。一个人没有权利编造这种事情，除非神经有毛病……

“我要讲到的是那一瞬间。他说，他跪在地上用他那两根细瘦的手指扒开她的眼儿。你还记得这件事吗？他说她坐着，双腿搭在椅子扶手上晃来晃去，他忽然来了灵感。这时他已经干过她几回啦……也发表过关于马蒂斯的那一番高见。他跪在地上，你听仔细，用两根手指……你听仔细，只用指尖……扳开那儿朵小小的花瓣儿……滋哧，滋哧……就是这种声响。一种黏糊糊的小小声响……几乎听不到。滋哧，滋哧！老天爷，我耳朵里一夜听到的都是这响声！好像我还没有听

① 亨利·马蒂斯（1869—1954）：法国野兽派画家、雕塑家。

② 原文是 odalisque，意为“宫女，女奴，妾”。

够，后来他又告诉我，说他把脑袋埋进她的阴毛里。这时，老天爷作证，她把双腿架在他脖子上，把他紧紧夹住。这真是要我的命！想想看！想想她这样一个漂亮而又多愁善感的女人竟把腿架在他脖子上！这简直叫人无法忍受。这很荒诞，可听起来又像是真的。如果他只告诉我香槟酒的事，坐车在布瓦公园里游荡，甚至还有阳台上那一幕，我可能不会相信他，可是这件事太令人难以置信，反而不像是在说谎。我不相信他在什么地方读到过这种事情。这件事必定有几分真实，否则我弄不明白他怎么会冒出这个念头来。你知道的，在这样一个小东西那里，发生什么事情都不稀奇。也许他根本不曾干过她，可她会允许他玩玩她的……跟这些阔婊子在一起，你永远弄不明白她们指望你干什么……”

待他终于从床上爬起来开始刮胡子，下午已经快过去。我最终成功地把他的思路吸引到其他事情上，主要是吸引到搬家的事情上。原先人家叫他中午就腾出房子。侍女进来，看他收拾好没有，这时他正在穿裤子。他既不请求原谅也不转过身去，这使我略有几分惊奇。看着他满不在乎地站在那儿系裤扣，一边还吩咐她做这做那，我不禁吃吃笑了。他极其轻蔑地瞪她一眼说：“别管她。她不过是一头肥母猪。你想拧就在她屁股上拧一把，她不会说什么的。”接着范诺登又用英语对她说：“过来，你这婊子，把手放在这上面！”听到这话我再也忍不住，便哈哈大笑起来。这一阵歇斯底里的大笑也感染了那个侍女，尽管她不明白我在笑什么。侍女开始把钉在墙上的一排画和照片取下，这些画儿和照片上大多是范诺登本人。他用大拇指戳戳点点地道：“你，到这儿来！这儿有一件可以纪念我的东西。”说着，他从墙上撕下一张照片。“等我走了，你就用它擦屁股好了。”说完他又转向我说：“她是一个愚蠢的婊子，就算我用法语说她也不会显得聪明些。”侍女大张着嘴站在那儿，显然是认为范诺登发疯了。“喂！”他朝她大喝一声，好像她耳朵不好使似的。“喂，你！对了，说你呢！就这样……”他边说边拿起他自己的那张照片，用它擦了擦屁股。“就像这样！懂了吗？看来，你得给她画张图才行。”说着他噘起下唇，表示极度厌恶。

他无可奈何地监视着她把东西扔进几只大箱子里。“这儿，把这些也放进去！”说着，他递给她一把牙刷和装灌洗器的袋子。他的东西有一半仍摊在地板上，箱子却都已塞满。没有地方装画、书和半空的瓶子。他说：“坐一会儿，咱们有的是时间，咱们得好好想一想。你若不来，我永远也搬不出去。你看，我一点儿办法也没有。别忘了提醒我带走灯泡……那都是我的，还有废纸篓也是属于我的。这些王八蛋，他们让你像猪一样生活。”这时侍女下楼去拿麻绳……“你等着瞧……她会问我要麻绳钱的，哪怕只有三个苏呢。在这儿，他们给你裤子上缀一颗扣子也得要钱。这伙讨厌的、肮脏的小偷！”他从壁炉台上取下一瓶苹果烧酒，并且点头示意我抓起另一瓶。“把它带到新地方没有用处。现在把它喝光拉倒。不过别给她喝！这王八蛋，我连一张手纸也不留给她。我真想在走之前把这个地方弄个一塌糊涂。对了……想撒尿就撒在地板上。我还想在五斗橱抽屉里拉屎呢。”他对自己、对一切都十分厌恶，因而不知该做什么才能发泄怨气。他提着酒瓶走到床前，掀起床罩把烧酒洒在床垫上。这还嫌不过瘾，他用脚拼命在床垫上踩，遗憾的是鞋底没有泥。他又取下床单擦鞋，嘴里愤愤不平地喃喃道：“这样他们就有点儿事情干了。”最后，他含一口酒，脑袋向后昂着漱喉咙，待漱得心满意足才一口全吐在镜子上。“瞧着，你们这些下贱的王八蛋！等我走了好好擦去吧！”他在屋里踱来踱去，嘴里一边咕噜着什么。看到自己的烂袜子扔在地上，他便捡起来撕个粉碎。画儿也惹得他大动肝火，他拿起一张一脚把它踹破。这是他认识的一个女同性恋者给他画的肖像。“那个婊子！你知道，她居然有胆量要我干什么？她要我把玩过的娘儿们介绍给她。我写文章吹捧她，她从来没有给过我一个苏，还以为我真心崇拜她的画呢。若不是我答应安排她同那个明尼苏达州来的女人见面,她才不会白给我画这张像呢。她简直快为那女人发狂啦……像一条发情的狗一样到处跟着我们……我们没法甩掉这婊子!她差点儿没把我缠死。我烦得要死,几乎不敢再领女人到这儿来,唯恐她会破门冲进来揍我一顿。我总是像贼一样悄悄溜上来,一进来就赶快锁上门……她和那个格鲁吉亚娘儿们,她俩逼得我要发疯,一个总在发情,另一个总肚子饿。我不愿干一个饿着肚子的女人,那就像把一块吃的东西塞进她肚子里,然后又掏出来……天啊,这使我想起一件事情……我把那蓝色药膏放在哪儿了?那很要紧,你生过那样的疮吗?比吃一剂药还难受。我也不知道是从哪儿染上的。上星期这儿来过那么多女人,我大概早把她们忘了。这很有意思,因为她们身上都散发出纯洁的气息。你明白这是怎么回事……"

侍女把范诺登的东西都堆在人行道上,旅馆老板酸溜溜地站在一旁看。等东西全装上出租车,车里就只坐得下一个人了。车刚开动范诺登便掏出一张报纸把他的锅碗瓢盆包扎起来,新住处严禁做饭。待我们到达目的地,他的行李已经全部打开。若是我们到达时那个老板娘没把头探出门来,事情还不至于那么叫人难堪。她嚷道:"我的天哪!这到底是怎么回事?这是什么意思?"范诺登被她吓住了,他不知该说什么才好,只是用法语道:"是我……是我,太太!"说完他又转向我恶狠狠地咕哝道:"这个糊涂蛋!看见她的脸色吗?她要给我找麻烦呢。"

这家旅馆在一条阴暗的小道后面,呈一个长方形,同一所现代罪犯教养所十分相似。衣橱很大,没有一点光泽,尽管瓷砖墙上映出的影子很堂皇。窗子上都挂着鸟笼子,到处钉着小小的珐琅牌子,用陈腐的语言请求客人们不要做这个、不要忘记那个。这家旅馆几乎一尘不染,只是穷得一贫如洗,破破烂烂,一幅衰败景象。铺着椅垫的椅子用铁丝捆在一起,令人不快地联想到电椅。范诺登的房间在五楼,上楼时他告诉我莫泊桑一度也曾在这儿住过，同时又说大厅里有一种古怪的气味。五楼上有几扇窗子没有玻璃，我们站住盯着那几位正穿过院子的房客看了一会儿。快到吃饭时间，人们正三三两两地回屋里去，他们都显得无精打采、萎靡不振，靠诚实劳动换饭吃的人总是这副熊样儿。窗子大多敞开，昏暗的房间仿佛是许多正打着哈欠的大嘴。待在屋子里的房客也在打哈欠，或是给自己挠痒痒。他们坐卧不宁地动来动去，显然毫无目的。说他们是一群疯子也并不过分。

我们顺着走廊朝五十七号房间走去，这时前面突然有一扇门打开，一个头发蓬乱、目光像疯子一样的老妖婆在偷偷从门里窥视我们。她吓了我们一大跳，我们傻站在那儿，惊呆了。足足有一分钟，我们三个人站在那儿，一步也挪不动，甚至无法打一个有意义的手势。我看见老妖婆背后摆着一张厨桌，桌上躺着一个浑身赤裸裸的婴儿，这是一个比一只拔光毛的鸡大不了多少的小东西。最后那老家伙拎起身边一只污水桶朝前跨了一步，我们闪到一边让她过去，门在她身后关上时里面的婴儿发出一声令人心碎的尖叫。这是五十六号房间，五十六与五十七之间是卫生间，老妖婆到那儿去倒脏水。

我们一踏上楼梯范诺登便不再吱声，不过他的举止仍显得像是一个很雄辩的人。打开五十七号的房门后，在极短的一刹那间我觉得自己就要发疯。一面大镜子上遮盖着绿纱，呈四十五度角歪斜着挂在门对面。镜子底下放着一部婴儿车，车上堆满书籍。范诺登见到这些书连笑容都没有，他冷淡地走过去抓起一本书翻看一遍，那样子很像一个刚走进公共图书馆的人，他不假思索地走到离自己最近的一个书架前。若不是这时我无意间瞧见墙角里摆着一副自行车把手，这情形也不会显得那么荒唐可笑。这副把手摆在那儿，显得非常宁静，十分心满意足，似乎多年来它一直在那儿打瞌睡。这又突然使我觉得我俩仿佛也在这间屋里站立了很长的、无法估算的一段时间，就像现在这样。这是我们在梦中想起的一种姿势，这是一场我们永远难以摆脱的梦，又是一场微微打个手势、稍稍一眨眼便会粉碎的梦。然而更叫人惊奇的是，我脑子里忽然掠过一场真实的梦境，一场昨天夜里才做过的梦。我在梦中看到，范诺登正像现在这样待在一个角落里，在研究那副车把。不过不同的是，角落里没有自行车把手，却有一个蜷起两条腿趴着的女人。我看到范诺登站在那儿低头望着那女人，目光里流露出焦急热切的神色，当他极想得到一件东西时总是这副样子。这是在哪一条街上发生的？事情已经变得模糊不清，只有两堵墙之间的夹角还存在，还有那女人发抖的身子。我看见他以那种迅捷的牲口方式朝她猛扑过去，完全不顾周围发生了什么事，只是打定主意要随心所欲地干。他的目光像是在说："事情过后你尽可以宰了我，只是现在先让我把它弄进去……我必须把它弄进去！"于是他俯在那女人身上，他俩的脑袋都撞在墙上。他勃起得那么厉害，简直根本无法进入她身体里去。突然，他直起身子，整理好衣衫，脸上一副十分厌烦的样子，做出这种表情是他的拿手好戏。他准备一走了之，这时他猛然发现他的老二躺在马路上。那玩意儿同锯子截下的一根扫帚柄差不多粗细。他漠然地把它捡起来夹在胳膊底下。他走开时，我看到两只很大的球在那根扫帚柄一端荡来荡去，像郁金香的球茎，我听到他对自己咕哝："花盆……花盆。"

那个仆人气喘吁吁、大汗淋漓地跑来，范诺登不解地望着他。这时老板娘也昂首阔步地走进来，她径直走到范诺登面前，从他手中夺过书，把它塞进婴儿车里。然后，她一言不发，推起婴儿车走到走廊上。

范诺登忧伤地笑着说："这儿是一座疯人院。"他的微笑若隐若现，难以描述。有一瞬间那种做梦的感觉又回来了，我隐约觉得我们正站在一条长长的走廊的尽头，那儿挂着一面凹凸不平的镜子。范诺登沿着走廊摇摇晃晃地走过来，一副失意潦倒的样子，活像一只暗淡的灯笼。踉踉跄跄、东倒西歪，他不时闯进一个门里去，门开处或有一只手把他一把拽进屋去，或有一只蹄子把他蹬出来。越向前走，他便越沮丧。他身上流露出的这种忧郁像骑自行车的人夜里在又湿又滑的道路上行进时用牙紧咬着的提灯。他在这些阴暗的房间里进进出出，一坐下椅子便散架。待他打开箱子，里面只有一把牙刷。每间房子里都有一面镜子，他便全神贯注地站在镜子前发牢骚。他没完没了地发牢骚、咕哝、喃喃自语、诅咒谩骂，使他的上下颚脱节，下垂得很厉害。他蹭蹭下巴上的胡子，下颚上便会掉下几块肉来，于是他十分生自己的气，一气之下用脚踏在自个儿的下颚上，用高高的鞋跟把它碾得稀烂。

这时仆人把行李送进来，事情已变得愈发古怪，尤其是范诺登把健身器械绑在床脚上练过桑多式体操之后。他朝那仆人笑着说："我喜欢这个地方。"他脱去外衣和背心，仆人不解地盯着他瞧。他一手提起箱子，另一只手拎着装灌洗器的袋子。此时我站在前厅里，手里捧着一面笼罩在一层绿色薄雾中的镜子。没有一件东西是有实用价值的，前厅也没多大用处，像一条通到牲口棚的走廊。每当我走进法兰西喜剧院或皇家剧院，同样的感觉便会涌上心头。这些地方到处是小摆设，地板上的活动门、胳膊、胸脯和打蜡地板，烛台和身穿盔甲的人，没有眼睛的塑像和躺在玻璃匣子里的求爱信。有一件事情正在进行，但是没有多大意义，好像刚才因为箱子里放不下就把剩下的半瓶苹果白兰地酒喝掉一样。

我刚才说过，上楼时范诺登曾提到莫泊桑也在这儿住过，这一巧合似乎给他留下印象。他一厢情愿地认为莫泊桑当年住的正是这间屋子，在这儿写出了那些令人毛骨悚然，也使他声名大振的故事。范诺登说："他们像猪猡一样生活，这些可怜虫。"我们坐在一张圆桌旁两把舒服的扶手椅里，这两把椅子已经年代久远，用皮条和支架加固过。身边就是床，挨得这么近，我们简直可以把脚搁在床上。衣柜就摆在我们身后的一个角落里，很方便，一伸手便够得到。范诺登已把他的脏衣服全倒在桌上，我们把脚伸进他的脏袜子和衬衣堆里，坐在那里心满意足地抽烟。这个臭气熏天的地方对他产生了魔力，他对这儿很满意。我起身去开灯时，他提议出去吃饭前玩一会儿纸牌，于是我们在窗前坐下玩了几把双人皮纳克尔。脏衣服堆在地板上，练习桑多式体操的器械挂在吊灯上。范诺登已把烟斗收起来，在下唇内放了一小块鼻烟。他不时朝窗外啐一口，大口大口的棕色口水落在底下人行道上，发出响亮的噗噗声。看起来，他现在挺惬意。

他说："在美国，你无论如何也不会住到这种下流地方来，即使在四处流浪时我睡觉的房间也比这个好。不过，正如你看过的书里所说，在这儿这样是正常的。如果我还回美国去，我要把这儿的生活忘得一干二净，就像忘掉一场噩梦那样。或许我会去重新体验过去那种生活……只要我回去。有时我躺在床上恍惚忆起过去，一切都生动如画，我得摇摇头才能意识到自己究竟在哪儿。身边有女人时尤其是这样，最使我着迷的就是女人啦。我要她们只有一个目的，那就是忘掉我自己。有时我完全沉溺在幻想之中，竟想不起那婊子的名字以及我是在哪儿找到她的。好笑，是吗？早晨醒来，身边有一个暖烘烘的健壮身子陪伴你是件好事，会叫你心里自在。你会变得高尚些……直到她们开口扯起爱情之类的软绵绵的蠢话。为什么所有的婊子都要大谈特谈爱情？你能告诉我吗？显然，她们觉得好好干一次还不够……她们还想要你的灵魂……"

自言自语时，范诺登嘴边常挂着"灵魂"这个词儿，起初我一听到这个词便觉得好笑。一听到这个词从他嘴里说出来我便会歇斯底里。不知怎么搞的，我总觉得这个词儿像一枚假硬币，他说这个字眼时总要吐出一大口棕色口水，并且从嘴角上流下一道涎水。我从不顾忌当面笑他，所以范诺登每回一吐出这个小词儿就一定会停下让我开怀大笑一番，接着他又若无其事地、自顾自地往下说，越来越频繁地提到这个字眼,每一回调子都比上一回更动听。女人想要的是他的灵魂,他这样对我说。这话他已经一遍遍重复多次,可是每一次仍要从头提起,就像一个偏执狂总要谈萦绕在心头的事情。从某种意义上说,范诺登是一个疯子,这一点我已确信无疑。他怕独自一人待着,他的恐惧是根深蒂固、无法摆脱的。趴在一个女人身上,同她交合在一起时他仍旧逃不出为自己筑成的炼狱。他对我说:"我什么都试过,甚至还数过数字,考虑过哲学难题,可全都没有用。我好像变成了两个人,其中一个始终在盯着我。我生自己的气,气得要命,恨不得去自杀……可以说每一回达到高潮时都是这样。约莫有那么一秒钟,我会完全忘记自己的存在,这时我甚至已不在那儿……什么也没有了……那娘儿们也不见了。这同领受圣餐差不多。真的,我真这么想。完事以后,有那么几秒钟我觉得精神振奋……若不是身边有个女人,也许这种精神状态会无限期地持续下去。还有装灌洗器的袋子,水在哗哗流……这些小细节使你心里清楚得要命,使你觉得十分孤独,而且就在这完全解脱的一瞬间,你还得听那些谈论爱情的废话……有时这简直要叫我发疯……我不时会发疯。发疯也不会叫她们走开,实际上她们喜欢我这样。你越不去注意她们,她们就越缠着你不放。女人身上有一种反常的气质……她们在内心深处都是受虐狂。"

我追问道:"那么,你想要从女人那儿得到什么?"

他开始摆弄自己的双手,下唇耷拉下来,一副十分垂头丧气的样子。最后他才结结巴巴地吭出几句没头没尾的话,言词中却流露出辩解也无益的意思。他不假思索地说:"我想把自己全身心地献给一个女人,我想让她帮我摆脱自我的束缚。要这样做,她必须比我更强才行,她得有脑子而不仅仅是有一个眼儿,她必须得叫我相信我需要她,没有她我就活不下去。给我找一个这样的娘儿们,好吗?如果你办得到,我就把工作让给你。只要她能叫我相信世界上有比自己更重要的东西,我就再也不会在乎会发生什么事情，再也不需要工作、朋友、书籍或别的什么东西。天呀，我恨我自己！我更恨这些骚娘儿们，因为她们没有一个比我更强。”

他接着说：“你以为我自恋，这只能说明你根本不了解我。我知道自己很了不起……如果没有一些过人之处我也就不会遇到这些难题啦。我烦躁不安的是无法表达自己的想法，人们认为我是一个追逐女色的人。这些人就这么肤浅，这些自命不凡的学者整天坐在咖啡馆露天座里不断进行心理反刍……还不坏，嗯。心理反刍？替我把它写下来，下星期我要把这话用在我的专栏里……对了，你读过司太克的书吗？他写得好吗？叫我看那像一本病历。我衷心希望自己能鼓足勇气去拜访一位精神分析学家……找一个好人。我的意思是说，我不想见到留山羊胡子、身穿常礼服的奸滑小人，比如你的朋友鲍里斯。你怎么能容忍这些家伙呢？他们不叫你厌烦吗？我注意到你跟谁都讲话，你根本不在乎。也许你做得对，我也希望自己别他妈的这么挑剔。可是那伙在大教堂附近荡来荡去、脏兮兮的小犹太佬真叫人讨厌，他们说起话来跟教科书一个味儿。如果我能天天跟你谈一阵也许心里会轻松一些，你很善于倾听别人讲话。我知道你根本不在乎我怎样，不过你有耐心，也没有什么理论去探讨，我猜你准是事后把这些都记在你那本笔记本上了。听着，我不在乎你说我什么，可是别把我写成一个追逐女色的人，那样就太简单了。有朝一日我要写一本关于我自己、关于我的思想的书，我指的不仅仅是一份内省分析报告……我是说我要把自己放在手术台上，把所有内脏都翻出来让人瞧……每一件东西。以前有人这样做过吗？你在笑什么？我讲得太天真了？”

我笑，那是因为每回一谈到这本他有朝一日要写的书，事情就显得有点儿滑稽。只要他一说“我的书”，整个世界便立即缩小到范诺登和他的公司伸手可及的范围之内。这本书一定要完全用自己的观点写成，一定要绝对十全十美，这便是他不可能开始动手写作的原因之一。一旦产生一个想法他便提出疑问，他记得陀思妥耶夫斯基论述过这个想法，或者汉姆生[①]写过，或是别的什么人写过。他解释道："我并不是说我要写得比他们好，不过我想与他们有所不同。"于是他不去写自己的书，却一个个作家挨着往下读，以便确实弄清楚他不会踩到这些作家的私人领地上。书读得越多，他便越瞧不起别人。这些作家没有一个能令他满意，没有一个能达到他为自己规定的那种十全十美的境地。他常常全然忘记自己连第一章都没有写出，却俨然以屈尊的态度谈论这些作家，仿佛署着他大名的书已摆满一书架，而且这些书都广为人知，再提到书名也显得多余。他从来没有公开撒谎，不过那些被硬拉住听他宣讲他独到的哲学和批评观、听他发牢骚的人显然都想当然地以为在夸夸其谈的言辞后面竖立着一大堆大部头著作。尤其是那些傻乎乎的年轻处女，他以给她们念自己的诗作为借口，把这些女孩子哄骗到房间里来。另一个更妙的借口便是要征求她们的意见，他一点也不感到难为情或是不好意思，便把草草写着几行诗的一张脏兮兮的纸条拿给她们看。按照他的说法，这是一首新诗的枝干部分，然后他便摆出十分严肃的架势让她们诚实地发表意见。通常她们说不出来什么评论性的意见，因为这几行诗毫无意义，她们读后完全摸不着头脑。于是范诺登便抓住这个机会向她们讲解他的艺术观，不用说，这套观点全是他为应景胡编乱造的。扮演这样一个角色后来成为他的拿手好戏，从埃兹拉·庞德的诗到上床，这之间的过渡变得简单而且自然，像从乐曲的一个调子转为另一个调子。事实上，如果过渡不能实现便会造成不和谐，当范诺登对付他称之为"容易上钩的女人"的傻娘儿们时一出错便会造成这种不和谐。自然，尽管秉性如此，他一提起那些致命的判断错误仍

① 克努特·汉姆生（1859—1952）：挪威作家，1920年获诺贝尔文学奖。

不免犹犹豫豫。但是一旦承认了这类错误他便十分坦诚，其实讲起自己做的蠢事他还能反常地从中得到几分乐趣呢。比如说，有一个他追求差不多已有十年的女人，先是在美国，后来又在巴黎。这是同他保持真诚友好关系的唯一异性，他们不仅都喜欢对方，也能相互理解。起初我觉得他若真能把这个女人弄到手，问题也就解决了。促成他们成功结合的一切因素都已具备，但仍缺少最基本的。在为人处事方面，贝西几乎同范诺登一样乖张。对于把自己献给某个男人，贝西毫无兴趣，正如她对餐后甜点不感兴趣一样。她通常会挑出自己选中的男人，然后提议同他上床睡觉。她长得不算丑，可是谁也不能说她长得好看。她的身材很好，这是最主要的，据说她很欣赏自己的身材。

他们两人十分亲密，有时为了满足贝西的好奇心（同时也是徒劳地希冀显显本事，激发贝西的情欲），在同别的女人幽会前，范诺登会设法把她藏在自己的衣橱里。完事之后，贝西从藏身之处钻出来，这时他们便会满不在乎地谈论此事。也就是说，除了“技术”，他们几乎对一切都漠不关心。“技术”是贝西最喜欢用的词之一，至少在我有幸聆听到的那几次讨论中是这样的。范诺登会问：“我的技术有什么问题？”贝西说：“你太粗鲁。如果你还想勾引我，就必须再温柔些。”

如我所说，他们彼此之间十分理解。我在一点半钟去找范诺登时常常看到贝西坐在床边，被子掀到一边，范诺登在请求她抚摸自己的阴茎……他说：“只要轻轻摸几下，这样我就有勇气爬起来啦。”或者他会催促贝西吸吮它，她不干，这时他俩便笑得上气不接下气。他说：“我永远也没法把这个婊子弄到手。她一点儿也不尊重我，我向她倾诉心曲，得到的就是这个。”接着他会突然又冒出一句：“你跟我昨天介绍给你的那个金发女郎玩得怎样？”这话当然是对贝西说的。贝西嘲笑他，说他没有眼光。他说：“得啦，别给我来口是心非的那一套啦。”然后他又开了一个玩笑，这个玩笑恐怕已开过一千次，因为他俩总是以此取乐。

“喂,贝西。咱们麻利地干一次怎么样？只干一次……不行?”等这个玩笑像往常一样收场后,范诺登又以同样的口吻补充一句:“喂,他怎么样？你干吗不跟他干一回?”

贝西的中心思想是说她不能,也不愿意把自己当作别人的性伙伴。她谈论激情,好像这是一个新名词。对于很多事情她都充满激情,甚至像性交这种小事她也会全力以赴。

“有时候我也会动情的。”范诺登说。

“哼,你呀,”贝西说,“你不过只是一个疲惫的色鬼罢了。你不懂激情的含义,你一勃起便自以为是动情。”

“好,也许那不是动情……可是不勃起也就无法动情,是不是这样呢?”

同范诺登步行去餐馆的路上,我脑子里始终想着贝西的事,以及被他拽进房间没日没夜鬼混的那些女人。我已经完全适应他的自言自语,根本不会打断思绪,待他说完我可以不假思索地发表一些正中下怀的评论意见。这像二部合唱,而最像大多数二部合唱之处在于,一个人全神贯注地倾听只是为了听到要自己开口的信号。今晚他不上班,我答应陪他,他的提问已经使我生厌。我明白,不等今晚过去我就会精疲力竭。如果运气好,也就是说,如果我能以某种借口从他那儿先骗到几法郎,我就在他上厕所时乘机溜之大吉。可是他知道我惯于中途溜走,因而他不愿受辱,紧紧握住钱包以防这类事情发生。如果我向他要钱去买烟,他便非跟我一道去不可,他自个儿绝不独自待着,一秒钟也不行。甚至成功地搂住一个女人后他也十分害怕独自跟这个女人一块儿待着,只要有可能,他就要我坐在房间里看他表演如何干那件事,就像刮脸时叫我在一旁等着一样自然。

晚上不上班时,范诺登至少要设法在衣袋里放五十法郎,可是他一遇到可能有钱的主儿仍然开口要钱。他说:“我说,给我二十法郎……

我等钱用。”与此同时，他有本领装出一副惊慌失措的样子。若是对方断然拒绝，他便会出言不逊。“得了，你至少得给我买杯酒喝。”喝到酒后，他又和气地说：“那么给我五法郎好了……给我两法郎吧……”我们走遍一家家酒吧去寻找一点刺激，每一回总有几个法郎的进项。

在库波勒饭店那儿我们与报社里的一个醉汉不期而遇，这是一个在楼上干活的家伙。他告诉我们，办公楼里刚刚发生过一场事故，一个校对员从电梯上摔下来，看来活不成了。

起初范诺登大吃一惊，深深地受到震撼，后来听说那人是佩克奥弗，那个英国人，他便显得轻松些了。“可怜的家伙，”他说，“他死掉还比活着好，他也是那天刚装的假牙……”

一提到假牙，楼上那人就哭开了，他一把鼻涕一把泪地讲述这次事故中的一个小插曲。他为此很难过，这个小插曲比这场灾难本身更使他难过。佩克奥弗摔到电梯井底后恢复了知觉，这时救他的人还没有到来。他的腿摔断了，肋骨摔碎了，可他还是挣扎着站起来四处摸他的假牙。在救护车上，他仍在昏迷中大声呼唤丢掉的假牙。这个小插曲既可悲又可笑，楼上那人讲述此事时简直不知道该哭还是该笑。这是须要加倍小心的一刻，同这样一个醉鬼打交道，弄不好他会用酒瓶砸你的脑袋。他并不特别同佩克奥弗要好，实际上他几乎根本不曾迈进过校对部，报社里楼上楼下的工作人员之间竖立着一堵无形的墙。现在听到人死了，他想表示表示同事情谊。若能哭得出他便要哭，表明他也是正常人。乔和我都很熟悉佩克奥弗，明白他妈的他根本不值什么，哪怕只是几滴眼泪呢。因此我们对这一番喝醉后的多愁善感很不以为然，也想明白无误地这样告诉他，可是跟这样一个家伙打交道你可诚实不起，你得买一个花圈去参加丧礼，装出一副很伤心的样子；你还得祝贺他写了一篇如此缠绵悱恻的讣告。好几个月内他都把这篇讣告带在身边，不停地吹嘘自己，吹他当时是如何处理那局面的。我和乔都已预料到这些，尽管我们一句话也不用说。于是我们站着，静静地带着一种残忍的蔑视心情听他说，一有机会逃走我们便溜走，让他在酒吧里喝着茴香酒对自己哭诉吧。

走到他看不见的地方，我们便狂笑起来。假牙！不论我们说这个可怜家伙什么，而且还说到他的一些优点，但最终总是回到假牙上来。世上有些人就是十分古怪，甚至死亡也会使他们变得可笑，死得越可怕他们就显得越滑稽可笑。想把他们的死亡看得严肃一点儿也没有用，你想要在他们的死中找到某一可悲因素，你就必须撒谎，必须伪善。无须再摆出假惺惺的姿态，我们可以纵情为这件事放声大笑。我们笑了整整一夜，其间还发泄了对楼上那帮家伙的蔑视和厌恶。这帮蠢货无疑是在劝自己相信佩克奥弗是一个好人，他的死是一场灾难。我们又回忆起各种趣闻逸事：他漏掉了分号，为此他们大喊大叫，吓得他尿裤子。他们用该死的小小分号和分数弄得他坐卧不宁，他常常把它们搞错。有一回，他来上班时口中有股酒气，他们甚至还要解雇他。他们瞧不起他，因为他总是可怜巴巴的，有湿疹，有头皮屑。在他们看来，他只是一个小人物。现在他死了，他们全都起劲地凑钱给他买来一只巨大的花圈，还要把他的名字用大号字登在报上的讣告栏中。凡是会使他们自己略受一点非难的事他们都肯干，只要能做到，他们情愿把他描绘成一个大人物。不幸的是，他们替佩克奥弗编排不出什么。他是一个零蛋，甚至死亡也无法在他的名字上添上一笔什么。

“这件事只有一个好处，”乔说，“你可以去接替他的工作。如果你走运，说不定也会从电梯里掉下去摔断脖子。我们会给你买一个很不错的花圈，我向你保证。”

天快亮时，我们坐在多姆饭店的露天咖啡座里，早已把可怜的佩克奥弗忘得干干净净。我们在“黑人”舞厅里乐了一会儿，乔的思绪又回到那个永恒不变的消遣上来，那就是女人。到这个时辰，一夜休息时间已快结束，他的烦躁不安也已达到狂热程度。他想到今夜早些时候被他拒绝的女人，还有那些召之即来、关系稳定的情人，可惜他对她们已感到厌烦。这不可避免地使他想起那个格鲁吉亚女人，最近她一直在追逐他，乞求他收容她，至少直到她找到工作为止。他说："我不在乎偶尔请她吃一顿，可我不能长期养着她……她会把别的女人都赶走。"最令他不快的是，这个女人身上一点儿肉也没有。他说："那就像抱着一具骷髅上床。那天夜里我出于同情收留了她。你知道这个发疯的婊子干了些什么？她把那个地方全刮光了……一撮毛都没剩下。你有没有干过剃光毛的女人？叫人反感。是不是？不过那也挺好玩的，有点发疯。它不再像女人的眼儿啦，倒像一只死蛤或是别的什么玩意儿。"他向我描述好奇心被激发起来后他如何下床去找手电筒。"我叫她叉开两条腿，我把手电亮光照在上面。当时你若看到我就好啦……真是好玩极了。它叫我激动起来，竟把她全忘了。我一辈子从来没有这样认真仔细地看过一个女人的眼儿，你大概也以为我从前从来没有看到过。我越看越觉得没劲儿，它只是告诉你那儿没有什么，尤其是阴毛剃光以后。阴毛使它变得很神秘，这也就是为什么一座雕像令人兴趣索然的原因。只有一次，我在一座雕像上看到过一个女人的真正下体，那是罗丹的作品。以后你也该看看……她的腿张得很开……我记得这座雕像没有脑袋，你也可以说只有一只眼儿。老天，看起来恐怖极啦。问题在于，女人的眼儿全都一模一样。她们穿着衣服时你看到她们会产生各种想法，你会赋予她们一种个性。但是她们当然是没有个性的，不过只是两条大腿之间有一条缝儿而已。看到它你会精神为之一振。你甚至不曾细看，你知道它就在那儿，你想到的只是把你的炮筒插进去，似乎是你的那玩意儿在替你思考。这是一场幻觉，你在为虚无缥缈的东西激动……在为一道长毛的缝儿或没有长毛的缝儿激动。这是完全没有意义的,所以倒令我为之着迷,吸引我去看它。我仔细研究它,足足观察了十分钟或更长时间。你这样以一种超然的态度看着它,脑子里便会产生一些古怪的念头。性本来是十分神秘的,接着你发现这也没有什么,不过只是一个空洞而已。如果你发现里面有一只口琴,你不会觉得好玩吗?或是一本日历?可是里面什么也没有……什么也没有。它令人厌恶,差一点儿叫我发疯……喂,你知道我后来干什么来着?我很快干了她一回,之后便转过身去,背对着她。对了,我拿起一本书看。你可以从书中学到点儿什么,即使是一本坏书……可是一个娘儿们,那纯粹是浪费时间……"

范诺登正要结束这篇高谈阔论,正巧有一个妓女在向我们抛媚眼。他连一刻也不踌躇便突然对我说:"你愿意跟她来一番摸爬滚打吗?花不了多少钱……叫她接待咱俩。"不等我答话,他便摇摇晃晃地站起来朝她走过去。过了几分钟,他回来了。"全说妥啦,"他说,"喝光你的啤酒。她饿了,这时候又没有什么事情好做……要十五个法郎,咱俩她都接。到我的房间里去……这样会便宜一点儿。"

去旅馆的路上,这个姑娘冻得浑身发抖,我们只好停下给她买一杯咖啡。她倒是一个挺温柔的小姑娘,看上去也挺漂亮。显然她早就认识范诺登,也明白不能再指望从范诺登那儿得到什么,除了那十五个法郎。他压低嗓门喃喃道:"你一文钱也没有。"我衣袋里的确连一个生丁也没有,所以我不大明白他说这话目的何在。后来他嚷开了,这时我才明白。"看在基督的分上,记住,我们没有钱。待会儿咱们上楼以后你可别心软,她会向你再额外讨一点儿的。我了解这婊子!本来花十个法郎也能把她弄到手的,若是我想那样做的话。把她们惯坏了那可是没有什么好处……"

"这个人很坏。"姑娘用法语对我说,她懵懵懂懂地猜出范诺登讲的英语的大意。

“不，他不坏，他很可爱。”

她摇摇头大笑道：“我很了解他这种人。”接着她开始讲述她的一段倒霉的经历，住院费、拖欠的房租，还有寄放在乡下的婴儿。不过她的表演并不很过火，她也明白我们对此充耳不闻，不过她心里很不好受，像是搁着一块石头，所以也就顾不上想别的事儿了。她并不是要设法求得我们的怜悯，只是要把压在心里的重负从一处移到另一处而已。我非常喜欢她，但愿老天保佑她没有性病……

到了屋里，她机械地替自己做准备工作。蹲在洗下身的盆上时她还在问：“一点儿面包都没有吗？”范诺登听到这话就乐了。“来，喝一口。”说着他便把一只酒瓶推过去，可是她抱怨说什么都不想喝，肚子早饿瘪了。

范诺登道：“这是她惯用的伎俩。别让她打动你。又是老一套。但愿她说点儿别的。搞到一个饥肠辘辘的婊子，你又怎么能唤得起激情？”

对极了！我俩没有一点激情。至于这个姑娘，希冀她表现出一丝一毫的激情犹如指望她拿出一条宝石项链一样不切实际。不过这儿是那十五法郎，总得想个法子把它花掉才是。正像打仗一样，战况危急之时人人都只想和平，想快点儿渡过难关，可是谁也没有勇气放下武器说：“我受够了……不干了。”不行，还有十五法郎。谁也不再在乎这点儿钱，到头来谁也得不到它。可是，这十五法郎正像各种事情的原始动力一般，一个人总是屈从于他周围的环境，而不是听自个儿高谈阔论或是干脆抛弃这个原始动力。这个人不断地杀人，杀人，越感到懦弱就越表现出英勇无畏的气概，直到某一天战争结束，所有的大炮一下子寂静下来，担架兵抬起缺胳膊少腿、血流如注的勇士们，把勋章挂在他们胸前。这时，他便可用余生去思索那十五法郎。他已失去双眼，也许是双臂，也许是双腿，然而他也得到慰藉，从此可以在冥想那早已被人忘却的十五法郎中安度余生。

这件事真是同打仗一模一样，我简直摆脱不了这种想法。姑娘想给我注入一点激情，这种纠缠人的方式不禁使我想到，假如我犯傻钻进这样一个圈套里，被人拖上前线，我准是一个糟糕透顶的士兵。就我自己而论，我明白我会放弃一切，包括荣誉，只要能从这个烂摊子上逃脱出来。我无心干这种事，这就是我的全部想法。可这女人早已拿定主意要赚这十五法郎，即使我不愿为此拼命她也要逼我去拼。不过，一个男人若没有拼命的勇气，谁也无法赋予他胆量。我们当中有些人如此懦弱，谁也无法叫他们成为勇士，哪怕把他们吓死也无济于事。也许是我们懂得太多，有些人并非生活在此时此刻，他们或者生活在刚刚逝去的过去，或者生活在尚未到来的将来。我的脑子里始终想着要达成妥协，就此拉倒。我忘不了都是这十五法郎惹出来的麻烦。十五法郎！十五法郎对我意味着什么？何况，这十五法郎还不属于我。

看来范诺登对待此事的态度倒是正常得多。他不在乎十五法郎这笔小钱，是此刻的情景本身激发了他的兴致。在这类事情上须要显示勇气，因为这关系到他的男子汉气概。不论我们成功与否，十五法郎算是扔掉啦。或许除男子汉气概外还有一样不可缺少的气质吧，也许这就是意志。这一回我们又像战壕里的士兵，压根儿不明白自己为什么还活着。如果现在他躲过去，早晚还会挨一枪的，然而他并不躲避，仍像往常一样作战。纵使在灵魂深处，他像一只蟑螂一样胆小，而且自个儿也承认胆小，他仍会杀人，不断地杀人。只要给他一支枪、一把刀，或者干脆叫他赤手空拳。他宁愿杀掉一百万人，却不愿住手质问自己为什么要这样干。

望着范诺登同这个姑娘纠缠在一起，我觉得自己在观看一部齿轮已脱开的机器。丢下这些齿轮别管，它们就会永远这样摆着，摩擦，滑脱，永远不会发生变化，直到一只手伸出来关上电动机。他俩毫无半点激情地像一对山羊一样交媾，不为什么，就为那十五法郎在一块儿翻来覆去地折腾。这幅情景弄得我很倒胃口，最后只剩下一点儿那种动物般的好奇心。那姑娘躺在床边，范诺登俯在她身上，两只脚牢牢地踩在地板上，真像一只色狼。我呢，就坐在他身后的一把椅子上，以一种冷静的科学态度矜持地看着他们在那里运动。如果这情景一直延续下去我也不在乎，这正如看着一部疯狂的印刷机把报纸不断抛出来，几百万张，几十亿张，几十兆张，上面的标题全是扯淡。尽管机器也发疯，看它反倒比看人和人搞的这种把戏更来劲儿，更叫人着迷。我对范诺登和这姑娘的兴趣等于零。若是就这样坐着看此刻世界上正在进行的每一场这种表演，我的兴趣恐怕会比零还低。我无法区别这活儿同下雨或火山爆发究竟有何不同。只要仍缺乏激情，这场表演便没有人味儿。看着那部机器也比看他们强，他们正像这样一部齿轮脱开的机器，需要有一只手触碰它，把它弄好。它需要一个修理工。

我在范诺登身后跪下，更加留神地检验这部机器。姑娘把脑袋偏向一侧，绝望地瞧我一眼说："没有用，不行了。"听到这话，范诺登再度鼓足劲儿干起来，活像一头老公羊。他就是这么一个固执的怪物，宁肯折断犄角也不肯停手。何况现在我又在他屁股上搔痒，更令他恼羞成怒。

"看在上帝分上，乔，住手吧！你会弄死这个可怜的姑娘的。"

他咕哝道："一边儿待着去。刚才我差一点儿……就插进去了。"

他这会儿的姿势和说话时那种武断的态度又一次突然让我回忆起从前做过的那场梦，只是这一回他走路时大大咧咧夹在腋下的那根扫帚把儿永远不见了。如今发生的事情是那场梦的延续，仍是同一个范诺登，不过已失去那个原始动力。他像打完仗归来的英雄，一个可怜的残废人，在梦幻中的现实里生活。无论在何处，他往下一坐，椅子便散架;无论他走进哪一扇门,那个房间必是空空如也;无论他吃什么,嘴里都留下一股难闻的味道。每一件事情都跟以前一样,环境未变,梦与现实并没有多大区别。只是,在睡觉和醒来这段时间之内他的躯体被人盗走。他像一部抛出报纸的印刷机,每天抛出上百万、上亿张报纸,头一版上尽是灾难,尽是暴乱、凶杀、爆炸和撞车事故,他却全然无动于衷。如果没有人关闭电源,他绝不会明白死是怎么回事。假如自己的身体被人盗走,人便不会死去。你可以趴在一个婊子身上,可以像一头公山羊一样没命地干下去,永远干下去。你也可以投身战壕,让炮火把你炸得粉身碎骨,但是如果没有一只人手的参与,什么也造不出这激情的火花。若是想让齿轮重新啮合,总得有人把手伸进机器里去,把开关扳下,让机器停转。这个人必须在不指望得到酬劳的前提下这样做,他不能总惦记着那十五法郎;这个人的胸脯不能厚,一枚勋章就会叫他变成驼背;这个人还要给即将饿死的女人送一顿饭吃,而不必害怕吃下的东西又被吐出来,否则这场戏便会无休止地演下去,没有一条走出迷津的道路……

舔老板的屁股舔了整整一个星期以后,我设法弄到了佩克奥弗的工作,在这儿就得这样。这可怜虫果然死了,是跌落到电梯下以后又挨过几个小时才死去的。正如我所预见,他们替他举行了隆重的丧礼。庄严的弥撒,巨大的花圈,一切应有尽有,费用全包。仪式结束后,楼上的家伙们在一家酒吧里尽情吃喝了一顿,遗憾的是佩克奥弗无法再吃一点儿。能同楼上的人坐在一起,还不断听到别人提起他的名字,他一定会感激不尽。

必须一开始就说明,我没有什么好抱怨的。这就像置身一个疯人院,得到允许可以从此手淫一辈子。全世界都摆在我的鼻子底下,要我做的只是安排好发生灾祸的时间。楼上那帮圆滑的家伙事事都要插手,没有一件欢乐的或悲痛的事情能逃过他们的注意。他们置身于生活的严酷事实之中，也就是人们称之为“现实”的东西之中。这是沼泽地里的现实，他们就是除呱呱叫之外无事可做的青蛙，他们叫得越厉害，生活就越显得真实。律师、牧师、医生、政客、新闻记者，这些人是把手放在世界脉搏上的江湖郎中。持续的灾难气氛太棒了，晴雨计仿佛永远不动，旗子仿佛永远降下一半。人们现在明白，天堂的理想如何独占人类的意识，从根部被击倒的所有精神支柱如何仍旧屹立。除这片沼泽之外一定还有一个世界，那儿的一切都是一团糟，很难设想这个人类朝思暮想的天堂是怎样的。那儿无疑是一个青蛙的天堂，瘴气、泡沫、睡莲和不流动的水，它就坐在一片没有人打扰的睡莲叶子上呱呱叫一整天。我设想天堂大概就是这样的。

我在报纸清样上校对的这些大灾难对我产生了一种神奇的治疗效果。想想看，这是一种完全免疫的身体状态！一种令人陶醉的人生！一种处在毒菌中间而又绝对安全的生活！任何东西都奈何我不得，地震、爆炸、动乱、饥馑、撞车、战争和革命都无法触动我。我注射的预防针可以预防每一种疾病，每一种灾难，每一种悲哀和不幸，这是坚毅的一生的顶点。坐在我的小小壁龛里，全世界每天散发出的各种毒药从我手中流过，却连我的一个指甲盖也无法玷污。我是绝对免疫的，我甚至比一个实验室工作人员的境况还好些，因为这儿没有不好的气味，只有铅燃烧的味儿。地球可以爆炸，我仍要待在这儿添上一个逗点或分号。我甚至可以多工作一会儿，因为遇到这样一个大事变非得在最后多干一点儿。当世界爆炸了，最后一份报纸也送去付印了，校对们会轻轻收拾起所有逗点、分号、连字符、星号、方括号、圆括号、句点、感叹号，等等，把它们装进编辑椅子上方的一个小匣子里。一切均已安排就序……

我的伙伴们似乎没有一个理解我为什么会如此踌躇满志。他们一天到晚发牢骚，他们有野心，想显示自己了不起，要发泄怒气。一个优秀的校对员却没有野心、不骄傲、不发脾气。一个优秀的校对员有点儿像上帝,他也生活在世界上,却不属于它。他只在星期日露面,星期日便是他的休息日,他从宝座上走下来叫忠于他的人看看他的屁股。他每星期聆听一次世上每个人的悲哀和不幸,这就足够让自己在其余几天内咀嚼。那几天里他仍待在冰封的冬日沼泽里,成为一个纯粹的人,一个完全纯洁的人,只有一个接种疫苗后留下的疤痕将他与广袤的无限空间区分开。

对于一个校对员,最大的灾难莫过于受到丢饭碗的威胁。休息时大家聚在一起,叫我们从头凉到脚的问题便是:如果失去工作你怎么办?围场里的人的职责是清扫马粪,他最大的恐惧莫过于马可能会从世界上消失。告诉他把一生耗费在铲起热马粪这件事情上是令人恶心的,那也只是在干蠢事,如果一个人的生计要指望马粪,如果马粪涉及到他的幸福,他便会爱上马粪。

如果我仍是一个有自尊心、有荣誉感、有抱负的汉子,那么这种生活无疑已跌到堕落的谷底。可是我欢迎这种生活,犹如一个重病人迎接死亡到来。这是一种消极的现实,同死亡一样,这是一个没有痛苦、没有死亡恐怖的天堂。在这个地下世界里唯一一件要紧的事情就是正确拼词并且添上标点符号。报纸上有何种灾祸都无关紧要,要紧的只是单词拼写得是否正确。每一件新闻都同等重要,不论是晚礼服的最新款式还是一艘新战舰、一场瘟疫、一次大爆炸、一项天文学新发现、河堤决口、列车颠覆、炒卖股票、毫无希望的赛马赌注、处决、拦路抢劫、暗杀等诸如此类的事情。什么也逃脱不过校对员的眼睛,什么也无法穿透他的防弹背心。希尔夫人(从前的埃斯特韦小姐)给印度人阿迦·米尔写信,说她对他的工作甚为满意。“我于6月6日结婚,谢谢你。我们很幸福,我希望在你的神力庇护下我们会永远幸福。我电汇给你钱……这是奖赏你的……”这个印度人是算命的,他能准确而又神秘地察觉你正在想什么。他会劝导你，帮你摆脱所有烦恼和各种不遂心如意的事情。巴黎麦克马洪大道二十号，请致电或写信。

他的探心术真是棒极了！按照我的理解，这是说他没有一回猜错，从最琐碎的到最无耻的念头。这个印度人的时间一定很宽裕。或者是，他集中精力只去猜那些汇钱者的思想。在同一版上，我还看到一条标题宣布“宇宙扩展太快，甚有可能爆炸”，标题底下的照片上是一个头痛欲裂的脑袋瓜。再下来是一篇关于珍珠的谈话，署名泰克拉。他告诉大家，牡蛎可生产两种珍珠，“野生”珠或称东方珠和“养殖”珠。同一天，在特里尔大教堂里，德国人在展览基督的外衣，这是四十二年里首次把它从樟脑丸中取出，不过没有提到裤子和背心。还是这一天，在奥地利萨尔茨堡，两只老鼠在一个人的胃里出生，信不信由你。一个有名的女电影演员两条腿搭在一起的照片见报，她正在海德公园里休息。接下来，一个著名画家说：“我承认柯立芝太太有魅力、有个性，即使她丈夫不是柯立芝总统[①]，她也能成为十二位最有名望的美国人之一。”从一篇采访维也纳的一位胡姆哈尔先生的访问记中我读到……胡姆哈尔先生说：“在结束采访之前我想说，无可挑剔的剪裁和试穿仍不够，好裁缝的手艺只有穿着合适才算。一套衣服必须贴身，穿衣人行走或坐下时还要保持线条。”无论何时一个英国煤矿里发生爆炸，请注意，国王和王后准会立即拍来电报表示哀悼。他们还经常去看重要的赛马，据这篇报道说，尽管那天的比赛是在德比举行，他们仍旧前往。我相信这番记述：“下起大雨，使国王和王后吃了一惊。”更令人心痛的还有这样的消息：“据称，在意大利，那些迫害活动不是针对教会的，然而它们被人利用去反对教会的某些最敏感的机构。据称，它们并不反对教皇，只反对教皇的心脏和眼睛。”

---

① 卡尔文·柯立芝(1872—1933)：美国第三十任总统。

我得走遍全世界才找得到这样一个舒服、惬意的职位。这几乎令人难以置信。在美国,人们往你屁股底下塞爆竹,给你打气,当时我怎么能预料到我这种气质的人的最理想职位竟是去寻找拼写错误?在美国,你一心只想有朝一日当总统,可能每个人都是做总统的材料。在这儿却不同,这儿每个人都只是一个零蛋,如果你成为名人也是出于侥幸,是一个奇迹。在这儿,离开你出生的村庄的可能性只有千分之一,你的腿被枪弹打断或眼珠被打出来的机会却是一千比一。除非发生奇迹,你才会成为将军或海军少将。

正是因为机缘对你不利,正是因为没有多大希望,这儿的生活才可爱。过一天算一天,没有昨天,也没有明天,晴雨表永远不变,旗子始终半升半降。你在胳膊上系一块黑纱,在纽扣孔里别上一段丝带。如果有幸买得起,你还可以替自己买一副特轻人造假肢,最好是铝的,它不妨碍你喝开胃酒,上动物园看动物或是与时刻准备扑向一块新鲜的臭肉而沿着林荫道飞来飞去的兀鹰嬉戏。时光在流逝。如果不是本地人而且证件一应俱全,你尽可以接触传染源而不必担心被感染。如果有可能,弄一份校对员的工作更好。这样,一切都妥当啦。也就是说,假如你凌晨三点往家走时碰巧被骑自行车的警察拦住,你可以朝他们噼噼啪啪地捻手指。早晨市场上最忙乱时你可以买比利时鸡蛋,五十生丁一只。校对员通常不睡到中午不起床,甚至更晚。最好挑选一家紧挨电影院的旅馆,若是容易睡过头,日场电影的开映铃声会唤醒你。如果找不到一家紧挨电影院的旅馆,挑选一家靠近墓地的也行,结果也是一样的。要紧的是,永远别泄气。永远别泄气。

这也是我每天晚上试图向卡尔和范诺登耳朵里灌输的想法。这是一个没有希望的世界,不过也不必泄气。我仿佛已皈依一种新的宗教,仿佛每天夜里都向圣母马利亚做一年一度、连续九天的祈祷。我想象不出,如果自己当上报纸编辑或美国总统又能得到什么好处。我处在一条死胡同里，这儿既自在又舒服。手里拿着一份报纸，我听着身边的音乐，嗡嗡的说话声，排字机叮当声，像有一千只银手镯在通过衣物甩干机。不时有一只老鼠从我们脚下跑过，一只蟑螂从我们面前的墙上爬下，细嫩的腿灵巧地小心移动着。白天的事件轻轻从你鼻子底下滑过，不引人注目，你不时地会遇到一个署名，它使你联想到一只人手，一种自我，一种虚荣心。它们安详地滑过去，像送葬队列走进公墓大门。用来抄写的桌子底下铺着厚厚的一层纸，踩上去有点像踏在有一层软毛的地毯上。范诺登的桌下到处洒着褐色的汤汁。十一点左右，卖花生的小贩来了，他是一个智力有缺陷的美国人，他对自己的命运也甚为满意。

我不时收到莫娜的电报，说她将坐下一条船来，上面总是说："信随后就到。"这种情况延续了九个月，可我从来没有在乘船抵达的旅客名单上看到她的名字，仆人也从未用银盘子托着一封信拿给我，我也就不再指望这种事情发生。如果她真的来了，她可以在楼下找我，就在厕所后面。也许她会立即告诉我这里不卫生，一个美国女人对欧洲的第一观感便是不卫生。如果没有现代化抽水马桶，她们便无法想象这儿是一个天堂。如果发现一只臭虫，她们就要立即给商会写信。我怎么启齿向她解释说我在这儿心满意足？她一定会说我已经堕落了，她这一套我很清楚。她想找一间带花园的工作室，当然还要有浴盆。她要穷得浪漫，我了解她。不过，这一回我都替她预备好啦。

有些天太阳出来了，我走上那条被人来回踩过许多遍的小径，心里如饥似渴地思念着她。尽管这种严酷的生活倒也令人满意，我仍不时渴望过另一种生活，臆想如果身边有一个年轻活泼的可爱女人将会发生什么变化。问题在于我几乎已不记得莫娜的模样，也不记得搂着她是什么感觉。过去的一切似乎都已沉入大海；我还有记忆力，不过眼前的形象已失去生气，它们好像已死去、散乱，像插在泥沼上久经岁月侵蚀的木乃伊。若试图回忆在纽约的生活，我想起的只是几个支离破碎的片断，这些片断极可怕，上面还蒙着一层铜锈。我的整个生命似乎已在某个地方终结，可是我说不上确切在哪儿。我已不再是美国人，纽约人，更不是欧洲人或巴黎人。我不忠于什么人，没有责任，没有仇恨，没有忧虑，没有偏见，没有激情。我既不支持也不反对什么，我是中立的。

在三人一起夜里回家的路上，一阵恶心过后我们常常开始谈论一些事情的现状，那种热心劲儿只有不积极参与生活的人才表现得出来。有时我爬上床时感到奇怪的是，产生这种热情只是为了消磨时光，为了打发从办公室徒步走到蒙帕纳斯的四十五分钟。也许我们有改进此事或彼事的最机智、最实际的主意，却没有运输工具把这些主意运到所需的地点去。更奇怪的是，主意与生存之间毫无关系并不会使我们痛苦或不快，我们已经十分适应现状。假如明天有人吩咐我们用手走路，我们也会毫无怨言地照办。当然，条件是报纸照样付印，我们定期领薪水。其他的一概没有关系，什么都没有关系。我们已经东方化，已经成为苦力，白领苦力，每天一把米便可以封住我们的嘴。那天我读到，美国人脑袋的一个特点是在枕骨部有一块缝间骨，或者叫顶间骨。横向枕骨上的骨缝常在这块骨头上出现。据这位著名学者后来说，这是由于胎儿期的挤压造成的，是抑制发育的迹象，表明这是一个低劣的人种。“美国人的头颅的平均脑容量，”他继续写道，“比白种人低，但高于黑种人。不分性别，如今的巴黎人的脑容量是一千四百四十八立方厘米，黑人是一千三百四十四立方厘米，美国印第安人是一千三百七十六立方厘米。”从这一大堆话中我无法做出推理，因为我是美国人，却并不是印第安人。可是，如此这般地根据一块骨头、一块顶间骨解释这些事情未免有些狡辩。他也承认个别印第安人的大脑达到罕见的一千九百二十立方厘米，这样大的脑容量是其他人种都不曾超过的，但是这个事实丝毫没有动摇他的理论。我满意地读到，无论男女，巴黎人的脑容量都正常，显然他们的横向枕骨上的骨缝不那么执拗。他们懂得如何享受一杯开胃酒，也不会为房子尚未喷漆焦虑不安。就脑颅的数据来看，他们的脑袋并没有特殊之处。他们将生活的艺术发展到十全十美的境地，这一定是基于其他一些原因。

在路那边保罗先生开的小咖啡店里，我们可以在为记者保留的一间里屋里赊账吃饭。这是一个令人愉快的小房间，地板上撒着锯末，苍蝇随着季节的变换飞来飞去。我说这是专为记者保留的房间，可这并不是指我们单独吃饭。恰恰相反，这是说我们有幸结交妓女和拉皮条的，他们在保罗先生的常客中占一大部分。这样的局面正中楼上那些家伙的下怀，因为他们总在注意寻找性感女人，就连那些有一个关系稳定的法国小姑娘的人也不反对不时改换一下胃口。要紧的是不能染上花柳病，有时好像一场时疫横扫整个办公室，也许这也可以解释为他们全都跟同一个女人睡过。不管怎么说，看到他们被迫坐在一个皮条客身边时那副愁眉苦脸的样子真叫人痛快。尽管一个拉皮条的也会有一些职业上的小小困难，他们却过着相对奢侈的生活。

这会儿我特别想起一个高大的金发男人，他骑着脚踏车送《哈瓦斯信使报》。他吃饭时总会迟到一会儿，总是汗流浃背，脸上沾满污垢。进门时他迈着优雅、可笑的步子，举起两根手指向每个人致敬，然后匆匆忙忙走到厕所和厨房之间的污水槽边去。擦脸时他会迅速查看一下吃什么，若看见案板上有一块烧好的牛排便拿起来闻一闻，或把勺子伸进大锅里尝一口汤。他像一只警犬，鼻子始终贴在地上。撒尿，擤鼻涕，此后准备工作算是完成啦，这时他便大大咧咧地朝他的相好走来，“吱”地狠狠亲她一下，同时还爱抚地拍拍她的屁股。我从未见过这个姑娘以不干净整洁的面貌出现，甚至在早晨三点工作一夜后她也很整洁，真像刚从土耳其浴室的浴盆里爬出来。看到这两个体魄健壮的野人，看到他们那么安详，那么相爱，胃口又是那么好，倒也令人愉快。我现在谈到的是晚饭，是她去干活前吃的一点点零食。过一会儿她就得告别她的大块头金发野人，到林荫道上某个地方去啜饮餐后酒。假如这个差事使人厌烦，累人，她当然不会流露出来。大块头来了，饿得像一只狼，她便搂抱住他，急不可耐地亲他，亲他的眼睛、鼻子、脸、头发、颈后……若是能当着众人的面干，她也会吻他的屁股。显然她对他感恩戴德，并不是为了得到一份工钱才跟他厮混的。吃饭时，她笑得前仰后合，一直笑到吃完饭。你会以为她无牵无挂，无忧无虑。有时，作为一种表达爱意的方式，她会打他耳光，又清脆又响亮。若是掴在一个校对员脸上，这一巴掌准会把他打得晕头转向。

他俩似乎根本没有察觉到周围的一切，除了他们自己和大口大口吞进肚里的食物。他们如此踌躇满志，如此和谐，如此互相理解。范诺登疯了似的死死盯着他们，她把手伸进大块头的裤裆里，大块头做出反应，抓住她的奶头玩笑似的捏一把，这是最令范诺登着迷的一幕。

另一对男女通常也在这个时间到来，他们的举动像结过婚的夫妻。他们吵架，把家丑当着众人的面抖搂出来，给自己也给别人造成不快。他们在威胁、诅咒、训斥和苛责之后又和好如初，搂在一起接吻，情意绵绵，真像两只斑鸠。这个被男人称作吕西安娜的女人是一个长一头白金色头发的大胖子，表情冷酷、严肃。发起脾气来她便恶狠狠咬住厚厚的下唇。她的眼神很冷淡，眼睛很小，有点儿呈黯淡的灰蓝色，一盯上男人就盯得他直流汗。不过这位吕西安娜是个好女人，尽管这场口角开始时她摆出一副兀鹰的架势。她包里总是装着钱，付钱时小心谨慎也只是不想纵容男人的坏习惯。如果把吕西安娜滔滔不绝的斥责当真，她男人便是一个意志力薄弱的人。等候她到来时，他会在一晚上花光五十法郎。女招待来问他吃什么，他却没有胃口。吕西安娜吼道："哼，你又不饿啦！我想你是在蒙马特尔街等我呢。但愿你在我替你做牛做马时玩得愉快。说，白痴，到哪儿去了？"

当她这样发火而且气得要命的时候，他只是胆怯地望着她，似乎认为保持缄默是最好的策略。随即他低下头玩弄自己的餐巾，然而这个小举动更使吕西安娜怒不可遏，她很熟悉这个动作，心里当然也在暗暗高兴，因为她现在可以确信他真有过失。“说呀，笨蛋！”她尖叫道。于是他以尖细怯懦的声音悲哀地解释，等她的时候他饿极了，只是驻足吃了一个三明治，喝了一杯啤酒。他愁眉苦脸地说，这已经足以败坏他的胃口。不过，现在使他忧心的显然不是吃的东西。“但是，”他试图以更雄辩的调子不假思索地说，“我一直都在等你。”

吕西安娜嚷道：“撒谎！骗子！哼，幸亏我也是一个骗子……一个高明的骗子。你的小谎言叫我恶心。你怎么不编一个大谎呢？”

他又垂下头去，心不在焉地捡起几块碎屑放进嘴里。她在他手上打了一巴掌。“别这样！你叫我心烦。你是这么一个笨蛋。骗子！你等着吧，我还要跟你算账的。我也是骗子，不过可不是笨蛋。”

没过多久，他们便紧靠着坐在一起了，手挽着手。吕西安娜低声耳语道：“啊，我的小兔子，现在真跟你难舍难分了。来，吻吻我！你今晚打算干什么呢？说实话，我的小东西……对不起，我的脾气真坏。”他轻吻她一下，正像一只长着粉红色长耳朵的兔子。他轻轻碰碰吕西安娜的嘴唇，像是在啃一片卷心菜叶。与此同时，他明亮的圆眼睛贪婪地盯住放在她身边长椅上的钱包。他只是在等待机会大大方方从她身边溜走。他巴不得快点儿走开，快点儿坐到蒙马特尔街上一个安静的咖啡馆里。

我认识他，那个天真的小家伙，长着兔子一般圆而胆怯的眼睛；也知道钉着铜牌子、卖避孕套的蒙马特尔街是一条多么声名狼藉的街道。那儿灯光彻夜通明，性事像阴沟一样在整条大街上流淌。从拉斐特街步行走到这条林荫道上犹如受夹笞刑一样，她们无休止地缠着你，像蚂蚁一样咬住你，她们哄、骗、勾引、哀告、乞求，她们用德语、英语、西班牙语试着跟你攀谈,她们给你看她们破碎的心和走乏的双脚。你嗅到洗手盆的香味,即使你早已把触手砍掉,即使那嘶嘶滋滋的声音早已消逝。这是“舞蹈香水”的气味,仅能保证在二十厘米距离以内有效。一个人可以从这条林荫道到拉斐特街短短的路上花费一生的光阴。每一间酒吧都很活跃、热闹,骰子中都灌上铅。收银员像鹰一样蹲在高凳子上,经过他们手的钱有一股人身上的臭味。法国银行里找不到这儿流通的充满血腥味儿的钱,这些钱被人的汗水浸得发亮,像森林火把一样从一只手传到另一只手里,留下烟和臭味。谁若能在夜间步行走过蒙马特尔街而又不气喘、不出汗、不祷告,也不骂娘,他准是一个没有睾丸的男人。如果有,那就应该把他阉掉。

假如这个胆小的兔子在等他的吕西安娜时真的一晚上花掉了五十法郎呢?他真的饿了,买了一块三明治和一杯啤酒,还是停下跟别人的婊子聊了一会儿?你认为他应该厌倦这种夜复一夜的老套生活?你认为这种生活会给他造成负担,压垮他,烦死他?但愿你并不至于认为一个皮条客就不是人。别忘了,一个拉皮条的也有自己的悲哀和不幸。也许他最乐意做的事情莫过于每天晚上站在角落里,牵着两条白狗,看它们撒尿。或许他喜欢一开门便看到吕西安娜在家里看《巴黎晚报》,已经困得眼皮有点儿沉重;或许,一俯在吕西安娜身上便闻到另一个男人的气息会使他不那么快活。仅有三个法郎和一对在墙角里撒尿的狗也许比亲吻那干裂的嘴唇好些。我跟你打赌,当她紧紧搂住他,当她乞求得到只有他才知道如何发送出的那一小兜爱时,他便像一千个魔鬼一样拼命干,去消灭从她两腿间穿过的那个团队。也许他占有她的身体、练习一首新曲子时并不全是出于激情和好奇心,而是在黑暗中搏斗,独自一人抗击冲破城门的大军,那一支踩她、践踏她的大军。这支大军走过后她变得如此贪婪，连鲁道夫·瓦伦蒂诺[①]也难以满足她的强烈欲望。每当我听到对吕西安娜这样一个姑娘的责难，每当我听到她受到诋毁或轻视，因为她冷酷、唯利是图，因为她太呆板，太匆忙，太这样，太那样，我就对自己说：得了，你这家伙，别这么性急！记住，你排在这列队伍的最末尾；记住，整整一个军包围了她，她已被糟蹋了，抢光了。我告诫自己：你这家伙，别因为知道替她拉客的人正在蒙马特尔街乱花这五十法郎就舍不得给她这笔钱。钱是她的，拉皮条的男人也是她的。这是血汗钱，这是永远不会退出流通的钱，因为法国银行中没有可以取代它的钱。

坐在办公室自己的小格子里拿《哈瓦斯信使报》要把戏或解译从芝加哥、伦敦和蒙特利尔发来的电报时，我常常会萌生这样的念头。校阅橡胶、丝绸市场以及温尼伯的谷物时，我听到蒙马特尔街上传来微弱的嘶嘶滋滋声响。在证券疲软、关键经济部门受挫、有翅动物兴奋不已之时，在谷物市场不景气、公牛开始哞哞叫之时，每一场见鬼的灾祸、每一则广告、每一则体育消息和时装评述、每一条船抵达的消息、每一个旅行见闻讲座、每一段闲话的开场白都已标上标点符号，都已校订，加上标题并通过戴银手镯的手交出去。我听到第一版被人用锤子毁掉，看到青蛙如同喝醉酒的爆竹一样乱蹦乱跳，每逢这些时刻我便幻想吕西安娜展翅飞过林荫道，像一只巨大的银白色兀鹰悬在缓慢移动的车流之上。这是一只从安第斯山顶飞来的怪鸟，肚皮是白玫瑰色的，身上有一颗坚硬的瘤子。有时我独自步行回家，便跟着她穿过漆黑的街道，穿过卢浮宫广场、艺术桥、拱廊、出口、裂缝、梦幻状态、病态的一片惨白、卢森堡烤架、缠绕在一起的树枝、鼾声和呻吟声、绿色的板条、乱弹琴时发出的叮当声、星星的光芒、闪光的星、防波堤以及吕西安娜的翅尖掠

---

① 鲁道夫·瓦伦蒂诺(1895—1926)：意大利裔美国电影演员，美男子。

过的带蓝白条纹的帆布篷。

即将破晓时，路灯蓝光下的花生皮显得苍白，皱巴巴的；蒙帕纳斯沿岸的荷花弯曲、被折断了。退潮时污泥中只剩几个患梅毒的美人鱼搁浅在那儿，多姆饭店像遭暴风袭击过的射击场。一切都慢慢滴落到阴沟里去，死一般的寂静持续了大约一个钟头，在此期间呕吐物被擦净。突然树木尖叫起来，一支疯狂的歌响彻林荫道两端，就像宣布交易中止的信号。原有的希望被扫荡殆尽，撒最后一泡尿的时辰已到。白天像麻风病人一样偷偷溜进来……

上夜班时，必须留意的一件事是不要打乱你的作息时间。假如小鸟开始叫时你还没有上床，再上床完全于事无补。这天早上我无事可做，便去参观植物园。来自查普特佩克[①]的漂亮鹈鹕和开屏的孔雀用傻乎乎的眼光望着人。突然，下起雨来。

坐公共汽车回蒙帕纳斯的路上，我注意到对面坐着一个娇小的法国女人，她僵直地坐着，似乎准备好要自我炫耀一番。她只坐椅子边缘部分，似乎怕把自己丰满的屁股挤坏。我在想，如果她摇晃一下身子，从她屁股那儿突然蹿出一把用柔软羽毛装饰的大扇子就太妙了。

我下车，在阿维尼咖啡馆吃东西。这时一个大肚子女人企图吸引我对她的状况的兴趣，她希望我跟她到一个房间里消磨一两个钟头。这是我头一次遇到一个怀孕女人提出要跟我睡，我差点儿就要试一把。她说孩子一生下来就交给政府，她就可以重操旧业，她是制帽子的。看出我的兴趣越来越小，她便拿起我的手放到她肚子上。我感觉到肚子里有东西在动，便兴味索然了。

我从来没有见过哪个地方像巴黎这样，能满足各种不同的性要求。

---

① 墨西哥地名。

一个女人一旦失去一颗门牙、一只眼睛或一条腿便马上去当婊子。在美国，如果她缺胳膊少腿儿而又别无所长便只有饿死的份儿。在这儿却不同，少一颗牙、鼻子被人咬掉或是子宫干瘪，所有使本来就不漂亮的女性更丑的不幸遭遇都被认为更有情趣，是对男性已腻味的胃口的一种刺激。

我讲的自然是大城市里特有的那种情况，这里的男男女女的最后一点精力都被机器榨干。他们是现代进步的殉难者。正是他们的一堆骨骼和衬衫领扣让画家觉得难以画上血肉。

后来，到了下午，我来到塞兹街一家艺术博物馆。马蒂斯塑造的男男女女围绕着我，这才把我带回人类世界的正常领地。在一个四面墙都闪闪发光的大厅门口，我站了一会儿才从震惊中恢复过来。当四周习以为常的灰色被扯得四分五裂，生活的绚丽多彩用歌曲和诗篇弘扬开来时，一个人常会感受到这种震惊。我发觉自己置身于一个如此自然而又完美的世界里，自己已沉溺于其中。我的感受是自己正置身于生活的核心，不论我从何处来，采取何种态度，一旦陷进发芽的树丛中央，一旦坐在巴勒贝克①那间巨大的餐室里我便沉溺于其中。我第一次领会那些室内静物画的深邃含义，它们凭借视觉和触觉的威力表现存在。站在马蒂斯创造的这个世界的门口，我又一次体验到启示力量，正是这种启示令普鲁斯特能够大大改变生活的图景，使那些像他一样的人对声音和意义的炼丹术十分敏感，并把生活中令人不快的现实转换成艺术中实在的、有意义的轮廓。只有那些能让光线射进喉咙的人才能解释自己心里在想什么。现在我仍清晰地记得巨大枝形吊灯反射出的炯炯闪光如何散开、变成血红色，点缀在单调地照着窗外暗晦金色的

① 黎巴嫩地名。

光波顶端。海滩上，桅杆和烟囱交织在一起，艾伯丁裂谷①像一个黑褐色的影子在海浪顶端滑过，与一个原生质地域的神秘中心融合在一起，将她的倩影同死亡的梦幻和预兆联结在一起。随着白天的结束，痛苦像雾气一样从地上升起，接踵而至的是悲哀，它遮闭了海洋和天空之间无尽的景致。两只蜡黄的手毫无生气地放在床罩上，一只贝壳发出呜咽的笛声，沿着苍白的静脉血管复述它诞生的往事。

马蒂斯的每一首诗里都包孕一小块人肉的历史，它拒绝接受死亡的结局。整个肉体，从头发到指甲都体现出活着的奇迹。在对更伟大的现实的渴求中，精神力量仿佛已将肌肤上的毛孔变成看得见的饥饿大口。不论一个人幻想什么，总有航海的气味和声音，即使仅仅回顾他的梦境的一小隅，他也不可避免地会感觉到涌起的浪头和凉爽的、四处飞溅的浪花。他站在舵前，瞪着坚定的蓝眼睛凝视时间之囊。他长时间地斜眼凝视那些遥远的角落，低头越过隆起的大鼻子，他便看到了一切：科迪勒拉山系融入太平洋，写在牛皮纸上的流亡世界各地的犹太人的历史，百叶窗发出海滩上的沙沙声，贝壳状的钢琴，花冠射出和谐的光亮，变色蜥蜴在书的重压下蠕动，土耳其宫殿在尘埃废墟中奄奄一息，音乐像火焰那样从苦难的隐身日全食中迸发出来，芽孢和石珊瑚在地上泛滥，肚脐里吐出痛苦的明亮鱼卵……马蒂斯是一位贤明的哲人、一个跳跃的先知，画笔一挥便用生活中不容置疑的事实取代丑陋的绞刑架，人类的躯体就锁在这个架子上。假如今天哪个人具有天赋，知道在哪儿消融人的身体，有勇气牺牲一条和谐的线条以便发现血液的流动节奏和细微声响，放出折射在自己体内的光线，并让它照在调色板上，这个人就是他。他在生活琐事、混乱和嘲弄后面发现了无形的模式，并且在空间里玄之又玄的颜料中宣布他的发现。他意在创造，不墨

① 位于东非大裂谷西部，刚果东部。

守成规,不窒息思想,不冲动。即使世界归于毁灭,仍有一个人留在地球的核心。他站得益发稳当,随着分解过程的加快益发具有离心力。

世界变得越来越像一个昆虫学家的梦。地球已偏离自己的轨道,地轴已错位。鹅毛大雪从北方飘下,新的冰河时代正在来临。横向的缝口正在合拢。仍处于胎儿阶段的世界在美国中西部谷物带濒临死亡,成为死去的乳状突起。三角洲突然消失,河床平滑如镜。世界同明亮的阵雨般的一块块黄色岩石相撞之时,新的一天开始了,这是冶金的日子。温度计的水银柱落下来时,世界的形象变得模糊不清。仍有渗透,有些地方还会发出声音,但在地球表面静脉全在曲张,在地球表面光束变得曲折,太阳像迸裂的直肠那样鲜血直流。

马蒂斯就处于这个正在散架的车轮正中间,他会一直滚动,直到组成这个车轮的零件都散开。他已在地球上滚出相当一段距离,滚过波斯、印度和中国。像一块磁铁,他从库尔德、俾路支、廷巴克图、索马里兰、吴哥、火地岛等地把微小的颗粒吸附到自己身上。他用孔雀石和宝石打扮起来的土耳其女奴的身体上长着一千只眼,这些洒过香水的眼睛全在鲸鱼的精液里浸过。微风起处是胶冻般凉却的心绪,白鸽来到喜马拉雅山的冰蓝色血管里,在拍动翅膀发情。

科学家们用来遮盖现实世界的糊墙纸正在变成破烂。他们在其中制造生命的大妓院并不需要装饰,要紧的是下水道必须有效地工作。美,在美国使人们如醉如痴的、圆滑的美已不复存在。要探究新的现实首先必须打开下水道,割开生疽的排泄管,因为它们构成带来艺术排泄物的泌尿生殖系统。白天里弥漫着一股高锰酸盐和甲醛味,下水道被纠缠在一起的动物胚胎堵塞。

正像一间老式的卧室,马蒂斯的世界仍是美好的。没有看到滚珠轴承、锅炉板、活塞、活动扳手,它与布瓦公园里欢乐宴饮、通奸成风的田园时代同属一个古老世界。在这些具有鲜活的通气毛孔的人中间移动，我觉得欣慰、清爽，他们生活的背景同光线一样稳定、牢靠。沿着马德莱娜林荫道步行，同妓女们擦身而过时，我深刻领悟到这一点，这时看她们一眼便使我发抖。这是不是因为她们有异国情调或营养良好？不是，沿着马德莱娜林荫道很难找到一个漂亮女人。然而在马蒂斯这儿，在他的笔触下有一个颤抖的发光世界，它只需要女性使最容易瞬时即逝的愿望具体化。在小便池外我遇到一个卖身的女人，这是一种始于已知世界的疆界消失之处的经历。这个小便池里贴着香烟纸，还有甜酒、杂技、赛马广告，浓密的树荫透过厚厚的墙和房顶。晚上绕着墓地围墙转圈子，我不时跌在被马蒂斯拴在树上的土耳其女奴幽灵身上。她们缠绕在一起的长发被树液浸透。几英尺以外，躺着波德莱尔裹得像木乃伊一样的鬼魂，经过难以计算的漫长岁月才移到这里，世界上再也不会出现他这样的人啦。咖啡馆的幽暗角落里，男人和女人们的手被捆住，两腿间布满很多污点；他们的身边站着侍者，他的围裙里兜满铜子儿，正耐心等待幕间休息，那时他就可以扑到妻子身上。即使世界已分崩离析，属于马蒂斯的巴黎仍会随着美好的、叫人喘息不止的性欲高潮一起颤动，空气中总是充满凝结的精液，树木像头发那样纠缠在一起。借助摇摇摆摆的车轴支撑，车轮稳稳地滚下坡去，没有制动闸，没有滚珠轴承，没有充气轮胎。轮子已散架，但是革命未受影响……

第九章

一天，从晴空中落下一封鲍里斯的来信，我已有好几个月没有见过他。这是一封奇怪的信，我并不想假装完全看明白了。“我们之间发生的事情，至少在我看来，是你触动了我，触动了我的生活。就是说，我仍活着，而我又快要死去。就这样多愁善感一阵之后，我又经历一次洗礼，又活了一回。我活着，这一回不凭借回忆往事，像我对别人谈起的那样。不过我活着。”

信就是这样开头的，没有问候的话，没有日期，没有地址，写在从空白笔记本上撕下来的格纸上。字写得很轻，字体华丽、潦草。“不论你喜不喜欢我，你同我非常亲近，因此在内心深处我倒认为你是恨我的。通过你，我知道自己是怎么死的。我又看到自己在死去，我快死啦。除了死亡，还有点儿别的。这也许就是我怕见到你的原因，也许你在我身上玩过鬼把戏，然后死了。如今事情发生得很快。”

站在石头旁边，我一行行读过去，这一番关于生死和事情发生得很快的空谈听起来像疯话。据我所见，除了报纸头版登载的那些寻常灾祸意外，什么事情也没有发生过。过去六个月以来，鲍里斯一直过着与世隔绝的生活，躲在一间房租便宜的小屋里，或许同克朗斯塔特通过心灵感应术保持着联系。他讲到退却时的防线和撤出的战区，以及诸如此类的事情，好像他正在一条战壕里向司令部写报告。也许他坐下写这封信时穿着常礼服，也许他搓过几回手，以前有顾客上门来租他的公寓时他常常那样。他又写道："我想叫你自杀的原因是……"看到这儿我不禁大笑起来，以前在博尔盖塞别墅他常把一只手插进常礼服后襟里踱来踱去。或者就是在克朗斯塔特那儿，不管在哪儿，只要有摆下一张桌子的地方就行，他踱来踱去，同时滔滔不绝地把这番生与死的废话说个够。必须承认我从来没有听懂过一个词，不过这场面倒也热闹。作为一个非犹太人，我自然对人脑袋里闪过的各种念头感兴趣。有时他会直挺挺地躺在沙发上，那是被脑子里涌现的潮水般的念头弄得疲乏了。他的脚刚好碰到书架上，那儿放着柏拉图和斯宾诺莎的书，他不能理解为什么这些书对我没有用。我要承认他把这些书渲染得很有意思，但是我根本不知道它们是讲什么的，有时我也会偷偷翻翻其中一卷，看看那些异想天开的思想是不是真是这些人自己的，因为鲍里斯总说这些观点是他们的。不过他的话与他们的思想联系不大，基本上不沾边。鲍里斯有他自己的独特说法，这是指，当我同他单独在一起时；但是一听克朗斯塔特讲话我就觉得是鲍里斯剽窃了他的高见。他俩谈论的是一种高等数学，不含一点血肉的东西，鬼魂般荒诞，抽象得可怕。待他们谈到死的事时才变得具体一些。不管怎样，切肉刀和砍肉斧也得有一个柄。我非常喜欢参与那些讨论，生平第一次觉得死亡很吸引人，我是指所有不会流血但会带来痛苦的抽象死亡。他们不时会因为我还活着而恭维我，但是他们的恭维方式令我很窘迫，他们让我觉得自己是一个生活在 19 世纪、出现返祖现象的遗老，一条浪漫的破布，一个有情感的直立猿人。鲍里斯尤其以挖苦我为乐，他要我活着以便自己能随心所欲地死去。他看待我、揶揄我的样子会使你想到大街上成千上万的人不过是死去的母牛。对了,信……我快把信的事儿忘了……

“那天晚上在克朗斯塔特家,莫尔多夫变成上帝后,我要你自杀的原因是当时我同你非常亲近,或许今后再也不会那么亲近。我怕,我非常怕某一天你会回来找我,死在我手上。那样一来,一想到你我就会陷入孤立无援的境地。这是不能忍受的,为此我永远也不会原谅你。”

或许你能想象出他会说这种话!我自己却不清楚他怎样看待我,至少我本人显然纯粹只是一个观念,一个不吃饭也能生存下来的观念。鲍里斯向来不大重视吃饭问题,他企图用观念养活我,每一件事情都是观念。然而,他打主意要把公寓租出去时却不忘在卫生间里放一只新脸盆。总之,他不想叫我死在他手上。他写道:“你必须做我的生命,直到最后。这是你可以接受我对你的看法的唯一办法。如你所见,因为你同某件生命中不可缺少的东西一道捆在我身上,我想我永远也无法摆脱你,也不希望这样做。我死了,但我想要你活得一天比一天更滋润。正因为这一点,我向别人谈起你时总有点儿羞愧,这样熟悉地谈论自己总是不太容易的。”

也许你会以为他迫不及待地要见我,希望了解我正在做什么。错了,他在信中连一行也不曾提及具体的或个人的事情,除了这一番有关生死的话,除了这一小段在战壕中写就的话,这一小股向每个人宣告战争仍在继续的毒气。有时我会问自己,为什么受我吸引的人都是精神错乱的人、神经衰弱的人、神经病患者、精神病患者,尤其是犹太人。一个健康的异教徒身上准有某种叫犹太人激动的东西,就像他看到发酸的黑面包一样。比如说莫尔多夫,据鲍里斯和克朗斯塔特说,他已自封为上帝。这条小毒蛇毫无疑问恨我,可他又离不开我。他定期跑来接受我的侮辱,对于他这像吃补药一样。起初,我对他确实十分宽宏大度,毕竟他在付钱让我听他说。尽管我从未显出很同情的样子,我却明白涉及一顿饭和一点儿零花钱时应该免开尊口。不久,我发现他竟是这样一个受虐狂，于是便时常当面嘲弄他。这就像用鞭子抽他，使悲哀和忧伤伴着新迸发的活力一起涌泻而出。也许我们之间一切都会十分和谐，若不是他觉得保护塔尼亚是他的职责。塔尼亚是犹太人，这引出一个道德问题。他要我忠于克洛德，我必须承认对于这个女人我还是一往情深的。他有时还给我钱，叫我去跟她睡觉，直到他领悟到我只是一个不可救药的色鬼为止。

我提到塔尼亚，因为她刚从俄国回来，几天以前才回来。西尔维斯特仍留在那儿钻营一份工作，他已完全放弃文学，献身那个新的乌托邦。塔尼亚要我同她一起回去，最好回到克里米亚，开始新的生活。那天我们在卡尔的房间里痛饮，商量这件事有无可能。我想知道，在那儿我能做什么谋生，比方说，能不能做校对员。塔尼亚说我不必担心干什么，只要我真心愿意去，他们就会替我找到一份工作。我想显出热心的样子，结果却显得悲戚戚的。在俄国，人们可不想看到哭丧的脸。他们要你快活、热情、轻松、乐观，听起来那儿同美国一样。可我天生就缺乏这份热情，当然我没有对她说过，可我暗自希望他们扔下我，让我回到自己的小职位上去，待在那儿，直到战争爆发。这一套关于俄国的骗局略有几分令我不安，塔尼亚为此却很动感情，因而我们几个喝光了十几瓶便宜的红葡萄酒。卡尔活像一只蟑螂那样蹦来蹦去，他身上的犹太血统足以使他为俄国这样一个念头而欣喜若狂。除了让我们结婚之外没有别的办法，立即结婚。他说："结婚吧！你们不会损失什么！"然后他假装要去办一件小事，好让我俩来一番速战速决。塔尼亚也想这样做，可是俄国的事已牢牢地移植在她脑子里，她便在对我的唠叨中浪费掉这段时间，她的话使我有点恼火和不安。可我们必须考虑吃饭，动身去办公室，于是在埃德加-基内林荫道上，这儿距公墓很近，我们挤进一部出租车，绝尘而去。这正是坐敞篷汽车游览巴黎的好时辰，葡萄酒在肚子里翻来滚去更令人觉得格外痛快。卡尔坐在我们对面的折叠座位上，脸红得像一棵甜菜。想到将在欧洲另一端过一种美妙的新生活，这个可怜的狗东西倒挺快活。同时他也有点儿怅然，这我也看得出来。他并不真想离开巴黎，正如我不想离开一样。巴黎对他并不好，同样，它对我，对任何人都不好。可是当你饱经磨难之后，巴黎仍使你流连忘返，你可以说它掌控着你。它像一个害相思病的婊子，宁愿死也要拽着你。我看得出，他就是这样看待巴黎的。过塞纳河时他咧着嘴傻笑，四下望望建筑物和塑像，仿佛是在梦中看到它们。对于我这也像一场梦，我把手伸进塔尼亚的胸前，拼命捏她的奶头。我留意到桥下的流水和驳船，还有圣母院，正像明信片上画的。我醉醺醺地自忖，一个女人就是这样被奸污的。不过我仍很滑头，知道拿俄国、天堂或天下任何东西换我脑子里这些乱糟糟的念头我都不肯换。这是一个晴朗的下午，我独自在胡思乱想，很快我们就要把很多吃的东西塞进肚子，还有额外点的一切美味，一些会淹没去俄国这件事情的上好浓甜酒。有塔尼亚这样一个充满朝气的女人，他们一旦想到什么才不会管你怎样呢。若是放手让他们干，他们会在出租车上就扯下你的裤子。这样很美妙，我们穿过街上往来车辆，脸上涂着胭脂，肚子里的酒像阴沟一样发出汩汩响声，尤其是在我们猛地拐入拉斐特街之后。这条街的宽度恰好能容纳街尾那所小殿堂，楼上是圣心堂，一座有外国情调、杂乱的建筑。这也是穿越醉酒状态，让你无助地在过去日子里游泳，让你在完全清醒而又不刺激神经、飘忽不定的梦幻中漫游的法国观念，它既清晰又明白。

塔尼亚的归来，我稳定的工作，关于俄国的醉话，夜晚步行回家，盛夏的巴黎，生活似乎又昂起头来。也许这就是为什么鲍里斯寄来的那类信件令我觉得十分荒诞的原因。我几乎每天都在五点左右同塔尼亚会面，跟她一起喝一杯波特酒，她管这种酒叫波特酒。我让她带我去以前从未到过的地方，去香榭丽舍大街附近的时髦酒吧，那儿的爵士乐和姑娘的低声吟唱仿佛渗透到桃花心木的家具里去。即使是去上厕所，这软绵绵的伤感旋律也在身边萦绕，它通过排气扇飘进厕所，使生活变成虚幻，变成彩虹色的泡沫。不知是因为西尔维斯特不在家还是出于别的原因，现在塔尼亚自由自在，她的一举一动简直像天使一样。有一天她说：“我走之前，你对我很不像样。你干吗要那样做？我从来没有做过伤害你的事。对不对？”我们在柔和的灯光下，在渗透那个地方的软绵绵的餐室音乐中变得多愁善感。快到上班的时间了，我们还没有吃饭，支票簿存根摊在我们面前。六法郎、四个半法郎、七法郎、两个半法郎，我机械地数钱，同时想自己会不会更情愿当酒吧招待员。常常是这样，塔尼亚同我滔滔不绝地谈到俄国、未来、爱情这一类废话时，我会想到最不相干的事情，想到擦皮鞋、当厕所服务员。我尤其想到这些，因为她拉我去过的那些下流场所很舒适。我从来不曾悟到那些下流场所很舒适，从来不曾悟到我会非常理智，也许会衰老，会驼背……不，我始终在想，不管未来如何拮据，我仍会处在这种环境中，同样的乐曲会灌进我脑子，酒杯碰在一起，每一个形状姣好的屁股后面会发出一道一码宽的香气，足以驱散生活中的臭气，甚至楼下厕所里的恶臭。

奇怪的是，这个想法从未阻止我同塔尼亚跑到这些时髦酒吧里去。离开她当然很难。我常常领她来到办公室附近一所教堂的门廊里。我们站在黑暗中，在道别前最后拥抱一次。她对我低声说：“老天，现在我该干什么？”她希望我扔掉工作，这样就可以没日没夜地同她做爱。她甚至不再理会俄国，只要我们在一起就行。一离开她，我头脑就清醒了。从旋转门进去后我听到的是另一种音乐，不那么缠绵，不过也很好听。香气也变成另外一种，不止一码宽，而是无处不在，像是机器散发出的汗味和薄荷味。进门时，我通常都喝得酩酊大醉，一进来便好像突然来到海拔低的地方。我通常是直奔厕所，它使我振作起来。厕所里凉快些，或者就是流水的声响造成这种错觉。厕所始终是一种冷灌洗疗法，而且是货真价实的。进门前你必须经过一排正在脱衣服的法国人。哼！这些魔鬼身上发出臭味，为此他们还拿高薪呢。他们站在那儿，脱掉衣服。有的穿着长内衣，有的留着胡子。大多数人皮肤苍白，像血管中有铅的瘦老鼠。在厕所里你可以仔细看看他们无所事事时都在想些什么，墙上涂满图画和文字，都是诙谐可笑的猥亵玩意儿，很容易看懂，总的来说挺好玩，惹人喜爱。要在某些地方涂写准还需要一架梯子。我想，即使是从心理学角度这样做也是值得的。有时我站在那儿撒尿，不禁想这些乱涂乱抹的东西会给那些时髦女人留下怎样的印象，我在香榭丽舍大街看见她们走进漂亮的厕所。如果她们能看到在这儿人们怎样看待一个屁股，不知道还会不会把屁股撅得那么高。在她们周围，无疑一切都是薄纱和天鹅绒的，或者就是她们从你身边走过时发出的好闻气味令你这样想。她们当中有些人起初并不是高贵淑女，有些人摇头摆尾地走路只是在替她们的行当做广告。待她们独处，在自己的闺房里大声谈话时，也许口中也会说出一些奇怪的事情，因为她们所处的世界同每一个地方一样，那儿发生的事情多半是屎尿垃圾，同随便哪一个垃圾桶一样脏，只是她们有幸能盖上桶盖。

我说过，同塔尼亚一起度过的下午对我从未有过不良影响。有时我喝酒喝得太多，只得把手指伸进喉咙里，因为看清样时头脑不清醒是不行的。看出哪儿漏掉一个逗点比复述尼采的哲学更须要集中精神。有时喝醉后你也可以变得很精明，可是在校对部，精明是不合时宜的。日期、分数、分号，这些才是要紧的，而头脑发烧时这些东西是最难盯住的。我不时出些荒谬的错，若不是早就学会如何舔老板的屁股，我准早已被解雇。有一天，我还接到楼上那个大人物的一封信，这个家伙高高在上，我甚至从来没有见过他的面。信上有几句挖苦我具有超凡智力的话，言辞间他明白无误地暗示我最好本分些，尽职尽责，否则会受到应有的惩处。老实说，他把我吓得屁滚尿流，从此说话时再也不敢用多音节词，实际上我几乎一夜没开口。我扮演一个高级白痴的角色，这正是他们所要求的。为了奉承老板，我不时走到他面前礼貌地问他这个或那个词是什么意思。他喜欢我这一手，这家伙是个活字典、活时间表，不论他在工间休息时灌进多少啤酒，在某个日期或某个词的词义上你永远难不倒他。他的工间休息时间全由他自个儿掌握，因为他要巡视自己主管的部门，他天生就是做这个工作的。唯一叫我懊悔的是我懂的太多，尽管我很小心谨慎，还是不免暴露出来。假如我来上班时胳膊底下夹着一本书，我们这位老板准会看见，若是本好书他便会怨恨我。不过我从来没有有意做什么事情惹他生气。我太喜欢这份工作啦，绝不会把绞索往自己脖子上套。同一个与自己毫无共同之处的人交谈是一件困难的事情，即使只用单音节的词也会露馅儿。这个老板心里明白，我对他讲的事情根本不感兴趣。然而不知道为什么，他非常喜欢驱走我的迷梦，并给我灌输各种日期和历史事件。我想，这就是他报复我的方式吧。

结果是我患上轻度神经官能症，一吸进新鲜空气便信口开河地胡说。清晨我们回到蒙帕纳斯，不论谈到什么话题，我都要尽快用消防水龙头往上面浇水，打断这个话题，以便让自己从变态的梦幻中解脱出来。我最喜欢谈谁也不懂的事情，我已经患上一种轻微的精神错乱，我想这种病叫作"模仿言语症"。夜里校对过的文稿标签都在我的舌尖上跳舞。达尔马提亚①，我曾拿到为这个美丽的珠宝胜地做的广告。对了，达尔马提亚。你坐上火车，早上毛孔便出汗，葡萄会绷破皮。我能从这条壮观的林荫大道一直滔滔不绝地谈论达尔马提亚，一路谈到马萨林②枢机主教的宫殿。只要愿意，我还可以说下去。我甚至搞不清楚它在地图上的位置，也从来不想搞清楚。可是在凌晨三点，身体疲乏不

① 克罗地亚的一个地区。

② 尤勒·马萨林（1602—1661）：法国国王路易十四时期的首相、枢机主教。

堪，衣服被汗水和广藿香浸透，手镯叮当响着从洗衣机里通过，这时那些喝醉啤酒后胡扯的事情都毫无意义，那些地理、服装、演讲、建筑之类的琐事。达尔马提亚是在夜里某一时辰被提到的，那时交通警察的哨声不再响起，卢浮宫的庭院显得既美妙又荒谬可笑，使人想无缘无故地痛哭一场。这正是因为周围那么美丽静谧，那么空旷，与报纸头版和楼上掷骰子的人全然不同。达尔马提亚就像冰冷的刀锋搁在我颤动不已的神经上，使我得以体会途中那些最美妙的感觉。好笑的是，我可以走遍全球，可是总想不到要回美国。对于我，它比一片消失的大陆更浩渺，更遥远。我对消失的大陆尚存有某种神秘的向往，对美国却毫无感情。有时我也确曾思念莫娜，不是把她当作特定时间空间中的一个人去怀念，而是抽象地、超然地思念，仿佛她已变成一大团云状的东西，冉冉升到空中，这团东西遮掩住过去。我无法使自己长时间地思念她，否则就会从桥上跳下去。真奇怪，我已对没有她在身边的生活习以为常，但是只要一想起她便令我刻骨铭心地难过，足以完全败坏我踌躇满志的心情，把我推回悲惨的过去那个令人痛苦的阴沟里。

七年来，我不分昼夜四处游荡，心里始终只想着一件事，那就是她。倘若有哪一位基督徒像我忠于莫娜那样忠于上帝，今天每个人都早已成为耶稣基督。我昼夜思念她，甚至哄骗她时也是如此。有时，我正在做其他事情，也许正在拐过一个街角，觉得自己已经完全忘却她。这时我眼前突然会出现一个小广场、几棵树和一张长椅。我们站在这僻静的地方吵嘴，用刻薄的语言、争风吃醋的话题吵得对方发疯。我们总是拣一处僻静的地方，比方说吊刑广场，清真寺外昏暗的、令人悲哀的街道，或是布列特尼大道那个敞开的墓穴一带。到晚上十点钟，那儿便死一般寂静，使人联想到谋杀、自杀，或某一可以创造人类活动遗迹的活动。当我意识到她已离开，也许永远不再回来，一个巨大的空洞便打开，我觉得自己在下跌、下跌，跌进幽暗的空间中去。这比流泪还难受，比懊悔、创伤或悲哀更深刻。这是抛入魔鬼撒旦的无底深渊，我无法再爬上来。没有光线，没有人说话的声音，没有人手的触碰。

夜里我走在街道上，曾几千次想她回到我身边的一天会不会来临。我将渴望的目光投向建筑物和雕像，我那么渴求，那么绝望地望着它们，我的思想准是已同这些建筑物和雕像融为一体，它们一定饱含我的痛苦。我也忍不住忆起，我们肩并肩穿过这些令人悲哀的、幽暗的、现在渗透着我的梦想和渴望的街道时她什么也没有注意到，什么也没有感觉到。对于她而言，这些街道同其他街道一样，只是略微脏一点儿，仅此而已。她不会记得我曾在某一个角落驻足捡起她的发夹，或是俯身替她系鞋带时留意她落脚的地方。它会永远留在那儿，甚至大教堂被毁坏，整个拉丁文明永远湮灭后它仍留在那儿。

一天夜里，沿着勒蒙街散步时，一阵不寻常的痛苦和忧伤攫住我，一些事情栩栩如生地展示在面前。我不知道这是因为我常常闷闷不乐地、绝望地在这条街上行走，还是因为我回忆起一天夜里我们站在吕西安-埃尔广场时她说过的一句话。当时她说："你为什么不带我去看看你写过的那个巴黎？"想起这话，我明白了，我忽然悟到根本不可能指给她看那个我已经了解的巴黎，那个区域未确定的巴黎，那个仅仅由于我的孤独和对她的渴求才存在的巴黎。这样一个巨大的巴黎！再探究它一遍会消磨一个人的一生。只有我拥有打开它的钥匙，即使是抱着最好的意愿来旅游，这个巴黎也不适合游览。你只能在这个巴黎生活，每天必须体验它的一千种不同的折磨。这个巴黎像一个恶性肿瘤在你体内长大，越长越大，直到吞噬你。

摇摇晃晃地走过穆费塔街，这些往事尽在脑子里徘徊，我又联想到以往的另一件怪事。那是一本导游手册，莫娜要我替她翻开书页，可因为封面太厚重，我当时发现根本无法翻开。一点原因也没有，只是因为那时我一门心思都在想萨拉万①,而现在我正在它的神圣辖区内遨游。这样想仍是一点儿原因也没有。我回忆起有一天,受到日复一日经过的那块招牌启发,我冲动地闯进奥尔菲拉公寓,要求看看斯特林堡曾住过的房间。截至那时我还没有遇到太多不幸,尽管我已失去世俗生活所需的所有东西,已饱尝空着肚子在街上徘徊、提心吊胆地提防警察的滋味。那时我在巴黎还没有交上一个朋友,这种状况与其说令人沮丧倒不如说使人茫然。不论我在这个世界上流浪到何处,最容易找到的莫过于一个朋友。不过,实际上迄今为止我还没有遭遇什么太大的不幸。一个人在生活中可以没有朋友,正如他没有爱情甚至没有钱也可以照常生活下去,尽管人们认为钱是必不可少的。我发现,一个人可以仅凭悲哀和痛苦在巴黎生活！这是一种苦涩的滋养品,或许对于某些人这是最好的滋养品。不管怎样,我还没有落到穷途末路的地步,我只是在同灾祸调情而已。我有充裕的时间,有闲情逸致去窥探别人的生活,同已死去的传奇故事闹着玩。不论一件事物有多么肮脏,一旦被塞进一本书里便显得令人惬意、遥远、陌生。离开这个地方时,我意识到自己唇边浮现出一丝讥讽的笑容,好像在对自己说:"别着急,奥尔菲拉公寓!"

当然,从那时起,我明白在巴黎的每个疯子早晚都会发现一件事:并不存在一座为受磨难者预备的现成地狱。

现在我好像才有点儿明白她为什么那么喜欢看斯特林堡的作品。我看到她读完非常有趣的一段后抬起头来,眼睛里充满笑出来的泪水。她说:"你同他一样疯狂……你想受罚!"当她找到一个合适的受虐狂后,这位施虐狂是多么高兴啊！她还咬自己,试试牙齿是否锋利。我刚刚认识她的那些日子里,她浑身都是斯特林堡的味道。使我们聚到一

① 巴黎历史最悠久的手工巧克力店之一,1883年创立。

起的是斯特林堡沉迷于其中的纷乱飘忽的念头、两性之间永恒的争斗和斯堪的纳维亚极蠢的白痴喜欢的那种蜘蛛般的残忍。我们在死亡的舞会上相聚，我很快被吸进漩涡里。待再浮出水面，我已辨认不出这个世界。我发现自己解脱时，音乐已停止，盛宴已结束，我被剥得精光……

那天下午，离开奥尔菲拉公寓后我去图书馆，在恒河中沐浴，沉思默想一阵黄道十二宫，然后便开始琢磨斯特林堡无情地描写过的那个地狱的含义。细想过后，我渐渐明白何谓神秘的远游。这位诗人飞越地球表面，然后英勇地降到地球的核心，仿佛命中注定要在一出已失传的剧中再度扮演角色。这是在鲸鱼肚子里做一阵黑暗、可怕的逗留，是试图解放自己的血腥挣扎，是从过去的羁绊中脱身，是投射在异国海岸上明亮、血迹斑斑的太阳。他和其他人（但丁、拉伯雷、凡·高等）为什么都来到巴黎，这对于我已不再神秘。我明白为什么正是这个巴黎吸引了那些受尽折磨、产生幻觉的爱情狂人。我明白为什么在这儿，在这个轮子的正中，一个人能够接受最离奇、最不切实际的理论，却又一点儿也不觉得它们古怪。一个人正是在这儿重读青年时代读过的书，每个谜都获得新的意义，每一根白头发都是一个谜。一个在街上行走的人早就知道自己犯傻、发疯，因为这些冷漠、麻木的面孔显然正是他的看守的面孔。在这儿所有分界线都已消失，世界展现出自己是一座疯狂的屠宰场。单调的生活延伸到无限，出口紧紧关闭，逻辑在四处横行，血淋淋的刀在闪光。空气寒冷而污浊，语言则是启示录式的。到处都找不到一块标明出口的牌子，除却死亡之外没有什么好谈的。一条死胡同的最里端竖立着一座绞刑架。

巴黎，一座永恒的城市！它比罗马更加久远，比尼尼微[①]更加壮观。

① 西亚古城，位于底格里斯河上游东岸今伊拉克摩苏尔附近。

人像盲目、蹒跚的白痴，爬向世界的中心；像一只漂进大洋、死一般寂静的软木塞，独自在这儿漂浮，在海洋的渣滓和船只残骸之中，无精打采，毫无希望，连路过这里的哥伦布都不会去注意。文明的摇篮就是世界上腐臭的污水坑，就是陈尸所，发臭的子宫把骨肉的血污包裹放在里面。

大街是我的庇护所。谁都无法明白大街的魔力，直到他被迫在街上避难，直到他变成一根稻草被每一阵西风吹来吹去。一个人在冬季的某一天，走过一条街时看到一只被出售的狗，他便会感动得落泪。街对面竖立着一个破烂的棚屋，像一座公墓一样令人快活，它自称是“兔子坟墓宾馆”。这使人哈哈大笑，笑得要死。后来他看到到处都是旅馆，为兔子、狗、虱子、皇帝、内阁部长、当铺老板和屠马者建的旅馆，而且两家中就有一家是“未来旅馆”，这更叫人发疯。这么多未来旅馆！没有一家旅馆的名称中用过去分词、虚拟式、连接词。一切都是古老、可怖的，叫人笑得毛骨悚然，像牙龈脓肿，充满未来气息。这未来的淫荡湿疹使我沉醉，我摇摇晃晃地来到紫罗兰广场，花儿全是淡紫色和蓝灰色的。门框很低，只有侏儒和小妖精能挤进来。纯焦炭正在左拉迟钝的头盖骨上方的烟囱里冒出，与此同时桑威奇斯教堂的圣母马利亚竖着包心菜似的耳朵倾听油箱咕咕的冒泡声，那是一些漂亮臃肿的蛤蟆蹲在路边发出的声响。

我为什么会突然想起温泉关①？因为那天有个女人用屠宰场里启示录式的语言同她的小狗说话，而那条小母狗居然懂得这个油腻腻的邋遢接生婆在说些什么。这使我多么沮丧！甚至比看到布朗雄街上出售的呜咽的杂种狗更叫人难过。使我产生惋惜之情的并不是狗，而是

---

① 温泉关在希腊东部爱琴海沿岸，地势极为险要。公元前480年，波斯国王薛西斯率军侵入希腊，斯巴达国王列奥尼达率军扼守温泉关，几乎全部战死。

巨大的铁栅栏。那生锈的铁矛仿佛把我和属于人的生活隔开。在沃吉哈赫屠宰场(伊波阿格屠宰场)附近那条令人愉快的小巷子里,也就是佩里绍街,我看到有些地方有血迹。在疯狂中,斯特林堡在奥尔菲拉公寓的铺地石上辨认出凶兆。我漫无目标地走过这条溅满血污的泥泞小巷,记忆中破碎的往事纷纷坠落,从眼前零零散散地飘过,以最可怕的恶兆训诫我。我看到自己的血洒出来,洒在泥泞的道路上,据我回想准是从路的起始处洒起。人像一个肮脏的小木乃伊投胎来到这个世界上,道路被血污弄得很滑。谁也不知道为什么会这样,每个人都在走自己的路,纵使地球上果实多得成堆,也没有时间去采摘。人群摇摇晃晃地向出口标志奔去,如此惊慌,如此拼命,体弱无助的人被踩在泥里,谁也听不见他们的呼号。

我的人类世界已经死去。我在世上孑然一身,大街是我的朋友。它以悲哀、痛苦的语言向我倾诉,其中包含着人类的不幸、渴求、懊悔、失败和徒劳的努力。一天夜里,我得到消息说莫娜生病了,快饿死了。我从布罗卡街的立交桥下走过,突然想起正是在这儿,在这条凹陷的街道污秽、沉闷的气氛中,莫娜依偎在我怀里用颤抖的声音恳求我答应永不离开她,无论发生什么事情。或许,她是被某种关于未来的预感吓坏啦。几天之后,我站在圣拉扎尔车站的站台上看着列车启动,这趟车将要把她载走。她把身子探出窗外,我们在纽约道别时她也是这样。她脸上仍挂着悲伤和难以捉摸的微笑,最后那一瞥如此意味深长,可那不过是一副面具,一副被茫然的笑容扭曲的面具。仅仅几天以前,她还难舍难分地靠在我身上。后来发生过什么事,到底发生过什么,直到现在我仍不清楚。于是她自己决定上火车并且带着忧伤、神秘的微笑望着我,这微笑使我困惑不解,这是不公平、不自然的笑,我一点儿也不明白。现在站在立交桥阴影里的是我,我伸手去拉她,我绝望地依在她身上,唇边挂着同样难以捉摸的笑,这是我罩在悲伤之上的面具。我可以站在这儿茫然地笑，不论我的祷告多么充满激情，不论我多么焦急地盼望，我们之间隔着大洋。她将在那儿饿死，我却在这儿走过一条条街道，热泪涔涔。

这种残酷在街上徜徉，它透过墙缝盯着我们，恐吓我们，尤其是在我们突然对无名恐惧做出反应、我们的心灵突然被令人发怵的惊慌侵入之时。正是它令那些街灯柱扭来扭去，像鬼魂似的。它们向我们招手，引诱我们走上前，再把我们牢牢捉住。正是它使有些房子显得像一些秘密罪行的守护人，关闭的窗子像见证太多的空洞的眼眶。正是这种东西，这种嵌进街道的人为地貌使我在突然看到头顶上方铭刻着“末路撒旦”时撒腿便跑。在寺院的入口处，我看到那儿写着“星期一、四接待肺结核病人，星期三、五接待梅毒病人”，这令我毛骨悚然。每一个地铁车站里都有咧着嘴笑的骷髅用“谨防梅毒！”欢迎你。凡有墙壁的地方都贴着海报，上面画着有毒的蟹，预示癌症降临。不论你走到哪里，不论你碰到什么，都有癌症和梅毒。它写在天空上，冒火花，跳跃，像一个凶兆。它已经蚕食我们的灵魂，我们不过只是月亮一般的无生命物质。

第十章

我想那天是 7 月 4 日，他们把我屁股底下的椅子抽掉，事先并没有告知我。大洋彼岸的某个大人物决定要省钱，裁减校对员和可怜的打字员，这样他便付得起旅费和富丽堂皇的里兹饭店的房租。我付清累积欠下排字工的小笔债务，又给马路对面的小酒馆送上一份礼，以便继续赊账，这样一来，最后一次工资便所剩无几。我只好通知旅馆老板，说要搬走，我没有告诉他原因，那会使他担心他那微不足道的两百法郎。

“如果丢掉工作，你怎么办?”这话始终在我耳边回荡。现在好啦！完蛋了！除了再上街没有什么事可做。步行，四处转悠，坐在长椅上消磨时间。如今蒙帕纳斯的人当然都认识我了，我还可以假装一阵，摆出仍在报社工作的样子，这样讨一顿早饭或晚饭也容易些。正值夏季，游客大量涌进来，我已想好骗他们钱的法子。“你要干什么……”嗯，我要告诉你的是，我不愿意饿死。如果我什么都不干，一门心思只想吃的，便会免于崩溃。一两周之内我还可以照常去保罗先生的餐馆，每天晚上饱餐一顿，他不会知道我是否还在工作。要紧的是吃饭，其余的托付给上帝好啦。

我自然会竖起耳朵打探有什么办法能混一点儿饭吃。我结交了一批新人,全是以前我千方百计设法躲开的讨厌鬼,可恶的酒鬼,有几个钱的艺术家,古根海姆基金①得主,等等。你若一天十二小时蹲在露天咖啡座里,交朋友倒也不是什么难事。你会慢慢结识蒙帕纳斯的每一个酒鬼,他们像虱子一样凑在你身边,即便除自己的耳朵之外你没有什么东西可给他们。

现在我失去了工作,卡尔和范诺登又有话说了:"你老婆现在来了怎么办?"唉,那又怎样?那时要喂的不是一张嘴,而是两张嘴,我在逆境中就会有人陪伴。假如她的美貌未衰,也许我会过得比独自一人时好些,这个世界绝不会允许一个美貌女人饿死。我不能指望塔尼亚为我做什么,她在给西尔维斯特寄钱。起初我还幻想她也许会让我跟她住在一起,可她怕连累自己,再说她必须对她的老板好一些。

当你穷困潦倒时,首批可求助的便是犹太人。我手头几乎立即就有三个,全是充满同情心的好人。一个是退休的皮货商人,他极渴望自己的名字出现在报纸上,因此他提议我写一组文章,用他的名字投到纽约一家犹太人日报社。我还在多姆饭店和库波勒饭店附近一带搜寻有名气的犹太人,我找到的第一位是著名的数学家,一个英文词也不会说。我得根据他留在纸餐巾上的图表写出激波理论,同时还得复述爱因斯坦的观点,这一切只得到二十五法郎。我在报上看到这篇文章,自己也读不懂,不过这些文章都很像回事儿。这也行啦,尤其是添上那个皮货商的笔名以后。

在这段时间里我写过很多用笔名发表的文章。埃德加-基内林荫

---

① 古根海姆是美籍犹太裔财阀家族,其成员西蒙·古根海姆(1867—1941)设立古根海姆基金,资助艺术家。

大道上那家大妓院开张时我捞了一把，那是给我写宣传小册子的酬劳，不过也就是一瓶香槟，在一间埃及式房间里免费嫖一次。如果我带一个顾客来还能得到佣金，正像以前凯皮干的一样。有天夜里我把范诺登带来，他要通过自己在楼上享乐的方式让我挣几个钱。可是老鸨听说他是记者后，怎么也不肯收他的钱，而且让他免费再喝一瓶香槟，免费再嫖一回，我却从中没有得到什么。实情是，我还得替他写这篇报道，因为他想不出如何传播这件事却又只字不提这是怎样一个地方。这样的事情一件接着一件，我被人捉弄得够呛。

最糟的差事莫过于应承为一个聋哑心理学家写一篇论文，是讲如何照顾跛腿孩子的。我的脑子里塞满各种有关疾病、夹板、工作台和新鲜空气的理论。这篇论文断断续续写了六个星期，更倒霉的是，我还得校对这鬼东西。这是用法语写的，一种我平生不曾见过听过的法语。不过它每天给我带来一顿丰盛的早饭：一顿美式早餐，有橘汁、燕麦片粥、奶油、咖啡，有时还变花样，有火腿鸡蛋。我在巴黎期间，只有这一段日子能吃到像样的早餐！这多亏东区罗克威海滩上的跛腿孩子以及毗邻小湾里令人伤心的景象。

有一天，我碰巧遇到一个摄影师，他在为慕尼黑某个性欲倒错的人拍一套巴黎下流场所的照片。他问我愿不愿脱下裤子摆好姿势让他照，还要做一些动作。我想到那些瘦得皮包骨的小矮个儿，他们看上去像旅馆侍者和送信的。人们有时会在书店橱窗里摆放的色情明信片上看到这些人物，他们是今天鲁纳街和巴黎其他臭名昭著的场所里的神秘幽灵。我不大喜欢在这些社会精英面前展示自己身体的主意，可是这个摄影师向我保证，这些照片会严格地由私人收藏，而且最终要拿到慕尼黑去，我便应允了。远离家乡时，你会允许自己稍稍放荡一回，尤其是出于一个值得的，替自己挣口饭吃的动机。回想起来，我毕竟不是一个过于拘谨的人，甚至在纽约时也不是这样。在那儿，有时夜里我十分狼狈，不得不出去在邻里间乞讨。

我们不去旅游者熟悉的参观游览场所，而是到一些小地方去，那儿的气氛更适合一些。我们可以下午去那儿，先玩一会儿纸牌再干活。这位摄影师是个好游伴，他十分熟悉这个城市，尤其是这儿的墙。他常跟我谈起歌德、霍亨斯陶芬王朝[①]时代以及黑死病[②]流行期间对犹太人的屠杀。这些都是有趣的话题，而且总与他正在做的事情有某些含混的联系。他对电影剧本也颇有研究，有一些惊人的见解，不过谁也没有胆量去实施他的意见。看到一匹被劈开的马儿，就像一扇沙龙的门，他会产生灵感，随即开始大谈但丁、达·芬奇或伦勃朗[③]。他会从维莱特的屠宰场跳上一辆出租车，带我赶到特罗卡德罗博物馆，为的只是指给我看使他着迷的一块头骨或一具木乃伊。我们仔细游览过第五、第十三、第十九和第二十区，我们最喜欢的休息地点都是阴郁的小地方，比如国家广场、白杨树广场、护墙广场、保罗-魏尔兰广场。许多地方我本来就熟悉，可是听过他的独到见解后，我对所有这些地方有了全然不同的看法。比如说，如果今天我碰巧沿着朗捷城堡街散步，吸进医院病床上发出的恶臭味，这股臭味在第十三区弥漫，那么我的鼻孔一定会快活地张开。同放置很久的死尸和甲醛气味混合后，这股臭味便会催生另一种气味，这是我们在想象中穿过因黑死病流行才设立的欧洲尸骨陈列所的途中会闻到的种种怪味儿。

通过这个摄影师，我结识了一个唯灵论者。他叫克吕热，是一位雕刻家兼画家。出于某种原因，克吕热很喜欢我，当他发现我乐意倾听他

---

① 霍亨斯陶芬王朝源于德意志王族，曾统治神圣罗马帝国（1138—1254）和西西里王国（1194—1266）。

② 1347 至 1350 年间黑死病在欧洲泛滥。

③ 伦勃朗·哈尔曼松·凡·莱因（1606—1669）：荷兰画家，擅长肖像画、风景画、风俗画、宗教画、历史画等。

的“深奥”见解后我简直无法从他身边逃开。对于这个世上的某些人，“深奥”这个词似乎具有一种灵丹妙药般的功效，正像《魔山》[①]中皮佩尔科尔恩先生对“安居”的反应。克吕热是一个出了毛病的圣人，一个色情受虐狂，一个肛门性格的人，他遵循的法则是拘泥细节、公正廉洁和诚心实意。在休息日里他会毫无愧色地打掉一个人的牙齿，叫它落到此人的肚子里去。他似乎认为我已成熟，可以进入下一阶段，据他说是一个“更高阶段”。我已做好准备进入他指定的随便什么阶段，只要不缺吃少喝就行。他唠唠叨叨地对我谈起“线魂”[②]、“成因体”[③]、“切除”[④]、《奥义书》[⑤]、普罗提诺[⑥]、克里希那穆提[⑦]、“灵魂的业力表层”、“涅槃知觉”，全是从东方传播来的胡话，像瘟疫后散出的气息。有时他恍恍惚惚说起自己上一辈子的模样，至少是他想象中的模样，或者讲述他做过的梦。在我看来，这些梦完全平淡无奇，甚至不值得一位弗洛伊德主义者去费神，可是他自己却认为那都是深藏不露、奥妙难测的奇观，因此一定要我帮他解析这些梦。他把自己整个儿翻过来，像翻一件已磨光的外套一样。

我一点一点地取得他的信任，我钻到他心里去了。我已把他掌握得牢牢的，他会在大街上追上我，看是否能借给我几个钱花。他想叫我活下去，以便活着完成向更高阶段的过渡。我就像树上一只正在成熟的梨。我不时会退步，吐露我需要更多尘世的滋养，譬如去看一次狮身人面像或是去圣阿波罗街。在肉体的要求变得过于强烈的软弱时刻，我知道他会去那儿休整一番。

---

① 德国小说家托马斯·曼(1875—1955)的作品。

②③④ 均为心理学术语。

⑤ 婆罗门教的经典之一，是一种哲学对话录，印度哲学思想的源泉。

⑥ 普罗提诺(205—270)：罗马帝国时代的希腊哲学家，新柏拉图主义奠基人。

⑦ 克里希那穆提(1895—1986)：印度教哲学家，被誉为20世纪最卓越的心灵导师。

作为画家他一钱不值，作为雕刻家他更不值钱，可他是一个好管家，这也不错。而且他还是一个十分节俭的管家，什么都不会浪费，甚至连包肉的纸也不扔。每逢星期五晚上他便为同行艺术家们打开自己的画室，有很多饮料，很好的三明治。如果偶尔剩下一点什么，我第二天便来把它消灭掉。

在比利耶舞厅后面还有一家我常去的画室，那是马克·斯威夫特的画室。如果这位刻薄的爱尔兰人不是天才，那也是一个怪才。他有一个犹太女人，是给他当模特儿的，他俩已同居多年。现在他已厌倦她，正在找借口甩掉她。他已吃光她当初带来的嫁妆，现在正苦于找不到既不赔钱又能摆脱她的方法。最简单的办法莫过于同她闹翻，迫使她宁愿饿死也不再忍受他的残酷行为。

他这位情妇是一个相当不错的女人，人们至多只能说她已没有身材了，她已没有能力养活他。她自己也是画家，那些声称了解内情的人在圈子中流传这样一种说法，说她比他更有才能。不论他待她多么苛刻，她仍是公正的，不允许别人说他不是一个大画家。她说，正是因为确有天分，他才是这样一个不可救药的人。别人从未在墙上看到她的油画，只看到他的，她的作品都塞在厨房里。有一次我也在场，有一个人坚持要看她的作品，其结果很令人不快。斯威夫特用他的一只大脚比画着，对着她的一幅油画说：“你看这一幅，站在门口的这个男人正要出去撒尿，他会找不到回来的路，因为他的头方向不对……再看看那边那幅裸体画……画那窟窿眼儿之前她干得还不错。我不明白她当时在想什么，可她把那儿画得那么大，画笔一脱手掉进去就再也捞不出来啦。”

为了给我们讲解裸体画应该怎样画，他拖出一幅巨大的油画，是他刚完成的。画的是她，这是犯罪心理激发的绝妙报复，是一个疯子的作品——恶毒、琐屑、邪恶、炫耀。你会产生一种感觉，即他是透过锁眼窥视她的,是在她没有防备时作画的,比方说在她呆呆地掏鼻孔或搔屁股之时。画面上,她坐在马鬃填充的沙发上,待在一间没有通风设备的房子里。这是一间没有窗子的巨大屋子,活像松果腺前叶。她身后是一道通向阳台的曲曲折折的楼梯,楼梯上铺着令人不愉快的绿色地毯,这种绿色只会出自一个快要毁灭的世界。最突出的东西是她的屁股,一瓣大,另一瓣小,上面净是疤痕。画面上她好像正从沙发上微微抬起屁股,仿佛要放出一个响屁。她的面部却被斯威夫特理想化,显得甜美而又纯洁,纯得像咳嗽药水。她的胸部画得很大,被阴沟里的臭气充得胀大起来。她像一个被放大的胎儿,生着一副安琪儿迟钝、甜蜜的容貌,正在月经污血的海洋里游泳。

不过人们还是情不自禁地喜欢斯威夫特。他是一位不知疲倦的人,一个脑子里除绘画之外什么都不想的人,而且还狡猾得像一只山猫。正是他启发我想到去发展与菲尔莫尔的友谊,菲尔莫尔是一个在外交界供职的年轻人,他也加入了围着克吕热和斯威夫特转的那一小批人。斯威夫特说:“让他帮帮你,他钱多得不知道该怎么花。”

每逢一个人把自己的钱全花在自己身上,一个人用自己的钱过得十分舒适自在之时,人们便总会说:“他钱多得不知道该怎么花。”至于我,我看不出除此之外还有什么更好的花钱的地方。对于这些人,人们不能奢言大方或吝啬,毕竟他们把钱投入了流通,这才是要紧的。菲尔莫尔明白,他在巴黎待不了多久,便打定主意要在这段时间里玩个痛快。一个人有朋友陪着才玩得更有趣,因此他自然会找我这样一个有充裕时间的人做伴。人们说他是一个令人生厌的人,我想他的确也是,不过需要吃饭时,比厌烦更糟糕的事情你也可以忍受。尽管他喋喋不休地说话,通常是谈他自己或他一味崇拜的作家,净是阿纳托尔·法朗士和约瑟夫·康拉德之流,不管怎么说,他还是在其他方面使我的夜生活变得有意思多啦。他喜欢跳舞,喜欢喝好酒,喜欢女人,于是别人也就原谅他还喜欢拜伦和维克多·雨果。他几年前才出大学门，有的是时间去改掉这些爱好。我喜欢的是他的冒险精神。

我同克吕热待在一起的那一段时期内发生过一件古怪的事情，因为这件事我和菲尔莫尔更熟，也可以说更亲密了。这件事情是柯林斯刚到后不久发生的，柯林斯是菲尔莫尔从美国来欧洲时在路上认识的一个海员。我们三人去吃饭前常在圆形露天咖啡座那儿定期会面，总是喝茴香酒。这种酒使柯林斯心情舒畅，也为后来灌下去的甜酒、啤酒、白兰地等垫底。柯林斯待在巴黎的这段时间里，我过的是贵族的日子，只吃鸡，喝名贵葡萄酒，吃以前听也不曾听过的甜点心。过上一个月这种养尊处优的生活，我就只好去巴登-巴登、维希或艾克斯莱班[①]减肥啦。那时我在克吕热的画室里过夜，我正在成为一个讨人厌的家伙，因为我从未在凌晨三点钟以前回家，不到中午很难把我赶下床来。克吕热从未公开责备过我，不过他的态度很清楚地表明我正在变成一个讨厌鬼。

有一天我生病了，好饭菜在我身上已发生效力。我不知道自己生的是什么病，总之不能下床，一点儿力气也没有，勇气也丧失殆尽。克吕热只好看护我，为我煮汤喝，也为我干别的事情。对于他这是一段很艰难的日子，尤其是他马上就要在画室里举行一次重要的画展。这是为一些有钱的鉴定家举办的私人画展，他指望从这些人那儿得到赞助。我睡觉的帆布床就摆在画室里，没有其他房间可以安置我。

举行画展那天早上，克吕热一醒来便十分不快。若是我还能站起来，我知道他准会照我下巴上揍一拳，然后把我踢出去。可我直挺挺地躺着，虚弱得像一只猫。他想哄我起床，想等参观画展的人一来便把我锁进厨房里。我也意识到自己这是在给他捣蛋，有一个垂死的人躺在

---

① 均为德国和法国的休养胜地。

眼前,人们不可能有兴致看绘画和雕塑。克吕热打心眼儿里认定我快要死了,我自己也这么想。这就是他提议叫救护车拉我去美国医院时我提不起一点劲儿来的原因,尽管我也有一种负罪感。我只想舒舒服服地死在画室里,不想被人赶起来找一个更好的地方去死。我不在乎自己死在哪里。真的,只要不叫我起床就行。

听我这样说,克吕热吓傻了。假如参观的人到来,画室里摆着一具死尸比睡着一个病人更倒霉,那会彻底毁掉他的前程,不论这种前程是多么暗淡。他当然不会这样对我讲,不过我从他焦虑不安的神情中看出这是令他烦恼的原因。这使我变得固执起来,我拒绝让他往医院打电话,我不让他打电话叫医生,我什么都不让他做。

最后他被我惹恼了,不顾我的抗议便开始给我穿衣服。我身体太弱,无法抗拒,只能有气无力地低声咕哝:“你这个狗东西。你!”屋外很暖和,可我还是像条狗一样不住地发抖。他给我完全穿好衣服,又在我身上盖了一件大衣,然后溜出去打电话。“我不去! 我不去!”我不停地这样说,可他只是砰地关上门走了。几分钟以后,他又回来了,一句话没对我说便忙着收拾画室,这是最后的准备工作。过了一会儿有人敲门,是菲尔莫尔,他告诉我柯林斯正在楼下等着呢。

菲尔莫尔和克吕热把手放在我身下,将我扶起来。拖着我朝电梯走的路上,克吕热的态度变得柔和些。他说:“这是为你好。再说,这样对我不公平。你知道这些年来我是怎样挣扎过来的,你也该替我想想。”他真的快掉眼泪了。

尽管我觉得很不幸,很苦恼,但他这番话还是差点儿让我笑起来。他比我年纪大得多,是一个糟糕的画家,一个糟糕透顶的艺术家,尽管如此他也该交一回好运,至少一辈子该有一次机会。

“我并不是跟你过不去,我明白你的意思。”我喃喃道。

他答道:“你知道,我一向是喜欢你的。等你好些,可以再回到这儿来……住多久都由你。”

“当然,我明白……我一时还死不了。”我勉强说了一句。

不知为什么,一看到柯林斯在楼下我的精神就好多了。如果有什么人显得活泼、健康、快活、豁达,这个人准是他。他把我抱起来放在汽车座位上,好像我是一个洋娃娃,而且动作很轻柔。被克吕热粗暴地搬运过一回后,我很欣赏这一点。

我们驱车来到旅馆,就是柯林斯下榻的旅馆。柯林斯同旅馆主人谈了几句,我听见柯林斯对这位主人说,没有什么病……只是有一点儿累了……几天就会好的。我看到他把一张皱巴巴的钞票塞在那人手里,然后迅速、灵巧地转身回到我身边说:“来,振作起来!别让他以为你快死了。”说着,他把我用力拉起来,用一只胳膊撑住我的身体,带我朝电梯走去。

别让他以为你快死啦! 显然,死在别人手上是不得体的。一个人应该死在自己家里,也可以说是悄悄死去。他的话很鼓舞人,我开始把这看作一个拙劣的笑话。上楼关上房门后,他们脱掉我的衣服,给我盖上被子。“你现在不能死,他妈的!”柯林斯热切地说,“那样你会叫我难堪的……再说,你到底有什么病?过不惯好日子?拿出点儿勇气来!过一两天你就能吃上等腰肉牛排了。你以为你生病了!别急,等你生过一回梅毒再说!那才叫你胆战心惊呢……”他又幽默地谈起他沿长江的旅行,路上头发掉了,牙齿也烂掉。我处于这样的衰弱状态中,他所讲述的这段往事产生了一种奇异的安慰效果,使我完全忘记病痛。这家伙胆子真大,也许为我的缘故他有几分添油加醋,可我当时听他讲故事时并不想挑刺。我全神贯注地听,仿佛也看到长江肮脏混浊的河口、汉口的灯光、众多的黄面孔、穿过三峡飞流直下的舢板和被龙口中吐出的带股硫磺味的火舌映红的湍流。多么奇异的经历!苦力们每天围在小船周围打捞被船上人扔下水的废物,汤姆·斯莱特里在弥留之

际从病榻上撑起身子再看最后一眼汉口的灯光，那个英俊的欧亚混血儿躺在一间屋子里往自己血管中注射毒药。还有千篇一律的蓝褂子和黄面孔，他们中有千千万万人被饥馑折磨得憔悴不堪，忍受着疾病折磨。他们靠吃老鼠、狗和树根为生，他们啃光地上长的草，吞下自己的孩子。很难设想这个人身上曾一度布满伤疤，曾因是麻风病人被关起来。然而他说话时的声音平静、轻柔，好像经历过的磨难已荡涤他的灵魂。他伸手去端酒，这时他的面容变得越来越柔和，他的话真令我宽慰。这会儿中国自始至终像命运之神那样悬在我们头顶上，直到最后一刻它的魅力、新奇、神秘，它的残酷古老的传说依然留存。

我无法继续听他讲下去，我的思绪回到头一次买回一包爆竹的那个国庆日，还有点燃爆竹用的长长的引火棍。这种引火的东西很容易折断，用嘴一吹便现出一点明亮的红光，它的气味会留在手指上好几天，会使你联想到一些古怪念头。国庆那天，街上乱扔着颜色鲜艳的红色纸张，上面盖着黑色和金色的印记。四处是细小的爆竹，里面裹的东西是最最稀奇古怪的。这些爆竹一包包的多极了，全用人脑浆颜色的又细又扁的肠线穿成一串串的。整天空气中都弥漫着火药和引火棍味，艳红包装纸上的金粉始终沾在手上。一个人永远也不会想到中国，可它一直沾在你的指尖上，叫你的鼻子直发痒。很久以后，当你几乎全然忘记爆竹的气味之后，某一天你会被金箔呛醒，破碎的引火棍又送来刺鼻的气味，艳红的包装纸使你对根本不了解的一个民族、一个国土产生眷恋之情。尽管你并不了解它，它却在你的血液中流动，神秘地流动。像时间或空间这类时隐时现却又永恒的概念，你越年老便越仰慕它，你试图用脑子去理解它，可是却不成功。这是由于中国的每一件事物中都蕴涵着智慧和神秘，你无法用双手抓住它，也无法理解它，只得由它去，由它沾在你手指上，由它渐渐渗进血管里。

几星期后,我收到已回到勒阿弗尔[①]的柯林斯的邀请信,信中言辞恳切。于是一天早晨我同菲尔莫尔登上火车,打算同柯林斯共度周末,这也是我到巴黎后第一次出门。我们精神振奋,一路喝着安茹葡萄酒来到海边。柯林斯给了我们一个酒吧的地址,我们就在那儿见面。那是一个叫作"吉米酒吧"的地方,据说在勒阿弗尔人人都知道它。

我们在火车站搭上一辆四轮马车很快赶往约会地点,在车上喝光了剩下的半瓶安茹葡萄酒。勒阿弗尔是一个欢快、充满阳光的城市,空气十分清新,那种强烈的咸味差点儿使我思念纽约的家乡。桅杆和船只处处可见,还有鲜艳的船旗、宽阔的广场和只有在省城才见得到的屋顶很高的咖啡馆。我立即产生了很好的印象,这个城市在张开双臂迎接我们。

不等走到酒吧,我们便看到柯林斯急匆匆地沿着街道走过来,肯定是要去车站,而且同往常一样迟到了一会儿。菲尔莫尔马上提议喝点茴香酒,我们都在互相拍背、笑、喷唾沫星子,阳光和带咸味的海边空气令我们陶醉。起初柯林斯拿不定主意喝不喝茴香酒,他告诉我们他得了淋病,不太厉害,很可能是"太累了"。他从口袋里掏出一个瓶子给我们看,若是我没有记错,这玩意儿叫作"花柳灵",是海员们用来治淋病的药。

去吉米酒吧之前,我们在一家馆子里先垫补一点,这儿铺面很大,椽子粗大,被烟熏得很黑,餐桌上摆满吃的东西。我们滥饮柯林斯推荐的甜酒,之后又坐在一个露天咖啡座里喝咖啡和烈性酒。柯林斯在谈论夏吕斯男爵,说甚中意此人。他在勒阿弗尔已待了差不多一年,滥花从前走私时积蓄下的钱财。他的爱好很简单,就是吃、喝、女人和书。还要有一个私人浴室,他坚持这一点。

---

① 法国北部诺曼底地区的城市,位于塞纳河河口。

到达吉米酒吧时，我们仍在谈论夏吕斯男爵。这时已临近傍晚，酒吧里的人渐渐多起来。吉米在那里，脸红得像棵甜菜，他太太站在他身边，是一个眼睛明亮、胸脯丰满的漂亮法国女人。我们受到殷勤的招待，面前又摆上茴香酒，留声机在高声尖叫，人们用英语、法语、荷兰语、挪威语和西班牙语叽里咕噜地闲扯。吉米和他妻子非常活泼、整洁，他们真诚地互相拍打、亲吻，还时常举起酒杯碰一碰。置身于这样一个欢快的大笑大喊的环境中，你只想脱下衣服跳一场美洲印第安人的战舞。酒吧里的女人像苍蝇一样围拢过来，如果我们是柯林斯的朋友，也就是说我们有钱。穿着旧衣服来也不要紧，英国人都是这身装束。我口袋里一个苏也没有，当然这也不成问题，因为我是贵客。不过有两个极漂亮的婊子挽着我的胳膊，听候我吩咐，我还是觉得有些难堪。于是我打算硬着头皮挺下去，谁也说不上哪些饮料由酒吧提供，哪些要付钱。我得摆出一副绅士派头，哪怕口袋里一个苏也没有呢。

伊薇特，就是吉米的老婆，对我们格外大方，非常友好。她在为我们准备一个小宴会，还得再等一会儿。她不让我们喝得太醉，因为她要我们好好吃饭。留声机疯了似的高唱，菲尔莫尔早已同一个美丽的黑白混血儿跳起舞来。她穿着一件紧身天鹅绒衣服，优雅的身姿一览无余。柯林斯溜到我身边小声说我身边那个姑娘的情况。“老板娘会请她吃饭的，只要你想要她。”她从前是妓女，在这个城市的郊区有一所漂亮的房子，现在她已成为一位船长的情妇。他走了，所以没有什么好怕的。他又补充道：“如果她喜欢上你，就会邀你和她同居。”

这番话已足够了，我马上转向这位玛塞勒，着实把她吹捧一通。我俩假装跳舞，站在酒吧的一个角落里，互相狠命地揉弄。吉米朝我拚命挤挤眼，赞许地点点头。玛塞勒是一个淫荡的婊子，同时也给人带来快乐。我发现她很快就把其他姑娘打发开，然后我们坐下来亲密地聊了许久。遗憾的是有人宣布吃饭，打断了我们的谈话。

餐桌边坐着大约二十个人,我和玛塞勒被安排在同一侧,对面就是吉米和他妻子。宴会以噼噼啪啪打开香槟酒瓶塞开始,接着便是醉意十足的致词,在此期间玛塞勒和我在桌子底下互相挑逗。轮到我站起来讲几句话,我只得捏着面前的餐巾,真是叫人又难受又兴奋。我只能简单讲两句拉倒,因为玛塞勒一直在我裤裆里挠痒。

这顿饭吃到临近午夜,我一直盼着同玛塞勒在那幢悬崖上的漂亮房子里过夜,可是现在还办不到。柯林斯计划带我们到各处走一走,看一看,我不便拒绝。他说:"别担心,你走之前会跟她干个够。叫她在这儿等你,直到我们回来。"

对此她有几分不快,后来我们告诉她我们在这儿要待几天,她这才高兴起来。刚刚出门,菲尔莫尔便极其严肃地拉住我们的胳膊说,他有点儿事要讲。他面色苍白,忧心忡忡。

"说呀,怎么了?"柯林斯快活地说,"有话快说。"

菲尔莫尔一时无法启齿,哼哼唧唧许久才迸出一句:"嗯,刚才去上厕所时我发现……"

"这就是说你已经染上淋病啦!"柯林斯得意扬扬地说,一边炫耀式地掏出那瓶"花柳灵"。他又刻毒地补充一句:"别去看医生,那些贪心的王八蛋会把你的血放光的。也别停止喝酒,那一套全是胡扯。每天喝两次这个……喝之前先把它摇匀。最要不得的是发愁,你懂吗?来吧,回去以后我给你一个注水器、一些高锰酸盐好了。"

于是我们便踏入夜色,朝海滨走去,那儿传来音乐、喊叫、酒后的诅咒声。一路上,柯林斯一直在轻声说东道西,谈他曾爱上的一个男孩,谈那孩子的父母知晓后他如何费尽周折才摆脱困境。然后他又从这个话题绕回夏吕斯男爵,接着又讲到逆河流而上、后来失踪的库尔茨①,这

① 英国小说家约瑟夫·康拉德的小说《黑暗的心》中的人物,一位白人殖民者。

是他最喜欢的话题。我欣赏柯林斯这样不断借助文学背景的手法，就像一位百万富翁从不走下他的劳斯莱斯轿车。在他看来，现实与理想之间并没有中间地带。我们走进伏尔泰堤上那家妓院，柯林斯一屁股坐在沙发上打铃要姑娘、要饮料，这时他仍和库尔茨在河上划着桨呢。后来姑娘们上床睡在他身边，用一个个吻封住他的嘴，他才不再说这些离题的话。这时，他似乎猛地悟到自己处于何处，于是转向开这所妓院的那位老妈妈，向她滔滔不绝地介绍他这两位专程从巴黎来此地游览的朋友。屋里有六七个姑娘，全都光着屁股，而且我必须承认都蛮漂亮。她们像小鸟一样蹦来蹦去，这时我们三人仍在设法同那位老妈妈攀谈。最后老妈妈借故告辞，叫我们随便些。我完全被她吸引住了，她那么和善可亲，那么温柔而又充满母性，而且举止又是那么优雅。若是她稍稍年轻一点儿，我便会向她求爱的，此刻你当然不会想到我们正置身于"罪窟"里，人们都这样称呼一所妓院。

总之，我们在那儿待了大约个把钟头。只有我的状况还好，能享受这儿的特别招待，柯林斯和菲尔莫尔则留在楼下同姑娘们聊天。等我回来，我看到他俩躺在床上，姑娘们在床边围成一个半圆，用最最甜美的嗓音合唱美国歌曲《皮卡迪的玫瑰》。离开这所房子时我们在情感上都有几分沮丧，尤其是菲尔莫尔。柯林斯很快带我们来到一个粗野的地方，这儿挤满请假上岸的海员，我们坐下欣赏片刻正处于高潮的同性恋大聚会。出来时我们必须经过红灯区，这儿脖子上围着披巾的老妈妈更多。她们坐在门口台阶上边摇扇子边笑容可掬地朝过路人点头致意，全是一些美貌的好心人，像是正在守护一个托儿所。三三两两的水手摇摇晃晃地走过来，吵吵闹闹地闯进这些艳丽场所。到处是性行为，它四处蔓延，像一小股潮水，席卷撑起这个城市的支柱。我们沿着这个水潭的边缘游荡，这儿一切都乱成一团，纠缠在一起。你会有这样一种印象：所有的大船、拖网渔船、游艇、帆船和驳船都被一场猛烈的风暴吹上岸来。

在四十八小时内竟然发生这么多事情,好像我们已经在勒阿弗尔逗留了一个月或更久。菲尔莫尔必须回去工作,因此我们打算星期一一早就走。我们整个星期天都在喝酒,狂欢,也就顾不得什么淋病不淋病啦。那天下午,柯林斯向我们吐露他正考虑回到他在爱达荷州的农场去。他已有八年没有回家,想在再去东方航行前回去看一眼家乡的群山。此刻我们正坐在一家妓院里等一个姑娘到来,柯林斯曾答应悄悄给她一点儿可卡因。他告诉我们勒阿弗尔已令他生厌,这儿围着他转的婊子太多,再说吉米的妻子又爱上了他。她醋劲大发,使他日子很不好过,几乎每天晚上都要大闹一通。自从我们来到以后她表现还不错,可是柯林斯告诉我们这无法长久。她特别忌妒一个俄国姑娘,这个姑娘喝醉酒后有时到酒吧里来,是个捣蛋鬼。除了这些女人,他还如醉如痴地爱着头一天对我们讲过的那个男孩。他说:"一个男孩子能叫你心碎,他是他妈的那么美!那么狠心!"听到这话我们笑了,这真是太反常了,可是柯林斯却是十分认真的。

星期日午夜前后,他们给我们一间在酒吧顶楼的房间,我和菲尔莫尔去睡了。这儿极其闷热,一点儿气也不透。透过打开的窗子,我们能听到他们在楼下喊叫,留声机不停地在唱。突然,暴风雨降临了,是一场常见的大暴雨。在雷鸣和拍打在窗玻璃上的风雨声中,楼下酒吧里爆发的另一场风暴也传进我们的耳朵。这声音近得吓人,十分不祥,女人们扯着嗓子拼命尖叫,酒瓶砸得粉碎,桌子被掀翻,还不时传来人的身体砰然倒地时发出的熟悉的、令人作呕的响声。

大约在六点,柯林斯把头探进门来。他脸上敷满药膏,一只胳膊用绷带吊着,还咧着大嘴笑呢。

他说:"不出我所料,昨天夜里她撒野啦。我想你们听到了吵闹声?"

我们很快穿好衣服下楼同吉米道别。这个酒吧已全被捣毁，没有一只酒瓶还立着，没有一把椅子是完好的，镜子橱窗也被砸成碎片。吉米正在给自己调一份鸡尾酒。

在去火车站的路上，我们把事情串起来。当时我们摇摇摆摆去睡觉后不久，那个俄国姑娘走进来，伊薇特立即侮辱她，甚至连借口也不找一个。于是她俩开始互相揪头发，正揪得起劲，一个瑞典大汉走进来给俄国姑娘下巴上有力地掴了一记，目的是叫她清醒过来。这犹如火上浇油。柯林斯质问这个大块头究竟有什么权利卷入一场私人纠纷。作为答复，他的下巴上挨了一拳。这一下很给力，使他飞到酒吧另一头去。“活该！”伊薇特嚷道，一面利用这个好机会抄起一个酒瓶朝俄国姑娘头上抡去。正在这时候，大雷雨倾盆而下，一刹那间爆发了一场十足的大混战，女人们都歇斯底里，迫不及待地抓住机会报私仇。没有什么比得上酒吧里的一场漂亮械斗更吸引人……一个人躺在桌子底下时，在他背上插上一把刀子或是用酒瓶狠揍他是最容易不过的事情。可怜的瑞典人这才发现自己已惹出大乱子，在场的每个人都恨他，特别是和他在同一条船上的水手。他们都希望看到他被人干掉，于是他们锁上门，把桌子推到一边，在酒柜前空出一小块地方让他俩斗出输赢。他们果然决出了胜负！打完这一架后，他们只好把这可怜的恶鬼送到医院去。柯林斯还算相当幸运，只是扭伤手腕，几根手指脱节，鼻子流血，眼睛也青了。用他自己的话说，只是被搔了几下而已。可是，如果再遇见这个瑞典人他一定要宰了他，他告诉我们这件事还没有完结。

这场打斗的确没有完结，此后伊薇特只得另找一家酒吧畅饮一番。她受到侮辱，打算了结这些事，于是她雇来一辆出租车，吩咐司机把车开到俯瞰大海的悬崖边上。她要自杀，她就是打算这么干，可是这时她醉得太厉害，一爬出车子便哭起来。别人还来不及制止，她便开始脱衣服。司机把她半裸着载回家里，吉米看到她这副样子不禁勃然大怒，扬起磨剃须刀的皮带把她抽得屁滚尿流。她还喜欢挨揍,这个婊子。她跪在地上用双手搂住他的腿恳求道:“再来几下!”吉米却已打够了。“你是一头老脏猪!”说着他一脚蹬在她肚子上,把她踢得没气儿了,也把她那无聊的有关性的傻念头踢去一星半点儿。

我们早该离去,在清晨的光线下观察这个城市又是另一番景象。站在那儿等火车驶出站,我们谈论的最后一个话题是爱达荷州,我们三个都是美国人,来自不同的地方,但我们却有共同之处,而且可以说有很多。我们变得多愁善感,美国人在分手时常常会这样。对于奶牛、羊、人能成其为人的广阔天地以及所有这些空谈,我们突然萌发非常愚蠢的遐想。如果驶过来的是一条船而不是一列火车,我们准会跳上去告别这一切。可是柯林斯再也不会见到美国啦,这是我后来听说的。菲尔莫尔……唉,菲尔莫尔也得受到惩罚,其方式是当时我们谁也不曾料到的。最好还是让美国就这样,永远作为背景,一种在身体虚弱时看的绘有图画的明信片。那样你会想象它一直在等待你,没有变化,没有遭到破坏。一大片爱国者的广阔土地,那儿有牛,有羊,有心软的男人。他们看见什么都奸,奸男人,奸女人,也奸牲口。美国并不存在,美国不过只是你给予一个抽象观念的名称而已……

第十一章

巴黎像一个婊子，在远处看她非常迷人，叫你迫不及待地想把她搂进怀里。可是五分钟后你便觉得空虚，你厌恶自己，觉得受骗了。

我口袋里揣着钱回到巴黎，好几百法郎，是临上火车时柯林斯塞在我口袋里的。这笔钱足够租一个房间，至少还可以吃一个星期的好饭。已有好几年没有一次性拿到过这么多钱，我兴高采烈，也许一种新生活就要在我面前展开。我又想把钱存起来，于是找到城堡街一家面包店楼上的一个便宜旅馆，离旺夫街不远，尤金有一回曾给我指过这个地方。走几步便是连接蒙帕纳斯铁道的桥，我很熟悉这块地方。

我本可租一间一个月房租才一百法郎的屋子，这种房子当然是什么设备也没有，甚至没有窗子。也许我本会租下来，只是为了有个牢靠的地方睡一会儿，若不是走进这个房间前不得不先穿过一个瞎子的房间。想到每天夜里要从他床前经过，我极不痛快，因而决定到别处找找看。我来到塞尔街，就在公墓后面。我看到一幢东倒西歪的破房子，院子四周有一圈阳台，阳台上还吊着鸟笼，下面一层全部吊满。也许这是振奋人心的景象，可我却觉得它像医院里的集体病房，旅馆老板也显得不很像一个智力健全的人。我决意晚上去各处看看，然后到一条僻静小巷里选一家有点儿吸引力的小酒店。

吃饭花了十五法郎，这是我给自己规定的饭钱的一倍左右。这使我很不安，甚至不许自己坐下来再喝杯咖啡，尽管这时已下起毛毛雨来。我情愿走一走，然后在一个不太晚的时辰静静地上床。这样节衣缩食地花钱本已使我很不愉快。我一辈子没干过这种事，天生不会干这种事。

后来小雨变成倾盆大雨，对此我很高兴，这正好为我提供了一个可以躲到某个地方伸伸腿的借口。这会儿睡觉有点儿太早，于是我加快脚步折回拉斯帕伊林荫大道。突然，一个女人过来拦住我，就在暴雨中。她问我几点钟了，我告诉她我没有表。这时她喊叫起来："啊，好先生，你讲英语吗？"我点点头，她便滔滔不绝地说开了："我的好人，或许你能发发善心带我去一家咖啡馆。雨下得这么大，我没有钱找个地方坐坐。请你原谅我，亲爱的先生，可你的面容那么慈祥……我马上就知道你是英国人啦。"说着她朝我笑一笑，这是古怪的、半疯半傻的笑。"或许你能给我出点儿主意，亲爱的先生。我孤苦伶仃的，一个人……我的上帝，没有钱真是太可怕了……"

这一连串"亲爱的先生"、"好心的先生"和"我的好人"差一点儿叫我歇斯底里。我怜悯她，可是又非笑不可，我真的笑了，我当着她的面哈哈大笑。于是她也大笑起来，这是一种怪诞的尖声大笑，笑声走了调，是一种叫人万万料想不到的狂笑。我抓住她的胳膊，我们一起奔向最近的一家咖啡馆。跑进那家小店，她仍不住地格格笑。她说："亲爱的好先生，也许你认为我没有说实话。我是一个好姑娘……是好人家的女儿。只是……"说到这儿，她又病态地、时断时续地大笑一阵，"只是我很不幸，连一个可以坐坐的地方也找不到。"这时我又大笑起来，我忍不住要笑。她用的词儿，古怪的口音，她头上那顶奇怪的帽子，那种半疯半傻的微笑……

我打断她:“喂,你是哪国人?”

她说:“英国人。是这样的,我出生在波兰,不过父亲是爱尔兰人。”

“这样你就成为英国人啦?”

“是啊。”说着她又开始傻笑,很忸怩,做出一副害羞的样子。

“我想你知道一家小旅馆,可以带我到那儿去?”我这样说并不是有意要同她一道去,只是替她免去那一套她们惯用的开场白。

她说:“啊!我的好先生。”好像我犯了一个最最令人痛心的错误。“我知道你说的不是心里话!我不是那种姑娘。你在跟我开玩笑呢,我看得出来。你这么好……你的面容这么慈祥。我不敢对一个法国人讲对你讲过的话,他们一定会立刻叫我难堪的……”

她用这种口气又絮叨一阵,我想甩掉她一走了之,可她不愿一个人待着。她怕,因为她的证件不符合规定。我能不能行行好送她回旅馆?或许我能“借”给她十五或二十法郎叫旅馆老板闭嘴?于是我送她回到那家旅馆,她说她住在那儿。我往她手里塞了一张五十法郎的票子。她不是非常精明就是非常天真,有时这很难判断。总之她叫我等她跑回酒馆去换钱,我告诉她不必,她便冲动地抓起我的手举到唇边吻了吻。我受宠若惊,马上乐意把自己所有的一切都给她。这个疯狂的动作令我感动,我自忖有时当一个阔佬还是不错的,可以感受到这种很新鲜的刺激。不过我并没有昏了头。五十法郎!一个下雨的夜里浪费五十法郎未免太过分。我离开时她挥舞着那顶怪怪的,她不知道怎么戴的小软帽向我告别,好像我们已是老朋友似的。我感到自己很蠢、很轻率。想起“我亲爱的好先生……你的面容那么慈祥……你真好”等等,我又觉得自己是圣人。

心里扬扬自得时很难立即上床睡觉,你觉得自己应该报答这始料不及的好心夸赞之辞。经过“丛林”饭店时,我瞥了一眼一楼的舞场。

光着背、戴着快把自己勒死的一串串珍珠的女人正在朝我扭动她们美丽的屁股，看起来那东西真会把她们勒死。我径直走到柜台前，要了一杯香槟。音乐一停，便有一位漂亮的金发女郎坐到我身边，她长得像挪威人。这地方其实并不像从门外看起来那么挤，那么欢快，只有六七对男女，刚才他们准是一起跳舞来着。我又要了一杯香槟酒，以免丧失勇气。

我站起来同这位金发女郎跳舞时，舞场上没有别人。若在平时，我一定会有些不自然，如今香槟已发生作用，还有她贴在我身上的姿势、昏暗的光线以及那几百法郎带给我的踏踏实实的安全感。好吧……我们又跳了一场，像是在举行个人表演，然后我们便交谈起来。她一开始便哭，引出这场谈话。我认为她很可能喝得太多了，于是便装出不介意的样子，同时看看周围还有没有别的笨蛋，可是店里已经全空了。

中了圈套后要逃，而且要马上逃，否则你就完蛋。我没有逃。不知道为什么，我想到为买帽子付两次款的事儿。因为某件琐事，人常常卷入麻烦中去。

我很快便弄清，她哭泣的原因是刚刚埋葬了自己的孩子。她不是挪威人，是法国人，而且还是一个助产士。我得承认她是一个俊俏的助产士，即使是在脸上热泪涔涔之时。我征询她的意见：喝点儿酒会不会好受一些。她立即叫了一杯威士忌，一眨眼工夫便喝下去。我柔声问："还要吗？"她说要，她觉得十分难过，非常沮丧，因而还想要一包"骆驼"牌香烟。接着她又说："不，等等。我想还是要'长红'牌的。"我想，要什么随你的便，只是看在基督的分上别再哭了，你一哭我就心里直发怵。我又把她拉起来跳舞，一站起来她就好像换了一个人。或许悲伤会叫一个人变得更淫荡，我说不上。我低声咕哝说要离开这儿，她急切地问："去哪儿？好，随便。找个能说话的安静地方。"

我钻进厕所，又数了一遍钱。我把一百法郎的钞票藏在裤子的表袋里，把一张五十法郎的票子和零钱放在裤袋里。我回到酒吧，决定把话挑明。

是她自己谈起这个话题的，这样我就比较容易启齿。她遇到了困难，还不仅仅是失去孩子。她母亲病在家里，病得很厉害，要付给医生诊费，要买药，还要买这买那。当然，她的话我一句都不信。反正得找旅馆，我便提议她跟我一道走，一起过夜。我暗想回到我那儿能省一点儿，可她不干，坚持要回家，说自己租了公寓，何况还得照顾妈妈。仔细一盘算，我认定睡在她那儿会更便宜一些，便应允了，提议马上就走。动身之前，我认为最好先让她知道我的财政状况，这样到分手时便不会落下埋怨。我告诉她我口袋里有多少钱，我想她听完快要昏过去了。“你竟然是这种人！”她说，好像受到极大的侮辱。我估计她会大闹一场……然而我毫不畏惧，根本不为所动。我平静地说：“好吧，那么我走开就是，也许是我误会啦。”

“我看你真是误会了！”她嚷道，仍拉着我的袖子不肯放手，“亲爱的，听着……公道点儿！”听到这话，我又恢复了信心，明白这只不过是要我答应再给她一点儿，之后一切都妥啦。我疲惫地说：“好吧，我会对得起你的。走着瞧好了。”

“那么，你刚才是在撒谎喽？”她问。

“是的，我是在撒谎……”我笑了。

我还来不及戴上帽子，她便叫来一辆出租车，我听见她给司机的地址是克利希林荫道。我自忖，到那儿去的车费比租一个房间还多呢。唉，算了，有时间……咱们走着瞧。我不知道车子是怎么开动的，不过，她很快就对我谈起亨利 · 波尔多[①]来。我还不曾遇见一个知道亨利 · 波尔多的婊子！不过这一个真有才华，现在她的语言也变得文雅起来。

---

① 亨利 · 波尔多（1870—1963）：法国小说家、律师。

她是那么温柔，那么聪明，使我不断考虑该给她多少钱才合适。我仿佛听到她在说："没有时间啦。"听起来好像说的是这话。处于我目前的境况，这话值一百法郎。我诧异，这是她自己的话还是从亨利·波尔多那儿拣来的。这也无关紧要。到蒙马特尔街了。我自言自语道："你好，老妈妈，我和你女儿会照顾你的。没有时间啦！"我记得，她还要给我看她的助产士执照呢。

进屋关上门后，她显得十分惊慌。她乱忙一阵，两只手拧来拧去，摆出萨拉·贝纳尔①的姿势。她把衣服脱去一半，不时停下来催我快点儿脱，催我干这干那。最后她脱光了，手里拎着一件小背心走来走去，找她的晨衣。我搂住她狠狠拥抱一下。待我放开她，她脸上流露出很痛苦的表情。她嚷道："我的上帝！我的上帝！我一定要下楼去看看妈妈！想洗就洗个澡，亲爱的。在那边。我几分钟就回来。"在门口我再次拥抱她，我穿着内衣，勃起得很厉害。不知怎么搞的，她的所有痛苦和激动，所有悲伤和做作只是激发了我的欲望。也许，她只是下楼去安慰她的老鸨。我有一种感觉，一件不寻常的事情正在发生，这将是我在晨报上读到的那类戏剧性趣闻逸事。我很快巡视了一下这个地方，这儿有两个房间和一个浴室，装修得还好，挺卖弄风情的。墙上挂着她的工作执照，是"一级"的，这类执照总是一级的。梳妆台上还有一张女孩的照片，是一个生着一头秀发的小女孩。我放水洗澡，后来又改变了主意，如果出什么事，我会在浴盆里被人发现……我可不喜欢这个主意。时间一分钟一分钟过去，我在屋里来回踱着，心里越来越烦躁不安。

她回来后比出门前更加颓丧，不住地呜咽道："她快要死了……她快要死了！"这时我差点儿要拔腿走开。一个女人的妈妈就要死在楼下，也许正在你脚底下。你他妈的怎能爬到这个女人身上去呢？我伸

---

① 萨拉·贝纳尔(1844—1923)：法国著名女演员。

出双臂搂住她，一半是出于同情，一半是决计要获得此行的收获。我们这样站着，她低声咕哝说她需要我应允她的钱，好像真的遇到了难处，这钱是给“妈妈”的。见鬼，眼下我根本没有心思为几个法郎讨价还价。我走到摆放衣服的椅子那儿，从表袋里取出一张一百法郎的票子，仍始终小心地背对着她。并且，作为进一步预防措施，我还把裤子放在床边我知道自己将要躺下的这一侧。这一百法郎仍不能令她十分满意。她嫌少，不过态度不很坚决，由此我看出这已足够。接着她以惊人的力量猛地脱下晨衣，跳上床来。我刚刚用双臂搂住她，把她拉过来，她便够着开关，关上灯。她充满激情地拥抱我，她呻吟，所有的法国女人跟你睡觉时都是这样呻吟的。她的调情手段弄得我激动得不能把持自己，我还是头一回遇见关灯的把戏……好像真的洞房花烛夜。可我仍不免疑虑重重，一俟能方便行事就伸出双手摸摸我的裤子是不是还在椅子上。

我想要在这儿过夜了，床很舒服，比一般旅馆的床还软些，床单也是干净的。我早就注意到这一点。只要她别扭来扭去就好！这劲头会让你认为她足足已有一个月没跟男人睡过了。我想尽量拖长时间跟她睡个够，我这一百法郎要花得值，可她仍在喃喃自语，讲男女睡觉时讲的种种疯话，在黑暗中这些话更容易叫你很快不能自持。我不想全力以赴，可是不可能，她在不停地呻吟，喘粗气，还咕哝道：“快，亲爱的！快，亲爱的！啊，好极了！啊，啊！快，快点儿，亲爱的！”我试图数数，以便镇定下来，但她的喊叫声像火警警报响起来那样急迫。“快，亲爱的！”这一回，她喘着粗气抽搐了一阵。哗，我听到叮当乱响，我那一百法郎不见了，还有早已忘掉的那五十法郎。灯全亮了，她仍像跳上床时那样麻利地跳下床，一边还像头老母猪一样哼哼，尖叫。我躺下，燃起一根香烟，后悔地凝视着我的裤子，它皱成一团。不到一分钟，她回来了，一面往身上裹晨衣一面用叫人心神不宁的激动口吻告诉我别拘束，请自便。她又说："我下楼去看看妈妈。别客气，亲爱的。我马上就回来。"

一刻钟后，我觉得极度急躁不安。我走进里屋，看完放在桌上的一封信。信上没有什么内容，是一封情书。在浴室里，我查看架上摆放的所有瓶子，一个女人使自己身上香气袭人的各种玩意儿应有尽有。我希望她会回来，给我另外五十法郎的货，可是时间一分一秒过去，仍不见她的踪影。我心慌了，也许楼下真的有人快死了。糊里糊涂地，我开始穿衣服，我想这是出于一种保护自己的本能吧。系腰带时，我突然想起她是如何把那张一百法郎的票子装进钱包的，情急中她把钱包塞进衣柜顶格，我还记得她的动作，踮起脚尖要够到那一格。不到一分钟，我打开衣柜摸到那只钱包，它还在老地方。我急忙把它打开，看见我那一百法郎稳妥地藏在绸子夹层之间。我把钱包放回原处，穿上外衣和鞋子溜到楼梯平台上侧耳细听一阵。什么都听不到，天知道她到哪儿去了。我马上又回到衣柜前，摸出她的钱包，掏出那一百法郎和所有零钱，装进兜里。我无声地关上门，轻手轻脚地下楼，一来到街上我便使出吃奶的力气尽量快走。在布东咖啡店那儿，我停下吃点儿东西。妓女们在这儿放肆地用东西投掷一个吃饭时睡着的胖子。这个胖子睡得很死，还在打鼾，不过他的颌部仍在机械地上下活动。这个地方闹哄哄的，有人在喊："开车啦！"接着便是一阵有节奏的噼噼啪啪乱扔刀叉声。胖子睁开眼，傻乎乎地眨巴一下，脑袋又耷拉到胸前。我仔细地把那一百法郎钞票藏回表袋里，又数一数零钱。身边的嘈杂声越来越大，我无法确切忆起是否在她的执照上看到"一级"的字样。至于她妈，我根本不关心，我希望现在她已经死掉。如果这姑娘说的都是实话那才怪呢。她太好了，好得叫人不敢相信。"快点，亲爱的……快！快点儿！"还有那个说"我的好先生，你的面容真慈祥"的傻子，不知她是不是真的在我们驻足的那个旅馆租了一个房间。

第十二章

夏天快过去时，菲尔莫尔邀我住到他那儿去。他在迪普莱广场附近有一套俯瞰骑兵营的工作室兼公寓，是套间。自从上次去勒阿弗尔游玩后，我们经常见面。若不是有菲尔莫尔，我真不知道自己今天会在哪里，很可能早就死掉了。

“都是那个小婊子雅姬，”他说，“要不我早就邀你来了。我没法甩掉她。”

我只能笑笑。菲尔莫尔总是这样，他有勾引无家可归的婊子的天赋，最后雅姬总算自动走人啦。

多雨的季节已来临，这是一个令你沮丧，心情不愉快，漫长而又沉闷地长膘、起雾、阴雨连绵的季节。冬天的巴黎真是一个可恶的地方！这种天气侵蚀你的灵魂，使你变得像拉布拉多海岸那样光秃秃的。我不无焦虑地注意到，唯一的取暖设备是工作间里的小炉子。不过这儿还算舒服，工作间窗外能看到极美的景致。

早上菲尔莫尔粗暴地摇醒我，在我的枕头上留下一张十法郎的票子。等他一出门我便又躺下睡回笼觉，有时一直躺到中午才起来。没有什么急着要做的事，除了这本有待写完的书，而且这也不太叫我伤脑筋，我早就知道，反正谁也不会接受它的。但是菲尔莫尔却被它深深打动，每天晚上他胳膊底下夹着一瓶酒回到家之后的第一件事情就是走到桌前，看我又写了多少页。起初我挺欣赏他的热情，后来再也没有什么好写的，看到他乱翻，看我又写了些什么，我便非常不安。他还以为我能像水龙头流水一样流出东西来呢。没有东西拿给他看的时候，我的感觉正与受他庇护的婊子一模一样。我记得他常常谈起雅姬："只要她随时给我脱光就行。"如果我是女人我倒是很乐意为他脱光衣服，那样总比供给他稿子看来得容易些。

不过他努力要叫我过得舒服，食物和酒总是有的，他还不时执意要我陪他去跳舞。他很喜欢去奥德萨街一个黑鬼们聚会的场所，那儿有一个好看的黑白混血妞儿，她偶尔会跟我们一起回家。使他不快的是找不到一个爱喝酒的法国姑娘，她们都太清醒，无法使他满意。他喜欢带一个女人回工作室来，先同她痛饮一番再干正事。他还喜欢叫女人以为他是艺术家，他租的房子原是一位画家的，要造成这样一种气氛倒也不难。我们在大柜子里找到的油画很快便挂得到处皆是，一幅尚未完成的画引人注目地绷在画架上。遗憾的是，这些画全是超现实主义风格的，它们给人造成的印象通常都不大好。讲到欣赏绘画，一个妓女、一个看门人和一个内阁部长的艺术趣味没有多大差异。后来马克·斯威夫特开始定期拜访我们，旨在替我画像，这件事使菲尔莫尔颇为高兴。菲尔莫尔极其崇拜斯威夫特，说他是天才，他亲手绘的画没有一件不带点儿残忍的味道，可是至少他笔下的人或物还能使你认出他画的究竟是什么。

应斯威夫特的要求，我留起胡子，他说我脑袋的形状需要留胡子。我必须坐在窗前，背后就是埃菲尔铁塔，因为他想把埃菲尔铁塔也画进去，他还要把打字机也画上。在此期间，克吕热也养成来串门的习惯，他坚持认为斯威夫特根本不懂得绘画。看到画上的物体不成比例，他极为恼怒，他毫无保留地信奉自然法则。斯威夫特却根本不理会自然，他只是画出脑子里想到的东西。不管怎样，现在斯威夫特把我的画像绷在画架上。尽管样样都不成比例，甚至一位内阁部长也看得出那是一颗留着胡子的人的脑袋，看门人却真的对这幅画产生很大兴趣。她认为画得像我，惊人地像，也赞赏在背景中画出埃菲尔铁塔的主意。这种宁静的生活持续了一个多月，我对邻近区域很感兴趣，尤其是在觉察出夜里它的极度污秽和悲哀以后。朦胧中那么迷人、那么静谧的小广场在黑暗降临后竟会显出最阴沉、最险恶的特性。那边是围住兵营一侧的又长又高的墙，常有一对恋人靠着墙偷偷拥抱，常常是在雨中。看到一对恋人靠着一座监狱的高墙，在昏暗的街灯下拥抱真叫人觉得压抑，仿佛他们已被人逼到绝境。兵营院墙里的情况同样叫人丧气，下雨天我常站在窗前看底下的活动，那简直就像另一个星球上发生的事情。我无法理解，他们居然根据作息时间表做每一件事，可是这个时间表准是由一个疯子制定的。他们在泥泞中挣扎，军号吹响，战马在冲锋陷阵。这一切都在四堵大墙之内进行，这是模拟的战斗，参加者是一大群玩具士兵，他们对学习如何杀人、擦靴子和用马梳梳理马鬃一点儿兴趣都没有。整个过程十分荒谬，不过只是谋划中的事情的一部分罢了。无事可做的时候，他们显得更加滑稽可笑，他们搔痒，手插在口袋里走来走去，抬起头来看天。每当一个军官走过来，他们就啪地碰碰脚跟敬礼。我看这儿是一座疯人院，连马匹也有几分傻气。有时他们把大炮拖出来喀嚓喀嚓地在街上游行，人们驻足呆呆地望着他们，称赞他们的漂亮军衣。我却总觉得他们像一支正在撤退的军队，他们身上有股寒酸气，衣着邋遢，垂头丧气，军衣穿在身上太肥大。每个人原有的惊人的敏捷灵活气息也从他们身上一扫而光。

太阳出来后，情况便全然不同。他们的眼神里有了一线希望，走路更有精神，还表现出一点儿热情。接着景物的色彩变得鲜艳了，他们又摆出法国人特有的小题大做、无事生非的派头。他们在街角的小酒馆里愉快地边喝酒边聊天，军官们也显得更有人味，也许应该说更有法国味。太阳一出来，巴黎处处都很漂亮。若是一家小酒馆放下遮太阳的篷布，在人行道上摆好几张桌子，在酒杯里倒上颜色鲜亮的饮料，那么人们的人情味就很浓了。太阳普照时，他们就是人，天下最好的人！他们那么聪明，懒洋洋的，无忧无虑！把这样一个民族赶进军营里去，叫他们一遍遍操练，封他们为列兵、中士、上校及诸如此类的事真是造孽。

正如我说过的，日子过得很顺心。卡尔不时带一件活儿来叫我干，通常是他自己不愿写的游记，每篇只得五十法郎。不过这类文章好写，我只要查查以前的报纸，把从前的旧文改头换面抛出就行。人们只是上厕所或在候诊室里消磨时间的时候才看这类玩意儿，关键是要把文章中的形容词重新换过，其余不过是些日期和统计数字而已。如果这是一篇重要文章，这个部门的头头便会署上他的大名。他是一个傻瓜，哪一种语言也说不好，可是会挑别人的毛病。假如他看到一段他以为写得不错的文字便说："我就是要你这样写嘛！写得漂亮。我准许你把它写进你的书里去。"有时这些漂亮的段落是我们从百科全书或旧导游手册上抄来的，卡尔真把其中一些搬进他的书里，因为这些段落有点儿超现实主义的味道。

一天晚上，我散步回来，一推开门便有一个女人从卧室里跳出来。她立即嚷道："你就是那个作家吧！"她打量一下我的胡子以加深印象，又说："多么可怕的胡子！我看你们这些人待在这儿准是疯啦。"菲尔莫尔手里拿着一条毯子，跟在她身后。"她是一位公主。"他说，一面还咂咂嘴唇，好像刚刚品尝过某种珍贵的鱼子酱。他俩都穿着出门的衣服，我弄不明白他们拿着睡觉用的被褥打算干什么。后来我马上想到，准是菲尔莫尔把她强拉进卧室看他的洗衣袋去了。每一回有新的女人上门，他都要来这一手，尤其是法国女人。洗衣袋上缀着“凭票取衣”，不知为什么菲尔莫尔已养成向每一位来访的女客讲解这句话的癖好。可是这位女人不是法国人，这一点他当即对我说明。她是俄国人，而且还是一位公主。

他激动地高声嚷嚷，像一个刚刚发现一件新玩具的孩子。“她会讲五种语言！”他说，显然为这样一种才能所倾倒。

“不。四种！”她马上纠正道。

“好，就算四种吧……总之这是一个非常聪明的姑娘，你该听听她讲话。”

公主有些不安，她不断抓挠自己的大腿，揉鼻子。她突兀地问我：“他为什么要现在铺床？他以为那样就能得到我吗？他是个大孩子，他的举动太丢人啦。我带他去一家俄国餐馆，他跳起舞来活像一个黑鬼。”她扭扭屁股，演示菲尔莫尔是怎样跳的，又说：“他说得太多，嗓门太大。他说的全是废话。”她在屋里急速转来转去，察看画儿和书籍。她始终高昂着头，偶尔也在自己身上抓搔。她不时像军舰那样转身，把舷侧朝向我们。菲尔莫尔跟着她到处走，一手提着酒瓶，一手端着酒杯。她嚷道：“别这样跟着我！除了这个，你就没有别的东西可喝？你就不能弄一瓶香槟来？我一定要喝点儿香槟。我的神经！我的神经啊！”

菲尔莫尔瞅了一个空子在我耳边低声说：“是个演员……电影明星……有个家伙抛弃了她，她总是不能忘掉……我一定要把她灌醉……”

“那么我就走开。”我正说着，公主大叫大嚷着打断我们。“你们为什么要咬耳朵？”她跺着脚喊道：“难道你们不知道这样做是不礼貌的吗？你，我记得你是要带我出去的，不是吗？今晚我一定要喝醉，我早就对你说过。”

菲尔莫尔说："是啊，是啊。咱们马上就走。我只是想再喝一杯。"

她吼道："你是一头猪，不过你也是一个好孩子。只是你说话声音太大，不懂礼貌。"她又转向我："我能指望他规矩一点儿吗？今晚我一定要喝醉，我可不想叫他给我丢人。以后我还会来这儿的，我想跟你谈谈，你显得更聪明一些。"

临出门，公主友好地跟我握握手，她答应哪一天晚上再来吃饭。她说："等我清醒的时候。"

我答道："好极了！再带上一位公主，至少带一位伯爵夫人一同来。我们每星期六都换床单。"

大约凌晨三点，菲尔莫尔蹒跚而入……就他一个人。脸红得像一艘灯火通明的远洋轮。他像瞎子用裂开的手杖探路，敲得乱响。嗒，嗒，嗒，他一路敲着走过疲倦的小巷……经过我身边时他说："我这就要去睡了，明天再跟你细说。"他闯进里屋，扯下床罩，我听见他在叹息："这样一个女人！这样一个女人！"不到一秒钟，他又跑出来，戴着帽子，手里提着裂缝的手杖。"我早就知道会出这种事的。她疯了！"

他在厨房里翻腾一阵，带着一瓶安茹葡萄酒回到工作室，我只好坐起来和他干一杯。

我把他的故事串接起来，这件事情源于香榭丽舍大街的圆形广场。有一回，他在回家的路上在那儿下车喝一杯。同平时一样，露天咖啡座里坐满秃鹰般觊觎男人钱包的婊子，这一位正坐在靠近通道的座位上，面前摊着一摞小碟子。菲尔莫尔走过来，凑巧同她视线相遇。当时她正在独自一人喝闷酒，已经快喝醉了。她格格笑着说："我喝醉啦。你不坐下来吗？"后来，仿佛这是天下最最自然不过的事情，她马上开始讲述那位电影导演的事，讲那个人如何不再理睬她，她如何跳进塞纳河中，等等，等等。她已不记得当时是从哪一座桥上跳下去的，只记得他们把她捞起来以后，身边围了一群人。再说，她不明白从哪座桥上跳下去又有什么分别。他为什么要问这种问题呢？对此她歇斯底里地大笑一阵，突然又想走，想去跳舞。看到菲尔莫尔有点儿犹豫不决，她冲动地打开手提包，掏出一张一百法郎的钞票。紧接着，她又认为一百法郎花不了多久。她问："你一点儿钱也没有？"没有，他身上没有多少钱，不过家里有支票簿。于是他俩跑回来取支票簿，这时我碰巧进来，正赶上他在向她解释"凭票取衣"这一套把戏。

回家的路上，他们在"金鱼"餐馆停下来吃点儿东西，她是用几杯伏特加把食物送下去的。她在那儿如鱼得水，十分得意，人人都亲吻她的手，轻声公主长公主短地叫她。尽管喝醉了，她仍努力保住尊严。跳舞时她不断告诫菲尔莫尔："别那样扭屁股！"

把公主带回公寓后，菲尔莫尔打算同她待在家里。既然她是一个聪明姑娘，又十分反复无常，他决定忍受她的古怪想法，推延那个关键时刻的到来。他还设想可能会遇到另一位公主，能把她俩都带回来。因此与她出门共度良宵时他心情很愉快，做好一旦有必要就在她身上花几百法郎的思想准备。毕竟，一个人不会每天都遇到一位公主。

这回她把他拉到另一个地方去。据她讲，那儿的人比较熟悉她，用支票付账不会有问题。那儿人人都穿着晚礼服，侍者带领他们走向一张桌子时，向她深度鞠躬、吻她手这类无聊的人更多。

一场舞刚跳到一半，她突然走出舞场，眼泪涌出来。菲尔莫尔说："怎么回事？这一回我又怎么啦？"出于本能，他马上把手放在背后，好像屁股仍在扭动似的。她说："没什么，你什么也没干。好了，你是个好孩子。"说完，她把他拉回舞场上，开始狂舞。菲尔莫尔小声问："可你究竟怎么啦？"她答道："没有什么。我看到一个人。仅此而已。"接着她猛然发脾气道："你干吗要把我灌醉？难道你不知道喝醉以后我是会发疯的吗？"

"你有支票吗?"她说,"我们一定得离开这儿。"她把侍者叫过来,同他用俄语耳语几句。侍者走开后她问:"支票是真的吧?"接着,她又冲动地吩咐:"在楼下衣帽间等我。我得给人打个电话。"

侍者送来找回的零钱后,菲尔莫尔悠闲自在地信步下楼来到衣帽间等她。他来回走动,轻声哼曲子,吹口哨,咂嘴预想就要品尝到的鱼子酱的滋味。五分钟过去,十分钟过去,他仍在轻声吹口哨。二十分钟过去,公主仍未露面,这时菲尔莫尔不免萌生疑惑。衣帽间的侍者说她早已离开。他冲出门,门口站着一个穿制服的黑鬼,咧着大嘴笑。他问黑鬼是否知道她跑到哪儿去了?黑鬼咧着嘴笑,说:"我只听见说库波勒饭店,没听见别的,先生!"

在库波勒饭店一楼,他看到公主坐在那儿,面前摆着一杯鸡尾酒,脸上一副想入非非、恍恍惚惚的表情。看到他,她微笑起来。

他说:"你这样跑掉像话吗?你可以告诉我,说你根本不喜欢我……"

听到这话,她发脾气,表演一番,没完没了地啰唆许多,最后呜呜大哭,鼻涕眼泪流了不少。她哭诉道:"我疯啦,你也疯啦。你想叫我跟你睡觉,可我不想跟你睡。"后来她又开始破口大骂她的情人,也就是在舞场上看到的那个电影导演。这就是她不得不逃离那个地方的原因,这就是她每天晚上吸毒、喝醉的原因,也是她纵身跳进塞纳河的原因。她就这样唠唠叨叨地说着自己有多么痴情,突然间又有了一个主意。"咱们到布里克托普的店里去吧!"在那儿她认识一个人……他以前曾答应帮她找工作,他肯定会帮助她的。

"那要花多少钱?"菲尔莫尔谨慎地问。

她马上告诉他,要花很多钱。"不过你听着,假如你带我去布里克托普那儿,我就答应跟你一起回家。"她挺老实,又补充说这也许会破费他五六百法郎。"可是,我值这么多钱!你不明白我是怎样的一个女人。全巴黎找不到另一个我这样的女人……”

菲尔莫尔的美国佬脾气暴露无遗:“那只是你一厢情愿的想法！我可不这么看,我看不出你值什么。你不过只是一个可怜、古怪的婊子养的货色。老实说,我宁愿给一个穷酸的法国姑娘五十法郎,至少她还会给人一点儿报偿。”

提起法国姑娘她便暴跳如雷。“别对我说起这些女人！我恨她们！她们愚蠢……她们丑……她们全都是为了钱。我告诉你,别说了！”

不到一分钟,她怒气全消。她又想出一个新花招。她喃喃道:“亲爱的,你还不知道我脱光以后是什么样子呢。我美极了！”说着,她用双手托起两只乳房。

可是菲尔莫尔不为所动。他冷冷地说:“你是一个婊子！我倒并不在乎在你身上花几百法郎,不过你太古怪。你甚至连脸都没有洗过,你嘴里有股臭味,我才不管你是不是公主呢……我并不欣赏你神气活现的俄国花样。你该上街去推销自己。你并不比哪一个法国小姑娘强,甚至还不如她们。我不会再在你身上花一个苏。你该到美国去,那儿才是你这种吸血鬼待的地方……”

他这番话好像一点儿也没有使她生气。她说:“我想你有点儿怕我。”

“怕你？就凭你？”

她说:“你还是个小孩子呢,你一点儿礼貌也没有。等你更了解我以后就不会这样说啦……你干吗不学着对我好一点儿？如果你今晚不想跟我一同去,悉听尊便。明天五点到七点间我在圆点广场等你。我喜欢你。”

“可我明天不打算去圆点广场,无论哪一天晚上也不去！我不想再见到你……永远不想。咱俩一刀两断,我要到街上找一个漂亮的法国小姑娘。滚你的蛋吧！”

她瞧瞧他，疲乏地微笑道："你现在这样说。等着瞧！等你跟我睡过以后再说，你还不知道我的身体是多么美呢。你以为法国姑娘懂得怎样做爱……等着瞧吧！我要叫你为我发狂。我喜欢你，只是你太野蛮。你还是个孩子。话太多……"

菲尔莫尔回敬道："你疯啦。就算天下女人都死光了，我也不会爱上你。回家去洗洗脸吧。"说完，他不付酒钱就走了。

没过几天公主便就范了。她真是一位公主，对此我们确信无疑，只是有淋病。总之，这儿的生活一点也不枯燥，正如我所说的，菲尔莫尔患有支气管炎，公主有淋病，而我有痔疮。我在马路对面的俄国杂货店里退掉六个空酒瓶子，我一滴也不曾喝下肚。没有肉，没有酒，没有肥美的野味，也没有女人，只有水果和石蜡油、碘酒和肾上腺素油膏。这个鬼地方，没有一把椅子是坐着舒服的。现在瞧着公主我自觉身价大增，像一个帕夏[①]。帕夏！这个词使我联想到她的名字：玛莎。这个名字并不很贵族化，它令我又联想到《活尸》[②]。

三人共居一室，起初我以为一定会令人很尴尬，可是一点儿也不。看到她搬进来，我以为自己又该倒霉了，以为得另找地方住。可是很快菲尔莫尔就叫我明白，他只是暂时收留她，到她能自立时为止。我不明白，"自立"这个词用在这样一个女人身上究竟指的是什么。照我看，她一辈子都是头朝下倒立的。她说，革命迫使她离开俄国。我敢肯定，就算没有这场革命她也会被赶出国门。她自以为是一个了不起的演员，不论她说什么我们都不反驳她，那样做完全是浪费时间。菲尔莫尔认为她很好笑。早上出门去上班前，菲尔莫尔在她枕头上扔下十法郎，在我的枕头上也扔下十法郎。晚上，我们三个一起去楼下俄国餐馆吃饭。

---

① 从前对土耳其高级官员的尊称。

② 列夫·托尔斯泰的剧本，其中有一位吉卜赛歌手名叫玛莎。

附近住着很多俄国人，玛莎已经找到一家可以赊账的饭馆。一天十法郎对于一位公主自然是微不足道的，她不时想吃鱼子酱，喝香槟，还需要满满一柜新衣服，以便重新在电影界找一份工作。现在她无事可做，只是消磨时间而已，她开始发胖。

今天早晨我吓了一跳。洗完脸后我错拿了她的毛巾，看来我们无法教她学会把毛巾挂在自己的挂钩上。为此我狠狠训斥了她一顿。她却平静地答道："亲爱的，如果一个人这样就会瞎掉，那么多少年前我早就瞎掉啦。"

还有马桶，我们都要用马桶。我试图以父亲般的口吻向她解释，马桶上的坐垫圈会传染病。她却说："哦，是这事儿！如果你们这么害怕，我就找一家咖啡馆去上厕所。"我向她解释，那样做倒也没有必要，只要采取一般的预防措施就妥啦。她说："啧啧！我不往下坐就是啦……我站着。"

有她在这儿，一切都变得十分荒谬。她先是不肯就范，因为来了月经。这一拖就是八天，我们开始以为她是在装蒜，可是她并没有装。有一天，我正在收拾房间时发现床下有一些药棉，上面还沾着血。她把所有的东西都扔在床底下：橘子皮、卫生巾、瓶塞、空瓶子、剪刀、用过的避孕套、书、枕头……她花去大部分时间躺在床上看俄文报纸，只是在要睡觉前才整理床铺。她对我说："亲爱的，若不是要去买报纸，我根本就不起床。"这话说得对极了！她什么也不看，只看俄文报纸。除了俄文报纸，她身边连一点手纸都没有，甚至没有可以用来擦屁股的东西。

说来她的怪癖也真古怪。待她的月经完了，休息好了，腰上也长出一圈膘，她仍不肯就范。她假装只喜欢女人，要她接受一个男人就得先恰到好处地刺激刺激她。她要我们带她去一家妓院，人们在那儿表演人与狗交媾的把戏。她说勒达同天鹅性交更好。天鹅一拍动翅膀，她便兴奋异常。

一天晚上，为了弄明白她究竟喜欢什么，我们陪她来到一个她提出要去的窑子。不等我们找到机会向鸨母提及这个话题，邻桌一个喝醉的英国人同我们攀谈起来。他已经上过两次楼，还想再试一回。他口袋里大约只有二十法郎，而且不懂法语，他问我们肯不肯代劳，同他看上的那个姑娘讲价钱。这个姑娘正巧是一个黑人，来自马提尼克岛，是一个力大无比的乡下姑娘，漂亮得犹如一只豹子，而且性情也很可爱。为了说服她收下英国人剩下的那几个钱，菲尔莫尔只得答应，待她跟英国人睡完自己就接着跟她睡。公主在一旁看着，听清了每一句话，然后便勃然大怒，她觉得自己受到莫大的侮辱。菲尔莫尔说："得了，是你要找点儿刺激的。你看着我干好了！"可她并不想看他干，她只想看一只公鸭子干。于是菲尔莫尔说："老天在上，我怎么说也比得上一只公鸭子……也许还强些哩。"就这样斗了一阵嘴，最后，为了抚慰玛莎我们只得叫过来一个姑娘，让她俩互相逗弄……等到菲尔莫尔同黑姑娘回来，玛莎眼中直冒火。根据菲尔莫尔望着黑女人的样子，我看出她身手不凡，于是自己也感到欲火中烧。菲尔莫尔觉察到我的心思，也明白整夜坐着看别人干是多么难捱。他突然从衣袋里掏出一张一百法郎的票子，把它甩在我面前。他说："瞧，你大概比我们其他人更需要打一炮。拿着这钱，自己去挑一个吧。"不知为什么，他甩钱的动作比他为我做过的所有事情更加叫我觉得他可亲可爱，而且他为我做的已经很多。盛情难却，我收下这笔钱，马上打手势叫那黑姑娘做好再嫖一次的准备工作。这好像使公主怒不可遏，她质问我：这儿是不是除了这个黑女人以外再也没有一个我们看得上的姑娘。我直截了当地告诉她"没有"。实情的确如此，这个黑女人是这家窑子的皇后。只要瞧她一眼你就会勃起，她的两只眼睛像是在精液里浸泡过，所有这些想同她睡的要求弄得她飘飘然，据我看她已不再会笔直地走路。跟在她身后爬上弯弯曲曲的窄楼梯，我无法抑制要把手伸进她两腿间去的诱惑，我们就这样一直上楼来。她回头朝我嫣然一笑,每当我的手把她弄得太痒,她便微微扭一扭屁股。

到处都是欢快聚会的人,人人都很快活,玛莎情绪也不错。于是第二天晚上等她喝光定量的香槟,吃完鱼子酱,又给我们讲述过自己的身世之后,菲尔莫尔便动身去制伏她。看来这一回他终会如愿以偿,她不再挣扎,张开两条腿躺着,听任他不停地玩弄自己。后来,他刚刚爬到她身上,她才漫不经心地告诉他自己有淋病。于是,菲尔莫尔像一根圆木头似的从公主身上滚下来,我听见他在厨房里寻找那块只有特殊情况下才用得上的黑肥皂。过了几秒钟,他双手捏着一块毛巾站在我床前说:“你能想到吗?这个婊子养的公主有淋病!”他吓坏了,公主却在用力啃苹果,读俄文报纸,她认为这是一个很有意思的玩笑。她躺在床上,透过敞开的门对我们说:“还有比这更糟糕的事情呢。”最终菲尔莫尔也把此事当成一个玩笑,他重新打开一瓶安茹葡萄酒,替自己斟上一杯,一饮而尽。才凌晨一点,于是他又坐下跟我聊了一会儿。他告诉我,这样一件区区小事挡不住他。他当然要小心些……他在勒阿弗尔染上的老病还没有全好。他已记不得这病是怎么染上的。有时,喝醉酒后他就忘了洗洗身子。这并不很可怕,可是谁也说不上今后病情会如何发展。他并不想叫别人按摩他的前列腺,他不喜欢那样。他头一回得花柳病还是在大学里,不知道是哪个姑娘传给他的,还是他传给姑娘的。校园里有那么多风流韵事,简直不知道该信谁的才好。几乎所有的女生都曾经怀孕,大家都太无知……甚至连教授们也很无知。有一个教授让人把自己阉割了。这是听人说的……

第二天夜里,他拿定主意要冒这份风险,戴着避孕套去冒险。其实这并没有多大风险,除非套子破了。他为自己买来一些长长的鱼鳞状的套子,各种各样的都有,要我相信这是最可靠的措施。可是这也帮不了他,她的那个地方太紧。菲尔莫尔说:“老天,我并没有一点儿不正常。你明白这是怎么回事吗？有个家伙轻轻松松地弄进去叫她染上了病，这个人的玩意儿一定小得不正常。"

一次次尝试都失败了，他只好完全放弃。现在他们像兄妹似的躺在一起，做乱伦的美梦。玛莎的话蕴涵着哲理："在俄国常有这种事，一个男人同一个女人睡在一起，可是根本不碰她。好几个星期，他们可以就这样睡下去，根本不去想那件事，直到有一回他碰了她……哗！哗！以后就哗哗哗……"

现在菲尔莫尔竭尽全力要让玛莎恢复健康，他认为一旦治好她的淋病，那个地方就会变得宽松一些，真是一个古怪的想法。于是他给她买来一只灌洗袋，大量高锰酸盐，一只旋转注水器和其他一些小玩意儿。全是一个匈牙利医生向他推荐的，此人是住在达里格尔广场的一个替人打胎的江湖郎中。好像菲尔莫尔的老板有一回曾让一个十六岁的姑娘怀孕，是她介绍他认识了这个匈牙利人。后来老板又生了美妙的下疳，仍是匈牙利人治好的。在巴黎，一个人正是通过泌尿生殖系统的交往才结识朋友的。总之，在我们的严格监督下，玛莎开始留意自己的健康。那天夜里，有一阵我们陷入困境，玛莎把一支药栓塞进她身体里，之后便找不到药栓上的线了。她嚷道："我的上帝！线到哪儿去啦？我的上帝！我找不到那根线啦。"

菲尔莫尔说："你在床底下找过吗？"

后来她终于平静下来，但是只平静了几分钟。下一件事是："我的上帝！我又流血啦！我的月经刚完，这会儿又滴出血来。准是喝了你们买的便宜香槟的缘故。我的上帝，你们是想叫我流血流死拉倒吧？"她披着一件晨衣，两腿之间夹着一条毛巾走出来，竭力显得像平时一样有气派。她说："我一生都是这样，神经衰弱。我白天到处跑，到晚上就喝醉了。刚来巴黎时，我还是一个纯洁的姑娘，只读维永和波德莱尔的诗。当时我在银行里有三十万瑞士法郎,我拼命享受,因为在俄国他们总是把我管束得很严。当时我比现在还要漂亮,所有的男人都拜倒在我脚下。”讲到这儿,她停下来把堆在腰间松松垮垮的衣服拉好。“你们千万别以为我刚来这儿时肚子就这么大……这都是他们给我喝的毒药引起的……就是法国人疯了一样猛灌的那种可怕的开胃酒……后来我遇到那位电影导演,他想让我给他拍戏。他说我是天底下最好的人,他恳求我每天夜里跟他睡觉。我还是一个很傻的黄毛丫头呢,于是一天夜里我允许他强奸了我。我希望成为一个大明星,却不知道他身上净是毒汁。他就这样把淋病传给我了……现在我要他重新得上这种病。我投塞纳河自杀全怨他……你们为什么笑?你们不信我自杀过?我可以拿报纸给你们看……所有的报上都有我的照片。哪一天我要给你们看俄文报纸……他们写我写得妙极啦……不过,亲爱的,你们明白我首先一定得有套新衣服。穿着这身脏兮兮的破衣服是无法引诱这个男人的。再说,我还欠裁缝一万二千法郎呢……”

打这儿起,接着就是一个关于继承权的冗长故事,她正在设法得到这继承权。她有一个年轻的律师,是个法国人,听她的口气是一个相当胆小的人,他在努力争回她的财产。他不时给她一百法郎或差不多这个数目的钱,记在账上。她说:“他正像所有法国人一样小气。我是那么漂亮,他的眼睛总是死盯着我。他不断恳求我跟他睡,我总听他这么说,就听腻啦,听烦啦,于是有一天夜里我答应了他,只是叫他别再啰唆,这样我偶尔还能弄到一百法郎。”她歇斯底里地狂笑一阵,接着说:“亲爱的,他的事太好笑,真难以用言语描绘。有一天他打电话说:‘我一定要马上见到你……事情很重要。’见面后,他给我看从医生那儿拿来的一张纸,是淋病!亲爱的,我当着他的面哈哈大笑。我怎么知道自己的淋病还没有治好?‘你想跟我睡,结果是我睡了你!’听了这话他不吱声了。生活中的事情往往是这样……你什么也不疑心,冷不丁就……哗！他是一个大傻瓜，接着又重新爱上我啦，他只是求我检点些，别整夜在蒙帕纳斯喝酒，跟人睡觉。他说我使他如醉如痴，他想娶我。后来他家里人听说我的事，就劝他去了印度支那……”

接着，玛莎又从这儿平静地把话题转向她和一个搞同性恋的女人的风流韵事。“亲爱的，那天晚上她结识我的经过有意思极了。当时我正在‘吉祥’餐馆，像往常一样喝醉了。她把我从一个地方领到另一个地方，整夜都在桌子底下同我做爱，后来我再也受不了啦。于是她带我去她的公寓，她给我二百法郎，我就让她吸吮我。她还叫我跟她住在一起，可我不愿让她每天晚上都吸吮我……那会使人太衰弱。再说，我可以告诉你们，现在我对同性恋并不像以前那样感兴趣啦。我宁愿跟一个男人睡觉，哪怕那样会疼呢。等我情欲极其高涨时，我一点儿也控制不住自己……要来三次、四次、五次……就那样！哗！哗！哗！过后我就会流血，这对健康非常不好，因为我很容易贫血。现在你们明白，为什么我每隔一段时间就得让一个搞同性恋的女人吸吮一次啦……”

第十三章

冷天来临，公主消失了。工作室里只有一个小火炉，让人越来越不舒服。卧室冷得像冰窖，厨房里也好不了多少，只有火炉周围的一小块地方是真正暖和的。于是玛莎找了一个被阉割过的雕刻家，她离开前还对我们讲过这个人的情况。几天后她又想回到我们这儿来，可是菲尔莫尔坚决不同意。她抱怨雕刻家不停地吻她，弄得她一夜不能睡觉。而且没有热水，无法使用灌洗器。最后她认为还是不回来好，她说："这样我身边再也没有烛台了。总有那个烛台……叫我受不了。你们若是老老实实的，不招惹我，我当时是不会离开的……"

玛莎走后，我们晚上的消遣方式全然改观。我们经常坐在火炉旁，喝着加热水的烈酒谈论在美国时的生活。我们谈论它的口吻就好像永远不再指望回到那儿去。菲尔莫尔有一张纽约市地图，他把它钉在墙上，于是我们常常用整个晚上探讨巴黎和纽约这两个城市的共同优点。我们在讨论中不可避免地谈到惠特曼这个人，这个美国在其短促的历史上造就的一个孤零零的人物。在惠特曼的诗中，整个美国的景象变得生机勃勃，她的过去和未来，她的诞生和死亡。惠特曼已谈过美国一切有价值的东西，没有更多的话可说。未来是属于机器，属于机器人的。惠特曼是灵与肉的诗人，是第一个，也是最后一个诗人。今天他的诗几乎已无法解读，这是一座刻满粗糙神秘符号的纪念碑，我们没有解读它的钥匙。没有一种欧洲语言可与他创造的不朽精神相提并论，欧洲到处皆是艺术品，她的土地中净是死人骨头，她的博物馆被掠夺来的珍宝塞得满满当当。不过欧洲从未得到的是一种自由、健康的精神，也就是你可以称其为人的精神的东西。歌德离这方面最近，但是与惠特曼相比，歌德不过是一件填充起来的衬衣。歌德是一位有名望的公民，一个学究，一个令人生厌的家伙，一位多才多艺的人物，只是他身上打着德国的双鹰商标。歌德的安详，那种宁静、气派十足的态度不过只是一个德国资产阶级神灵在昏昏迷迷地沉睡。歌德是事情的结尾，惠特曼却是开端。

讨论过这类事情后，我有时会起身穿好衣服出去散步，我穿起毛衣和菲尔莫尔的风衣，又在外面套上一件披肩。这种阴湿寒冷的气候很难抵挡，必须精神坚强。人们都说美国是一个极冷和极热气候并存的国家，而且温度计上显示出的严寒温度在这儿是闻所未闻的，不过巴黎的寒冬也是美国所没有的。这是人在心理上体验到的寒冷，心里冷，身上也冷。这儿从不结冰，因此也就无所谓解冻。人们已学会如何抵御刺骨凛冽的寒冷气候，正如他们用高墙、门闩和百叶窗，用不断咆哮、说话刻薄、蓬头垢面的看门人来防止别人侵入他们的隐私一样。他们加强自己抵抗寒冷的能力，保暖是关键。保暖和安全，这样他们便可以在安逸之中糜烂。在一个阴湿的冬夜里你根本无须查阅地图以确定巴黎的纬度，它是一个北方城市，是建在填满人脑壳和人骨的沼泽地上的前哨。沿着林荫道有冰凉的人造电气热源，这就是用紫外线打出的“皆大欢喜”。在它的照射下，光顾杜邦连锁咖啡店的顾客显得像生坏疽的尸首。皆大欢喜！这是滋养孤苦伶仃的乞丐的金玉良言，他们在细雨般紫色光线的照射下整夜在街上走来走去。凡有光线的地方总有一点点热气,看着大腹便便、无衣食之忧的杂种们喝下一杯杯烈酒和热气腾腾的黑咖啡,一个叫花子也会暖和起来。凡是有光线的地方,人行道上总会有人,他们互相推挤,透过脏内衣,通过伴随着恶臭的诅咒谩骂哈出的气释放出一点儿热量,就像牲口那样。或许熙熙攘攘的景观会延续八到十个街区,之后街道再次沉入黑夜之中,阴沉、污秽、黑暗的夜,像汤碗里凝结的动物油。参差不齐的住宅蜿蜒好多个街区,每扇窗都紧闭,铺面都闩着,上着锁。这是延伸许多英里的石筑监牢,里面没有一丝热气,狗和猫全同金丝雀一道待在屋里,蟑螂和臭虫都被妥当地监禁起来。皆大欢喜。如果你一文不名,为什么不拿几份旧报纸在大教堂的台阶上给自己铺一张床?那儿的门都已闩好,而且不会有管理人员来打搅你。睡在地铁门外更好,那儿有人给你做伴。在一个下雨的夜里看看他们吧,他们全像床垫一样僵硬地躺着,男人,女人,虱子,全抱成一团,用报纸遮挡别人吐出的唾沫和没有腿的害虫。到桥下或市场上的棚子底下看看他们吧,与像珠宝一样装在袋子里的干净新鲜蔬菜相比,他们是多么卑贱呀!就连油腻腻的钩子上挂着的死马、死牛和死羊看起来也更诱人些,至少明天我们还要吃这些东西,甚至它们的肚肠也有用途。可那些睡在雨里、浑身发臭的叫花子又有什么用呢?他们能替我们做什么呢?他们叫我们流五分钟血,如此而已。

唉,得了,这些都是基督教诞生两千年后的夜间,我在雨中散步时产生的随感。至少现在那些鸟儿都有人养活,还有猫和狗。每回从看门人窗下经过,被她恶狠狠地盯住瞧个够之后,我就会产生一种疯狂的欲念,想掐死世上所有的鸟类。在每一颗冷酷的心灵深处仍有些许爱意,足够喂小鸟儿的。

仍叫我难以忘怀的是观念与生存之间竟有如此大的区别,其中存在永久的脱节。我们试图用一块鲜艳的篷布把两者蒙在一起,但是这也办不到。观念必须与行动契合，如果观念中没有性，没有生命力，那么也就没有行动。观念无法在头脑的真空中单独存在。观念与生存相联系：肝观念、肾观念、组织间隙中的观念，等等。如果仅仅为了一个观念，哥白尼会砸烂整个现存宇宙，哥伦布也会葬身马尾藻海。这个观念的美学孕育出一个又一个你摆在窗台上的花盆。可是如果既不下雨又不出太阳，把花盆摆在窗外又有什么用呢？

菲尔莫尔有极多关于黄金的主意，他把它们叫作关于黄金的“神话”。我喜欢“神话”，也喜欢有关黄金的事儿，可我并不为此着迷，也看不出我们为什么要造花盆，即使是金子的花盆。他告诉我，法国人正在把他们的黄金贮藏在防水箱里，存放在地下。他说有一部小火车头在这些地下洞穴和走道中到处运行。我极欣赏这个主意，黄金置身于深深的、无人破坏的寂静中，在摄氏十七又四分之一度的环境中静静地沉睡。他说一个部队花四十六天零三十七小时仍数不清埋在法国银行下面的金子，还有储备的金假牙、手镯、结婚戒指，等等。还储存着够吃八十天的食物，大堆黄金之上还有一个抗御高爆炸药震动的人工湖。他说黄金将会渐渐消失，这是一个神话，并不是有人侵吞公款。太妙了！我在设想，当我们放弃观念上、衣饰上和道德上的金本位制后，这个世界将会变成什么样子。想想看，还有爱情上的金本位制！

迄今为止，我的符合自己心愿的想法一直是要摆脱文学的金本位制。简单地讲，我想展现情感的再生，描写一个人处于最艰深的思考时的行动，就是说，在他处于谵狂状态中的行为。我要描摹一个苏格拉底之前的人物，一个半是色鬼半是巨人的生灵。简而言之，我要在神石的基础之上建立一个世界，而不是在钉上十字架的一个抽象观念基础之上。你在一些地方会遇到遭人冷落的塑像、设有陷阱的绿洲、被塞万提斯忽视的风车、流到山上去的河流、从上到下身上长着五六个乳房的女人。（斯特林堡在给高更的信中说：“我看到的树是无论哪一个植物学家都不会再看到的，我看到的动物是居维叶[①]从未想到过的，我看到的人是只有你才能够创造的。”）

当伦勃朗达到标准，他便带着金条、干肉饼和折叠床钻进地洞里。“黄金”是住在地下的神的夜语，这个词包含着梦幻和神话。我们正在回到炼金术的年代，回到虚假的亚历山大式智慧中去，它造出我们膨胀的象征物。真正的智慧已被学问这个小气鬼藏在地窖深处，他们用磁铁在空中画圆圈的这一天就要到来。为了找到一块矿石，你得带上两件仪器走到一万英尺的高处，纬度高的地方最好，你得在那儿同地球内部以及死人的幽灵建立起精神感应式的联系。不会再有克朗代克[②]，不会再有富金矿。你不得不学着唱两句，跳两下，读一读十二宫图，研究研究你的内脏。所有掖在地球口袋里的金子都会被重新开采，所有的象征主义都得重新从人的肠子里被扯出来，不过首先要改善工具，要发明更好的飞机，要分辨声音来自何方，这样便不至于听到屁股下有爆炸声就傻乎乎地乱跑。其次，有必要适应平流层中的寒冷层，成为空中的一条冷血鱼。没有崇敬，没有神灵，没有渴求，没有懊悔，没有歇斯底里。总之，正如那位菲利普·达茨所说：“**别灰心！**”

这些都是我在三一广场喝下一杯味美思黑醋栗甜酒后激发的快活念头。正值一个星期六下午，我手中拿着一本“失败”的书，一切便在神圣的痰液里游泳。酒在我嘴里留下一股发苦的草药味儿，我们伟大西方文明的庇护所现在像圣人的脚指甲那样腐烂。女人们正从我身边走过，成千上万的女人，她们全在我面前扭屁股。钟声在回荡，公共汽车驶上人行道，撞在一起。侍者用一块肮脏的破布擦着桌子，老板兴高采烈地给现金出纳机搔痒。我脸上一副空虚的表情，烂醉如泥，视线模

① 乔治·居维叶（1769—1832）：法国动物学家，比较解剖学和古生物学的奠基人。

② 加拿大育空河流域的金矿所在地。

糊，紧紧抓住擦身而过的屁股。在对面的钟楼上，那个驼背用金槌敲响大钟，鸽子闻声惊叫。我打开书，就是那本尼采称之为“迄今为止最好的德文书”。书中写道：

> 人会变得更聪明，更敏感，但是不会更好，更幸福，行动更坚决，至少在某些时期是如此。我预见上帝看到人类不再欢悦的时刻会到来，那时他会打碎一切，以便重新创造。我坚信一切都是为达到这一目的而设计的，而且这焕然一新的新纪元在遥远的未来降临的准确时间已确定。不过在此之前还有一段漫长的时间，我们人类仍能在这片亲爱的古老土地上享受几千、几万年欢乐的生活。①

妙极了！至少在一百年前就有人有眼光看出整个世界快完蛋了！我们的西方世界！我看到男男女女在监狱大墙后面无精打采地移动，与世隔绝数小时，然而这些衰弱的人体仍具有做出非凡表现的潜力，这让我感到惊讶。灰色大墙后面仍有人性的火花，只是永远也不会燃成大火。我问自己，这些是男人和女人还是影子？被看不见的细绳吊着晃来晃去的木偶的影子？他们显然是能够自由活动的，不过却无处可去。他们仅仅在一个区域内是自由的，在那儿可以随心所欲地游荡，不过他们尚未学会如何飞翔。至今还没有人在梦里飞起来，也没有一个人生下来便很轻，很欢快，能飞离地球！振动有力的翅膀的雄鹰有时尚会重重地跌到地面上，它们呼呼振动翅膀的声音使我们头晕眼花。就待在地球上吧，你们这些未来的雄鹰！天空已有人遨游过，那儿是空寂的。地下也是空寂的，填满枯骨和幻影。待在地球上，再飘浮几十万

---

① 歌德语，出自《歌德与艾克曼对话录》。

年吧！

现在是凌晨三点钟，我们这儿有几个妓女。她们正在光地板上翻跟头。菲尔莫尔光着身子走来走去，手里端着一只高脚杯，他的肚皮绷得像鼓一样，硬得像一根管子。从下午三点开始不停地往下灌的茴香酒、香槟酒、干邑白兰地和安茹葡萄酒在他嘴巴里像阴沟一样汩汩响，姑娘们把耳朵贴在他肚子上倾听，像是在欣赏音乐盒。用一根纽扣钩子拨开他的嘴，往里面再倒一杯酒吧。这阴沟发出潺潺响声时，我听见蝙蝠飞出钟楼，这场梦也变得奇妙无比。

姑娘们脱得赤条条的，我们检查一遍地板，以免木刺戳进她们的屁股里。她们仍穿着高跟鞋。她们的屁股！她们的屁股被磨得光滑了，擦破了，用砂纸打光了，光滑、结实、鲜艳得像一只台球或一个麻风病人的脑袋。墙上挂着莫娜的像，她面朝东北方，与她的视线平行的是用绿墨水写的“克拉科夫[①]”。她左边写着“多尔多涅河[②]”，这个词是用红铅笔圈起来的。我突然看到眼前一个鲜艳、光亮的台球上出现一道黑黝黝、毛茸茸的缝，支撑这个台球的两条腿就像一把剪刀。瞧一眼这个黑黝黝、未缝合的伤口，我的脑袋上便也裂开一道深深的缝。所有以前费力地或心不在焉地分门别类、贴标签、引证、归档、密封并且打上印戳的印象和记忆乱纷纷地喷泻而出，像一群蚂蚁从人行道上的一个蚁穴中涌出。这时地球静止，时间停滞，梦与梦间的相互联系也被割断，消弭于无形。在精神分裂症大发作中我的肚肠流出来，这次大扫除后我就与上帝面对面站在一起。我又看到仰卧在毕加索画笔下的伟大母亲，她们的乳房上爬满蜘蛛，她们的传奇深藏在迷宫里，而莫莉·布卢姆[③]

① 波兰一城市。

② 法国西南部河流，发源于中央高原。

③ 爱尔兰作家詹姆斯·乔伊斯（1882—1941）的小说《尤利西斯》中的女主人公。

永远躺在一块脏垫子上。厕所门上涂着红粉笔画的阴茎,圣母用悦耳的声音发出哀号。我听到一阵放荡的歇斯底里的大笑,这儿是满满一屋子患牙关紧闭症的人。那个发黑的身体像磷火一般发光。放荡、完全控制不住的狂笑,还有冲着我来的格格怪笑,那是从青苔般的髭间发出的笑声。笑声使那个台球鲜艳、光滑的表面现出皱褶。这是血管里含有杜松子酒的伟大妓女,人类的母亲。娼妓的母亲啊,蜘蛛在你对数式的坟墓里令我们左右摇摆,这是一个贪得无厌的恶魔,它的笑声叫我心碎。我低头去看这个深陷下去的坑,这是一个迷失的世界,未留痕迹。我听到钟鸣,斯塔尼斯拉斯宫那儿有两个修女,她们的衣衫下散发出陈腐的奶油味,还有因下雨始终未付印的宣言,为了发展整形外科而发动的战争,威尔士王子飞遍全世界装修无名英雄的陵墓。每一只飞出钟楼的蝙蝠都是一项失败的事业,每一次狂欢都是注定会死去的人从单人战壕里通过无线电台发出的呻吟。从那个黑洞洞的未缝合的伤口,从那个令人嫌恶的臭水沟,从那个挤满黑压压人群的城市摇篮里(思想的乐曲就在这儿被淹没在动物油中),从被扼杀的乌托邦中,诞生一个小丑,一个既美又丑,半明亮半混沌的怪物。这个小丑向下、向旁边看时是撒旦,向上看时是一个涂满黄油的天使,一只长翅膀的蜗牛。

低头细看那条缝,我看到一个方程式符号,一个处于平衡状态的世界,一个化为零蛋、一点痕迹不留的世界。这不是范诺登用手电筒照的那个零蛋,也不是那个过早醒悟过来的人身上的空洞,这更像一个阿拉伯数字里的零,从这个符号中能跃出无数的数学世界和一个杠杆支点。这个杠杆平衡群星、不清晰的梦、比空气还轻的机器、轻量级的四肢及生产这些东西的炸药。我要在那条缝里一直穿越上去,穿过眼睛,让这双可爱的、古怪的、炼金术炼成的眼睛拼命转动。只有当它们转动时我才会听见陀思妥耶夫斯基的话,听见他的话滚过一页页纸张,这些话观察极为细致入微,内省极为大胆,所有悲哀的言外之意都幽默地轻轻提到。现在这些话就像一支风琴曲，一直演奏到人的心脏破裂为止。过后一切又归于空寂，只剩下令人目眩、灼人的强烈光线，它将群星丰饶的种子带走。这是艺术史，它根植于大屠杀中。

每当我低头看一个婊子被人干过多次的眼儿时便感觉到脚下的整个世界，这是一个分崩离析的世界，一个精疲力竭的世界，它光滑得就像麻风病人的脑袋一样。假如哪个人敢把对这个世界的看法都谈出来，他就连一平方英尺的立足之地也得不到。人一露面，这个世界便重压在他身上，把他的腰压断。总有过多的腐朽柱子立着，过多令人痛苦的人性有待繁衍。上层建筑是一个谎言，其基础则是巨大、令人不寒而栗的恐怖。如果说，在过去千百年里真出现过一个眼睛中流露出绝望、饥饿神色的人，一个为创造一种新生物把世界翻个底朝天的人，那么他带给世界的爱便会化为愤怒，他自己则会变成一场灾难。如果我们不时读到探究真理的书，刺伤人使人冷酷无情的书，令人叫苦落泪诅咒谩骂的书，我们就知道这些文字是那个被压垮的人写的。他唯一的抵抗方式就是诉诸文字，而他的文字总是比世界上撒谎压人的重量更有力，比胆小鬼们发明的旨在压垮人格之奇迹的刑台和刑车更有力。如果哪一个人敢于直抒胸臆，秉笔直书他的真实经历，真正的真实，那么我想世界将毁灭，将被吹成碎片。没有神、变故和意志能重新弥合起这些碎片、原子以及构成这个世界的不可摧毁的要素。

自从最后一个贪吃的人，最后一个懂得“喜悦”含义的人出现以来的四百年间，人类在艺术、思想和行为上都在持续不断地衰败。这个世界已完蛋，连一个干脆利落的屁也不曾留下。哪一个绝望的、饥肠辘辘的人会对现存政府、法律、道德、准则、理想、思想、图腾和禁忌表现出丝毫敬重？如果谁知道念出那个在今天被称之为“缝”或“穴”的谜一般的东西意味着什么，如果谁对被贴上“淫秽”标签的现象怀有最低限度的神秘感，那么这个世界便会分裂成几块。正是对淫秽的惧怕，使得这个疯狂的文明社会显得像火山口。处于创造性精神和人类母亲大腿之间的正是这种张开大嘴打哈欠似的空幻感。一个饥饿、绝望的精灵出现并使一只豚鼠锐声尖叫，这是因为他懂得在何处铺设性的炽热导线，是因为他懂得在无动于衷的坚硬外壳下藏着丑恶的创伤，其伤口永远不会愈合。于是他把这段炽热的导线夹在两腿间，猛击下面，烧焦内脏。戴上橡皮手套也没有用，所有能冷静、机智地加以处理的都是表皮上的东西，而一个志在创造的人总会钻到底下，钻到开放的伤口上，钻到正在化脓的、可憎的恐惧上。他把发电机拴在最脆弱的部分，要是有血和脓喷出来就好了。被人操过的火山口是淫秽的，比一切更加淫秽的是惰性，比最难听的赌咒发誓更亵渎的则是麻痹。如果只剩一个裂口的创伤，它一定得向外喷射，尽管喷出来的只是蛤蟆、蝙蝠和侏儒。

每一样东西都装在另一样东西里面，有的完美，有的不完美。地球不是健康和舒适的干旱高原，而是一位仰卧的硕大女性。她天鹅绒般的躯体随着海浪涨大、起伏，她在烦躁和苦恼的王冠下蠕动。赤身裸体性交后，她在星星紫光笼罩下的云彩中滚动。她全身在狂热的激情支配下放出光芒，从肥硕的乳房到隐约可见的大腿。她在四季和岁月间遨游，一场盛大的狂欢以突发的狂怒攫住她的躯体，抖去天空中的蜘蛛网，于是她以暴躁的兴奋心情降落在自己的旋转轨道上。有时她像一只母鹿，这只母鹿跌进陷阱，它心怦怦跳着躺在那儿等待钹声敲响、猎狗狂吠。爱与恨、失望、怜悯、怒气、厌恶，这些在行星间的乱交中又算得上什么？当夜晚带来耀眼的太阳般的欣喜时，战争、疾病、残酷和恐怖又算得了什么？若不是记起回到野蛮时代和星团中，我们睡觉时咀嚼的秕糠又算得了什么？

每逢性欲亢奋时，莫娜便对我说："你是一个伟大的人。"这话藏在我灵魂深处，常会跳出来照亮我下面的阴影，尽管她把我扔在这儿，听任我死掉，尽管她在我脚下留下一个空旷的大坑。我是一个普通人，雌嗞响的灯光使我头晕。我是一个零蛋,我看到周围的一切都沦为嘲弄人的东西。被硫磺点燃的男女从我身边走过,穿着黑色号衣的搬运工打开地狱的双颌。声名在拄着拐杖走路,它被摩天大楼欺骗,被生着锋利牙齿的机器大口嚼烂。我穿过高大的建筑物朝清凉的河边走去,看见光束像火箭一样从骷髅的肋间直刺天空。如果我像莫娜所说的真是一个伟大的人,我阿谀奉承的愚蠢行为又该做何解释?我是一个有灵有肉的人,我的心并没有钢梁护卫。我有过欣喜的时刻,我伴着燃烧的火星歌唱。我歌唱赤道、她生着红毛的大腿和从视线中消失的岛屿,不过谁也没有听见我的歌声。朝太平洋彼岸发射的一炮落进太空里,因为地球是圆的,鸽子们朝下飞行。我看到她隔着桌子望着我,目光极其悲怆。悲伤在她身体里扩散,在她脊骨上碰扁了鼻子,搅拌成怜悯的骨髓已变成液体。她轻巧得犹如浮在死海海面上的一具死尸,她的手指痛得流血,血又变成口水。随着潮湿的黎明来临,钟声敲响,这钟声沿着我的神经纤维无休无止地回荡,这撞击声伴随着铁一般的恶意在我心里当当响。奇怪的是钟声竟会这样响,更奇怪的是钟破裂了,于是这个女人转向黑夜,她的蛆虫一般的言辞咬穿床垫。我在赤道下移动,听到张着绿色大口的鬣狗在恐怖地哈哈大笑,看见生着光滑尾巴的豺、羚羊和有斑点的豹子,它们全被留在伊甸园里。这时她的悲哀扩展,像一艘无畏战舰的舰首,她沉下去的重量使我的耳朵被水淹没。稀泥被洗掉,蓝宝石滑出来,通过快乐的神经细胞淘洗出来,它的光谱被拼接在一起,船舷泡在水里。我听见炮架像狮爪子落地一样无声无息地转动,看到它们在呕吐,在流口水。天幕垂下来,所有的星星都变成黑色的。黑色的海洋在流血,沉思默想的星星孕育着一大块一大块刚刚肿胀起来的肉,鸟儿在头顶上盘旋,幻觉的天空中落下臼和杵,还有包扎起来的正义之眼。所有在这儿讲到的东西都用想象中的脚沿着死去的球体平行移动,所有空眼眶看到的东西都像开花的草一样绽开。虚无缥缈中，出现无限的符号，不断上升的螺旋底下裂开的口子在缓慢下沉。陆地和海洋和谐地连接为一体，这是用血肉写就的诗篇，它比钢丝和花岗岩还坚硬。经过无尽的长夜，地球朝着一个未知的创造物飞速旋转而去……

今天我从熟睡中醒来，嘴边挂着快活的诅咒，我不断自言自语，嘟囔着谁也听不懂的话，像在念一篇连祷文。"做你想做的事情……做你想做的事情！"[①]干什么都行，但是要叫它带来欢乐；干什么都行，但是要叫它带来欣喜。我脑袋里塞得满满的，开始自言自语：意象、搞同性恋的人、叫人恐惧的人、叫人发疯的人、狼和羊、蜘蛛、蟹、张开翅膀的梅毒病菌。总闩着又总敞着的子宫门，像坟墓一样已做好接待准备。淫欲，犯罪，圣洁，我崇拜的人都过着这种生活，他们也因此失败；这是他们留下的话，也是他们未说完的话。这是他们拖在身后的善，他们造成的罪恶、悲哀、不和、仇恨和争斗，而超出这一切的是狂喜！

我以前的偶像的一些所作所为使我流泪，那是捣蛋、混乱、暴力，最主要的还是他们引起的仇恨。一想到他们残缺不全的肢体，他们选择的荒诞风格，他们所从事的工作的浮夸和乏味，他们耽溺于其中的杂乱无章状态，以及他们在自己身边设置的种种障碍，我便觉得异常高兴。他们陷在自己拉的屎中，不能自拔。他们都是喜欢不厌其烦地絮絮叨叨的人，这是千真万确的。我差一点儿就会说："指给我一个说起话来没完的人，我就会说这是一个伟大的人！"他们称为"详尽探讨"的东西正对我的胃口，这是争斗的征兆，这是缠绕着各种纤维的争斗，是不和谐精神的气氛和环境。你指给我看一个能说会道的人，我不说他不够伟大，可我会说他无法吸引我……我向往那些会令人生厌的特性。我

① 原文是法文，亦可译为"做你愿做的"或"随心所欲"。这是16世纪法国文艺复兴时期作家拉伯雷在《巨人传》中虚构的一种生活哲学。

想到艺术家毫不含糊地给自己规定的任务是推翻现存价值观念，是把周围的一片混乱按照自己的方式整理得井井有条，散布争斗以及不和，以便得到情感上的解脱并使死者复活。于是，我这就兴高采烈地跑到那些伟大而又不完美的人那儿去。他们的困惑滋润着我，他们结结巴巴的话在我听来犹如仙乐。在被打断之后漂亮地膨胀的书页上，我看到被抹去的小段插入语和肮脏的脚注，也可说是胆小鬼、骗子、贼、蛮子和诽谤者留下来的。我从他们美妙的喉咙的肿胀肌肉上看出，把轮子翻转过来、从掉队的地方加快脚步赶上来时，他们一定耗费了惊人的力量。在日常烦恼和骚扰之后，在软弱、懒惰之人下贱、矫饰过的恶意之后，我看见那儿耸立着人生中令人心灰意懒的象征。我看到那个制定秩序、散布争斗及不和的人，他深受意志力的影响。这样一个人势必一次次为自己的行为受苦受难，直至被绞死为止。在他的高雅手势后面，我看到一个荒谬的幽灵在徘徊，他不仅崇高，而且荒谬。

我曾一度认为，有人味儿是一个人可望达到的最高目标，可我现在明白这意味着要毁掉自己。如今我骄傲地说自己没有人味儿，我不属于其他任何人和政府，所有信条和原则都与我无关。我与人性这部吱吱作响的机器毫无关联，我属于地球！我躺在枕头上这样说，感觉到太阳穴处冒出两只角。我可以看到我疯狂的祖先围着床跳舞，他们宽慰我，给我打气，用毒蛇般的舌头抽打我，用藏在暗处的脑袋朝我嬉笑。我不是人！我带着疯狂的、幻觉般的狞笑这样说，哪怕天上落下鳄鱼我也要一直这样说下去。在我的话背后是那些藏在暗处咧着嘴嘻嘻笑的脑袋，有些已死去的人的脑袋长时间地笑，有些像患了牙关紧闭症似的那样笑，有些又扮鬼脸狞笑，这是一直在进行中的事情的预演和结果。我看见自己狞笑的脑壳是最清楚的，看见自己的骷髅在风中跳舞，毒蛇从腐烂的舌头里爬出来，描写欣喜的膨胀书页被粪弄脏。我把我的脏东西、我的屎尿、我的疯狂、我的欣喜都投入肉体地下铁道流动的大循环中去，所有这些自然的、不受欢迎的、醉后吐出的东西将通过这些人的脑子无休止地向前流动，一直流到一个装着人类历史、永远不会枯竭的罐子里。同人类并驾齐驱的还有另一类生物，他们就是那些没有人性的人，是艺术家这类人。受已知的冲动驱使，他们掌管无生命的人类。他们用狂热和激情鼓动人类，把这团生面变成面包，把面包变成酒，再把酒变成歌曲。从废弃的肥料和死气沉沉的废料中，他们构思出一首散发着臭气的歌。我看到这一类人在洗劫世界，他们把一切翻个底朝天，他们的脚总踩在血泊中，他们的手总是空的，总是在捕捉逮不住、捏不到的神。为了使撕咬他们要害之处的妖魔平静下来，他们毁掉能够得到的一切。他们用力揪自己的头发去领悟、去把握这个永远难以理解的难题，他们像发疯的野兽，大吼大叫、乱撕乱顶。我看到他们做这些事情，我看到这是对的，没有其他道路可走。一个属于这一族类的人必须站在高处，口中胡说八道，把自己的肚肠剖出来。这是正当、正义的，他必须这样做！所有不能呈现这一吓人场面，不那么令人战栗，不那么可怕，不那么疯狂，不那么令人兴奋，不那么具有污染性的东西都不是艺术。余下的都是伪造的、有人性的，是属于生命和无生命的。

比方说，每当想起斯塔夫罗金①，我便会联想到某一个妖魔站在高处向我们扔自己撕裂的肠子。在《群魔》中，地震发生了，这不仅是降临在富有想象力的人头上的大灾难，而且是大批人被埋葬、被永远消灭的大地震。斯塔夫罗金就是陀思妥耶夫斯基，陀思妥耶夫斯基是所有这些矛盾的总和，它们不是使一个人麻痹就是领他爬上高处。不会有太低、令他无法进入的地方，也不会有太高、让他畏于攀登的地方。遗憾的是，我们再也没有机会见到一个被置于神秘中心的人，他的光芒可以

① 俄国作家陀思妥耶夫斯基的小说《群魔》中的人物。

为我们照亮黑暗的深邃和无垠。

今天我可以感知自己的血统，再也没有必要去求助占星术或查阅家谱表。我对群星上或我的血液里写着什么一无所知，只知道我是由人类某些神话中的创始人繁衍而来的。那个把神圣的瓶子举到唇边的人，那个跪在集市上的罪犯，那个发现所有尸体都会发臭的纯洁的人，那个跳舞时手中发出闪电的疯子，那个撩起长袍朝大地上撒尿的修道士，那个翻遍所有图书馆要找到《圣经》的宗教狂。我由所有这些人集合而成，所有这些人造成我的忏悔、我的欣喜。假如我没有人味儿，那是由于我所生活的世界已经超出人性的界线，那是由于做一个有人味儿的人像是在做一件可怜的、令人遗憾的、凄凉悲苦的事情。它受到种种理智限制，受到种种道德规范的制约，由种种陈词滥调和这个或那个主义划定范围。我将葡萄汁一饮而尽，从中获得智慧，不过我的智慧并非来自葡萄，我沉醉也并非因为酒……

我想绕过那些高大荒芜的山脉，一个人会在那儿渴死、冻死。这就是"超瞬时"历史，就是不存在人、兽、草木的绝对时空，一个人在那儿寂寞得发疯，语言则只是词语而已。那儿的一切都是自由自在的，与时代不谐调。我想要一个男人和女人的世界，一个树木不讲话的世界（如今的世界上，话讲得太多了！），一个河流能把人载到各地去的世界，不是成为古老传说的河流，而是让人同别的男女，同建筑、宗教、植物、动物接触的河流，是水上有船只行走的河流。人们在这样的河里溺死，并非淹没在神话、传说、书籍和以往的尘土中，而是淹没在时间和空间的历史中。像莎士比亚和但丁那样，我想要能汇成大海的河流，想要在以往的空泛中不会干涸的河流。大海，对了！让我们有更多的大海吧，新的、阻断过去的大海，创造新的地质构造、新的地形景观、陌生而且令人恐惧的大陆的大海，在摧毁的同时也在保护的大海，可以在上面航行、去探求新发现和新视野的大海。让我们拥有更多的大海，更多的动乱、战争和大毁灭吧！让我们拥有一个男男女女大腿间都装有发电机的世界，一个充满自然的愤怒、激情、行动、戏剧、梦幻、疯狂的世界，一个孕育欣喜而不是干放屁的世界。我坚信今天比以往任何时候都更应寻求写一本书，哪怕它只有一大页呢。我们必须寻找碎片、碎屑、脚指甲，一切含有矿物质、一切可以使肉体和灵魂复活的东西。

也许我们命中注定会遭厄运，也许我们当中没有一个人有希望活下去。如果是这样，那就让我们发出最后一声叫人胆寒、叫人毛骨悚然的吼叫吧！这是挑战的呼叫，是战斗的怒号。悲伤，去它的！挽歌和哀乐，去它们的！传记、历史、图书馆和博物馆，去它们的！让死人吃掉死人。让我们活着的人在火山口边上跳舞吧，这是临死前的一场舞蹈，不过它仍是一场舞蹈！

我们时代的伟大盲诗人弥尔顿说："我爱一切流动的事物。"今天早晨，我高兴地拼命大叫着醒来时正想着他，我正在想他的河流、树木和他摸索的整个黑暗世界。是啊，我对自己说，我也爱流动的一切：河流、阴沟、熔岩、精液、血液、胆汁、词汇和句子。我爱从羊膜中溅出的羊水；我爱患有令人痛苦的结石和诸如此类东西的肾脏；我爱撒出的热乎乎的尿和久治不愈的淋病；我爱歇斯底里的疯话、像拉痢疾那样一泻而出的句子和灵魂中全部病态的映像；我爱亚马孙河和奥里诺科河①这样的大河，莫哈瓦金之流的狂人在那儿一只无篷的小船上漂过梦和古老的传说，淹死在只有一个出口的河口中。我爱流动的一切，甚至女人来月经时流出的血，它会冲走生育能力不强的精子。我爱会流动的手稿，不论它们是神圣的、深奥的、反常的、多形体的还是单边音的。我爱流动的一切，一切拥有时间、正在成长的东西，它们把我们带回永远不会结束的伊始之中：先知们的激烈，令人狂喜的猥亵，宗教狂的智慧，牧师和

① 南美洲重要河流，大部分在委内瑞拉境内，向东注入大西洋。

他的橡皮连祷文，妓女的下流话，从排水道里漂走的唾液，乳房里的奶汁和子宫里流出的带苦味的蜜水，以及一切流动的、溶化的、无节制的和溶解的东西，一切在流动中得到净化的脓和脏东西，那些失去其出身意识、将大循环驱向死亡和瓦解的东西。这个伟大的乱伦愿望与时间一起向前流动，将来世的伟大概念融汇于此地此刻。这是一个空幻、自我毁灭的愿望，它受到言辞阻挡，又被思想麻痹。

第十四章

我们从奥德萨街同电话公司的几个黑女人一起回到家里，当时已快到圣诞节的黎明了。火已熄灭，我们都太累了，于是便穿着衣服上床。我的那个姑娘整个晚上都像一头豹子一样蹦蹦跳跳，我爬到她身上时她已睡熟了。我在她身上使了一阵劲儿，犹如在一个被淹死或闷死的人身上使劲儿一样。后来我放弃努力，自己也昏昏睡去。

节日期间我们天天喝香槟，早上、中午和晚上，有最便宜的，也有最好的。新年过后我就要去第戎①啦，人家在那儿给我安排了一个微不足道的差事，当英语交换教师。这是促进法美和睦相处的一项安排，旨在增进这两个姊妹国家的相互了解，发展友好关系。对于其前景，菲尔莫尔比我更受到鼓舞，他这样想是有充足理由的，而对于我这不过只是从一个受苦受难的地方转到另一个受苦受难的地方而已。我面前毫无希望，这份工作甚至连薪水也没有。他们指望得到这份工作的人自认有福气，能够享受传播法美和睦这一福音的特权。这是为一个阔佬的儿

① 法国东部城市，在巴黎东南二百七十公里。

子预备的工作。

启程前一天晚上我们玩得很开心。天快亮时下起雪来，我们走过一个个街区，最后再看一眼巴黎。穿过圣多米尼克街时，我们突然来到一个小广场，那儿便是圣克洛蒂尔德教堂，人们正在望弥撒。菲尔莫尔的头还有一点儿昏昏沉沉，他执拗地也要去望弥散，据说是“为了好玩”。我对此有几分不安，首先是因为我从未望过弥撒，其次是我显得寒酸，也觉得寒酸。菲尔莫尔也显得衣衫褴褛，甚至比我更不体面。他头上歪戴着一顶垂边帽，大衣上还沾着我们刚去过的最后一家妓院里的锯末。不管怎么说，我们还是大踏步走进去，最糟的结果不过是被他们推出来而已。

看到的景象令我大吃一惊，倒没有一点儿忐忑不安的感觉啦。过了一会儿我才习惯昏暗的光线，我牵着菲尔莫尔的袖子，跟在他身后踉踉跄跄地走，这时一种稀奇古怪的声音钻进我的耳朵，像某种从铺路的冷石板中冒出的空洞的嗡嗡声。这是一座凄凉的巨大坟墓，来吊丧的人进进出出，络绎不绝。这是到地下世界去之前必定会经过的来宾接待室，温度在华氏五十五度或六十度左右。除地窖最上层放出的那种难以名状的哀乐之外，没有音乐，那哀乐活像上百万棵菜花在黑暗中哀号。身着寿衣的人口中念念有词，一副无可奈何、十分沮丧的乞丐模样。这些乞丐恍恍惚惚地伸出手来，咕哝着谁也听不懂的乞求怜悯的话。

我早知道会有这类事，不过一个人若知道有屠宰场、停尸所和解剖室这类去处，他会出于本能地躲开这些地方。我在街上常常从一个牧师身边走过，他手里捧着一本小小的祈祷书，在吃力地背诵。我自语道：“傻瓜！”过后也就不再理会。在街上你会碰到各种各样的呆子，这个牧师还不算是最叫人吃惊的。人类两千年的蠢行已使我们对此不那么敏感，然而当你被突然送到这个牧师身边，看到他在这个小小的世界里发挥着一只闹钟的作用,你还是会产生一些全然不同的情感。

一刹那间这些流口水、翕动嘴唇的全部把戏几乎都有了意义。正在发生什么事情,正在上演一出哑剧,它没有使我完全惊呆,却也叫我惶惶不知所措。在全世界,凡是有灯光暗淡的坟墓的地方,你都会看到这一令人难以置信的场面——同样的恼人温度,同样的朦朦胧胧的光线,同样的嗡嗡声响。在特定的时辰内,整个基督教世界里穿黑衣的人都俯在祭坛前。牧师就站在那上面,手里拿着一本小书,另一只手里拿着一只开饭铃或喷雾器。他对众人喃喃布道,即使他的话能叫人听懂也不再有一点儿意义。很可能他是在乞求上帝保佑他们吧,也保佑国家,保佑统治者,保佑枪炮、战舰、军火和手榴弹。祭坛上,围在牧师身边的是一群小男孩,穿着打扮像上帝的安琪儿,他们唱男高音和女高音。全是纯洁的小羊羔,全穿着裙子,看不出性别,像牧师本人一样是扁平足和近视眼。绝妙的不辨雌雄的猫叫春似的,是符合 J-mol 节拍的松紧内裤里的性行为。

我在昏暗的光线下尽量仔细地观察这儿的情况。既令人眼花缭乱,又叫人目瞪口呆。我自忖,整个文明世界,整个世界都是这样,真是太棒了。不论下雨还是天晴,下冰雹、雨夹雪、雪、打雷、闪电、战争、饥馑、瘟疫,都不受丝毫影响。总是同样的恼人温度,同样的胡言乱语,同样的在脚腕上系带子的鞋,同样的上帝的小安琪儿唱男高音和女高音。靠近出口处有一只开孔的小箱子,是为继续天国的工作而设的,于是上帝的恩典便会像雨点一样落在帝王头上,落在国家里,落在军舰、高效炸药、坦克和飞机上,于是工人会增强臂力,有力气屠宰马、牛和羊,有力气在钢铁大梁上钻孔,有力气在别人的裤子上缀扣子,有力气出售胡萝卜、缝纫机和汽车,有力气消灭虫子、打扫马棚、倒垃圾箱、洗刷厕所,有力气写新闻标题、在地下铁道里剪票。力气……力气。原来这喃喃自语和戏弄人的把戏只是为了给人一点力气!

我们从一个地方挪到另一个地方，以通宵狂欢后的那种清醒意识审视这个场面。我们这样窜来窜去一定很惹人注意，因为我们的外衣领子竖着，从不画十字，除了低声说几句麻木不仁的话以外，嘴巴一动也不曾动过。假如菲尔莫尔不那么固执地在仪式正进行一半的时候从祭坛边走过，或许谁也不会注意到这一切。他在找出口。我估计他想着走到出口那儿就可以一饱眼福，看一看这最最神圣的场面，这就是说要近距离仔细看一看。我们一路平安无事，朝着很可能是出口的那一道光线处走去，这时幽暗中猛地闪出一位牧师拦住去路。他想问问我们要去哪儿，正在干什么，我们相当有礼貌地回答说我们正在找出口。我们说的是英语的"出口"，因为当时受到惊吓，我们一时想不起法语"出口"怎么说。牧师一句话不说，紧紧抓住我们的胳膊，推开一道边门把我们狠狠推搡出去。摇摇晃晃地，我们跌进刺眼的阳光中。这件事发生得那么突然，猝不及防，待我们来到人行道上仍没有完全反应过来。我们眯上眼睛走出去几步，然后又出于本能转过身来。牧师仍站在台阶上，苍白得像一个鬼魂，他像魔鬼那样狠狠地瞪着我们，准是连肺都气炸了。后来又回想起这件事时我也不怪他，不过当时瞧见他穿着长袍、头上扣着一顶小瓜皮帽的滑稽相，我忍不住哈哈大笑。我看看菲尔莫尔，于是他也大笑起来。我们站在那儿，当着这个可怜虫的面足足笑了一分钟。我猜他起初有一点儿茫然不知所措，不过他突然冲下台阶，一边还冲着我们晃拳头，似乎真动气了。他冲出围墙，一路狂奔过来，这会儿某种保护自己的本能提醒我快溜走。我拽住菲尔莫尔的袖子逃开了，他还像一个傻瓜似的说："别，别！我可不跑！"我嚷道："快跑啊！咱们还是快点儿离开这儿为妙，这家伙已经完全疯啦。"于是我们开溜，竭尽全力逃走了。

在去第戎的路上，我们仍在为这件事情大笑。不过我的思绪又回到另一件可笑的往事上，那件事同今天发生的事有点儿相似，是我在佛罗里达短暂停留时发生的。那是在有名的繁华时期，我同成千上万的人一样，冷不防遇到麻烦。我试图解脱，结果却同一位朋友一道更深地陷入困境。杰克逊维尔①尤其处于被围困状态中，大约有六个星期我们被困在那儿。天下所有的流浪汉和许多以前从未做过流浪汉的家伙似乎都游荡到杰克逊维尔来，到处都人满为患：基督教青年会，救世军，消防队和警察局，旅馆和公寓。到处都挂着客满的牌子，绝对客满。杰克逊维尔居民的心肠已经变得很硬，我觉得他们像是穿着甲胄在来回走。这一回又遇到食物这个老问题，食物和一个睡觉的地方。食物正从南方用火车运来，有橘子、柚子以及各种水分很多的食品。我们常从货车棚旁走过，看看有没有烂水果，那也很难得。

绝望中，有一天夜里我拉上我的朋友乔，来到一家犹太教会堂里，当时里面正在做礼拜。这是一家新派会众聚会场所，那位拉比②给我留下的印象相当不错。音乐也很打动人，是犹太人那种发自内心的悲哀曲调。礼拜刚结束，我便大摇大摆地来到拉比的书房里，要求见他。他接待我的态度还算过得去，待我说明来意，他便吓坏了。我只是求他给我和我的朋友乔施舍几个钱，可是看着他瞧我的那副样子，你还以为我已开口要把会堂租下来当保龄球场呢。最后，他突然直截了当地问我是不是犹太人，我说不是，他便发脾气了。那么，请问，你为什么要来向一个犹太教牧师求援呢？我天真地告诉他，我一贯信任犹太人，我是很谦卑地说这话的，仿佛自己不是犹太人便是一个古怪的缺陷。这也是实话，但他根本不为所动。不，先生。他简直吓死啦。为了赶我走，他给救世军的人写了一张便条。他说："这才是你该去的地方呢。"说完，他便无礼地转身去照看他的会众。

---

① 美国佛罗里达州一城市。

② 犹太人的学者、法师。

当然，救世军也拿不出什么东西给我们。假如我们每人有两毛五分钱便可以租一个铺在地上的床垫，可是我们两人加起来也没有五分钱。我们来到公园里，在一条长椅上躺下。天正在下雨，我们便用报纸遮盖在身上。估计躺下还不到半小时，一个警察过来，一句话不说就狠狠扇了我们一巴掌。我们马上爬起来站在地上，还跳了几下舞，尽管当时没有一点儿心思跳舞。屁股上被那白痴王八蛋掴了一掌后，我觉得真他妈的恼火、悲哀、沮丧，心情极坏，真恨不得炸掉市政厅。

第二天早上，为了报复这伙好客的王八蛋，我们一早便精神焕发地站在一个天主教神父的门口。这一回，我让乔出来说话，他是爱尔兰人，还带点儿爱尔兰土腔。他的眼睛也非常蓝，温情脉脉的。只要乐意，他还能叫它们湿润起来。一个穿黑袍的修女打开门，可她并不请我们进去，却要我们在走廊里等她去禀报那位好心的长老。过了几分钟，那位好心的长老来了，像一部火车头一样喘着粗气。我们这么早打搅他、破坏他的雅兴是为了得到什么？一点儿吃的和一个睡觉的地方，我们天真地答道。好心的长老立即问，那你们是从哪儿来的？从纽约。从纽约吗？那么你们还是尽快回纽约去吧，我的孩子们。这个大块头、大胖萝卜脸的狗杂种没有再说什么便劈脸把门嘭地关上。

大约过了一个小时，我俩还在无助地四处乱逛，像两只歪歪倒倒的双桅帆船那样。我们碰巧又路过那位神父家。老天爷在上，这个大块头、淫荡的萝卜脸正在从巷子里往外倒车呢！他从我们身边疾驶而过，朝我们眼睛里喷出一团烟，似乎在说："这是赏给你们的！"那轿车很漂亮，后面装着好几只备用轮胎，好心的神父坐在方向盘前，嘴里叼着一根粗雪茄。这根雪茄那么粗，味道那么足，准是一根"花冠"牌的。他的坐姿也很优雅，你很难模仿得来。我没看见他是否穿了长袍，只看到顺着他嘴角淌下的肉汤和那根散发出香味的五十美分"花冠"大雪茄。

去第戎的路上，我不由得追忆起这段往事。我想到在那些痛苦、耻辱的时刻我本该说、本该做而又没有说、没有做的一切，那时仅为向别人讨一口面包就要叫自己堕落得不如一条虫子。尽管我镇定自若，往昔的侮辱和伤害仍然使我感到痛苦。我仍能感觉到那个警察在公园里朝我屁股上掴的那一巴掌，尽管那只是一桩小事，你或许会说那是一堂短暂的舞蹈课。我走遍整个美国，也曾到过加拿大和墨西哥。到处都一样，你若想要面包就得干活，受人摆布。整个地球是一片灰蒙蒙的沙漠，是钢和水泥铺成的地毯。生产吧！更多的傻瓜和螺钉，更多的带刺铁丝网，更多的狗食，更多的刈草机，更多的滚珠轴承，更多的高效炸药，更多的坦克，更多的毒气，更多的肥皂，更多的牙膏，更多的报纸，更多的教育，更多的教堂，更多的图书馆，更多的博物馆。前进！时间不等人，胎儿正在穿过子宫颈，那儿却连一点润滑通道的羊水都没有。这是干燥的、扼杀胎儿的分娩，没有一声哭号、一声喊叫。向来到人世间的孩子致敬！从直肠里腾腾腾地放出二十一响致敬的礼炮。沃尔特说："我戴帽子全看自己高不高兴，不论是在室内还是在室外。"以前有过你可以挑选适合的帽子的时代，不过时代在变，现在为了挑选一顶合适的帽子你得一直走到电椅上去，他们会给你一顶瓜皮帽戴。有点紧，怎么啦？不过没关系！挺合适的。

你必须待在法国这样一个陌生的国度里，在将生与死划分为两部分的子午线上行走，这样才明白在前面等待你的将是何种难以预测的景观。*带电的肉体！民主的灵魂！洪水浪潮！*上帝的神圣母亲啊，这一番蠢话究竟是什么意思？地球被烤焦，破裂。像一群兀鹰围着一具发臭的尸体，男男女女汇集在一起，交配，然后再飞往各处。我们就是从云中像沉重的石头一样落下的兀鹰，就是它们的爪和嘴！它巨大的消化器官有一个专嗅臭肉的鼻子。前进！不怜悯，不同情，不爱也不谅解地前进！别请求宽恕，也别宽恕别人！更多的战舰、毒气、高效炸药！更多的淋菌！更多的链球菌！更多的轰炸机！越来越多，直到所有见鬼的工厂被炸成碎片，地球也一起完蛋！

一下火车我就马上明白自己犯了一个致命的错误。那所公立中学离车站不远，我在冬日薄薄的暮色中摸黑穿过大道朝目的地走去。正在下小雪，树上结的霜晶莹闪亮，我经过几家空荡荡的大咖啡馆，看上去像阴沉的候诊室。寂静、空旷的幽暗，这就是它们留给我的印象。这是一个毫无希望的小镇，出产的芥末多得车载斗量，大桶、小桶、罐子和精致的大口瓶里都盛着芥末。

看到那所学校，我心里凉了半截。来到大门口我仍拿不定主意，便停下考虑是不是还要进去。可是我没有买回程车票的钱，胡思乱想也于事无补。有那么一会儿，我想给菲尔莫尔打电报，可是无论如何也想不出一个借口，于是只得闭上眼睛走进门去。

正巧校长先生不在，他们说这天他休息。一个小驼背过来主动提出带我去学监先生的办公室，那是第二号人物。我紧跟在他身后，他蹒跚走路的怪样子使我觉得很好笑。他是一个小怪物，在欧洲所有不那么像回事儿的教堂门口都栖息着这种怪物。

学监先生的办公室宽敞、空旷，我坐在一把椅子上等他，驼背冲出去找他。这儿令我觉得相当自在，这个地方的气氛使我清晰地回想起美国的一些慈善机构，我从前常常在那些地方一坐就是几个钟头，等某个满口甜言蜜语的狗杂种来仔细盘问我。

门猛地被打开，学监先生踏着碎步趾高气扬地走进来。我勉强忍住才没有笑出声来。他穿着一件常礼服，同鲍里斯从前穿的那件一样，一绺头发垂在他的前额上，也许斯麦尔佳科夫①留的就是这种卷发。他严肃，脾气大，目光锐利。他不说一句鼓励的话，马上拿来写着学生姓名、课时和课程的单子一次向我交代清楚。他告诉我给我划拨多少煤

① 俄国作家陀思妥耶夫斯基所著小说《卡拉马佐夫兄弟》中的人物。

和木柴，接着又马上告诉我课余时间由我自行支配，想干什么就干什么。最后这一桩是我听见他讲的头一件好事，这话听了叫人那么舒服自在，以至于我马上为法国祈祷，为它的陆海军，它的教育制度，它的小酒馆以及所有混账机构。

这一套手续办完，他拉动一只小铃，听到铃声驼背便来带我去总务先生的办公室。这里的气氛有些不同，更像一个货栈，到处搁着提货单和橡皮图章，脸色灰白的办事员用断铅笔在笨重的大账本上飞快地书写。待他们把我的一份煤和木柴分出来，我便和驼背一起推着一辆手推车朝宿舍走去。我分到的房间在顶层，与学监们住在同一侧。这情景有几分好笑，我不知道下一步会发生什么。或许有一只痰盂。这儿有一种很强烈的准备作战的气氛，仅仅缺少一只背包和一杆枪，还有一只黄铜酒杯。

分给我的房间相当大，屋里有一只小火炉，炉上装着弯曲的烟囱，恰好在铁床上方拐弯。还有一只装煤的大箱子，木柴就堆在门口。窗外是一排完全用石头砌起来的凄凉的小房子，里面住着杂货商、面包店主、鞋匠、屠夫，全是一伙白痴似的粗人。我的视线又越过他们的房顶，光秃秃的山岭中有一列火车在喀哒喀哒响，车头发出尖锐的汽笛声，伤感，歇斯底里。

待驼背替我生好火，我便向他打听吃的。还不到吃饭时间，于是我穿着大衣倒在床上，把被子盖在身上。我身边便是那只已用过不知多久、摇摇晃晃的床头柜，尿盆就藏在这里面。我把闹钟摆在床头柜上，望着时间一分钟一分钟滴答滴答地流逝。一道蓝光由街上透进屋里，我倾听卡车隆隆驶过，一边茫然地瞪着烟囱，瞪着用一截截铁丝捆住的烟囱拐弯处。我一辈子从未在摆着煤箱子的屋里住过，一辈子没有生过火、教过孩子，而且我也还从未干过没有报酬的工作。我感觉到自由自在，同时也觉得受到束缚。这很像一个人在选举前的心情，所有的骗子都已得到提名，这时却有人恳求你为某一合适人选投票。我觉得自己像一个受雇者，一个万事通，一个猎手，一个流浪汉，一个划船的囚犯，一个寒酸的小学教师，一条蛆和一只虱子。我是自由的，可我的四肢却戴着镣铐。我是一颗拥有免费餐券的民主的灵魂，可是没有机车那么大的力量，没有声音。我又觉得自己像一只钉在木板上的海蜇，但我最明显的感觉是饿。闹钟上的指针走得很慢，还得消磨十分钟火警警报才会响起。屋里的阴影更深，静得吓人，这种紧张的寂静令我的神经难以忍受。窗子上堆积着小团小团的雪，远处有一台机车发出刺耳响声，过后便是死一般的寂静。炉子已在熊熊燃烧，可是没有散发出多少热量。我担心自己会一觉睡过去，错过晚饭，那意味着必须空着肚子躺一夜，无法入睡。于是我十分惊慌。

还要等一会儿才会敲响开饭锣，我跳下床锁上门冲到楼下的院子里。在那儿我迷失了方向，一间又一间四边形的房间，一道又一道楼梯，我在这些建筑物里进进出出，发疯般地寻找餐厅在哪儿。我走过一长队不知正往哪儿去的孩子身边，他们像一群用锁链锁住的囚徒缓缓向前移动，队列前面有一个监工。最后我瞧见一个戴礼帽，精力旺盛的人朝我走来，我拦住他打听去餐厅的路。正巧此人是我该拦住的人，他正是校长先生。同我巧遇，他感到高兴，马上便问我是否已安置妥当，还有没有可以替我效劳的事情。我告诉他一切都已办妥。后来又冒昧地添一句，说只是有点儿冷。他宽慰我，说这种天气是很反常的，不时有雾，还有一点儿雪，那时天气就要坏一阵，以及其他诸如此类的话。说这些话时他始终挽着我的胳膊，领我朝餐厅走去。看来他倒是一个蛮不错的人，一个正常的家伙，我自忖道。我甚至还幻想以后我也许会同他关系密切起来，也许在某一个寒冷的夜晚，他会请我去他的房间，给我弄一杯热酒喝。走向餐厅门口的这几秒钟内，我幻想各种各样的友好场面，我的思想以每分钟一英里的速度飞驰。就在餐厅门口，他突然同我握手，抬抬帽子同我道别。我茫然不知所措，便也碰碰帽子。很快我就发现这是一件寻常的事，不定什么时候你会碰到一位教员，甚至从总务先生身边走过时也是一样，你都要碰帽子。也许你一天会与同一个人相遇十来次，那也一样，你一定得向他致意，哪怕你的帽子破了也罢，这才是礼貌的举止呢。

我总算找到了餐厅。它很像东区的一家平民诊所，砖墙，无灯罩的灯和大理石桌面的桌子，当然少不了一只带拐弯烟囱的大火炉。饭还没有端来，一个跛子跑进跑出，拿盘子、刀叉和酒瓶。几个年轻人坐在一个角落里热烈地谈论着什么，我走过去做了自我介绍，他们极其友好地接待了我。老实说，几乎是过分殷勤，我弄不太懂这是怎么回事。一会儿屋里就挤满了人，于是他们很快把我介绍给每个人。接着，他们在我身边围成一个圈子，斟满酒杯，唱起歌来……

一个晚上我起了一个念头：
我呼唤宙斯去干被绞死的人的屁眼儿；
风起绞架徐徐吹动，
看呀，那个死尸在摇头，
于是我跳起来去干这个死人儿，
呼唤着宙斯的大名，人们从不知足。

在过于狭小的屁眼儿里亲吻，
呼唤着宙斯的大名，人们虽受苦倒也快活；
在过于宽大的屁眼儿里抽动，
人们茫然或是泄愤；
那样的情景令人十分厌恶，
呼唤着宙斯的大名，人们从不知足。

歌声刚落，卡西莫多[①]便宣布开饭。

这些学监是一群快乐的人。那位克罗打起饱嗝来活像一头猪，坐下来吃饭前总要先放一个大屁。他们告诉我，他能一连放十三个屁，这个记录至今尚无人打破。还有亲王先生，他是一名运动员，喜欢在傍晚进城时穿一件无尾晚礼服。他相貌英俊，像个姑娘，而且从来不沾酒，也不读会伤脑筋的书刊。他旁边坐着珀蒂·保罗，保罗来自米迪[②]。他整天什么都不想，只想女人。他每天都要说："从星期四起我就不再谈女人啦。"他同亲王先生好得难舍难分。下一位是帕斯洛，一个十足的小无赖。他在学医，到处找人借钱，没完没了地谈论龙萨[③]、维永和拉伯雷。坐在我对面的是莫莱斯，老夫子们的鼓动者、组织者，他执意要称一称肉，看分量是否差几克。他在学校附设医院里占着一间小房子，他的死敌是总务先生，这并不能给他带来很大声望，因为大家都恨那个人。莫莱斯有个伙伴，叫"讨厌鬼"，是一个郁郁寡欢的家伙，容貌像一只鹰。"讨厌鬼"非常节俭，却充当放债人的角色。他像阿尔布雷希特·丢勒[④]的一件雕刻作品，是所有阴郁、乖戾、难对付、爱抱怨、不幸和内省的魔鬼的混合，德国中世纪武士的神灵就由这些魔鬼组成。"讨厌鬼"无疑是犹太人，我到这儿以后不久他就死于一场汽车事故，这个事件使我不用偿还借他的二十三法郎。除了坐在我旁边的雷诺，其他人早已从我的记忆中消失。他们属于那些毫无个性的一群，他们组成工程师、建筑师、牙医、药剂师、教师等人的世界。没有什么可以将他们与

---

① 法国作家雨果的小说《巴黎圣母院》中的人物，驼背，相貌奇丑，心地善良，此处指上文提到的那个跛子。

② 法国南部地区。

③ 皮埃尔·德·龙萨(1524—1585)：法国诗人。

④ 阿尔布雷希特·丢勒(1471—1528)：德国画家、木刻家。

他们以后会拿来取笑的人区分开,他们完全一钱不值,是构成可敬又可悲的市民核心的毫无价值的人物。他们低头吃着东西,而且总是第一批大叫大嚷要添饭的人。他们睡得很死,从不抱怨,既不快活也不沮丧,他们是被但丁发配到地狱门厅的平庸的一群,是上流社会的人物。

按照惯例,吃完晚饭大家就马上到城里去,只留下在宿舍里执勤的人。城中有几家咖啡馆,都是又大又凄凉的大厅,第戎昏昏欲睡的商人们聚集在这儿玩牌、听音乐。咖啡馆里挺暖和,这是我能替它们说的最好的好话,座位也过得去。总有几个妓女转来转去,为喝到一杯啤酒、一杯咖啡她们会坐下来同你聊天。可是音乐很糟,竟是这种货色!在一个冬天的夜里,坚守在第戎这样一个肮脏的地方,再也没有比一支法国管弦乐队的演奏更叫人疲乏、头痛的了。尤其是,这是一支悲怆的女子管弦乐队,它奏出的一切都像在尖叫,在放屁。其节奏很枯燥,像代数一样,又具有牙膏那种合乎卫生的稠度。这种呜咽怪叫一小时竟要收那么多钱,而且迟到的人活该倒霉!它演奏的调子是那么悲哀,似乎老欧几里得[1]用后腿站着吞下了氢氰酸。思想的王国已由理智完全开拓,没有给音乐创作留下一点点空间,除了手风琴的空板条。风呼啸着从中穿过,将太空撕成碎片。不过,在这个边远的城镇里谈论音乐就像在死牢里做梦喝香槟那么荒唐。音乐是我最不在意的东西。我甚至连女人也不去想,因为一切都是那么令人沮丧、寒冷、荒芜、阴暗。头一天晚上回家时,我注意到一家咖啡馆的门上刻着卡冈都亚[2]的话,里面却像一个停尸所。不管怎样,还是继续往前走吧!

我有的是时间,却没有一文钱可花。我一天只上两三个小时会话课,之后就闲着。教这些可怜虫英语又有什么用呢?我真替他们难过,

---

① 欧几里得(约公元前330—前275):古希腊数学家,几何学之父。

② 法国作家拉伯雷的小说《巨人传》中的巨人,食量惊人。

整个上午苦苦地念《约翰·吉尔平的旅行》[1],下午上我这儿来练习一种死去的语言。我想起自己也曾浪费许多时间读维吉尔[2]的作品或是吃力地念《赫尔曼和多罗特娅》[3]这类谁也看不懂的废话。真是疯了!学问只是一只空面包篮!我又想起卡尔,他能把《浮士德》倒背如流,他每写一本书都要在里面拼命恭维不朽的、千古流芳的歌德。尽管如此,卡尔却缺乏常识,找不到一个阔婊子,无法弄一身换洗内衣。这种对往昔的眷恋以排队领救济食品和住防空洞告终,其中有一种讨人厌的感伤。这种精神上的喧哗确是令人讨厌的,它竟许可一个白痴往德国大炮、无畏战舰和高效炸药上洒圣水。每一个满腹经纶的人都是人类的敌人。

我本是来这儿传播法美两国友好福音的。我是一具僵尸的使者,他四处掠夺,酿成难以描述的痛苦和不幸,现在却梦想建立世界和平。呸!我真不明白,他们指望我讲什么?讲《草叶集》?讲关税壁垒?讲《独立宣言》?或是讲近来流氓团伙之间的一次火并?讲什么?我想知道要我讲什么。唉,告诉你们,我从未提及以上那些。我开门见山,讲了一堂爱情生理学。我讲的是,大象怎样做爱。这一招极灵,第一天过后教室里便再也没有空板凳啦。头一堂英语课后他们都站在门口等我到来,我们相处得很好,他们提各种问题,像是屁也没学会。我让他们不停地提问,我教他们提出更难以启齿的问题。什么都尽可以问!这就是我的座右铭。在这儿,我更像一个来自无拘无束的精灵国度里的全权大使,旨在创造狂热和激动的气氛。一位著名天文学家说:"在某些方面,物质世界像一个讲过的故事一样悄然逝去,像幻觉一样化为乌

---

① 一本简易英文读本,根据英国诗人库珀(1731—1800)的诗作 *The Diverting History of John Gilpin* 改编。

② 维吉尔(公元前70—前19):古罗马诗人。

③ 大概是一本简易德文读本,根据歌德的同名长篇叙事诗改编。

有。”看来这话表达了藏在学问的空面包篮子后面大家的普遍看法，我自己却不信这话，我不信这伙杂种企图硬往我们肚子里塞的他妈的一切鬼话。

如果没有书可读，不上课时我就上楼到学监的宿舍里找他们闲聊。他们对周围发生的一切无知得可笑，尤其对于艺术界的事情，他们差不多同学生一样无知。我像闯进了一所私人开办的没有标明出口的小疯人院。有时我在拱廊下窥探，看着孩子们大步走过去，脏兮兮的缸子里插着大块大块的面包。我总是觉得饥饿难忍，因为根本不可能赶上早饭。他们总是在早晨一个荒唐的时辰开早饭，而那会儿我睡在床上真是舒服极了。早餐是大碗大碗发蓝的咖啡和一块块白面包，没有奶油可抹。午饭是菜豆或扁豆，撒进去一点点肉屑，使它看起来开胃。这种食物只适合给做苦工的囚犯吃，给砸石头的囚犯吃。酒也很糟糕，不是掺过水就是已变味。这些食物有热量，不过烹调不得法。据说总务先生应对此负责，这话我倒也不信。人家花钱雇他，目的是要他不叫我们饿死就行。他并不管我们是否有痔疮或疔疮，并不关心我们是嘴刁还是嘴粗。为什么要关心？他只是受雇用这么多克的菜肴生产这么多千瓦的能量，一切都是以马力来计算的。这全在脸色青白的办事员早晨、中午和晚上抄抄写写的厚账本上仔细计算过。借与贷，这两部分用一道红线从中间隔开。

空着肚子在四合院里徘徊，我常常不由自主地认为自己有一点儿痴狂，有一点儿像“愚蠢的查理”那个可怜虫，只是没有一位奥黛特·德·尚迪韦尔跟我玩牌。有一半的日子，我得向学生讨烟抽，有时还在上课我就跟他们一起啃一点儿干面包。炉子总灭，所以我很快便用光了配给的木柴。要哄得管宿舍的办事员拿出一点儿木柴来是很不容易的事情，最后我对此十分恼火，便上街去捡柴，像一个阿拉伯人似的。我很惊奇，在第戎的街道上几乎捡不到能生火的柴。不过这些收集木柴的小小远征也将我带到陌生的区域，使我渐渐熟悉以菲利贝尔·帕皮永命名的一条小街，这应该是一位已故音乐家的名字。小街上有好几家妓院。这块地方总是会叫人更快活一些，有烹饪的气味，有拿出来晾晒的衣物。偶尔我也看到在妓院里闲荡的可怜的傻瓜，他们比在城镇中心见到的穷鬼总会好一些，每次穿过一家百货店时我都会碰到这些穷鬼。为了取暖，我常常这样窜来窜去，我估计他们也是为达到同一目的这样做的。他们在寻找一个愿为他们买一杯咖啡的人，寒冷和孤独使他们显得有一点儿痴呆，而当蓝色夜幕降临时整个城市都显得有几分痴呆。你可以任选一个星期四在主干道上散步，一直走下去，永远不会碰到一个胸襟宽大的人。六七万人，也许更多，穿着羊毛内衣，无处可去，无事可做。他们只是生产出一车车芥末。女子管弦乐队笨拙地演奏《快乐的寡妇》。大旅馆里提供银质服务。公爵的宫殿正在一块块、一点点地朽掉。树木在霜冻中发出尖厉的叫喊。木头鞋子不停地咯噔咯噔响。那所大学在纪念歌德的忌日，或者是诞辰日，我记不清到底是哪一个（通常人们是纪念忌日的）。总之，这是一件蠢事，人人都在打哈欠，伸胳膊。

从街上一路走进四合院，我总会产生一种深切的徒劳无功的感觉。院外是一片凄凉和空虚，院里也是一片凄凉和空虚。这座城镇笼罩在一种卑下的贫乏和啃书本的浓雾中，学的全是以往的渣滓。教室分布在里院四周，很像在北方森林中见到的小屋，学究们就在这儿尽情地大发宏论。黑板上写着毫无用处的胡言乱语，法兰西共和国的未来公民必须花费毕生时间才能忘掉这些胡话。有时人们在马路边的大接待室里接待家长们，那儿摆着古代英雄的半身塑像，诸如莫里哀、拉辛、高乃依①、伏尔泰之流。无论何时，一个不朽的人被摆进蜡像馆后，内阁部长

① 皮埃尔·高乃依（1606—1684）：法国剧作家，古典主义戏剧大师。

们总要用湿润的嘴唇提到所有这些稻草人(但是没有维永、拉伯雷和兰波①的半身像)。总之,家长们与这些衬衣里塞进东西的蜡像在这庄严肃穆的会议上相遇。国家雇这些蜡像来矫正年轻人的思想,总是这样矫正,总是用这种美化庭院的方法使思想变得更有吸引力。小孩子们偶尔也上这儿来,人们很快便会把这些小向日葵从托儿所里移植出去,去装饰城市的草坪。有些只是橡皮植物,只消一件破衬衣就可以很便当地掸去上面的尘土。一到晚上他们便急急忙忙没命地逃回宿舍。宿舍!这儿亮着红灯,铃声像消防队的警报那样呼啸。人们常一窝蜂涌向教室,因此这儿的楼梯踏板被踩出空洞。

还有那些教师,起初几天我甚至同他们中的几个人握手,在拱廊下擦身而过时当然也不免碰碰帽子相互致意。可是我们根本谈不上倾心交谈,也不会走到街角,在那里一起喝一杯。那简直是不可想象的,他们有许多人显得像是吓破了胆。总之,我是属于另一阶层的,他们甚至不愿同我这种人分享一只虱子。只要一看到他们,我就气不打一处来,所以一看到他们过来我就暗暗诅咒。我常常靠着一根柱子站在那儿,嘴角上叼着一根烟,帽子扣在眼睛上,待他们走到能听见的地方,我便狠狠啐一口唾沫,再抬起帽子来。我甚至懒得张口同他们打招呼,只是从牙缝里迸出一句:“去你妈的,杰克!”说完拉倒。

一星期后,我觉得已在这儿待了一辈子。这就像一场可怕的噩梦,简直无法摆脱,想着它我常常会昏睡过去。几天前我才来到这儿,当时夜幕刚刚降临,人们在朦胧的灯光下像老鼠似的匆匆赶回家去,树木怀着十分犀利尖刻的恶意,闪闪发光。我不止一千次地想起这一切。我

① 阿尔蒂尔·兰波(1854—1891):法国诗人。

从火车站来到这所学校，一路上犹如穿越但泽走廊[①]的一次散步，到处毛茸茸的，有裂缝，令人神经紧张。这是用死人尸骨铺砌的巷子，下面埋着衣衫褴褛、歪七扭八、互相搂抱在一起的死人，还有沙丁鱼骨制成的脊骨。学校像是矗立在一层薄雪之上，像一座倒置的山，其山顶直插地球中心，上帝或魔鬼在那儿总穿着一件紧身衣干活，为那个始终不过是梦中遗精的天堂磨面粉。如果太阳曾出来，我也不记得，我什么也不记得，只记得从那边结冰的沼泽上吹来寒冷、油腻的雾，铁道就在那儿消失在阴郁的群山中。距火车站不远，有一条人工运河，也许它是一条天然河也不得而知，它躲在黄色天幕下，突起的两岸边斜搭着一些小棚屋。我突然悟到周围还有一座兵营，因为我不时遇到一些来自交趾支那[②]的黄皮肤小个子，这伙扭来扭去、脸色焦黄的小矮个儿穿着袋子似的肥大军衣四处乱瞅，活像放在刨花中的干骨架。这地方见鬼的中世纪遗风极难对付，极顽强，它低声呻吟着来回摇晃，从屋檐上跳出来扑向你，像被割断脖子的罪犯那样从滴水嘴上垂下来。我不断扭过头去看身后，像一只被脏叉子扎过的螃蟹那样走路。所有这些肥胖的小怪物，所有粘在圣米歇尔教堂正面墙上石板状的雕像都跟在我身后，走过弯弯曲曲的小巷子，拐过街角。夜间，圣米歇尔教堂的正面便像一本集邮簿一样打开，让你面对纸上印好的吓人景物。灯熄了，这些景物也从眼前消失，像文字一样静寂无声，这时教堂正面显得非常庄严雄伟。古老、粗糙的正面墙上的每一道缝里都回荡着夜风的沉重呼啸声。冰冷、僵硬、呈花边状的碎石上洒着一层朦朦胧胧、苦艾酒般的雾和霜合成的涎水。

---

① 又称波兰走廊，是德国于1919年根据《凡尔赛条约》割让给波兰的一块狭长领土，现属波兰。

② 交趾是中国古代对越南的称呼，交趾支那是法国对越南南部、柬埔寨之东南方的旧称。

在教堂耸立的这个地方，一切似乎都前后倒了个儿。教堂本身在几世纪以来雪的侵蚀下一定也已偏离地基。它坐落在埃德加-基内广场，像一头死去的骡子那样迎风蜷伏着。风穿过莫奈街呼啸而来，像胡乱飘扬的白发。它绕着白色拴马桩回旋，这些桩子挡住公共汽车和二十匹骡子拉的马车的通道。有时清晨我从这个出口摇摇摆摆地出来，会同雷诺先生不期而遇，他像一个贪吃的修道士那样把自己裹在修道士的长袍里，用16世纪的语言同我攀谈。于是我同雷诺先生并排前行，这时月亮像被刺破的气球，从油腻腻的天空中跃出，我亦立刻坠入超然的王国中。雷诺先生讲话干脆利落，像杏子一样淡而无味，带着很重的勃兰登堡[①]口音。他常常一见到我就滔滔不绝地谈起歌德或费希特[②]，其深沉、凝重的声音在广场上顶风的角落里发出隆隆的回声，像去年的雷鸣。尤卡坦人、桑给巴尔人、火地岛人，把我从这张海绿色的猪皮下救出来吧！北半球堆积在我周围，冰河时代的狭湾，顶端呈蓝色的脊骨，疯狂的灯光，还有淫荡的圣歌像雪崩一样从埃特纳火山[③]延伸到爱琴海。一切都像泡沫，冻得硬硬的。思想受到禁锢，四周结霜。从卖弄小聪明的凄凉包裹里，被虱子吞食的圣人发出快窒息的嗓音。我是清白的，裹在羊毛里，包在襁褓里，戴着镣铐，被人割断脚筋，不过我没有参与此事。我无比清白，不过有一种冷的碱性成分，有橘黄色指尖的手指。我的确是清白的，不过不爱做学问，没有天主教徒的柔肠。清白而又无情，像在我之前驶出易北河[④]的人一样。我眺望大海、天空，眺望不可理喻却又相距不远不近的一切。

风吹动脚下的积雪，雪花随风飘动，使人发痒，刺痛。它们发出含

---

① 位于德国东部。

② 约翰·戈特利布·费希特(1762—1814)：德国哲学家。

③ 意大利西西里岛东岸活火山。

④ 中欧主要航运水道之一。

混的啸声，被风卷到空中，又纷纷扬扬地落下，变成碎屑洒下来。没有太阳，没有咆哮的海浪，没有拍打堤岸的滔天巨浪。寒冷的北风带着有刺的矛尖吹来，冷冰冰，刻毒，贪婪，具有破坏性，使人疲软无力。街道用弯曲的肘部支撑着身体走远，它们逃离纷乱的景物，躲开严厉的注视。它们沿着不断变幻的格子蹒跚而去，从教堂前面绕到后面，砍倒塑像，推平纪念碑，拔出树木，封住小草，从土地中吸去芳香气味。树叶变得同水泥一样干枯，露水也无法再使它们滋润起来，月亮再也不会把它的银光洒在无精打采的叶片上。四季循环即将陷于停顿。树已枯萎。马车发出明晰的竖琴似的砰砰响声，在云母般的车辙中滚动。惨白的、没有骨头的第戎在顶上有积雪的山峦中的空地上沉睡。夜里没有人活着或走动，除了朝南、朝青玉色的地域移去的不安分的精灵，然而我没有睡，仍在游荡。我是一个游荡的鬼魂，一个被这个冷冷的屠宰场吓坏的白人。我是谁？我在这儿做什么？我坠入刻毒人性的冷墙中，我是一个白色人影，在挣扎，沉入冰凉的湖水中去，身上压着一大堆脑壳。于是我在高纬度的寒冷地方住下来，白垩的阶梯被染成深蓝色。黑暗走道里的土地熟悉我的脚步，感觉到上面踩着一只脚，一只翅膀在扑动，一阵喘息，一阵颤抖。我听见学识受到嘲弄，人影在向上攀，蝙蝠口中流出的涎水从空中滴落，落在纸板糊的翅膀上，发出叮当响声。我听到火车相撞，链子哗啦乱响，车头轧轧响着，喷气，吸气，冒气。一切都带着陈旧的气味透过清雾向我袭来，还有黄色的宿醉、诅咒和磨难。在第戎地底下，埃阿斯①站在极北地下很深的冥冥核心，他的双肩被缚在磨盘上。橄榄叶吱吱作响，有哇哇叫的青蛙，沼泽地里的绿水充满生机。

① 希腊神话中的英雄，在特洛伊战争中崭露头角。

雾和雪、高纬度、渊博学识、发蓝的咖啡、不抹奶油的面包、扁豆汤、罐头猪肉煮豆子、不新鲜的奶酪、没有烹熟的食物和糟糕的酒已使这整座感化院里的人陷入便秘的窘境中。每个人都憋着一肚子屎，这时厕所的下水道偏巧结冰了，大便像蚁丘一般堆积起来，人们只得从那个小台子上走下来，把屎拉在地板上。于是它在地上结冰，等待融化。到星期四，驼背推着他的小推车到来。他用扫帚和一只盘子样的东西掀起这一摊摊又冷又硬的大便，然后拖着一条枯萎的腿用车子推走。走廊里扔满手纸，像捕蝇纸一样粘在脚下。天气一转暖这气味便更浓重，在四十英里外的温切斯特都闻得到。早上拿着牙刷站在这一堆发酵成熟的大粪前，你会被这股冲天臭气熏得脑袋发晕。我们都穿着红色法兰绒衬衣站在旁边，等着轮到自己对着下水孔漱口。这很像威尔第①一出伟大歌剧中的一段抒情调，是由灌洗器和滑轮响声构成的喧嚣。夜里迫不及待要上厕所时，我便冲进学监先生的专用卫生间，它就在汽车道边上。我的马桶上常常沾满血，他的马桶也没有冲洗，不过至少可以坐下来出恭。我把自己的一摊大便留给他，这是一种表示尊敬的方式。

每天晚上，快吃完饭时守夜人便进来同大家一起干杯，他是整个学校唯一一个我能引为同类的人。他是一个微不足道的人，提着一盏灯和一串钥匙。他整夜巡逻，像一部机器那样机械。大约在把很不新鲜的奶酪传递给大家的时候，他会闯进来讨一杯酒喝。他站着伸出手来，头发很坚硬，像一头大猎犬，他的面颊红润，胡须上沾着晶莹的雪。他咕哝一句什么，那位卡西莫多便递给他酒瓶。他双脚牢牢地站在地上，一扬脖子便把酒灌下去，只是缓缓地一大口便喝干。我觉得他像是在把红酒倒进肚里，这个动作使我感动之极。他几乎是在喝下人类同情心的渣滓，仿佛世界上的爱与怜悯能这样一口喝干了事，仿佛这是日复

① 朱塞佩·威尔第（1813—1901）：意大利歌剧作曲家。

一日唯一能挤压在一起的东西。他们已把他弄得连只兔子都不如，在他们的筹划中他还抵不上腌青鱼用的盐水呢。他不过是一堆行尸走肉，他自己也明白这一点。喝完酒后，当他环顾四周朝我们微笑时，这个世界似乎四分五裂了。这是越过一道深渊的微笑。整个发臭的文明世界像一块沼泽地，处于这个深渊底部。这犹犹豫豫的微笑像一座海市蜃楼，在上面飘忽不定地摇曳。

晚上散步回来，迎接我的仍是这种微笑。记得有一天晚上，我站在门口等老头儿巡逻回来，当时我有一种健康愉快的感觉，我愿意一直等下去。我等了大概半个小时他才打开门，等他到来时我安详、从容地观察四周，仔细看每一件景物。我看到学校门前那棵死树，它的树枝像绳子一样拧在一起；看到街对面的房屋，这些房屋在夜晚改变颜色，现在轮廓变得更清楚。我听到一列火车隆隆驶过西伯利亚荒原，看到于特里约画的围栏、天空、深深的车辙。突然，不知从哪儿冒出一对情人，他们走几码就要停下拥抱一番。待我的眼睛看不到他们时，我便倾听他们的脚步声。我听到他们突兀地站住，接着便是缓慢、曲折的漫步。我能感觉到他们靠在一根围栏上时，两人的身体在下坠，能听到他们拥抱前肌肉绷紧时鞋子发出的吱吱响声。他们在镇上漫游，穿过弯弯曲曲的街道朝水平如镜的运河走去，那儿的河水黑得像煤块一样。这事有点儿蹊跷，在整个第戎我找不到另外两个像他们这样的人。

与此同时，老头儿仍在巡逻。我听得到他的钥匙叮当乱响，他的靴子发出的咯吱声，那是他在执着机械地走路。最后我听见他沿着车道来开大门。这座有顶的大门很古怪，门前没有壕沟。我听见他在锁上摸索，他的手已僵硬，他的脑袋已麻木。门推开时，我看到小教堂上方的一个辉煌的星座罩在他头顶。每一扇门都已锁好，每一个房间都已闩上，书本都合上。夜幕低垂，像匕首尖一样锐利，像疯子一样烂醉如泥。这就是虚空的无限。这个悬在小教堂上空的星座像一位主教的法冠，在冬天的几个月里它低垂在小教堂上空，明亮得像几把匕首尖，这是彻底的虚无发出的强光。老头跟着我来到车道拐弯处，门无声地关上。同他道晚安时，我又看到那种绝望、无助的笑容，像从一个迷失的世界边缘上掠过的一颗闪光的流星。我仿佛又看到他站在饭厅里，一扬脖子红酒便灌进肚里。整个地中海似乎都装进他肚子里——橘子林，柏树，有翼的雕像，木结构的庙宇，湛蓝的大海，僵直的面具，神秘莫测的数字，神话中的鸟，蔚蓝的天空，小鹰，阳光明媚的小海湾，盲诗人，留胡子的英雄。这一切均已逝去，沉入北方涌来的雪崩之下。它们已被掩埋，永远死去，只遗下一个记忆，一个无羁的希望。

我在车道上徘徊一会儿，体验这夜幕，这阴暗的屏障和难以名状、紧紧攫住人的空幻感。然后我沿着围墙边的碎石路快步走开，穿过拱门、柱子、铁楼梯，穿过一个又一个四合院。一切都锁得严严实实，锁起来以便过冬。我找到通向宿舍的拱廊。从肮脏不堪、结霜的窗子里透出的惨淡光线倾泻在楼梯上，油漆都已脱落，石头被掏空，楼梯扶手嘎嘎直响。楼梯顶上那盏红灯发出微弱的光芒，穿透铺路石上散出的潮气所形成的苍白、模糊的一团团蒸汽。我大汗淋漓，惊慌失措地爬上最后一段楼梯，即塔楼。我在一片漆黑中摸索着走过空寂无人的走廊，每个房间都是空的，上着锁，正在朽掉。我伸手在墙上摸钥匙孔，握住门把手时总会感觉到一阵慌乱，总有一只手抓着我的衣领，预备把我猛拽回去。进屋后就立即锁门，我每天晚上都在创造奇迹，这个奇迹便是不等被人扼死，不等被人用斧头劈倒就溜进屋里。我听见老鼠在走廊里跑过，在我头顶上的粗椽子之间大咬大嚼。灯光像正在燃烧的硫磺一样耀眼，屋里充满从未通过风的房子里的那种又亲切又难闻的恶臭。同我离开时一样，装煤的箱子仍摆在角落里，炉火已熄灭，这极度的寂静倒叫我觉得仿佛听到尼亚加拉大瀑布的水声。

于是我独自待着，带着极度空虚的渴求和恐惧，整间房子都听凭我的思绪驰骋。除了我和我所想的、所畏惧的，一无所有。我尽可以去想最最异想天开的事情，尽可以跳舞、啐唾沫、扮怪相、诅咒谩骂、掩面大哭，谁也不会知道，谁也听不见。想到这种彻底的独处生活就足以使我发疯，就像一个人利落地生下来，一切牵挂都割断、分离，赤裸裸地独自一人待着，同时体会幸福和痛苦。有的是时间，每一秒钟都像一座大山一样压在你身上，你在时间中被溺死。沙漠，大海，湖泊，大洋。时间像一把砍肉斧头，在一下又一下砍击中逝去。虚无，大千世界，我和非我。Oomaharumooma①。每一件事物都要有一个名称，每一件事情都要通过学习、考验和经历才能被掌握。亲爱的，别客气。

寂静驾着火山状的降落伞降临。在那边贫瘠的群山中，机车正拖着商品朝广阔的冶金地区隆隆驶去。它们在钢铁路基上滚动，地上撒着矿渣、炉渣和紫色矿石。车里装着海草灰、鱼尾板、钢材、枕木、盘钢、厚金属板、叠合材料、热轧钢箍、软木条和迫击炮车，以及波纹矿石。轮子是U-80毫米的，或者更大。机车经过盎格鲁-诺曼式建筑的豪华标本，经过步行者和男同性恋者、露天冶炼炉、碱性转炉磨坊、发电机和变压器、生铁块和钢锭。众人自由自在地在五星状的巷子里窜来窜去，有步行者和男同性恋者、金鱼和玻璃丝样的棕榈树、抽泣的驴子。布雷西广场有一只淡紫色的眼睛。

我很快回想一遍我所认识的女人，她们像一条我用自己的痛苦锻造的铁链，一个套着一个。这是对分居、对置身于襁褓之中的畏惧。子宫之门总是闩住的。恐惧和希望。血液里蕴藏着天堂的吸引力。来世，总是来世。这完全起源于肚脐，他们在这儿割断脐带，在你屁股上掴一掌，然后全妥了！你来到这个世界上，随波逐流，你是一只没有舵的船。你先看看群星，再瞧瞧自个儿的肚脐。你身上到处长出眼

① 即前文提及的印度人纳南塔蒂教“我”念的吉祥语。

睛——腋下，嘴唇之间，头发根，脚心。远的变近，近的变远。里外处于永恒的变化之中，成为蜕下的皮。你就这样一年年四处漂泊下去，直到发现自己来到一个死滞的中心，你会在这儿慢慢腐烂，慢慢变成粉末，再重新散落到各处。只有你的名字留存下来。

第十五章

待我设法逃离这座感化院已是春天了，那是命运的巧妙安排。有一天，卡尔打电报通知我“楼上”腾出一个空位置，他说如果我打算接受这个工作他就寄路费来。我马上回电，钱一寄到我就直奔火车站，跟校长先生或其他人什么都没有说。正如人们所说，我是不辞而别了。

我一下车便立刻来到宜必思酒店，卡尔就住在这儿。他一丝不挂地来开门，这天他是晚上休息。同往常一样，床上有个女人。他说：“别管她，她睡着了。假如你想睡女人，就睡她好了。她还不赖。”他拉开被子让我看看她的容貌，可是我还不想马上睡女人。我太激动啦，像一个刚刚从狱中逃出的犯人。我只是想看，想听。从车站一路走来，像是做过一场大梦，我觉得自己已离开巴黎多年。

坐下来仔细打量一番这间屋子后，我才悟到自己已回到巴黎。这是卡尔的房间，一点儿不错，像一个松鼠笼和厕所的结合体。桌上几乎找不到一处能摆放他的袖珍打字机的地方，而且总是这副样子，无论他是否在和一个女人同居。一本词典总是翻开，压在一卷涂金边的《浮士德》上面，总摆着一只装烟草的袋子、一顶贝雷帽、一瓶红酒、信件、手稿、旧报纸、水彩画、茶壶、脏袜子、牙签、克鲁申嗅盐、避孕套，等等。坐浴盆里扔着橘子皮和吃剩的火腿三明治残渣。

“食品橱里有吃的，”卡尔说，“自己拿吧！刚才我正要给自己打一针呢。”

我找到他说的那个三明治，还有三明治旁他啃过的一块奶酪。他坐在床边给自己注射弱蛋白银①，我吃光了三明治和奶酪，还喝了一点甜酒。

“我喜欢你写来的那封谈歌德的信。”他说，一边用一条脏短裤擦擦那玩意儿。

“我马上就给你看我的答复，我要把它写进我的书里。你的问题在于你不是德国人，要想理解歌德你必须是德国人。得啦，我现在不打算给你解释，我已经把它全写进书里……顺便说说，我现在又新弄到一个女人，不是这一个，这一个是傻瓜。我是几天前才把她弄到手的，我说不上她还会不会来找我。你不在这里时，她一直跟我一起住。那天她爹妈来把她领走了。他们说她才十五岁。你能想象得到吗？他们还把我吓得屁滚尿流……”

我大笑，卡尔正是一个把自己置于这种狼狈境地的人。

他说：“你笑什么？也许我会为这件事坐牢的。还好，我没有让她怀孕。不过这也很奇怪，因为她从来不采取妥当的措施照顾自己。你知道是什么救了我？叫我说，是《浮士德》。就是它啦！她老子正巧看见它放在桌上，便问我懂不懂德文。事情这样一件件连下去，不等我醒悟过来他已经在瞧我的书啦。幸好，我凑巧把莎士比亚的剧本也摊开来，这使他大为吃惊，说我显然是一个非常严肃的人。”

“那个姑娘呢？她怎么说？”

---

① 一种杀菌剂。

"她吓得要死。你瞧,她来时戴着一块小手表,可慌乱中我们找不到这块表啦。她老妈一定要我找到它,否则就叫警察。这你就明白当时的情形不妙。我把整个房间翻得底朝天,还是找不到那块见鬼的手表。那当妈的气疯啦。尽管她对我很不客气,我还是喜欢她,她比她女儿长得还漂亮呢。瞧,我要给你看看我刚开始写给她的信。我爱上她了……"

"爱上当妈妈的?"

"对了。那又为什么不行?假如我先看到的是妈妈,我绝不会再瞧女儿一眼。我怎么知道她才只有十五岁?你睡一个女人之前总不会先问她多大了,对吗?"

"乔,这件事情有点儿古怪。你不是想哄我吧?"

"哄你?瞧,瞧瞧这个!"说着,他给我看那个姑娘画的水彩画,画的是娇小可爱的物件:一把刀子和一条面包、桌子和茶壶,每一样东西都越画越高。卡尔又说:"她爱上我啦。她像个孩子,我得告诉她什么时候刷牙,教她怎样戴帽子。瞧这儿,瞧瞧这些棒棒糖。我每天总要给她买几根棒棒糖,她喜欢棒棒糖。"

"那么,她爹妈来带她走时怎么样?她大吵大闹吗?"

"哭几声就完了。她能干什么?不到法定自立年龄……我只好保证不再见她,也不写信。我现在等着瞧的就是她会不会躲着不露面,她来这里那会儿还是处女呢。关键在于,她不跟男人睡能熬多久?在这儿时她怎么也睡不够,差点儿把我累趴下啦。"

这时,床上那个姑娘醒了,正揉眼睛呢。我看她也挺小的,长得不丑,不过蠢得要命,想马上知道我们在谈什么。

卡尔说:"她就住在这个旅馆里,三楼。你想到她的房间去吗?我替你安排。"

想不想去?我自己也说不清楚。看到卡尔又开始同她调情,我才决定去。我先问她是不是太累。这是一个没有用处的问题，一个婊子永远不会累得分不开两条腿，尽管有些婊子会在你趴在她们身上使劲儿时睡过去。最后我们商定到她的房间去，这样这一夜我就不必再付钱给旅馆老板。

到了早上，我租下一个俯瞰楼下小庭院的房间，背着夹板广告牌做广告的人总到这个小院子里吃午饭。中午，我叫卡尔一同去吃早饭。我不在这儿的时候他和范诺登养成一种新习惯，每天都去库波勒饭店吃早饭。我问："为什么非去库波勒不可？"卡尔答道："为什么非去库波勒？因为库波勒全天都上麦片粥，麦片粥是叫你吃了拉屎的。"于是我说："明白啦。"

于是生活回到从前，我们三人步行上下班，常发生小口角、小争斗。范诺登仍为他的女人、为把肚子里的脏东西冲洗出来发牢骚，只是现在有了一种新消遣。他发现手淫不那么令人烦恼。他把这个新闻告诉我后，我着实诧异一阵，认为像他这样一个家伙不可能在自慰中得到乐趣。他又向我描绘他是如何弄的，这就更使我诧异不已。用他的话说，他"发明"了一种新技艺。"你拿一个苹果，挖掉果心，然后在里面抹一些冷奶油，这样它就不会融化得太快。哪天试试看！一开始会叫你神魂颠倒的。不管怎样，这个办法很便宜，也不用花费多少时间。"

接着他换了一个话题："对啦，你的那位朋友菲尔莫尔已经住进医院。我想他是疯了，反正这是他的姑娘告诉我的。你不在这儿时，他找了一个法国姑娘，他俩一度打架打得很厉害。女的是一个大块头，很壮实的婊子，是那种粗蛮的女人。我倒不在乎跟她睡一回，只是怕她会把我的眼珠子抠出来。菲尔莫尔经常脸上、手上带着被抓破的伤痕走来走去。有时她好像也被人揍肿了，要不就是她从前常挨揍。你了解这些法国娘儿们，她们恋爱时会失去理智。"

很明显，我不在这儿期间已经发生过一些事情。听说菲尔莫尔的不幸我很难过，他从前对我好得要命。同范诺登分手后，我跳上一辆公共汽车径直来到医院。

我估计，他们还没有认定菲尔莫尔是否已完全神经错乱，我在楼上一个单人病房里找到他，他仍享有正常病人的一切自由。我去时他刚刚洗完澡，一看到我他便失声痛哭起来。他立刻说："全完了，他们说我疯了，也许还得了梅毒。他们说我有夸大妄想。"他倒在床上轻声啜泣，哭一阵又抬起头来微笑，真像一只刚刚睡醒的小鸟儿。他说："他们为什么不把我安排在普通病房里，或是疯人院？我可付不起这笔钱，我还剩最后五百美元。"

我说："这正是他们留你住在这儿的原因，等你的钱花光了，他们会很快叫你搬走的。你不用操心。"

我这番话一定说服了他。我话音未落，他就把手表、表链、钱夹、兄弟会证章等东西全交给我。他说："把这些东西收好。这伙王八蛋想把我抢光。"突然他又大笑起来，这种古怪、郁郁寡欢的笑声会使你坚信这人愚不可及，不论他是不是真的很蠢。他说："我知道你会认为我疯了，可我想弥补我做过的事情，我想结婚。你瞧，我并不知道自己有性病，我把病传染给她，又让她怀孕。我对医生说过，我不在乎自己会怎样，可是我要他准许我先结婚。他说要等我好一点儿再说，可我知道病永远不会好。我这就要完蛋啦。"

听他这么说我忍不住也笑起来。我不明白，他这是怎么回事。最后我只得答应去看看那个姑娘，向她解释解释这些事情。他要我支持她，安慰她，还说他可以信赖我之类的话。为了给他宽心，我答应他提出的一切要求。我并不认为他真的发疯，只是有点儿灰心丧气而已，是典型的盎格鲁-撒克逊人的心理危机，是道德准则的突然迸发。我对这个姑娘抱有很强烈的好奇心，想知道整个事情的内幕。

第二天我找到她，她住在拉丁区。一弄明白我是谁，她便变得非常友好。她自报名叫吉内特,块头很大,消瘦,健康,有一颗门牙崩落了一半,是那种农家女的形象。她精力充沛,眼神中流露出几分狂躁。她做的头一件事便是哭,然后,想起我是她的"乔乔"的老朋友,便跑下楼去拿来几瓶白葡萄酒。她就这样称呼他,还执意留我同她一道吃饭。喝过酒后,她一会儿高兴,一会儿伤感。我根本不用问,她自己就像一部自动上发条的机器一样说起来。最使她担忧的是,待他们放他出院后,他能重新去工作吗?她说她父母有钱,不过生她的气,不赞成她放纵的生活方式。他们尤其不喜欢菲尔莫尔,他没有礼貌,又是美国人。她恳求我宽宽她的心,说他仍能回去工作,我便毫不犹豫地照办。然后她又恳求般地问我,他说过要娶她,他的话是否可信。现在肚子里有孩子,又得了性病,她已不可能再嫁给一个法国人。这是显而易见的,是不是?当然,我宽慰她。这一切我都清楚极了,只是有一点,菲尔莫尔怎么居然会爱上她。一次只能做一件事情,我的职责是安慰她,于是我就给她讲了一大通胡说八道的话,说一切都会好的,而且我还要做他们孩子的教父呢,等等。这时我才猛地想起这件事很古怪,她竟还想要这个孩子,他可能一生下来就是瞎子。我尽量委婉地告诉她这层意思,她却说:"这并没有什么关系,我就是要一个跟他生的孩子。"

我又问:"哪怕他是瞎子?"

她呻吟道:"我的天呀,别说这些啦!别说这些啦!"

可我仍然认为说明这一点是我的职责,她便像一头海象一样猛哭,又斟上一些酒。过了才几分钟,她又纵情大笑,她笑是因为想起他俩上床后常常打架。她说:"他喜欢我跟他打架,他是一个野人。"

我们坐下来正要吃饭,吉内特的一个朋友来了。她是一个小婊子,住在大厅顶端。吉内特马上打发我下楼再去取一些酒,待我回来,她俩已经谈完该谈的事情。她这位朋友伊薇特在警察局工作,据我推测,她是一个向警方提供情况的线民,至少她试图让我相信是这样的。显然,她不过只是一个小婊子,只是对警方和他们的工作很着迷罢了。吃饭时她俩一直竭力劝我陪她们参加一场风笛舞会,她们想快活一下。“乔乔”住进了医院,吉内特很寂寞。我告诉她们,我要去上班,不过晚上不当班时我会来带她们出去玩的。同时也说明,我没有钱可以花在她们身上。一听这个,吉内特很惊愕,不过假意说那一点儿关系也没有。只是为显示她是一个多么讲交情的女人,她竟执意要雇一部车子送我上班,她这样做是因为我是“乔乔”的朋友,那么也就是她的朋友啦。我暗忖:“还有呢,一旦你的‘乔乔’出什么问题,你就会飞快地跑来找我。那时候你就会明白我是怎样的朋友啦!”我对她殷勤备至。我们在办公室前下车以后,我还听她们的话,一起再喝了最后一杯茴香酒。伊薇特问我,她能否在我下班后来找我,她说有很多事情要同我私下谈,但是我设法在不伤害她感情的前提下拒绝了她。遗憾的是,我不够警惕,还是把住址告诉了她。

遗憾归遗憾,后来想起来我倒很高兴自己这样做,因为紧接着第二天就出事了。第二天,我还没来得及起床她俩就来了。“乔乔”被人转移出医院,他们把他囚禁在乡下一所小“庄园”里,距离巴黎只有几英里之遥。他们叫它“庄园”,其实这是“疯人院”的一种礼貌说法。她俩叫我马上穿好衣服跟她们走,她们惊恐不安。

也许我本可以独自一人去,我只是拿不定主意是否要同这两个女人一起去。我叫她们在楼下等一等,我穿好衣服就来,心想这样可以利用这段时间找一个不去的借口。可是她们不肯离开房间,她们坐着看我洗脸穿衣,好像天天都如此。正穿着,卡尔闯进来。我用英语把情况简单告诉他,然后我们编造出一个借口,说我有要紧的工作要做。为了蒙混过关,我们端进来一些甜酒,并给她们看一本有淫秽画儿的书解闷。伊薇特早已完全放弃去庄园的想法,她同卡尔相处得非常好。到动身的时候,卡尔便决定陪她们一起去。他认为看看菲尔莫尔同一大群疯子一起走来走去很好玩，还想看看疯人院里是什么样子。于是他们动身，带着几分醉意，情绪非常高昂。

菲尔莫尔住在庄园里时，我自始至终没有去看过他。这没有必要，吉内特会定期去看他，可以把情况全转告我。据她说，医生们认为有希望在几个月内使他恢复理智，他们认为他是酒精中毒，除此之外没有什么问题。当然，他有性病，不过那倒不难治。就他们所知，还算幸运，他并没有染上梅毒。于是他们先从使用洗胃器着手，把他体内彻底清洗一遍。有一阵子他身体太弱，无法起床。他的心情也很沮丧，他说并不想治愈，他想死。他执拗地不断重复这番废话，后来他们都惊慌起来。我想，假如他自杀了，对医院的名声不好。总之，他们开始给他采用精神治疗，还利用治疗间歇期间拔他的牙齿，越拔越多，直到他口中一颗牙也不剩。他们原指望此后他会感觉好些，奇怪的是他竟不觉得好受，反倒比以往更加消沉，开始掉头发。最后他成为偏执狂，指责医生们做了种种坏事，质问他们有什么权利扣留他，他究竟做过什么竟被关押起来，等等。经过一段可怕的消沉之后，他突然又变得精力充沛，威胁说如果不放他走，他就要炸掉这个地方。对吉内特而言，更糟糕的是他已完全摆脱娶她的念头。他直截了当地对她说，他不想娶她，假如她发疯，生下一个孩子，那么她就该自己养活他。

医生们解释说，这一切都是好迹象，他们说他快痊愈了。当然，吉内特却认为他比以前更疯癫，不过她在为他祈祷，希望他尽快出院，这样她就能带他到乡下走走，那儿闲适、宁静，会使他恢复理智。与此同时，吉内特的父母来到巴黎看女儿，他们还来庄园看望未来的女婿。他们以自己的狡黠方式大概也算计出女儿嫁给一个发疯的丈夫也总比没有丈夫好。当爹的认为他能替菲尔莫尔在农场里找点儿活干，他说菲尔莫尔毕竟还不算坏。等从吉内特那儿听说菲尔莫尔的父母有钱，他便变得更加宽容，更加通情达理。

事情发展得十分顺利。吉内特同她父母一起回到外省老家住了一段时间，伊薇特则定期来旅馆看望卡尔。她以为卡尔是这家报纸的编辑，后来一点点地吐露了很多秘密。有一天她玩痛快了，喝醉了，便告诉我们吉内特不过只是一个婊子，一个吸血鬼，从来如此，还说吉内特未曾怀过孕，而且现在也未怀孕。对于其他指责，我和卡尔不大怀疑，不过对于吉内特没有怀孕这一说，我们不大有把握。

卡尔问："她的肚子怎么会那么大？"

伊薇特笑起来："也许用自行车打气筒打气来着。"她又补充道："真的没有怀孕，大肚子是喝酒喝出来的。吉内特喝起酒来简直是牛饮，等她从乡下回来你们会看到她更肥。她父亲是酒鬼，她也是酒鬼。也许她会得上淋病，不过并没有怀孕。"

"可是她为什么想嫁给菲尔莫尔？是不是真的爱上他啦？"

"爱？呸！吉内特毫无心肝，她只想找个人照看她。没有一个法国人会娶她，她在警察局里挂过号。她想嫁给他是因为他太蠢，没有去查查她的底细。她的父母都不想再要她，她给他们丢尽了人。不过若是她能嫁给一个有钱的美国人，一切都妥了……你们以为也许她有点儿爱他，嗯？你们不了解她，他们在旅馆里同居的那段时间，她就乘他上班之际带别的男人到她房间里去。她说他给她的钱不够花，说他吝啬。她告诉他，她穿的那件皮衣是她父母送给她的。对吗？天真的傻瓜！哼，我曾看到她带一个男人到旅馆里来，当时菲尔莫尔正在旅馆里。她带这个男人去下面一层，这是我亲眼看到的。那是怎样一个男人啊！一个老流浪汉，已不可能再勃起啦！"

如果菲尔莫尔从庄园里被放出来时回到巴黎，或许我会给他通报有关吉内特的消息。在他仍处于医生的监控中时，我认为用伊薇特的诽谤去毒化他的脑筋而使他不愉快是不妥的。结果，他从庄园直接前往吉内特父母家。在那里，尽管他不太愿意，还是受骗公布了订婚的消息。当地的报纸都发表结婚预告,还为女方家的朋友们举行招待会。利用这个机会,菲尔莫尔采取各种办法逃避,他很清楚自己在干什么,却装出有几分痴呆的样子。比如说,他会借来岳父的汽车,独自一个人在乡间到处乱闯。若是看到一个他喜欢的镇子便住下尽情玩乐一番,直到吉内特来找他。有时他也同岳父一起出门,也许是钓鱼,然后就一连好几天打听不到他们的行踪。他变得任性而又难以讨好,真叫人恼火。我猜他是算计着也许还能从中尽量捞一把。

他同吉内特回到巴黎时有了一衣柜簇新的衣服和一袋钱,他显得开心、健康,皮肤也晒黑了。我觉得他显得十分健壮。可是,我们一离开吉内特,他便开口了。他的工作丢啦,钱也花光啦,他们大约在一个月内结婚,在这段时间内由女方父母给他们钱花。菲尔莫尔说:“一旦他们牢牢控制住我,我就只能成为他们的奴隶啦。她爹打算为我开一家文具店,吉内特应付顾客,干收钱这类事,我则坐在店的后堂里写东西或干点儿别的。你能想象得出我坐在一家文具店后堂度过今生的情景吗?吉内特认为这个主意妙极啦,她喜欢经手钱这类东西,我倒宁愿回到庄园里,而不想听从这种安排。”

当然,他眼下只得假装对一切都十分满意。我试着劝他回美国去,可他不听,说不能被一群无知的乡巴佬把他从法国赶走。他有一个想法,想溜走一段时间,然后再在巴黎某个偏僻的地方住下来,在那儿他不大可能会遇见她。但是我们很快就认为那不可能,一个人在法国无法像在美国那样藏起来。

我提议:“你可以去比利时待一段时间。”

他马上反驳说:“我干什么挣钱呢?在那些鬼国家里是找不到工作的。”

我又问:“那么你干吗不先跟她结婚,然后再离婚?”

“她马上就要生孩子了。谁来照料孩子呢,嗯?”

我说："你怎么知道她要生孩子？"我觉得道出这个秘密的时机现在已成熟。

"我怎么会知道？"他似乎并不很明白我在暗示什么。

我把伊薇特说过的话向他透露了一点儿，他略有几分惊慌地听我说，最后打断我的话。他说："多说也无益，我知道她要生孩子啦。没错，我摸到孩子在她肚子里踢腾呢。伊薇特是个卑鄙的小娼妇，你瞧，我并不想告诉你这个，不过直到去住院之前我仍在给伊薇特钱。后来发生了那件事，我便无法再为她做什么。我觉得自己已经为她俩做得够多的……我要先照顾自己。这使伊薇特很恼火，她告诉吉内特要跟我算账……不，我希望她说的是真的，那样我就能比较容易地从这件事情中脱身。现在我已掉进一个圈套，我许诺要娶她，也就只好走完这个过程。此后，我也不知道会怎样，他们现在已经牢牢掌握住我啦。"

菲尔莫尔在我住的旅馆里租了一个房间，因此我不得不经常见到他们，不管是不是想见。我几乎每天晚上同他们一道吃饭，当然饭前要喝几杯茴香酒。吃饭时他们不断大声吵闹，这很令人尴尬，因为有时我得站在这一边，有时又得站在另一边。比如说，在一个星期日下午，一起吃完午饭后我们来到埃德加-基内林荫道街角上的一家咖啡馆里。这一回异常顺利，我们三人并排坐在里面一张小桌子边，背对一面镜子。吉内特准是又动感情了还是怎么的，因为她突然变得十分多情，当着众人的面爱抚、亲吻菲尔莫尔，像所有法国人一样做得很自然。他们刚刚久久拥抱完，菲尔莫尔说了她父母一句什么，她认为这是侮辱，马上气得脸红。我们想叫她平静下来，便说她误解了那句话，然后菲尔莫尔又低声用英语对我说一句什么，似乎是说要我奉承她几句。这足以使她彻底大动肝火，她说我们在取笑她。我又添一句不太好听的，更使她气得发狂。菲尔莫尔便想说句话，他说："你的性子太急。"说完他想拍拍她的脸蛋，她却以为菲尔莫尔想举手扇她一记耳光，便抢先用她那只乡巴佬的大手朝他脸上响亮地抽了一巴掌。菲尔莫尔一时惊呆了，他没有料到会挨打，而且是这么狠的一掌。这一下打得他很痛，我看到他的脸变得惨白。他从长椅上站起来，啪地狠狠回敬她一巴掌，差点儿把她从椅子上揍下来。“给你一下！这一下叫你放规矩些！”他用不连贯的法语说。一阵死一样的沉默，接着她像暴风雨一样爆发，抓起眼前的白兰地酒杯狠命朝他掷来。杯子砸在身后的镜子上，碎了。这时，菲尔莫尔已捏住她的胳膊，但她又用另一只手抓起咖啡杯摔在地上。她像一个疯子一样乱扭乱动，我们用尽力气按住她。这时店老板当然跑来，叫我们快滚。“流浪汉！”他这样叫我们。吉内特尖叫道：“对了，流浪汉，就是流浪汉！脏外国佬！恶棍！土匪！居然打一个怀孕的女人！”周围的人都在怒视着我们，一个可怜的法国女人和两个美国流氓、匪徒。当时我想不打一架恐怕逃不出那个地方，这时菲尔莫尔沉默着，一句话也不说。吉内特冲出门，留下我们挨人骂。临出门时她转过身来举起拳头嚷道：“我会找你算账的，你这个野人！等着瞧吧！没有哪一个外国人敢这样对待一个体面的法国女人！哼，不行！这样就是不行！”

这时我们已经给老板付清酒钱，赔过打破的杯子。听到吉内特这番话，老板便觉得自己有义务向吉内特这样一位法国母亲的杰出代表表现一番他的勇敢无畏，于是他毫不费力地朝我们脚下啐一口，把我们推出门去。“吃屎去吧，你们这些肮脏的流浪汉！”他这样说，或是说了一句别的什么诙谐话。

来到街上，并没有人向我们投掷东西，我这才悟到这件事有趣的一面。我自己暗想，说不定把这整个事件恰如其分地搬到法庭上倒是一个很妙的主意呢。整个事件！把伊薇特的小故事当作小菜端出去！法国人毕竟是有幽默感的，兴许法官听过菲尔莫尔的陈述后还会解除他们的婚约呢。

这时吉内特正站在街对面向我们挥舞拳头，还使足力气大骂。行人驻足听她骂，分成两派。一遇到街上吵架，他们总是这样。是撇下她走开，还是过去哄她，菲尔莫尔不知道怎么办才好。他站在街中央，两只胳膊伸出来，企图插嘴。吉内特还在喊："土匪！野人！你们看，下流胚！"还有一些别的"恭维"话。菲尔莫尔朝她走去，大概她以为他要美美地再揍她一顿，便飞快地顺着街道溜了。回到我驻足之处，菲尔莫尔说："走，咱们悄悄跟着她。"于是我们出发，身后跟着一小群人。她走一段路便回头朝我们晃晃拳头，我们也不想赶上她，只是不紧不慢地跟着她走过那条街，看她打算干什么。后来她放慢脚步，我们便穿过马路来到街道另一侧。现在她不再喊叫，我们仍跟着她，距离越来越近。现在我们身后只剩下十来个人，其他人都已兴致索然，走了。待我们快走到街角，她突然站住，等我们走近。菲尔莫尔说："让我来说，我知道怎样对付她。"

我们一走过去，她便泪如泉涌。至于我自己，我不知道她这是要搞什么名堂，所以我有点儿吃惊。菲尔莫尔走上前去用委屈的声调说："那样做像话吗？你为什么要那样呢？"一听这话她便张开双臂搂住他的脖子，像小孩子一样大哭起来，称他是她的小这个、小那个，然后她转向我恳切地说："你看见他怎样打我啦。这样对待一个女人合适吗？"我正要脱口说很合适，菲尔莫尔抓住她的胳膊领她走。他说："别再说了。你若再闹，我就在大街上揍你。"

我原以为，他们又要吵架。她眼中仍有怒火，不过她也有点儿胆怯。很快怒气就平息下去，但是在咖啡馆里坐下时她轻声冷酷地说，别以为她这么快就会忘掉这件事，过一阵他还会听到的……也许在今天晚上。

果然，她没有食言。第二天早上我碰到菲尔莫尔，他的脸和双手全被抓破。她一直等到他去睡觉，这才一言不发地走到衣柜那儿，把他的衣服全掏出来扔在地上，一件件地全撕成一条条的。以前这类事情也发生过几次，事后她又把衣服补好，所以菲尔莫尔没有表示什么。这种态度更使她怒不可遏，她要用指甲抓破他的皮肉，她努力去做，怀孕使她在某种程度上占了上风。

可怜的菲尔莫尔！这可不是什么好笑的事，吉内特把他吓坏了。假如他威胁说要逃走，她便针锋相对地威胁要杀掉他，而且她全是当真的。她说："如果你去美国，我就跟你去！你逃不出我的掌心，一个法国姑娘总是知道如何报仇的。"接着她又马上哄他"放明白点儿"，"明智些"，等等。一旦他们拥有那间文具店，生活就会变得非常美好。他连手都不用抬，她会把全部活儿都包下来。他可以待在铺子后面写作，干他想干的事情。

这件事就这样反反复复折腾好几个星期，像玩跷跷板似的，忽起忽落。我尽可能躲着他们，我对这件事早已厌恶，对他俩都很反感。后来，在一个晴朗的夏日，我正从利奥奈信贷公司门前走过，这时从台阶上下来一个人，正是菲尔莫尔。我热情地跟他打招呼，因为我躲着他这么久，多少总有点儿内疚。我以比一般好奇更关切的口吻问他那件事情如何，他很含糊地说了两句，话里隐藏着一种绝望情绪。

他以一种古怪、不连贯、可怜巴巴的调子说："她只允许我去一趟银行。我只有大约半小时，不能太久，她记着我出来的时间呢。"说完他抓住我的胳膊，似乎要带我赶快离开那儿。

于是我们沿着里沃利街往前走。这是很美的一天，暖和，晴朗，阳光明媚，是一年里巴黎最漂亮的几天之一。一阵和煦的微风吹来，刚好能吹走你鼻孔里滞留的气味。菲尔莫尔没有戴帽子，从外表看他很健康，像一位低着头走路的普通美国游客，口袋里的钱叮当乱响。

他平静地说："我也不知道该怎么办。你得帮我一把，我没有法子，我不能掌控自己。只要能离开她一段时间，或许我会好起来的。可是她不让我走开，只许我上一趟银行，我得取些钱。我跟你走一段，然后就得赶回去，她会做好午饭等我。”

我静静地听他讲，心里暗想，他的确很需要有人把他从这个深渊中拉出来。他已经完全陷进去，他的勇气丧失殆尽。他真像一个孩子，像一个天天挨揍，却仍不知道如何做才好的孩子，只会畏缩和发抖。我们在里沃利街的柱廊下拐弯时，他突然开始长篇大论地破口大骂法国。法国人叫他受够了。他说：“我以前常称赞法国和法国人，不过那都是文学作品中的事。现在我才算了解他们啦……我了解他们究竟如何。他们残酷、贪财。起初法国显得很美妙，因为你有一种自由自在的感觉。过一段时间它就会叫你生厌，其实它骨子里全死啦，没有感情，没有同情心，没有友谊。他们自私到极点，是世界上最最自私的民族！他们什么也不想，只想钱、钱、钱，而且他妈的那么文雅，那么中产阶级化！正是这一点使我气得发疯，一看见她补我的衬衣我就恨不得用棍子揍她。总是补、补，节俭、节俭。‘要节俭！’我听见她整天只说这一句话。到处都能听见人们说：‘理智些，亲爱的！理智些！’可我偏不想理智，也不想符合逻辑。我恨这个！我想摆脱束缚，想享受人生。我想干点儿事情，不愿整天从早到晚坐在一家咖啡馆里闲扯。老天，我们有错，可我们还有热情，犯错误也总比什么事都不做强些。我宁愿在美国做一个无业游民，也不愿再舒舒服服坐在这里，也许这是因为我是美国佬的缘故吧。我出生在新英格兰，我想我是属于那儿的。一夜之间你没法儿变成欧洲人，你的血液里有种使你与众不同的东西。那是气候，还有其他的一切决定的。我们看问题的眼光不同，不论多么羡慕法国人，我们也无法变成他们。我们是美国人，而且只好一辈子做美国人。当然，我也恨国内那伙拘谨的家伙，打心眼里恨他们。不过，我自个儿也是他们中的一个。我不是这儿的人，我讨厌这儿。”

走过拱廊时，他一路上一直这样说。我一声不吭，让他把苦衷全倒出来,搬掉压在胸口的重负对他有好处。我又想起一桩好笑的事——还是这个人,若是倒回去一年,准会像一只大猩猩那样拍着胸脯大喊:"多么美妙的一天!多么美的国家!多么好的人民!"若有一个正巧同行的美国人哪怕说一个对法国不恭敬的词儿,菲尔莫尔准会揍扁他的鼻子。一年前,他会为法国去死。我从来没有见过谁像他这样深深迷恋一个国家,在一个外国的天空下过得如此幸福。这不正常。他说起"法国"时,这个词意味着甜酒、女人、衣袋里的钱,挣得容易花得快的钱;意味着做一个坏小子,去度假。后来,尽情玩够了,帐篷顶被风刮走,他清清楚楚地看到天空,才明白这不仅是一个马戏团,也是一个竞技场,像各处一样,而且还是一个极冷酷的竞技场呢。从前听他热情谈论光荣的法国和自由之类的蠢话,我常想,一个法国工人听后会做何感想,他能否明白菲尔莫尔的这些话。怪不得,他们认为我们全疯啦,在他们看来我们是疯啦。我们不过只是一群孩子,一群老傻瓜。我们所谓的人生只是廉价物品商店里听来的一篇传奇故事。其中的热情又是什么呢?是使每个普通欧洲人感到恶心、不值钱的乐观。这是错觉。不,用错觉这个词描绘它还太好,错觉的意思是说还有点儿什么。不,不是错觉,是幻想,纯粹是幻想。就是这样,我们像一群眼睛被蒙住的野马,我们狂奔,乱跑,呼地跃下悬崖。前进!向着助长暴力和迷惑的一切前进!前进!不管去哪儿。这时马的嘴角一直在冒白沫,口中喊着:"哈利路亚!"哈利路亚!为什么?上帝知道。是血液的缘故,是气候的缘故,是许多因素的缘故。这也是终结。我们正在把整个世界拽到我们耳边。我们不知道自己为什么要这样做,这是命中注定的。其余的全是胡扯……

走到王宫那儿,我提议停下喝一杯。菲尔莫尔犹豫了一下,我看出他在担心吉内特,担心午饭,担心会挨一顿臭骂。

我说:"看在基督的分上,暂时忘掉她吧。我要叫点儿喝的,而且要叫你喝。别担心,我要把你从这个他妈的圈套里弄出来。”我叫了两杯烈性威士忌。

看到威士忌端上来,他像孩子似的朝我笑了。

我说:“把它干了!咱们再喝一杯,酒对你有好处。我不管医生怎么说,现在总没有关系啦。来,把它喝干了。”

他干脆利索地把它喝干。侍者走开去拿酒,他用泪汪汪的眼睛看着我,似乎我是他在这个世界上的最后一个朋友。他的嘴唇在微微抽搐,他有话想对我说,可是不知道如何启齿。我轻松地瞧着他,就像没有看到他乞求的目光一样。然后,我把茶托推到一边,用肘撑着俯在桌上恳切地说:“我说,菲尔莫尔,你到底想干什么?告诉我吧!”

听到这话,泪水从他眼眶里涌出,他脱口便说:“我想回家,跟家人生活在一起,我想听人们说英语。”热泪从他脸上流下来,他不去擦,只是让一切都涌泻出来。老天,我暗想,这样发泄一下倒也不错。一辈子至少做一回彻头彻尾的懦夫倒也不错,可以这样痛痛快快地发泄一下。太棒了!太棒了!看见他垂头丧气对我大有益处,我觉得自己可以解决所有难题。我觉得勇气倍增,果断坚毅,脑子里立即冒出一千条妙计。

“听着,”我又凑近些说,“如果你真的心口如一,为什么不干……为什么不走呢?假如我处在你的位置上,你知道我会怎么办?我今天就走。是的。老天在上,我说的是真的……我会马上走掉,甚至不跟她道别。实际上,这是你唯一的出路,她是永远不会放你走的。这一点你明白。”

侍者端来威士忌,我看到菲尔莫尔迫不及待地伸手接过酒杯送到唇边,我看到他眼睛里流露出一丝希望的光芒,遥远、狂暴、孤注一掷的光芒,也许他憧憬自己正在游过大西洋。在我看来,这件事很容易,像滚动一根圆木头那样简单。我脑子里很快便想出实施这件事的计划,我知道每一步会怎样,我的思绪极为清晰。

我问他:“银行里的钱是谁的?是她爹的还是你的?”

他嚷道:“是我的,是我母亲寄给我的。我才不要吉内特的臭钱呢。”

“妙极啦!”我说,“好,现在咱们搭出租车回到那儿,把钱全取出来。然后,咱们去英国领事馆弄一份签证。今天下午你就坐火车去伦敦,再从伦敦乘最早一班船回美国。我建议你这样走,因为这样你就不必担心她来追你,她绝不会疑心你是从伦敦走的。若要去找你,她自然会先去勒阿弗尔或瑟堡①……还有一件事,你不要回去取东西。你得把一切都留在这儿,让她留着吧。她的法国人脑瓜永远不会料到你不带包或行李就溜之大吉了,这是令人难以置信的。一个法国人绝不会想到能这样做……除非他跟你一样疯癫。”

“你说的对!”菲尔莫尔嚷道,“我就从来没有想到这个办法。再说,如果她肯给,以后你还可以把东西寄给我,不过现在这无关紧要。可是,天啊!我连一顶帽子都没有!”

“你还要帽子干什么?到了伦敦,你可以买到你需要的一切。现在最要紧的是要快,我们得了解清楚火车几点开。”

他掏出钱包说:“喂,我把一切都交给你去办。拿着,拿着这个。该办什么就办吧。我太虚弱啦……我头晕。”

我接过钱包,把他刚从银行里取出的钞票全倒出来。一辆出租车正停在路边,我们便坐上去。大约四点钟有一趟火车驶离北方车站。我在计算时间——银行,英国领事馆,美国捷运公司,火车站。行!差不多还来得及。

我说:“振作起来!保持冷静!哼,再过几个小时你就渡过英吉利

① 法国西北部重要港口,位于科唐坦半岛北部。

海峡啦。今晚你就会在伦敦逛街,听英语听个够。明天你就到了大海上,那时候你就是一个自由人,不必再担心会发生什么事情。等你到达纽约,这一切不过只是一场噩梦而已。"

这番话使他大为激动,双脚来回蹭蹬几下,仿佛想在汽车里就撒腿起跑。在银行里,他的手抖得厉害,几乎不能签名。签名这件事我无法代劳,可我想若是有必要,我可以把他按在马桶上,替他擦屁股。我决意把他送上船弄走,哪怕得把他折起来塞进一只箱子里也罢。

赶到英国领事馆已到了吃午饭的时间,那儿已经关门。这意味着要等到两点,除了去吃饭,我想不出还有什么更好的消磨时间的方式。菲尔莫尔当然不饿,他主张吃一块三明治拉倒。我说:"去他妈的!你得请我吃一顿好饭,这是你在这儿吃的最后一顿丰盛的饭,也许过很久才能再吃到呢。"我领他来到一家舒适的小餐馆,叫来一大桌菜。我要了菜单上最好的甜酒,不管价钱,不论味道好坏。他的钱全在我的口袋里,我觉得钱很多。以前我当然从来没有一次兜里装过这么多钱。破开一张一千法郎的大钞真是一种享受,我先把它举到亮处观察漂亮的透明花纹。好漂亮的钱!这是法国人大规模制造的为数不多的东西之一,而且造得很精美,仿佛他们对这种象征物也怀有大爱。

吃完饭后,我们又来到一家咖啡馆。要咖啡时我一起叫了查特酒。为什么不呢?我又破开一张钞票,这一回是一张五百法郎的票子,是一张干干净净的新票子,又硬又脆,摆弄这样的钱真是一件令人愉快的事。侍者找给我一大堆肮脏的旧票子,是用一条条胶纸粘在一起的。我得到一大堆五法郎、十法郎的票子和一衣袋硬币,像中间有孔的中国铜钱。我简直不知道该把钱装在哪一只袋里,我的裤兜里鼓鼓地塞满硬币和钞票。在公共场所里掏出那么多钱来使我略感不快,我怕我们会被人看作两个贼。

等我们来到美国捷运公司,已经没有多少时间了。刚才英国人以他们一贯笨手笨脚的混蛋方式叫我们等得心急如焚。而这儿人人脚下却都像装上轮子似的在滑行,他们动作太快,结果每一道手续得重来一遍。等所有的票据上都签好字,用一个小夹子整整齐齐夹上,我们这才发现菲尔莫尔的签名签错了地方。没有别的法子,只好一切从头开始。我站着看他坐在那里一笔一笔地写,同时还盯着那只钟。把钱交出去真叫人不好受,谢天谢地,不用全交,可也交出一大笔。我袋里大概装着两千五百法郎,我说的是大概,我已不再一法郎一法郎地细数,一两百法郎的钱对我来说不算什么。至于菲尔莫尔,他昏昏沉沉地办完全部手续。他不知道自己有多少钱,只知道他要为吉内特留一点儿。他也说不上留多少,去火车站的路上我们要算一算账。

慌乱中,我们竟忘记把所有的钱都兑换掉,现在已经坐上出租车,而且也不能再耽搁时间。现在要做的是看看究竟还剩下多少钱,我们很快掏空衣袋,把钱分成几份。有些钱扔在地上,有些放在座位上,令人茫然不知所措。我们有法郎、美元和英镑,还有那些零钱。为了简单些,我极想捡起那些硬币扔到窗外去。最后我们把它全部清点一遍,他拿着英镑和美元,我拿着法郎。

我们必须快点决定拿吉内特怎么办,给她多少钱,对她怎么说,等等。他企图编好一个故事叫我讲给她听,说他不想伤她的心以及诸如此类的话,我只有打断他。

“别管怎么对她说,全交给我好啦。问题是,你想给她多少钱?为什么还要给她钱?”

这话就像在他屁股底下引爆一颗炸弹,他又哭起来。哭得很凶,比刚才哭得还凶,我以为他就要倒在我手上。于是我不假思索地说:“好吧,把法郎都给她好啦。那可以叫她维持一阵子。”

他无力地问:“有多少?”

“不知道,两千法郎上下,反正比她应得的要多。”

他乞求道:“老天!别这样说!不管怎么说,我这样一走就把她坑苦啦,她家里人现在不会再收留她。给她吧,全都给她……我不在乎多少。”

他扯出一条手帕来擦眼泪。他说:“我忍不住,这叫我太难受了。”我什么也没说。突然他直挺挺地趴在地上,我以为他昏迷过去还是怎么的。他却说:“老天呀,我想我该回去,我该回去听她破口大骂。她若有个好歹,我永远也不会原谅我自己。”

这话使我大吃一惊。“老天爷!你可不能这样做!现在不行,太迟了。你去搭火车,我自己去对付她。我一离开你就去找她。唉,你这个可怜的傻瓜,一旦她猜到你曾经想过甩下她逃走,她就会宰了你的。你想到这一层吗?你再也回不去啦,这事儿已经定啦。”

再说,还能有什么“好歹”呢?我自问。自杀?那样更好。

我们乘车来到火车站,还有十二分钟才到开车时间。我不敢马上同菲尔莫尔告别。我觉得,尽管迷糊了,到最后一分钟他仍有可能跳下车,再次跑回吉内特身边。无论什么事情都会叫他改变主意,哪怕只是一根稻草呢。于是我拽着他过街来到一家酒馆里。我说:“现在,你再喝一杯茴香酒,最后一杯。我来付钱……付你的钱。”

听到这话,他不安地瞅我一眼,喝下一大口茴香酒,然后像一条受伤的狗那样扭过头来说:“我也知道不该把那些钱都托付给你,可是……可是……唉,算了。你看着办吧。我不想让她自杀,就是这样。”

“自杀?她不是那种人!若相信这话,一定是你自己想得太多。至于钱,尽管我不愿意给她,我还是答应你直接去邮局电汇给她。我不会多耽误一分钟。”正说着,我看到一个旋转货架上摆着几张明信片,我抓过一张,是绘有埃菲尔铁塔的那一种,我叫他在上面写几个字。“告诉她,你现在已经出海航行。告诉她,你爱她,一到美国就会打发人来接她……去邮局时我会用气压传递快件把它发出。今晚我就去看她。你放心,一切都会好的。”

我们边说边又过街来到火车站。还有两分钟就要开车,现在我觉得保险了。在大门口我拍拍他的背,指指火车。我没有同他握手,他的口水会流得我一身都是。我只是说:“快点! 车马上要开了!”说完我转身拔腿就走,甚至没有回头看一眼他是否上车。我不敢看。

把他匆匆送走时,我从来没有想到,这样一来我也就摆脱了他。我向他许诺过很多事情,可那只是为了叫他别再嚷嚷。说起去见吉内特,我同他一样缺乏勇气,自己就先被吓坏了。这一切发生得那么快,简直不可能完全把握住这局面的关键所在。我在甜蜜的迷糊中离开车站,手里捏着那张明信片。我靠在一根灯柱上,读那张明信片上面的话,这封信写得有点荒谬。我又读一遍,弄清楚自己确实没有做梦,然后就把它撕掉,扔进阴沟。

我忐忑不安地四下张望一番,有点儿期待吉内特举着战斧朝我追杀过来。没有人跟着我,我便懒洋洋地朝拉斐特广场走去。我刚才说过,这天很美。天上悬着一朵朵淡淡的松软白云,随风飘荡,遮阳篷布在风中啪啪扑动。在我眼里,巴黎还从来没有像这一天这么美,我几乎有点儿后悔把那个可怜的家伙送走。在拉斐特广场,我面朝教堂坐下,凝视钟塔。它不是什么了不起的建筑,不过那蓝色的钟面总叫我为之着迷。今天它比以往更蓝,我简直无法把目光从上面移开。

除非菲尔莫尔发疯发得太厉害,给吉内特写信,说明一切,否则她永远也不会知道发生了什么事情。即使她知道菲尔莫尔留给她两千五百法郎,她也无法证明这一点。我始终可以说,这是菲尔莫尔臆想出来的,一个不戴帽子就走掉的疯家伙会编造出两千五百法郎和别的事情来。我在纳闷,到底有多少钱? 我的衣袋被沉甸甸的钱拉得坠下来,我把它全掏出来,细细数一遍。一共是两千八百七十五法郎零三十五生丁，比我预计的还多。必须花掉那七十五法郎零三十五生丁，我只要一个整数，要整整两千八百法郎。正在这时，我看到一部出租车开到路边，一个女人双手抱着一只白狮子狗从车上下来，那狗正在朝她的绸裙子上撒尿。带着一条狗兜风，这主意使我大为恼怒。我暗暗对自己说，我一点儿也不比她的狗差。我朝司机打个手势，叫他载我穿过布瓦公园。他想知道确切的地址，我说："随便哪儿。穿过布瓦公园，围着它兜一圈。不用快，我不赶着要上哪儿去。"我靠在后座上，让路边的房屋嗖嗖掠过，还有参差不齐的屋顶，烟囱顶，涂上颜色的墙，小便池，叫人头晕眼花的十字路口。路过圆点广场时我想去撒泡尿，说不上下面会发生什么事情，我叫司机等着。这是我平生头一回撒尿时叫出租车等着。这样会浪费多少钱？不太多。有了兜里那些钱，就算是叫两辆出租车等着，我也花得起。

我仔细看看四周，可是没有看见什么值得一看的东西。我要的是新鲜、没有人动过的，来自阿拉斯加或维尔京群岛的干净、新鲜、带股天然芳香的皮肤。不用说，走来走去的女人中没有这样的。我并不非常失望，也不太在乎是否找得到。要紧的是永远别太着急，到时一切自然都会有。

我们驶过凯旋门，几个游客在无名英雄纪念墓附近游荡。穿过布瓦公园时，我打量所有坐在高级轿车里出风头的阔婊子，她们呼啸而过，仿佛有一个目的地似的。毫无疑问，她们这样做是想显得有身价，叫世人看看她们的劳斯莱斯和希斯巴诺-苏莎高级轿车跑得多么平稳。我内心的思绪却跑起来比劳斯莱斯更加平稳舒服，像天鹅绒一样平滑。天鹅绒的皮层，天鹅绒的脊柱，还有天鹅绒的轮轴润滑油。啊！真是一件美妙的事情，口袋里装着钱，像喝醉酒的水手一样半个小时就把它挥霍光。你会觉得整个世界都是你的，而最妙的是，你不知道拿它怎么办才好。你可以坐在车里让里程表疯了似的猛转，可以让风吹拂头发，可以停下喝一杯，可以大方地付小费，还可以摆臭架子，好像天天都如此生活。不过你却无法酝酿一场革命，也无法把肚子里所有的脏东西都冲洗出来。

来到奥特伊门，我叫司机朝塞纳河开。我在德塞夫尔桥那儿下车，沿河步行朝奥特伊高架桥走去。河流在这儿仅有一条小溪那么宽，树木低垂到河堤上。河水是绿的，水面非常平静，尤其是在靠近彼岸的地方。不时有一只平底大船突突驶过，穿紧身游泳衣的人们站在草地上晒太阳。每一件物体都显得很近，都在颤动，都在同强烈的光线一起振动。

经过一个设有座席、供应啤酒的花园，我看到一群骑自行车的人围坐在一张桌子边。我在附近找到一个座位，叫了半升啤酒。听着他们喋喋不休的闲扯，我一刹那间又想起吉内特，仿佛看见她在屋里走来走去，顿脚，扯自己的头发，像一头野兽那样又哭又号。我看见菲尔莫尔的帽子放在帽架上，心想不知我穿上他的衣服合不合适，我尤其喜欢他那件套袖大衣。哈，现在他准是已经上路。再过一会儿，船就会在他脚下晃动。英语！他想听到人们说英语。多么古怪的念头！

我突然又想到，若是想走，我也可以回到美国去。这是我头一次遇到这样一个天赐良机，我问自己："你想走吗?"没有回答，我的思绪又转到其他事情上去，转向大海和大洋彼岸，离开美国时我回头最后看过它一眼，看见摩天大楼在一片雪花中渐渐消失。现在我又看见这些摩天大楼赫然耸立在眼前，同我离开时一样，阴森森的。我看到光线从它们的肋间透出，从哈莱姆到炮台公园，整个纽约展现在眼前。我看到被蚂蚁般的人群堵塞的街道，看到高架铁道上的车呼啸而过，看到人流涌入剧院。我隐约想到，不知我老婆现在怎样。

这一切平静地从我脑海里穿过，我变得非常安详。塞纳河在这儿静静地环绕群山，它喜爱这片浸透往事的土地。不论一个人的思绪漫游到何处，他永远不会把这条河同人类的活动分开。天啊，黄金般的祥和气氛在我眼前闪现，只有一个患神经病的人才想掉头走开。塞纳河这样静悄悄地流淌，人们几乎注意不到它的存在。它一直躺在那儿，宁静而又谦和，像人身上流动的一条大动脉。在笼罩于身上的美妙祥和气氛中，我似乎已经爬上一座高山的顶峰。此时此刻我可以放眼四周，领略这番风景蕴涵的意义。

人类是一些古怪的动植物。从远处看显得微不足道，走到近处又显得丑恶、刻毒。他们最需要的是周围有足够的空间，比时间更多的空间。

太阳正在落山。我觉得这条河正从我身上流过——它的过去，它年代久远的土壤和多变的气候。群山轻柔地围绕着它，因此它的流向早已确定。

译后记

自1984年首次读到《北回归线》原著时算起，译者与这部作品的缘分已有二十八载。拙译《北回归线》先后有敦煌文艺版(1993)、时代文艺版(1996、1997)、中国人民大学版(2004)等几种版本见诸坊间。

囿于种种主客观原因，译者未能对以往的版本做较多修订。

此次再版，蒙译林出版社鼓励，译者借此良机对原译本做较为细致的修订。

语言随着社会变化而不断变化，读者的阅读习惯亦会与时俱进。据此，译者以"归化"翻译观为指导思想修订译文，如将长句缩短等，以适应新世纪的读者。

借助新近出版的工具书，尤其是所有读书人的良师益友"维基百科"等网络资源，译者校订一百多条译注，纠正错讹之处，完善不够清晰之处，并酌情增补、删节部分条目。

"译者序"亦有部分改动。

此次修订，译者听取读者及专家的意见，对译文中的禁忌语进行修订，尤其是涉及性事的种种表达，使之更符合亨利·米勒的行文风格。

所谓社会进步，似应在文学领域内也得到体现。倘若二十多年前的禁忌在今日仍是禁忌，进步、宽容、理解、多元等概念也就无从谈起。

1989 年译者初译出《北回归线》之时，虽经冯亦代先生等译界和研究界大家从中斡旋，偌大中国，多家享有盛誉的出版社竟均表示爱莫能助，不愿接受书稿。迫于形势，译者将许多禁忌语“杀菌消毒，变成了委婉语或医学术语”①。即便如此，译者当年仍遇到诸多麻烦，被迫向诸多懂的、不懂的、不懂装懂的、懂装不懂的责难者做出解释。其实，解释根本不是译者的职责。在这四类责难者当中，最具杀伤力者自然是具有行家头衔、别有用心的“懂装不懂”者。因此，译者看到真正在行的“海客”的批评后深以为然，真想对他道一声时下流行的网络用语“你懂的”，虽然他的批评话语十分犀利。在此应特别提及的是他对语言“越界”的分析以及对译者的处境和心理的准确揣测。

> 当然，我能理解译者为什么要把里面的污言秽语中性化。他在翻译的时候，也许感受到了很大压力——不一定是来自出版社的压力，也许是来自他对自己可能会触犯社会关于语言避讳的力量强大的禁忌，及其可能带来的后果的意识的压力。②

“文以载道”并非只是中国人的专利，自柏拉图时代起，一定程度的“载道”理念在各种文化背景的民族中均是情理之中的事情。1964 年，美国最高法院裁定《北回归线》不至于激发读者性欲，不是色情文学作品，自有其积极的社会价值。但是，犹如绘画、雕塑、音乐……文学毕竟归属于艺术范畴，与人生经验无法严丝合缝地重叠或重合在一起。时

---

① 谈瀛洲，《被阉割了的〈北回归线〉》，《万象》，第四卷第十一期（2002 年 11 月），第 82 页。

② 同上，第 89 页。

至今日，许多读者已就文学与人生的分野达成一定程度的共识，有人反对因有父亲横穿铁道的描述而从语文课本中删去《背影》，亦有人反对出于暴力的理由删去《鲁提辖拳打镇关西》。涉及到其余许多文学作品（绝非可收入教科书的典范之作）中的性，这种共识似乎仍远远不够。

米勒的作品是处于衰退期的现代主义文学作品，他对西方社会伦理价值观持虚无主义的看法，刻意以主观的心态探究主客观世界。他向往化腐朽为神奇式的解构，以凤凰涅槃的精神在毁灭中获得新生，即“艺术作品因为招致消亡而得以存活”①。

在一个文明社会里，人们是否应当容许米勒这类不屑于载道或卫道的解构型、开创型艺术家及其作品的存在呢？

过于关注《北回归线》中涉及性事的污言秽语会妨碍对作者超越时代精神的审美认知。经典作品之所以成为经典，使一代又一代读者以生命去感悟其中荡气回肠的人生体验，其审美价值无疑是第一位的。这类作品试图以独到的方式回答柏拉图提出的、使人性无限贴近神性的那个近乎理想主义的问题：“人应当是怎样的？”

几百年前，业余文学评论家“东吴弄珠客”论及“秽书”《金瓶梅》时以接受美学的视角分析读者的不同感受，并据此断定读者的道德水准：“读《金瓶梅》而生怜悯心者，菩萨也；生畏惧心者，君子也；生欢喜心者，小人也；生效法心者，乃禽兽耳。”译者以为如今亦可以戏仿“东吴弄珠客”的笔法论《北回归线》：读《北回归线》而洞察人类之无助、人生之悲怆者，智者也；不细察个中原委，惺惺作态，混淆艺术与人生，无思考能力、批判能力者，庸人也。

同译者认真交流过对《北回归线》的认识的读者人数极为有限，大约有几十位。论及作品的社会意义时，他们感触最深的不是性，而是悲观主义者亨利·米勒大彻大悟的离经叛道，他在对西方文明的无情抨

---

① 阿多诺，《美学理论》，王柯平译，四川人民出版社，1998年，第33页。

击中彰显出的个性，以及接近无政府主义的思想解放倾向。在读者旁观之下，米勒向自己发毒誓，其誓言便是以绝然的态度、解构的思维表现自己的与众不同，至少表现方式的不同。

> 每一既成的事物都是必死的。民族、语言、种族和文化都是暂时的。从现在开始再过几个世纪，将不再有一种西方文化，不再有德国人、英国人或法国人，如同罗马人在查士丁尼时代便不复存在一样。①

在此，斯宾格勒不啻是用现代语言表述《圣经》中发人深省的大智慧："太阳底下无新事"。换一种方式，玩世不恭的老米勒试图在《北回归线》中表明类似或相近的观点。这一结论令人悲哀，却比亘古至今以宏大叙事形式出现、自诩可以一劳永逸地解决人类种种难题、欺世盗名的"终极解决方案"中肯。

译者希望，《北回归线》在21世纪的中国会有更多知音，至少不致落到"烟涛微茫信难求"的地步。

感谢《当代文艺思潮》(1987年与《飞天》合并)总编、资深文学批评家、出版家谢昌余先生和兰州大学资深教授吴小美先生。二十年前，他们慧眼独具，联袂玉成《北回归线》在中国大西北首度付梓。

感谢兰州大学法语讲师高清，她不辞辛劳，助我澄清几处法文疑难问题。

感谢译林出版社编辑方芳。

袁洪庚
2012年1月25日

---

① 斯宾格勒，《西方的没落》，吴琼译，上海三联书店，2006年，第161页。